행복 찾기
멘토가 되다

삼성 신경영 전도사

행복 찾기
멘토가 되다

고인수 지음

성균관대학교
출 판 부

삼성에서의 직장생활 36년! 참으로 영광과 보람의 시간들이었다. 이제 무엇을 해야 하나 망설이던 차에 때맞추어 나의 신입사원 시절 지도 선배 C사장의 제의가 들어왔다. (사)CEO지식나눔에 들어와 함께 봉사 활동을 해보지 않겠느냐는 것이다. 그리하여 나는 이곳에서 44명의 다른 CEO출신과 함께 각자가 자기 분야에서 평생 경험한 지식과 경륜을 후배들에게 돌려주는 강의 및 멘토링 활동을 하게 되었다.

요즘은 한국장학재단의 젊고 패기 있고 우리나라 미래를 이끌어갈 대학생들의 멘토가 되어 1년 동안 그들을 지도하고 있다. 우리 세대가 지금까지 이 나라를 이끌어왔다면, 이 세대는 분명 대한민국의 미래를 짊어지고 나갈 인재들임에 틀림없다. 이들에게 꿈과 희망을 주고 올바른 가치관, 건전한 기업관을 심어주는 것이 지금 여기서 내가 해야 할 일이리라. 그래서 이들에게 나누어 주고자 그동안 써둔 원고와 연설문, 경험담들을 모아 보았다.

지난 20여 년간 여기저기 써둔 원고를 정리하고 보니 세 가지 생각이 떠오른다. 첫 번째는 나 자신이 아직도 얼마나 부족한 사람인가 하는 '반성의 마음'이요, 두 번째는 그럼에도 불구하고 위대한 스승을 만나 가르침을 받고 행복하게 살았다는 '감사의 마음'이요, 세 번째는 뒤를 따라오는 후배들에게 무언가 나누어주어야 한다는 '소명감'이다.

나는 특별한 은혜 두 가지를 입고 살아왔다. 그것은 삼성의 직장생활이요, 성덕도(聖德道)의 도덕공부이다. 삼성이라는 세계 초일류 기업에서 '세계에서 가장 존경받는 경영자'를 모시고 그의 경영철학을 전파하는 '신경영의 전도사'이자, '개혁의 관제탑'으로서 그리고 '삼성 인재양성의 최고 책임자'로서 일했다는 자부심이 첫 번째 은혜이다. 이 책 1, 2장은 그러한 경험들을 모아 놓은 것이다. 성덕도에서는 자성반성법을 통하여 인간은 누구나 건강하고 화목하고 행복하게 살 수 있는 길을 열어놓았다. 여기서 도덕공부를 한 것이 내 인생 최고의 은혜이다. 이 책 3, 4장에 소개되는 많은 글이 여기에서 수양을 통해 배우고 느낀 나의 반성문들이다.

누구나 그렇듯, 나의 인생은 '찾음'의 연속이었다. 어렸을 적엔 어머니의 품을 찾고, 배고프면 먹을 것을 찾고, 배부르면 즐거움을 찾았다. 배움을 찾고, 사랑하는 사람을 찾고, 좋은 친구를 찾고, 훌륭한 스승을 찾았다. 풍요로운 삶을 위해 일자리를 찾았고, 돈 되는 것을 찾았다. 그리고 신체적, 정신적, 사회적, 영적인 건강을 찾았다. 의식적이든 무의식적이든, 우리는 무언가를 찾으면서 산다. 더 나은 삶, 더 좋은 회사, 더 평화로운 인류사회를 만들어 가는 과정이다. 창조와 변화, 혁신의 길이다.

소크라테스는 2,500여 년 전 진리를 찾는다며 밝은 대낮에 등불을 들고 다니며 "너 자신을 알라"고 했다. 지금 우리가 사는 세상 역시 캄캄한 어두움이다. 인간의 마음이 어두워 세상천지가 모두 캄캄한 것이다. 이 어두운 세상을 밝히는 소크라테스의 등불은 바로 내 마음 안에 있지 않은가! 우리가 궁극적으로 찾아야 할 최종 목표는 내 마음속의 부처, 내 마음 속의 하느님, 하늘이 나에게 부여한 천성선령의 착한 마음을 찾는 것이리라.

그것이 바로 성공의 행복길이요, 생방의 길이라는 것을 깨닫는 데는 많은 시행착오를 거쳐야만 했다. 이것만 찾으면 험식도 먹지 않고, 고생도 없어지고, 품부한 생활을 풍족할 수 있는데, 믿지 못한 마음, 이기 욕망심에 이끌려 내 안에 있는 답을 두고 멀고도 먼 길을 돌아서 찾아다닌 것이다. 나의 사랑하는 젊은 멘티들이 나의 시행착오를 지금 깨닫는다면 그들의 인생에서 적어도 30년 이상 행복을 앞당겨 주지 않겠는가! 멀다니 가까와 어렵다니 쉬운 이 길, 나도 찾고 너도 찾고 우리 함께 찾아보자. 오늘 반성하여 찾으면 내일 행복이다.

2012년 9월 25일
낙원서재에서
고인수

이 책은 크게 두 편으로 구성되어 있습니다.

1편 치인지학(治人之學)의 인재양성(1장), 경영혁신(2장)은 저자가 삼성에서 직장생활을 하면서, 특히 삼성비서실 신경영실천사무국(1993~1998), 삼성인력개발원(1999~2003)과 성균관대학교(2003~2009)에서 근무하면서 보고 배우며 실천했던 내용들을 정리한 것입니다. 성공하는 직장인이 되기 위한 멘토링, 변화를 주도하는 리더가 되기 위한 멘토링이라는 부제가 보여주듯 인재경영, 혁신경영에 대한 내용을 담아 보았습니다. 삼성의 이야기를 하다 보니 삼성에 대한 말들이 자주 나오는데, 이 점 널리 양해하고 보아 주시기 바랍니다.

2편 수기지학(修己之學)의 자성반성(3장), 화목동락(4장)은 저자가 성덕도의 도덕공부를 하면서 깨달은 것, 반성한 것들을 정리한 수양록입니다. 나의 인성을 높이기 위한 멘토링, 원만한 인간관계와 상생을 위한 멘토링이라는 부제가 붙어 있습니다. 지난 20여 년 동안 수양 전문지 '성덕의 빛'에 연재된 글들인데, 각기 다른 시기에 쓴 원고를 모아 정리하다 보니 앞뒤의 글이 자연스럽게 논리적으로 연결되지 못하는 부분도 있고, 중복되기도 합니다. 이 점 독자들의 많은 양해를 바랍니다. 그리고 '성훈' 또는 '도덕경'이라는 말이 자주 나오는데, 이는 '자성반성 성덕명심도덕경'(自性反省 聖德明心道德經)의 말씀이라는 것을 미리 밝혀둡니다.

예부터 우리 동양에서는 학문하는 목적을 '수기치인(修己治人)'에 두었습니다. 수기(修己)는 나를 다스리는 공부로써 수신제가(修身齊家)를 뜻하는데 이 책의 2편이 바로 그러한 내용입니다. 치인(治人)은 남을 다스리는 공부로써 치국평천하(治國平天下)의 길입니다. 1편의 치인지학으로 정리를 해보았습니다. 1편 치인지학이 '성공학'이라면 2편 수기지학은 '행복학'입니다. 독자 여러분의 성공과 행복을 기원합니다.

기본으로 돌아가라

제2장 경영혁신(삼성 신경영 이야기)
- 변화를 주도하는 리더가 되기 위한 멘토링

삼성 신경영

변화 리더십

제2편 수기지학(修己之學)

제3장 자성반성
-나의 인성을 높이기 위한 멘토링

제4장 화목동락 -원만한 인간관계와 상생을 위한 멘토링

제1편

치인지학

治人之學

제1장

인재양성

– 성공하는 직장인이 되기 위한 멘토링

새로운 시대

1. 마이 웨이(My way)
－삼성 입사 30년에 즈음하여

• • •

1975년 7월 10일, ROTC로 장교 복무를 마친 우리 동기생 50명은 삼성에 입사를 하게 됐다. 당시 연수원이 없던 삼성은 안양농민학교를 빌려 한 달 여간 우리에게 강도 높은 신입사원 교육을 시켰다.

그로부터 30년, 2005년 7월 14일. 50대 후반의 동기생 부부 25쌍이 그 날을 기리기 위해 신라호텔 영빈관에 모였다. 반백(半百)의 나이를 훌쩍 넘어 희끗희끗 반백(半白)이 된 머리와 주름진 얼굴들, 지난 세월 삶의 역정이 물씬 풍겨나는 얼굴들이다.

동기 50명 중 벌써 고인(故人)이 된 분이 3명, 해외에서 살고 있는 친구가 3명, 삼성에 남아 있는 동기는 나와 L군 그리고 P군, 나머지 대부분은 삼성을 떠나 좌절과 성공을 함께 하면서도 여전히 삼성맨임을 자부하는 자랑스런 50/60 세대이다.

우리가 입사하던 1975년 당시, 우리나라 수출액은 불과 51억 달러였고, 1인당 국민소득은 겨우 600달러 정도였다. 우리는 박정희 대통령의 "100억불 수출, 1,000불 소득! 우리도 한번 잘 살아보자"는 구호를 함께 외치며 세계를 누비며 뛰고 또 뛰었다. 2004년 수출 2,538억 달러, 1인당 국민소득 1만 4,000달러는 그 당시는 꿈에도 상상할 수 없었다.

지난 30년 동안 우리는 유신헌법, 박대통령 시해사건, 12·12 쿠데타와 5·18 광주민주화운동, 6월 민주항쟁, 성수대교·삼풍백화점 붕괴, 무장공비 침투, KAL기 추락, 두 전직 대통령 비자금사건 그리고 IMF 사태에 이르기까지 수많은 역사의 아픔을 겪어야 했다. 그런 가운데 한강의 기적을 낳았고, 88올림픽과 2002 월드컵을 치렀으며, 지구상에서 가장 짧은 기간에 '가난을 물리친 나라'를 만들었다.

삼성도 당시 순이익 100억 규모에서 10조를 넘겼으니 1,000배 이상 성장한 것이다. 특히 1993년 이건희 회장과 함께한 삼성 신경영은 한국기업 삼성에서 세계기업, 초일류 기업 삼성을 만드는 기폭제 역할을 하였다. 2000년도 이후부터는 한 해 이익이 창업 후 60년 동안의 이익을 합친 것보다 더 많이 내게 됐으니, 이야말로 기적이 아니고 무엇이겠는가! 그 성장 속에 우리의 '피와 땀과 눈물'이 있었음을 우리는 자랑스럽게 생각한다.

이렇게 보낸 직장생활 30년! 신명의 가호와 대덕의 은덕으로 여기까지 왔으니 한없이 감사하고 감사할 따름이다. 위대한 스승을 만나 가르침을 받았으니 이것이 신명의 가호요, 훌륭한 선배, 좋은 동료, 후배들의 도움을 받아 자부심(Pride)과 신뢰(Trust)와 즐거움(Enjoy)이 가득한 Great Work Place를 만들어 가니, 이것이 바로 대덕의 은덕이 아니고 무엇이겠는가! 이날 J군이 열창한 'My way'는 우리의 마음을 대변해 주기에 충분했다.

"I've lived a life that's full.　　　　　　　　나는 바쁘게 살아왔지

I've traveled each and every highway,　　모든 고속도로를 다 달리면서

And more, much more than this,　　　　그리고 더욱 더 중요한 건

I did it my way　　　　　난 내 방식대로 나의 길을 걸어왔다는 거야."

앞으로 닥쳐올 30년은 또 어떻게 될까? 지난 30년이 지난 3,000년보다 더 많이 변했듯, 앞으로 30년은 또 상상을 초월할 만큼 큰 변화가 올 것이다. 변화의 속도는 더 빠르고 그 파고는 더욱 더 클 것이다.

그 변화를 주도해 나갈 주역은 바로 우리의 아들, 딸, 아우 세대들이 될 것이다. 그 후배들을 잘 키우는 것이 바로 우리가 해야 할 마지막 사명이 아닐까? 지천명(知天命)의 나이를 넘고 보니 '사람이 희망'이고 '인재가 경쟁력'임이 온 가슴으로 느껴진다.

사람의 일생은 무거운 짐을 지고 먼 길을 가는 것과 같다. 처음에는 '가족에 대한 책임'으로 무거운 짐을 졌으나, 이제는 '사회에 대한 책임' '역사에 대한 책임'으로 더 무거움을 느끼는 우리 세대! 남들은 '낀 세대, 쉰 세대, 이름 없는 세대'라 말하지만, 더 큰 꿈이 있고 더 뜨거운 열정이 있어 영원한 청춘을 노래하는 우리 세대!

거친 광야를 거쳐 High way를 질주했던 지난 세월, 앞으로 세월의 속도는 더욱 더 빨라질 것이다. 30대는 시속 30km, 40대는 시속 40km, 50대는 50km라 하였던가. 그 동안 '빠르게 사는 법'을 터득하였으니 이제는 역으로 '느리게 사는 법'을 터득할 것이다. 밖에서 안으로 끌어오는 Outside In의 소아적(小我的) 삶을 넘어, 안에서 밖으로 베푸는 Inside Out의 대아적(大我的) 삶을 지향하며 살아갈 것이다. 그리고 우리 모두는 제 각각 My way를 힘차게 부를 것이다.

2. 세기말의 대변혁과 21세기

• • •

20세기말은 정보혁명 시대라고 말한다. 정보 혁명은 기술 혁명에서 비롯된다. 1991년 걸프전쟁 때 단 두 발의 스마트폭탄을 가지고 이라크 국방성을 완전히 파괴시켜 버렸다. 제2차 세계대전 때였다면 9,000개의 폭탄을 떨어뜨려야 가능할 일이었다. 이것은 바로 첨단 기술인 반도체칩이 있었기 때문이다. 반도체칩은 첨단 정보 기술을 발달시켜 철의 장막 소련을 멸망시키는데 기여했고, 죽의 장막 중국을 개방화시켰다.

바야흐로 세계는 기술 경쟁의 시대에 접어들었다. 기술 개발의 속도가 엄청나게 빨라지고 있다. 과거 100년의 변화보다 지난 10년의 변화가 훨씬 더 컸으며, 앞으로 몇 년 간의 변화는 그야말로 예측불허이다.

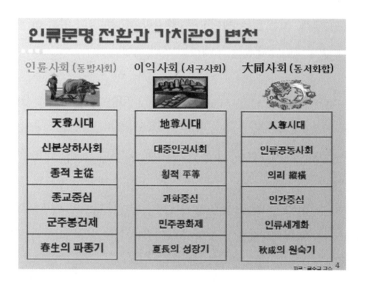

삼성전자의 반도체 기술만 보더라도, 10여 년 동안 집적도는 1,000배가 넘게 발전되었다. 국가 간의 전쟁은 점차 사라져 가고 있지만, 새로운 경쟁, 바로 기술경쟁이 시작되고 있다. 군사력이 국력인 시대가 가고 과학 기술력이 바로 국력인 시대가 온 것이다.

그러면 기술만이 인간의 행복을 보장해 주는가? 그렇지 않다. 전쟁과 싸움으로 얼룩진 상극(相克)의 시대가 가고 상생(相生)의 시대가 오고 있다. 21세기는 첨단 기술의 발전에 따라 풍요로운 삶이 기대되는 반면, 환경 파괴와 인간성 상실의 불안을 극복해야 하는 시대이다.

바로 도덕의 시대가 오고 있으며, 또 분명히 와야 한다고 많은 세계 석학들은 예견하고 있다. 도덕의 시대는 물질보다는 정신을 중시하고 양(量) 중심의 가치 추구에서 질(質) 중심의 삶의 가치를 추구하는 시대이다. 인간과 자연이 함께 조화를 이루는 시대이다.

역사가들은 1차 농업혁명 시대에는 '자연'을 모델로 한 지식이 지배하였고, 2차 산업혁명 시대에는 '기계'를 모델로 한 지식이 지배하였으나, 3차 정보혁명 시대에는 '인간'을 모델로 한 지식이 지배한다고 한다.

하느님의 이름으로 다스리던 '천존(天尊)의 시대'에서 과학, 물질을 중시하는 '지존(地尊)의 시대'를 넘어 앞으로는 사람이 하느님인 시대, 하느님이 내 안에 있는 '인존(人尊)의 시대'가 도래하였다고 말한다. 사람을 하느님처럼 여기고 인간의 마음을 터득하고 교환하는 기술이 없으면 이제 공장을, 종업원을, 소비자를 움직일 수가 없다.

21세기 세계 중심국가—대한민국

21세기는 환태평양시대(環太平洋時代)라고 한다. 500년 전까지만 해도 세계 무역의 중심지는 '지중해(地中海)'였다. 그것이 지난 500년 동안에 '대서양(大西洋)'으로 옮아왔다. 그런데 앞으로는 '태평양(太平洋)'이 세계 무역의 중심지가 된다고 한다. 지중해가 '과거의 바다'라면, 대서양은 '현재의 바다'요 태평양은 '미래의 바다'다.

태평양 지역이라 함은 태평양을 끼고 있는 나라, 즉 우리나라를 비롯하여 중국, 일본, 대만, 홍콩 등 동남아시아와 미국의 서부를 일컫는다. 이 지역의 인구는 세계 인구의 ⅜를 차지한다. 지정학적으로 한국이 한가운데 위치하고 있다. 세계에서 땅덩어리가 가장 넓은 러시아, 세계에서 가장 인구가 많은 중국, 경제력이 강한 일본, 토탈 파워가 가장 센 미국이 바로 우리의 이웃이다. 과거 상극의 시대, 무력전쟁의 시대에는 우리나라가 이 외세의 영향을 받아 많은 고난을 당하였으나, 앞으로 상생의 시대에는 이들이 우리나라와 서로 돕고 살지 않으면 안 되게 되어 있다.

어느 통계에 의하면, 3국시대부터 조선시대 말까지 1년 9개월에 한 번

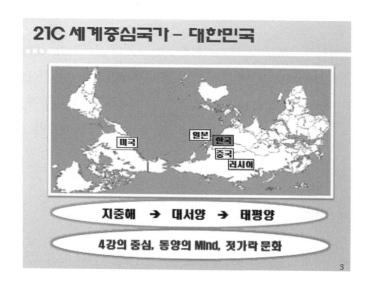

씩 외침을 받았고 9개월에 한번씩 국내의 변란이 있었으며, 6개월에 한 번 꼴로 정치·사회적 변혁이 있었다(윤태림 〈의식상으로 본 한국인〉 중에서) 고 한다. 이런 속에서 여기까지 온 것만 보아도 참으로 끈질긴 민족이다.

그러나 이제 세계사는 상생(相生)의 역사를 만들어 가야 살아 남는 시대가 왔다. 상생의 시대, 세계 4강의 중심에 대한민국이 있다. 환태평양 시대, 대한민국은 세계 중심국가가 되고 말았다. 미국이 발전하기 위해서는 한국과 손잡아야 하고, 중국이 성장하기 위해서는 한국과 협조해야 하며, 일본과 러시아 역시 한국과 상생(相生)해야 한다. 우리는 세계 최고의 시장을 곁에 두고 있다.

세계 미래학의 최고 권위자 존 나이스비트(Jhon Naisbitt)는 이미 30여 년 전에 다음과 같이 말했다.

지금 태평양 지역경제는 세계 나머지 지역보다 무려 3배 이상 빠르게 성장하고 있다. 패션, 디자인, 관광, 예술 분야에 있어서도 아시아 지역이 점차 세계를 주도하고 있다. 그러면 환태평양 지역의 어느 나라가 과연 세계 경제를 리드할 것인가. 중국은 경제대국으로 부상이 예상되지만, 오랜 공산주의 체질을 개선시키고 농업 중심 경제에서 탈피하여 공업화하는 데는 좀 더 많은 기간이 필요할 것이다. 대만은 세계 12대 무역국으로 성장하였지만 인구가 겨우 200만 명에 불과하다.

홍콩 역시 세계 최대의 금융 중심지이나 중국의 관문 역할에 그칠 전망이다. 싱가포르는 세계 최고의 저축률을 자랑하는 초도시 국가이나 인구 260만 명으로 심각한 노동력 부족이 문제이다. 21세기에 주목해야 할 나라는 바로 한국이다!

앨빈 토플러(Alvin Toffler)는 2006년 "서구사회가 산업화를 이루는 데

300여 년이 걸린 것을 한국은 불과 30여 년 만에 이루었고, 정보화는 처음부터 1등이다! 한 세대에 1,2,3차 물결을 모두 달성한 유일한 나라가 바로 한국"이라고 말했다.

한국인은 세계에서 가장 열심히 일하는 민족이요, 세계 최대의 철강 공장을 가지고 있는데, 무엇보다 무서운 것은 세계에서 가장 높은 교육열을 갖고 있다는 것이다. 요즈음 '한류'가 세계인들에게 선풍적인 인기를 끄는 것을 보면, 우리는 이미 세계 중심에 서 있는 것 같다는 생각이다.

우리 민족의 우수성

그러면 우리가 환태평양 시대에 세계 주역이 될 수 있는 이유는 어디에 있는가?

첫째로, 우리 민족은 도덕(道德)을 중시하는 민족이기 때문이다. 21세기는 분명 도덕사회가 오게 되어 있는데, 우리는 세계 민족 가운데 법보다 도덕을 가장 중시하는 민족이다. 단군신화의 홍익인간(弘益人間)의 건국이념은 인간존중 사상의 시초이다. 삼강오륜(三綱五倫)의 법도를 이처럼 지키려 한 민족이 이 지구상에 또 어디에 있는가. 단군 이후 4,340여 년 동안 한 번도 다른 나라를 침범하지 않은 착한 나라, 평화를 사랑하는 태평국(太平國), 인의를 중시하고 불의를 용납하지 않는 나라가 바로 대한민국이다. 중국의 성리학이 우주론이라면 한국의 성리학은 인간론이다. 인간존중 사상이 가장 뿌리 깊게 박혀 있는 나라가 바로 대한민국이다.

둘째, 우리 민족은 창조적(創造的) 민족이다. 고려의 금속활자(金屬活字)는 세계 최초를 자랑하는 독일의 그것보다 200년이나 앞섰으며, 첨성대, 거북선, 측우기, 석빙고, 김치(발효 기술) 등은 원래 우리 민족이 창조적 민족임을 입증하여 주고 있다.

　미국에서 이공계 박사학위를 가장 많이 받는 사람이 우리 한국인이며, 세계에서 국민 1인당 박사학위 소지자가 가장 많은 나라가 바로 한국이다. 영국의 옥스퍼드대학 언어학과에서는 한글을 세계에서 가장 훌륭한 문자로 평가했다. 1996년 세계 언어학자들이 프랑스에서 모임을 갖고 한글을 미래 세계의 공통어로 지정했다고 한다. 우리나라는 석유 한 방울 나지 않고, 국토마저 75%가 산으로 덮여 있어 다른 나라처럼 천연자원의 혜택도 별로 없다. 그러나 사계절이 분명한 아름다운 금수강산 만큼이나 명석한 두뇌를 소유하고 있는 민족이다. 세계 IQ 조사 결과를 보면 한국이 단연 1위이다(도시국가 제외). 명석한 두뇌. 뚝심과 자존심, 높은 교육열, 거기에 더하여 멋과 흥을 아는 신바람! 가장 보수적인 대륙인 기질과 가장 진취적인 섬나라 기질을 함께 갖춘 반도민족. 근면한 국민성과 풍부한 숙련된 노동력. 바로 이 인적자원이야말로 21세기 정보화 사회의 경쟁력이다.

　셋째, 우리 민족은 멋과 흥을 아는 '신바람' 민족이다. '신바람'은 사람들 사이에 마음과 마음, 기(氣)와 기가 서로 투합되어서 나오는 폭발적인 에너지를 말한다. 남이 시켜서가 아니라 자발적으로 참여하는 자율이 있고, 옳다고 생각하는 일, 가치가 있다고 생각되는 일에 대해서는 물적인 자기 이익을 초월하여 앞장서지 않으면 못 배기는 강한 자기희생 정신이 있다.

　우리나라가 인구수로 보면 세계 23위, 국토 면적은 세계에서 150번째이지만 세계 10대 경제대국이 될 수 있었던 것은 바로 이러한 '신바람'이 있었기 때문에 가능했을 것이다.

　21세기 문화의 시대에는 바로 이 기(氣)가 중요시되는 시대이며, 이 기에서 창조적 에너지가 나온다.

그런데 지금 우리의 현실은 어떠한가. 우리는 불행하게도 도덕불감증(道德不感症)과 물질만능주의에 빠져 버렸다. 그리하여 모두가 불신하는 시대가 되어 버렸다. 그러다 보니 모두가 제 몫 챙기기에 바빠 극도의 개인 이기주의와 집단 이기주의의 병에 걸리고 말았다. 정치는 권력 투쟁의 장이 되었고, 사회 분위기는 국제화, 개방화 시대에 국내 편집증에 집착하고만 있다. 기를 펴서 '신바람'을 일으켜야 할 민족이 오그라져 버렸고, 세계무대로 힘차게 뛰쳐나가야 할 때에 서로 뒷다리를 잡고 있다.

바야흐로 국운은 우리에게 밝은 서광을 비쳐주고 있다. 우리는 지금 정신을 똑바로 차리고, 밝은 미래, 넓은 세계로 나아가야 한다. 그러려면 이 얽히고설킨 것을 먼저 풀어야 한다. 무엇으로 풀 것인가? 그것은 바로 도덕(道德)뿐이다.

인류 사회에서는 도덕 문명을 진보시켜야 물질문화가 발달되고 풍부해지지만, 물질문화를 앞세우면 도덕문화가 퇴보된다. "암암(暗暗)한 이

사회를 밝히는 도덕, 혼잡한 질서를 바로잡는 도덕 진행, 나의 적을 물리치는 도덕 무장, 나도 도덕 너도 도덕, 도덕으로 조직하자"(도덕경).

너부터가 아니라 나부터, 네 탓이 아닌 내 탓으로, 5천만 모든 국민이 자성반성(自性反省)으로 상생(相生)의 길로 나아간다면, 우리는 분명 21세기 세계의 주역이 될 것이다.

3. 인재전쟁시대

• • •

    무력전쟁이 국가와 국가 간의 영토확장 전쟁이라면 경제전쟁은 국가를 대신한 수많은 기업과 기업 간의 무한경쟁이다. 무력전쟁이 총과 칼과 대포로 싸우는 '보이는 전쟁'이라면, 경제전쟁은 지식과 정보와 창의력으로 싸우는 '보이지 않는 전쟁'이다. 그래서 우리나라에는 지금 두 개의 군대가 존재하고 있다. 60만 대군은 우리의 국토를 방어하는 '방어군'이며 경제전쟁의 '공격군'은 바로 '기업'이다.

    세계적 경영 컨설팅 기관인 매킨지는 이 경제전쟁의 핵심을 바로 '인재전쟁(The war for talent)'이라고 했다. 다가올 지식기반 경제체제에서는 탁월한 우수 인재를 얼마나 확보하고 양성하느냐에 따라 기업의 존망이 결정된다는 것이다.

    삼성인력개발원에는 다음과 같은 이건희 회장의 인재의 중요성에 대한 어록이 걸려 있다.

    "디지털 시대는 총칼이 아닌 사람의 머리로 싸우는 '두뇌전쟁' 시대라고 할 수 있으며, 뛰어난 인재가 국가와 기업의 경쟁력을 좌우하게 될 것이므로 디지털 시대를 이끌어갈 경영인력, 기술인력을 체계적으로 육성해 가는 한편 그런 인재들이 창조적 능력을 마음껏 발휘할 수 있는 '두뇌천국'을 만드는 데 힘을 쏟아야 한다."

    "일류 기술과 일류 제품은 일류 인재가 만든다는 평범한 진리를 되새겨 뛰어난 인재를 확보하고 육성하는 데 더 많은 관심을 기울여야 한다. 창의력과 지식이 더 소중해지는 21세기에는 인재야말로 기업의 가장 중요한 자산이 될 것이다."

우리는 이러한 시대적 소명에 부응하여 어떻게 인재전쟁에 현명하게 대처해 승리할 것인가를 고민해야 한다. 과거 자원기반 경제사회가 '몸을 움직이고 손을 쓰는' 인간의 육체노동을 중시했다면, 새로운 지식기반 경제사회는 '마음을 움직이고 머리를 쓰는' 새로운 지식노동이 중시되는 사회이다. 탁월한 두뇌인력의 확보, 그리고 탁월하지는 않지만 기업 내의 숨은 가치(hidden value)라 할 수 있는 대다수 종업원들의 잠재능력을 키워주는 기업문화를 어떻게 조화시켜 나갈 것인가?

이 두 가지 명제가 바로 "Shared Value & Core People"이라는 오늘의 주제이다. 오늘의 이 명제를 해결함에 있어서 나는 다음과 같은 두 가지 접근 방법의 전환을 제언한다.

첫째, 사회는 거대한 기계라는 가정, 그래서 인간도 그 기계의 일부분으로 보는 과거 산업사회의 인적자원 관리에 대한 이론은 수정되어야 한다. 인간(人間)은 글자 그대로 '사람 人' 자에 '사이 間' 자이다. 사람과 사람의 관계, 즉 네트워크 속에서 진정한 시너지가 나오고 창조성이 발현된다는 점이다.

둘째, 타사가 모방할 수 없는 경쟁우위 확보를 위해서는 무엇보다 경영전략 수립을 할 때 기존의 '사업 중심 관점'을 '가치 중심, 사람 중심의 관점'으로 전환하는 것이 필요하다. 일반적으로 경영전략은 "사업전략 → 조직구축 → 인력채용"의 순서로 진행되는 '사업제일주의'적 관점에서 수립되었다. 그러나 인재전쟁에 승리한 초우량 기업들은 "First who, Then what!", 즉 "먼저 사람 그리고 사업"의 순서로 진행되고 있다는 점이다.

"우리가 추구하는 가치와 신념은 무엇인가?" "그러한 가치와 조화를 이룰 수 있는 경영방침과 경영 활동은 무엇인가?" 이러한 질문을 먼저 하고 나서 그러한 경영 활동을 바탕으로 핵심역량을 개발해 나가는 것이 가치 중심적 관점이다. 인재전쟁에 승리한 기업들은 핵심가치 실현을 위한 사람 중심의 전략을 통해 놀라울 정도로 기업문화와 조화를 이루며 일관성 있게 추진하고 있다.

기업에서의 '머리'와 '가슴' – 'Core People'과 'Shared Value'의 거리를 얼마나 빨리 단축시킬 것인가가 바로 인재전쟁의 관건이다.

- 핵심인력을 어떻게 확보하고 양성하며 평가하고 보상할 것인가?
- 인간의 타고난 재능을 어떻게 조기 발견하여 자신의 능력을 100% 발휘할 수 있도록 할 것인가?
- 기업의 핵심가치가 모든 종업원의 가슴속에 어떻게 일관성 있게 살아 있고, 호흡되고, 표현되게 할 것인가?
- 유능한 직원을 찾아내고, 그들에게 창조적 동기를 개발하며 열정을 분배하는 리더십을 어떻게 개발할 것인가?
- 퍼포먼스(Performance)를 창출해낼 수 있는 효과적인 인재양성 방법은 무엇인가?

이러한 질문에 대하여 우리는 답을 내야만 한다.

4. 사람이 희망이다

• • •

기업도 사람이고 가정도 사람이다. 나라도 사람이 운영하는 것이다. 국가와 기업의 장래가 모두 사람에 의해 좌우된다는 것은 명백한 진리이다. 예부터 "1년의 계(計)는 곡물을 심는 데 있고, 10년의 계(計)는 나무를 심는 데 있으며, 100년의 계(計)는 사람을 심는 데 있다."고 했다.

삼성을 창업한 호암 선생은 "내 일생을 통해 80%는 인재를 모으고 교육시키는 데 시간을 보냈다."고 말했다. 그는 당신 손으로 수표나 전표에 도장을 찍거나 물건을 직접 산 적이 없었다. 도장을 찍고 비즈니스를 할 사람을 찾고 기르는 데 온 정성을 쏟았을 뿐이다.

그의 뒤를 이어받은 이건희 회장 역시 인재를 소중히 함으로써 오늘날 삼성을 '국내 최고'에서 '세계 일류 기업' 반열에 올려놓았다. 위대한 성공을 이룩한 잭 웰치(Jack Welch)나 캘러웨이, 스필버그 등도 사람을 가장 중요시 했다. 그들은 한결같이 이렇게 말한다. "First who(먼저 사람), Then what(그 다음이 사업)!" 이것이 위대한 기업인의 모토요, 철학이다.

우리는 국토가 좁다고 탓할 필요가 없다. 세계로 나아가야 한다. 산업 시대에서 지식·정보화 시대로 가면서 세상을 바꾸는 엔진은 바로 인터넷이다. 이제 지식·정보화 사회는 두뇌자원과 함께 무한대의 사이버 세상을 점령하는 자가 살아남는다. "세상은 가진 자와 못 가진 자의 격차에서 연결된 자와 연결되지 못한 자의 격차로 나뉠 것이다"(제레미 리프킨, 『소유의 종말』).

우리나라 인터넷 이용자 3,800만 명, 초고속 인터넷 보급률 세계 1위, 이동통신 이용자 4,400만 명, IT 생산비중 GDP의 31%, 수출의 35%(2009년), IT 생산 251조, 수출 1천 200억 달러. "Broad band IT Korea - 정보통신 1등 국가 건설." 이것이 IT강국 대한민국의 모습이다. 국민 소득 2만 달러, 3만 달러 시대로 나아가기 위한 최고의 경쟁력이다.

인터넷은 바로 헌터(hunter) 기질을 갖고 있는 우리 국민성에 딱 맞아떨어지는 것이다. 잭 웰치 GE 회장은 한국인을 "21세기 징기스칸"이라고 일컬었다. 21세기 신유목 이동문명시대(노마디즘)에 가장 주시해야 할 나라가 바로 대한민국이라고 그는 일찍이 간파하고 있었다. 그러면 이러한 시대에 우리는 어떠한 인재를 필요로 하는가?

• 인의예지(仁義禮智)의 품성과 신언서판(身言書判)의 능력을 갖춘 '교양인'을 키우자.
• 창의적 사고와 도전정신으로 디지털 시대의 새로운 가치를 창출하는 실사구시(實事求是)의 '전문인'을 키우자.
• 인류사회에 공헌하는 글러벌 역량을 갖춘 '홍익인간(弘益人間)'의 '리더'를 배출하자!

인의예지(仁義禮智), 실사구시(實事求是), 홍익인간(弘益人間)의 리더가 바로 21세기 참다운 인재의 모습이요, 이 나라의 희망이다. 그 희망은 오로지 교육을 통해 이루어지니 "교육이 힘이다."

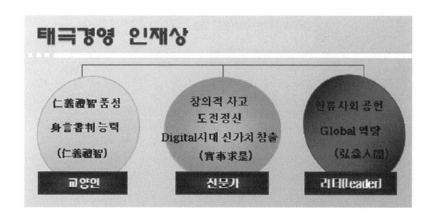

5. 태극경영론-창조 혁신 미래, 태극기에 길이 있다!

· · ·

국기는 한 나라의 상징이요, 국가 이념과 이상의 표현이다. 대부분의 국기는 동물이나 식물, 해, 별 등이 그려져 있는데, 우리 태극기는 독특한 상징물이 그려져 있다. 여기에는 무슨 뜻이 들어있는 것일까?

"태극기는 우리 대한민국의 이념과 민족정신을 상징하는 국기이다. 백색을 바탕으로 중앙에 일원상의 태극이 있고, 거기에 음(靑)과 양(紅), 양의(兩儀)가 포함되어 있으며 건, 곤, 감, 리의 4괘가 배치되어 있다.

태극 일원 속에 자리 잡은 홍색의 양(陽)과 청색의 음(陰)이 상하로 상대화합되어 있다. 음과 양은 본시 성질을 달리 하면서도 상호의존하고 있다. 4괘는 실상 8괘의 축약으로써 음양의 작용이 공간적으로 광대무변하고 시간적으로 영원 무구함을 나타낸다.

왼편 위의 건(乾)은 태양(太陽)으로 양이 가장 왕성한 방위에 배치되어 있고, 오른편 아래의 곤(坤)은 태음(太陰)으로 음이 가장 성한 방위에 배치되어 있다. 오른쪽 위의 감(坎)은 소양(少陽)을, 왼편 아래 리(離)는 소음(少陰)을 나타낸 것이다.

건(乾)은 하늘의 도로 지선지공(至善至公)의 정의(正義)를 의미하고, 곤(坤)은 땅의 도로 후덕과 풍요의 공리(公利)를 상징한다. 감(坎)은 물의 성질로 지혜와 활력을 나타내고, 리(離)는 불의 성질로 광명과 정열을 뜻하는 것이다. 요컨대 정의와 풍요, 광명과 지혜, 이 네 가지는 우리 대한민국이 희구하는 좌표인 동시에 홍익인간의 국시(國是)를 표현한 것이라 하겠다"(류승국 「태극기의 원리와 민족의 이상」 중에서).

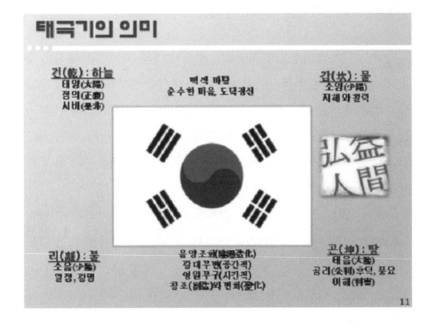

우리나라 국민은 태극기의 의미를 얼마나 알고 있을까? 나라를 다스리는 정치 지도자들은 얼마나 태극의 의미를 이해하며 나라를 이끌어

가고 있을까? 회사를 운영하는 경영자들은 또 얼마나 태극의 정신을 알고 회사를 운영하고 있을까?

세상은 바야흐로 서양문명 시대에서 동양문화의 시대로 접어들었다. 대서양 시대에서 태평양 시대로 바뀐 것이다. 과거 상극의 시대에서 상생의 새로운 시대가 열리면서 동양의 정신이 새로운 가치관으로 주목을 받고 있는 것이다. 그 동양의 정신이 바로 태극기에 들어 있는 것이 아닐까?

태극기 안에는 세 가지 의미가 들어 있다. ①우리는 무엇을 갖추고자 하는가?(to-have) ②우리는 무엇을 하고자 하는가?(to-do) ③우리는 무엇이 되고자 하는가?(to-be).

첫째, 우리는 무엇을 갖추고자 하는가?(to-have)

태극기의 백색 바탕은 백의민족의 순수한 마음, 바로 도덕정신을 뜻한다고 볼 수 있다. 우리 민족은 예부터 인과 의를 중시하고 불의를 용납하지 않은 특성을 갖고 있다. 단군 이래 4,300여 년 동안 1천여 번의 외침을 받았어도 단 한 번도 남의 나라를 침범하지 않은 나라, 그러면서도 살아남은, 크게 평화를 사랑하는 민족, 그래서 우리나라를 일컬어 태평국(太平國)이라 불렀다. 군자의 나라이다.

군자가 되기 위해서 가장 먼저 갖추어야 할 덕목이 무엇인가? 인의예지(仁義禮智)이다. 인의예지는 인간으로서 반드시 갖추어야 할 기본 덕목이다. 인의예지는 순수한 마음에서 발현된다. 동양철학에서는 인간의 본성은 하늘이 품부하여 준 것이므로 본성 속에는 이미 천리(天理)가 내재되어 있다고 본다.

이 천부의 본성은 모든 사람 누구나 보편적으로 갖고 있다. 절대세계의 이 선험적인 '본연의 성'[本然之性]은 지극히 선하지만 상대세계의 경험적인 '기질의 성'[氣質之性]은 때가 묻어 더럽혀진 것도 있어 선과 악을 모두 갖고 있다. 따라서 내 마음 속에 있는 하느님, 부처님—본연지성을 찾는 것이 나를 찾는 것이요, 인격을 완성하는 최고의 도달점이다.

옛 선비들은 하늘을 본받고자 하였다. 하늘을 본받는 것, 이 우주의 절대자, 지고지선의 신명, 하느님 모습을 닮아 가는 것, 이것을 최고의 가치로 본 것이다. 태극기의 '태극(太極)'은 지극히 크고 높은 것, 절대적 진리, 절대적 사랑을 뜻하며, 그것은 바로 아주 먼 곳에 있는 것이 아니고 각자의 마음속에 있는 하느님을 말하는 것이다. 순수한 백색 바탕은 바로 이 때묻지 않은 백의민족의 정신을 표현한 것이리라.

둘째, 우리는 무엇을 하고자 하는가?(to-do)

태극기의 중앙 일원 속에 자리잡은 홍색의 양(陽)과 청색의 음(陰)이 상하로 상대화합되어 있다. 음과 양은 본시 성질을 달리하면서도 상호의존하고 있다. 이것은 우주의 원리를 표현하고 있다.

"우주의 원리로는 우선 '항동(恒動)'의 원리를 들 수 있다. 항동의 원리란 우주는 항상 움직인다는 말이다. 그것은 우리의 일상생활에서도 확인할 수 있다. 하루를 예로 들어보면, 자시(子時)에 하늘이 열리고 축시(丑時)에 땅이 열리고 인시(寅時)에 사람이 일어나면서 모든 것이 움직이기 시작한다.

또한 1년을 예로 들어보더라도 한 해의 봄부터 그 이듬해 봄까지 모든 것은 저마다 항상 움직인다. 이러한 모든 움직임이 바로 우주가 항동하는 예이다. 그런데 이 항동의 원리는 곧 '순환(循環)'의 논리로 이어진다. 그 어떤 것도 항상 움직이기 위해서는 그것이 처음에서 끝까지 갔다가 그냥 끝나버리는 직선적인 것일 수 없다.

우주의 항동 역시 어떤 직선을 따라 계속 달려가다 마지막이 되면 종말로 끝나버릴 수는 없다. 그것은 순환의 논리로 이어질 때에만 영원성이 담보된다. 즉 어제의 하루가 오늘의 하루로 계속 이어지고, 작년이 올해로 계속해서 이어지고, 수수억만 년이 지나도 늘 그와 같이 면면히 이어질 수 있는 것은 바로 우주가 항동을 하되 반드시 순환하기 때문에 그렇다.

우주의 항동과 순환의 원리 이면에는 반드시 존재들 상호간에 서로 어떤 작용을 하게 되어 있다. 그것을 상호간에 주고받는 '수수(授受)' 작용이라고 한다. 이러한 수수작용이 있음으로 인해 우주의 항동과 순환은 무가치한 움직임이 아니라 실제적인 생명력을 갖게 되는 것이다. 예를 들면 부부간에도 서로 주고받는 수수작용에 의해 새로운 생명이 태어나고, 천지간에도 하늘과 땅이 서로 주고받는 수수작용을 통해 자연현상이 있게 되는 것이다"(한양원, 『겨레얼 살리기와 韓民族의 미래』 중에서).

음과 양이 서로 조화를 이루어 끊임없이 변화를 이루는 것, 공간적으로는 광대무변하고 시간적으로 영원무구한 창조와 변화! 융합, 소통, 화목, 상생, 이것이 바로 우리 민족이 하고자 하는 것이다.

태극의 가운데 원 안이 ─자로 반분되지 않고 S자가 누워 있는 형태로 된 것은 무슨 의미가 있는 것일까? 음과 양이 팽팽히 대립하지 말고, 서로 주고(Give) 받고(Take), 밀어주고 끌어당기라는 뜻이리라. 회사를 운영함에 있어서도 시비와 이해를 잘 조화시키고, 인재를 등용함에 있어서도 한쪽으로 치우침 없이 골고루 등용하고 서로 다른 것을 인정하면서 소통하고 융합하라는 메시지가 바로 이 태극기 안에 들어 있다. 화학방정식에서 보면, 수산화나트륨, 즉 양잿물($NaOH$)과 염산(HCl)을 섞으면 소금($NaCl$)과 물(H_2O)이 된다. 서로 다른 극과 극의 성분이라도 이렇게 융합하면 사람에게 가장 필요한 소금과 물이 되는 이치가 그것이다.

주역에는 8괘에 대한 설명이 있다. 그 중 대표적인 괘가 건괘와 곤괘다. 건괘는 양을 상징하는 대표 괘요, 곤괘는 음을 상징하는 대표 괘이다. 이 양과 음의 조화로 모든 자연의 이치와 인간이 살아가는 지혜를 풀어가고 있는 것이다.

"하늘은 위에서 높이 만물을 비추며 덮고 있고, 땅은 아래에서 낮게 위치하여 만물을 실어 키워낸다. 건괘는 하늘처럼 꿋꿋하게 만물을 이끌어 가는 성격을 가졌고, 곤괘는 부드럽게 건을 추종하는 성격을 갖는다. 건도(乾道)에서는 남성을 만들고, 곤도(坤道)에서는 여성을 만든다. 건은 위대한 창조를 주관하고, 곤은 만물을 완성하는 일을 한다"(『주역』「계사전」).

창의적이고 새로운 이론을 만들고 조직에 끊임없이 새로운 화두를 던지는 것은 양의 일이고 하늘의 일이다. 그러므로 양은 주로 앞에 서서 일을 추진하는 역할을 한다. 이에 비해 새로운 이론을 응용하고 마무리하는 것은 음의 일이고 땅의 일이다. 아버지가 돈을 버는 능력이 있다면, 어머니는 그 돈으로 가정의 살림을 꾸려 나가는 현실적인 능력이 있는 것과 같다. 회사에서 보면 기획, 연구개발 등 창의적 분야에 종사하는 사람들을 건(乾)맨이라 한다면, 재무 관리 등 보수적인 분야에 근무하는 사람들을 곤(坤)맨이라 할 수 있다. 양의 성격이 강한 건맨은 마음을 중시하고 의리를 앞세운다. 음의 성격이 강한 곤맨은 몸을 중시하고 이익을 추구한다.

결국 음과 양이 서로 보완하고 조화를 이루어 서로가 서로를 살리는 상생이 21세기 인류가 지향해야 할 길인 것이다.

음양造化 - 창조, 변화

건(乾)	곤(坤)
• 양(陽), 남성적, 굳셈 　정의(正義) - 시비	• 음(陰), 여성적, 부드러움 　공리(公利) - 이해
• 낳는 것(生), 創造, 마음, 정신문화	• 기름(育), 마무리, 육체, 물질문명
• 인자(仁者), 형이상학적, 의리도덕, 　이상주의	• 지자(知者), 형이하학적, 이익규칙, 　현실주의
• 성선설 사회, 爲己之學	• 성악설 사회, 爲人之學
• 종교 도덕, 인문과학	• 사회과학, 실용과학
• 하나 되려는 것, 동질성 강조	• 나누려는 것, 분별성
• 한국	• 일본
• 음이 없으면 현실적 어려움	• 양이 없으면 천박

$$NaOH + HCl = NaCl + H_2O$$

셋째, 우리는 무엇이 되고자 하는가?(to-be)

　태극기에는 네 개의 괘가 있다. 왼편 위의 건(乾)은 태양(太陽)으로 하늘, 즉 지선지공(至善至公)의 정의(正義)를 상징하고, 오른편 아래의 곤(坤)은 태음(太陰)으로 땅, 후덕과 풍요의 공리(公利)를 상징한다. 오른쪽 위의 감(坎)은 소양(少陽)으로 물, 즉 지혜와 활력을 뜻하고, 왼편 아래 리(離)는 소음(少陰)으로 불 즉 광명, 열정을 상징한다.

　건과 곤이 서로 주고받고 조화를 이루는 가치는 '시비'와 '이해'이다. 모든 일에 옳고(是) 그름(非)을 가리어 옳음을 행하는 것이 하늘의 도요, 하느님의 마음을 본받는 것이다. 또 이로움(利)과 해로움(害)을 분별하여 이로움을 취하고 땅에서 만물을 자라게 하여 세상을 풍요롭게 해주는 것이 땅의 도요, 땅의 원리이다.

　그래서 이 하늘과 땅, '시비'와 '이해'를 잘 조화시켜 나가는 것이 바로 국가 경영자나 기업 경영자가 가장 염두에 두어야 할 사안인 것이다.

국가의 이해를 따지지 않고 시비만 가리느라 허구헌 날 당파싸움만 일삼던 조선왕조가 망한 것은 오늘의 우리에게도 시사하는 바가 크다. 옳고 그름의 시비를 따지지 않고 오로지 이익만 추구하다 쓰러져간 기업들은 또 얼마나 많은가!

'시비'와 '이해'에 대해 율곡선생은 이렇게 말했다.

"한갓 이해만 따지는 데 급급하고, 옳고 그름을 돌아보지 않는다면 일을 처리함에 있어 의로움에 어긋나게 된다. 마찬가지로 한갓 옳고 그른 것만 따지고서 이해의 소지를 밝히지 않는다면 응변의 권능에 어긋난다. 그러므로 권(權)과 의(義)가 상황에 따라서 창의적으로 마땅함[宜]과 알맞음[中]을 얻는다면 의(義)와 리(利)가 그 가운데 융화된다 하겠다"(『율곡전서』).

'자성반성 성덕명심도덕경'에서는 이때는 정시로서 착하게 행하면 착함이 오고, 악하게 행하면 악함이 오고, 정의를 행하면 흥하고 사리(邪利)를 행하면 망한다고 했다. 설사 그 일이 이롭다고 여겨지더라도 그것이 정의에 어긋나는 사리라면 취하지 말라고 했다. 왜냐하면 그 불의의 이로움은 일시적이요, 결국에는 해가 되기 때문이다.

정의로운 나라[乾], 풍요로운 나라[坤], 지혜와 활력[坎], 열정과 광명[離]의 나라―그것이 바로 대한민국이 추구하는 홍익인간(弘益人間)의 나라이다. 이는 대한민국뿐만 아니라 21세기 모든 인류가 지향해야 할 가치관이요, 이념인 것이다.

태극기에 새겨진 이념과 정신―
백색 바탕의 순수한 마음, 즉 도덕정신을 바탕으로(갖고자 하는 것),
음과 양의 무궁한 상생의 조화(造化)를 통해 광대무변하고 영원무구함의

창조와 변화를 이루고(하고자 하는 것),

　정의(正義)와 공리(公利), 열정과 지혜가 살아 숨쉬는 홍익인간의 국가사회 건설!(되고자 하는 것)

　─이것을 '태극경영이념'이라 이름 붙여본다.

『대학(大學)』에 이르기를 "대학의 도는 밝은 것을 밝힘[明明德]에 있고, 백성을 새롭게 함[新民]에 있으며, 지극히 선함에 머무른 데 있다[止於至善]"고 하였다. 밝은 것을 밝히는 것은 바로 내 안의 밝은 덕, 순수한 마음, 도덕정신을 찾음이요(갖고자 하는 것), 백성을 새롭게 함은 광대무변하고 영원무구한 창조와 변화를 뜻하고(하고자 하는 것), 지극히 선함에 머무르는 것은 바로 홍익인간이 되는 것이리라(되고자 하는 것).

　우리나라 기업으로 세계 시장에 나가 당당히 국위를 선양하고 세계 초일류 기업을 이룩한 회사가 바로 삼성이다. 삼성이 지향하는 경영이념이 공교롭게도 태극경영이념과 일치한다. 삼성의 경영이념이 "(도덕정신을 갖춘)인재와 기술을 바탕으로[갖고자 하는 것], 최고의 제품과 서비스를 창출하여[하고자 하는 것], 인류사회에 공헌한다[되고자 하는 것]"는 것이다.

　태극경영이념을 가장 훌륭히 실천한 우리나라의 지도자를 뽑으라면 단연코 세종대왕이나 이순신 장군을 꼽을 것이다. 이 위대한 두 지도자는 인의예지의 품성과 신언서판(身言書判)의 능력을 기본적으로 갖추고(to-have), 창의적 사고와 도전정신을 통해 새로운 가치를 창출하고(to-do), 인류사회에 공헌하는 홍익인간의 민본사상을 이룩한 분들이다(to-be). 이것이 바로 오늘날에도 국가와 기업이 필요로 하는 인재상이다.

　"오늘날 인류사회는 각종 충돌과 위기에 직면해 있다. 사람과 자연의 충돌은 생태 위기를 낳았고, 사람과 사회의 충돌은 사회 위기, 인문 위기를 초래했으며, 사람과 사람 사이의 충돌은 도덕적 위기를 가져왔고, 사람 심령의 충돌은 정신적 위기, 신앙적 위기를 형성했다"(張立文, 「오늘날 유학사상의 생명과 창신」).

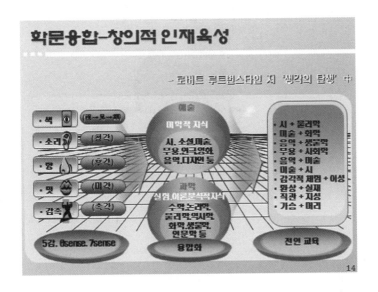

이를 극복하는 길은 태극경영이념에 있다. 동과 서가 화합하여 인류 세계화, 인류 공동사회를 이루고, 종교 중심의 과거와 물질 중심의 현재가 화합하여 인간존중 시대를 열어가야 한다. 과학과 예술이 융합하여 창의적 인재를 육성하고, 비판적 사고의 이학(理學) 교육과 긍정적 사고의 마음공부를 융합하여 도덕적 인재를 양성해야 한다. 이 밖에 모든 산업, 자본, 문화, 예술, 종교 제 분야가 융합되어야만 새로운 변화와 창조를 이룰 수 있을 것이다.

21세기 세계 중심국가로 나아가는 대한민국의 깃발! 그 깃발 속의 태극경영이념을 한마음으로 국가 지도자나 기업 경영인, 국민 개개인이 함께 나아간다면, 우리는 분명 새로운 세계 질서를 리드하는 홍익인간의 국가로 우뚝 설 것이다. "하느님이 보우하사 우리나라 만세"이다!

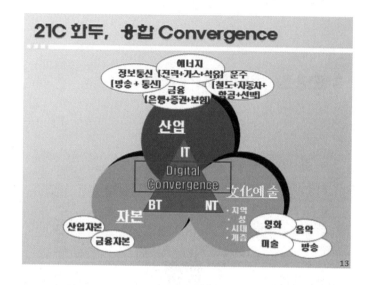

6. 꿈꾸는 젊음이 세상을 빛낸다

• • •

1. 나는 무엇이 되고 싶은가?
─항상 최고, 최상을 향한 꿈과 이를 달성하기 위한 목표를 가지고 살자

"여러분은 지금 망망대해를 항해하는 선장입니다. 배는 지금 북쪽을 향해 가고자 합니다. 모두 눈을 감고 자기가 생각하는 정북(正北)을 가리켜 보십시오." 이렇게 말한 후 다시 눈을 뜨게 하고 각자가 가리키는 방향을 확인해 본다. 물론 가리키는 방향은 제각각이다. 나침반을 갖다 놓고 실제 정북과 비교해 보면 90% 이상이 틀린 방향을 가리키고 있다. 만약 그들이 가리킨 방향으로 배를 움직인다면 90% 이상은 엉뚱한 곳으로 배를 몰고 갈 것이다.

만약 그들이 조직의 리더였다면 자신은 물론 자신의 조직원들까지 모두 바르지 못한 곳으로 항해하는 결과를 낳고 말 것이다. 그래서 "배가 어디로 갈 것인지를 모른다면 아예 노를 젓지 말라"고 말한다. 힘만 들고 뜻하지 않은 결과를 초래하기 때문이다.

우리의 인생도 망망대해를 항해하는 것과 같다. "나는 지금 어디에 있는가?" "나는 지금 어디로 가고 있는가?" 그것은 바로 우리가 항해하는 인생항로의 '정북(正北)'이다. 어떤 사람들은 그것을 '꿈'이라고 말하기도 하고 '희망'이라고 말하기도 한다. 조직에서는 그것을 '비전(Vision)'이라고 말하기도 하고 '목표'라고 말하기도 한다.

디즈니 월드를 창업한 월트 디즈니는 평생 자신의 꿈을 벽에 써 붙이고 살았다고 한다. 그가 죽기 직전 어떤 기자가 찾아가 "당신은 지금 이 순간에도 꿈이 있습니까?"라고 질문했다. 그러자 그는 손가락으로 천장을 가리키더란다. 누워서 보기 좋은 곳, 바로 천장의 벽에 그의 꿈이 적혀 있었다. 그는 죽는 순간까지 그의 꿈을 간직하고 산 '영원한 젊은이'요, '행복한 경영인'이었던 것이다.

삼성을 창업한 고(故) 이병철 회장은 사업을 통해 국가에 봉사한다는 사업보국(事業報國)의 확고한 꿈을 가지고 있었다. 그는 한일합방의 해에 출생하여 나라 없는 서러움 속에서 3·1운동, 태평양전쟁, 8·15 광복, 한국전쟁, 4·19혁명, 5·16혁명 등 격동의 한국 근대사를 온 몸으로 헤쳐 나왔다. 척박한 땅, 조국의 발전은 바로 '경제력'에 있다고 생각한 그는 기업을 통해 국가와 더 나아가 인류사회에 공헌하고 봉사하겠다는 그의 사명을 충실히 지켰다. 주위의 오해, 편견 속에서도 그를 지탱시켜 성공하게 한 힘의 원동력은 바로 사업보국(事業報國)이라는 확고한 꿈이었다.

이 세상에 위대한 업적을 남긴 이들은 모두 자기 나름의 확고한 꿈이 있었다. 그 꿈이 있었기 때문에 스스로 열정을 불태울 수 있었고, 그 꿈이 있었기 때문에 어떠한 난관이나 장애물도 돌파하고 정북(正北)을 향해 항해할 수 있었다. 꿈이 없는 인생, 그것은 목적지 없는 항해와도 같다. 바람 부는 대로, 물결치는 대로 자신의 의지와 상관없이 이리저리 살아가는 그런 인생은 아닌지 한번 자신을 되새겨볼 일이다.

"꿈은 목표를 안내하는 깃발"이며 "목표는 열망의 연료"이다. 비전/미션/목표를 수립하고 최고에 도전하며, 최고가 되겠다는 불타는 열정이 있어야 한다. 세상은 자신이 어디로 가고 있는지 정확하게 알고 있는 사람에게 길을 내준다.

우리는 단지 나이를 먹어 가면서 늙는 것이 아니다. 후회가 꿈을 대신하고 절망이 희망을 대체하는 그 순간부터 사람들은 늙기 시작한다. 꿈 꾸는 젊음이 세상을 빛낸다. 머리를 높이 치켜들고 희망의 물결을 붙잡는 한, 인간은 영원히 젊게 살 수 있다.

2. 나는 무엇을 하고 싶은가?

아침 출근길에 두근거리는 가슴으로 희망찬 하루를 열어 가는 사람만이 진정 보람찬 인생, 성취인이 될 수 있다. 종의 기원을 쓴 다윈은 "강한 자만이 살아남는다"는 종래의 적자생존의 법칙을 "변화에 순응하는 자만이 살아남는다"로 수정했다.

19세기 위대한 진화론자들, 예컨대 허버트 스펜서나 알렉산더 베인 같은 사람은 "즐기는 능력이 가장 뛰어난 자가 살아남는다"라고 말했다. '즐긴다'는 것은 그 일을 통해 '자신의 재능을 발휘한다'는 것이며 '보람을 느낀다'는 것일 것이다.

즐긴다는 것은 쾌락과 차원이 다르다. 마라톤 선수는 왜 고통스런 레이스를 계속할까?

에베레스트 등정대원들은 왜 생명의 위협을 느끼면서까지 험난한 산을 오르는 것일까? 우리 같은 보통사람의 눈으로 보면 그것은 '고통의 연속'이지만 그들에게는 그것이 바로 '즐거움'인 것이다.

즐기는 것에는 질적 측면에서 여러 가지 종류가 있다. 매슬로우는 인간의 욕구에는 5단계가 있고, 아래 단계의 욕구가 충족되면 차츰 다음 단계의 욕구가 생긴다고 했다.

가장 낮은 단계의 욕구는 '생리적 욕구(physiological needs)'이다. 배고픔을 해결하는 것, 잠자는 것, 성욕을 충족하는 것, 휴식 등 생리적 욕구는 욕구체계의 최하위에 있다.

두 번째 단계의 욕구는 '안전의 욕구(safety and security needs)'이다. 위험, 손실, 위협 등 신체적 · 경제적 위협이나 불확실성에서 벗어나고자 하는 욕구이다.

세 번째 단계는 '사회적 욕구(social or love and belongingness needs)'이다. 안전욕구가 충족되면 사람들은 다른 사람들과 관계를 맺고 소속감과 애정을 나누고 싶어 한다.

네 번째 단계는 '존경의 욕구(esteem needs)'이다. 다른 사람들로부터 자신의 능력에 대해 인정받고 싶어 하는 욕구이다. 성취, 능력, 자신감 및 자부심에 대한 욕구를 가리킨다. 존경의 욕구가 충족되지 못하면 사람들은 열등감과 무력감에 빠지기도 한다.

마지막 다섯 번째 단계는 '자아 실현의 욕구(self-actualization needs)'이다. 자신의 잠재적인 능력을 최대한 발휘하고 창조적으로 자기의 가능성을 실현하고자 하는 욕구를 말한다.

매슬로우의 '욕구'는 다른 말로 '즐거움'이다. 인간은 이 즐거움을 추구하며 살아가고 있다. 자아 실현의 즐거움은 모든 생리적 즐거움, 안전의 즐거움, 사회적 즐거움, 존경의 즐거움을 능가한다. 자신의 재능을 발견하고 그 일을 통해 꿈을 실현하는 즐거움이야말로 최상의 즐거움인 것이다.

3. 나는 무엇을 갖추고 있는가?
-자신의 핵심역량 개발

자신의 핵심 역량, 자신의 재능, 소질을 찾아서 잘 하는 것을 더 잘할 수 있도록 해야 한다. 자신의 재능을 100% 발휘할 수 있도록 해야 한다. 우리는 무엇에 이끌려 행동하는가! 꿈, 희망, 사명(mission)…, 이런 것들은 어떻게 생기는 걸까?

공자는 30에 뜻을 세우고(而立), 40에 흔들림이 없었으며(不惑), 50이 되어서 하늘이 내려준 사명을 깨닫게 되었다(知天命)고 말했다. 성인인 그분이 50이 되어서 천명(天命)을 깨닫게 되었다 하니, 범인(凡人)인 우리로서 어찌 그 경지에 다다를 수 있겠는가? 그러나 인간은 누구나 신으로부터 저마다의 개성과 소질을 받고 태어났다.

타이거 우즈나 박세리, 최경주 선수들은 골프의 천재이다. 그들이 가지고 있는 선천적 소질은 골프이지만, 만약 그들이 다른 분야에서 열심히 노력했다면 과연 그만큼 성공했을까? 빌 게이츠는 혁신적 발상을 하고 소프트웨어를 개발하는 데 천재적 재능이 있다. 반면 법적, 산업적 공격에 대응하는 능력은 뛰어나지 않다. 그들은 모두 그들만이 가지고 있는 선천적 재능을 일찍 발견하고 그 강점을 더욱 강하게 하는 노력을 했기 때문에 오늘날 큰 성공을 거둔 것이다.

대부분 그 일에 재미가 있어서 그 일을 통해 행복감과 만족감을 갖기 때문에 열심히 한 사람들이다. 내가 진정 열정(passion)을 갖고 하고자 하는 일은 무엇인가? 내가 진정 보람을 느끼며 하는 일은 무엇인가? 그것을 바로 찾아야 한다.

4. 매일매일이 특별한 날, 행동 원칙(지키고 싶은 것)을…

■ 매일매일 목표를 생활화하자.

1년 목표를 월 단위로 쪼개고 다시 주 단위, 일 단위, 시 단위로 나누어서 매일, 매시간 목표가 있는 생활을 하도록 하자.

어떤 사람들이 사하라사막을 건널 때의 경험담이다. 길이 없는 사막에서 오랫동안 알제리를 지배했던 프랑스인들이 55갤런짜리 검은색 드럼통을 사막에 두어 이정표로 삼았다고 한다. 그 드럼통은 정확히 5㎞씩 떨어져 있었고, 힘들게 하나의 드럼통에 도착하면 다음 드럼통이 5㎞앞 지평선 위로 나타났고, 막 지나온 드럼통은 5㎞ 뒤로 아스라히 사라져갔다. 세계에서 가장 거대한 사막 중 하나인 사하라를 건너기 위해 그들이 해야 할 일이라고는 '한 번에 드럼통 하나'라는 사실을 받아들이는 것뿐이었다. 사막 전체를 한 번에 건널 필요는 없었다. 앞에 보이는 드럼통은 오늘의 목표요, 이 달의 목표요, 금년의 목표일 수도 있다. 뒤에 사라져가는 드럼통은 어제의 반성점이요, 지난 달의 반성점이요, 지난해의 반성점이다.

토머스 카알라일(Thomas Carlyle)은 이렇게 말했다. "우리가 해야 할 일은 멀리 희미하게 놓인 것을 바라보는 것이 아니라 가까운 곳에 명확하게 놓인 일을 실천하는 것"이라고.

매일 매일 목표를 가지고 최선을 다하는 생활이 중요하다. 1년, 한 달, 한 주, 오늘, 내가 무엇을 할 것인가, 매일 매일을 특별한 날로 인식하고 생활하는 것이 바로 성실한 삶의 기본일 것이다. 막연히 '열심히 하겠다'와 오늘 분명히 '무엇을 하겠다'며 다짐하고 하루를 출발하는 사람의 차이는 크며, 성취감 또한 다를 것이다. 우리 모두 매일 매일 '드럼통'과 같은 목표를 가지고 생활해보자.

■ 목표를 반드시 종이 위에 기록하는 습관을 갖자.

하버드대에서 MBA 학생들에게 "졸업 후에 무엇을 할 것인가?"라고 물은 적이 있었다.

A) 3%는 뚜렷한 목표와 계획을 종이에 기록했다. B) 13%는 목표는 있지만 종이에 기록하지 않았다. C) 84%는 학교를 졸업하고 여름을 즐기겠다는 것 외에 별다른 계획이 없었다.

그런데 10년 후 똑같은 사람들을 대상으로 다시 인터뷰를 했는데 B) 13% 그룹은 C) 84% 그룹보다 연봉이 2배로 나타났고 A) 3% 그룹은 나머지 B, C 그룹 97%보다 10배나 더 많은 연봉을 받고 있었다고 한다! 적자생존! '적는 자만이 생존한다'는 뜻이다!

"우리 중 95%의 사람은 자신의 인생목표를 글로 기록한 적이 없다. 그러나 글로 기록한 적이 있는 5%의 사람 중 95%가 자신의 목표를 성취했다"(John C Maxwell).

■ 항상 긍정적인 생각을 가지고 살자.

승리자처럼 생각하는 것이 승리자로 살아가는 첫 번째 단계이다. 어느 회사에서는 신입 판매사원에게 캐딜락 구입을 강요하여 판매사원을 성공으로 이끈다고 한다. 캐딜락을 타고 다니면서 캐딜락을 타는 사람들의 기분, 말, 생각을 느껴보고 행동하며, 특히 자신이 성공한 사람처럼 생각되어 실제로 90%가 자신의 분야에서 성공한 사람이 된다는 것이다.

조직에서 성공하려면 자신보다 두 단계 위 직급 사람들처럼 생각하고 행동하라는 말을 들어 보았을 것이다. 두 단계 위에 있는 사람의 생각, 행동, 옷 입는 것까지 벤치마킹하면 성공의 지름길을 걷게 된다는 것이다. 최고를 향한, 최상을 추구하는 긍정적 삶의 방식이 그만큼 중요하다는 것이다.

말도 부정적인 말은 삼가고, 가급적 긍정적인 말을 하도록 하자. 말하는 그대로 이루어지는 것이 삶의 이치이다. 편안하고, 다정하며, 친절하고, 인내심 있고, 관대하고, 열린 마음을 가진 사람이 되어야 한다. 함께 있으면 편하게 느껴지는 사람이 되도록 하자. 말이 긍정적일수록 어떤 문제에 직면했을 때 보다 자신감 있고, 낙관적으로 생각하게 되며, 해법과 아이디어를 얻어 낼 때 한층 더 창의적이 되고 통찰력을 갖게 된다.

'승리하라'는 메시지는 아주 명료하다. 뇌는 우리에게 자신감과 창의력을 더해주기 위해 능력을 부여하는 반응을 나타내지만, '패배하지 말라'는 메시지는 아주 불명료해 '패배'라는 부정적인 키워드만 인식하게 된다. 뇌는 그에 따라 작동하게 되어 우리의 자신감을 깎아먹고, 창의력의 숨통을 막으며 결국 우리를 패배로 이끈다는 것이다.

성공한 사람들은 원하지 않는 것보다는 원하는 것을 의식적으로 택하고, 그 결과 매일 부딪치는 어려운 걱정들에 시간을 낭비하기보다 목표를 향해 끊임없이 행동해 나가는 사람이다. 만약 긍정적인 결과를 마음속에 그린다면 바라는 목표와 결과를 실현시켜 줄 강력한 자력이 발휘되기 시작하는 것이다. 어떤 도전을 만나더라도 과거보다 미래에 초점을 맞추도록 하자. 문제보다는 해법에 초점을 맞추도록 하자.

어떤 사람이 아들과 함께 바닷가에 서 있었다. 아들이 물었다.

"아빠, 저 바다의 끝은 어디에 있어요?" 아버지는 대답했다.

"그래. 저 멀고도 먼 섬을 건너 아주 먼 곳에 바다의 끝이 있단다."

그런데 돌아오는 도중 아버지는 깨달았다. 그들이 서 있던 곳, 바로 그 자리가 바다의 끝이라는 것을.

행복의 나라는 멀고 먼 곳에 있지 않다. 바로 내가 서 있는 이 곳, 여기가 '유토피아'이다. 그것은 바로 우리 현실 속에 있다. 우리 젊은이들이 보다 큰 꿈을 가지고 희망을 가지고 앞으로 나아가되, 그 모든 해답은 지금 여기에서부터 찾아주었으면 좋겠다.

7. 잘 하는 것을 더 잘 하게 하라

· · ·

1980년대 초 삼성비서실 인력관리 담당으로 있을 때 선대(先代) 이병철(李秉喆) 회장께서 다음과 같은 화두(話頭)를 던진 바 있다.

"인간은 '타고난 재능'[先天的 素質論]과 '교육을 통한 능력개발'[後天的 教育論] 중 어느 것이 더 중요할까?"

그래서 이 문제를 알아보기 위해 일본의 게이오대학 세키모토 교수를 불러 성균관대 이창우 교수와 함께 격론을 벌이게 한 일이 있었다. 한편에서는 '타고난 재능'이 더 중요하다고 하고, 다른 한편에서는 '교육을 통한 능력개발'이 더 중요하다고 주장했다. 나의 기억으로는 유럽의 학자들은 전자에 더 큰 비중을 두는 것 같고, 미국의 학자들은 후자에 더 큰 비중을 두는 것 같았다.

그러면 선대회장께서는 왜 이러한 화두를 던졌을까? 기업에서 사람을 채용하고 교육시킬 때 이 문제는 대단한 의미를 갖고 있기 때문이다. 선천적 소질론(先天的 素質論)이 더 중요하다면 기업의 입장에서는 우수한 인재(人材)를 확보해버리면 교육은 상대적으로 덜 시켜도 되는 것이다. 후천적 교육론(後天的 敎育論)이 더 중요하다면 다소 부족한 사람도 기업에서 집중교육을 시켜 능력을 향상시켜야 한다.

이 시점에서 다시 이 문제를 생각해보면 '선천 아니면(or) 후천'이 아니라 '특정 부문의 선천 그리고(and) 특정 부문의 후천'의 개념에서 '새로운 인재양성 패러다임'을 정립해야 하지 않을까? 사람은 제각각 선천적으로 타고난 자기만의 재능이 있는데, 그 재능을 중점적으로 개발하는 것이 '새로운 인재양성 패러다임'이다. 성공한 사람들은 그들만이 가지고 있는 강점(先天的 素質)을 일찍 발견하여 그 강점을 더욱 강하게 하는 학습(後天的 敎育)을 강화했기 때문에 오늘날 성공을 한 것이다.

자기가 가지고 있는 핵심역량 그 '1'을 위해 '99'를 포기할 수 있는 '선택과 집중' 전략이 바로 그런 것이다.

우리 학교교육은 영어도 잘하고 수학도 잘하고 과학도 잘하고 음악도 잘하고 미술도, 체육도 모든 과목을 잘하기를 바란다. 그야말로 '만능선수'를 길러 내려 하고 있다. 그러나 어찌 그것이 가능한 것인가? 그것은 신만이 할 수 있다. 대부분의 부모들은 아이들의 학업성적표를 받아 보고 잘한 것은 아무 소리도 안 하고 못한 부분만 집중적으로 따지고 야단치고 더 공부하게 한다. 그러나 그 아이는 그럴수록 공부에 싫증을 느끼게 될 것이다. 왜냐하면 못하는 과목에는 '소질'이 없기 때문이다. 잘하는 과목을 칭찬해주고 그 과목을 더욱 잘하게 해주면 더욱 신이 나서 열심히 할 텐데, 못하는 것만 질책하니 흥미를 느끼지 못할 수밖에 없다.

기업교육도 마찬가지다. 과거에는 '못하는 부분을 잘하게' 하는 데 교육의 초점을 맞추었다면, 이제부터는 '잘하는 부분을 더 잘하게' 하는 데 초점을 맞추는 것이 더욱 효과적이고 경제적이다. 갤럽의 연구조사에 의하면 "당신이 발전하는 데 가장 도움이 되는 것은 무엇이라고 생각하십니까? 강점을 아는 것일까요, 약점을 아는 것일까요?"라는 질문에 대다수가 강점이 아닌 약점에 관심을 쏟겠다고 답했다. 미국인은 응답자 중 41%가 강점에 대해 알아야 한다고 대답한 반면, 일본인과 중국인은 오직 24%만이 강점이 성공의 열쇠라고 믿었다. 그러나 이런 차이보다 중요한 사실은 대다수의 사람들이 강점을 이해하는 데 성공의 비밀이 있다고 생각하지 않는다는 사실이다.

그러면 도대체 나의 재능을 찾는 길은 무엇인가? 무의식적인 반응, 동경, 학습속도, 만족감 등에서 자신의 재능을 찾을 수 있다고 한다. '무의식적인 반응'은 어떤 상황에 맞닥뜨렸을 때 자신이 맨 처음에 나타낸 순간반응을 말하는데, 극도의 위기상황에서 더욱 두드러지게 나타난다고 한다. 어느 날 갑자기 부하 직원이 아이 문제로 결근을 했다고 치자. 아이가 어디가 아픈지, 누가 돌보고 있는지에 관심이 쏠린다면 그 사람은 '인간적 공감' 부분에 강한 재능을 갖고 있는 것이다. 하지만 누가 그 사람의 업무를 대신할 것인가를 먼저 떠올린다면 '조정자' 능력이 더 강한 사람이다.

어렸을 때 어떤 활동에는 끌리고 어떤 활동에는 이상하게 싫었던 기억이 있을 것이다. 자신이 '동경하는 세계' 바로 그 분야에 자신의 재능이 있을 수 있다.

'학습속도' 또한 재능을 발견하는 수단이 될 수 있다. 자신이 유난히 좋아하고 공부가 잘 되는 분야가 있을 것이다. 거기에 재능이 될 만한 가능성이 있는 것이다. '만족감'은 재능을 발견할 수 있는 마지막 수단이 될 수 있다. 성공한 사람들은 대부분 그 일이 재미가 있어서 그 일을 통해 행복감과 만족감을 갖기 때문에 열심히 한 사람들이다.

인생의 진정한 비극은 우리가 충분한 강점을 갖고 있지 않다는 데 있지 않고 오히려 갖고 있는 강점을 충분히 활용하지 못하는 데 있다. 벤자민 프랭클린은 미처 활용되지 못한 채 낭비되는 재능을 '그늘에 놓인 해시계'에 비유했다. 그 해시계에 다시 햇빛이 비쳐들게 하는 노력, 그것이 바로 '특정 부문의 선천적 소질 그리고 특정 부문의 후천적 교육' 개념의 '새로운 인재양성 패러다임'이 아닐까?

이러한 새로운 패러다임에 입각해 기업에서 하는 채용 방식, 적재적소의 배치 방식 그리고 교육훈련 방식 모두가 새롭게 바뀌어야 할 것이다. 국가의 교육제도 또한 말할 것도 없다.

※ 참고문헌: 『Now, Discover your strengths』, Marcus Buckingham, Donald O. Clifton 지음.

8. 각유소장(各有所長)
─누구에게나 장점은 다 있다

• • •

계명구도(鷄鳴狗盜)라는 고사성어가 있다. "닭 울음소리나 개 흉내를 잘 내는 천한 재주도 훌륭하게 쓰일 때가 있다"는 뜻이다.

옛날 제(齊)나라 왕족 맹상군(孟嘗君)은 남다른 재주가 있는 사람을 식 객(食客)으로 맞아들였는데, 그 수가 삼천 명을 넘었다. 그는 인재를 적재 적소에 쓰고 그들을 위해 재산을 아끼지 않아 명성이 자자했다. 손님과 대화할 때면 사람을 시켜 병풍 뒤에서 대화 내용을 빠짐없이 기록하고 친척집 주소까지 기록해 두게 했다가 손님이 작별인사도 하기 전에 사 람을 보내 친척들에게 선물을 주는 주도면밀한 '사람관리'로 유명해 그 의 집에는 항상 식객들로 들끓었다.

진(秦)나라의 소왕(昭王)이 맹상군의 명성을 듣고 그를 초청했다. 맹상 군이 진나라에 오자 소왕은 그가 다시 제(齊)나라로 돌아가지 못하도록 억류했다. 맹상군이 소왕의 애첩에게 사람을 보내 도움을 청하자 애첩 은 호백구(狐白裘)를 요구했다. 호백구는 여우의 겨드랑이 털로 만든 아 주 귀한 털옷인데, 맹상군은 진나라에 들어올 때 이미 소왕에게 이것을 바쳤기 때문에 다시 구할 수가 없었다.

이때 맹상군을 따라온 식객 한 사람이 진나라 대궐에 들어가 개 흉내 를 내며 감쪽같이 호백구를 훔쳐와 소왕의 애첩에게 주었다. 호백구를 받은 애첩이 소왕에게 그를 풀어줄 것을 애원하자, 맹상군의 귀국을 허 락했다.

맹상군은 곧 말을 달려 한밤중에 국경 근처인 함곡관(函谷關)에 이르렀다. 얼마 후 맹상군을 놓아준 것을 후회한 소왕이 군사를 보내 잡아오도록 했다. 맹상군이 급히 관문을 나가려고 했으나, 관문은 그곳 법에 첫 닭이 울기 전에는 열리지 못하게 되어 있었다. 이때 식객 한 사람이 닭 울음소리를 내자 주변의 모든 닭이 따라 울었다. 이에 관문이 열리고 맹상군은 무사히 제나라에 돌아올 수 있었다.

우리는 이 계명구도라는 고사성어 이야기를 통해서 인재를 활용하는 훌륭한 교훈을 얻을 수 있다. 신이 인간을 세상에 내놓았을 때는 이 세상을 살아 나갈 수 있도록 반드시 한 가지 이상의 재능을 주었을 것이다. 유능한 관리자, 탁월한 경영자는 바로 이 맹상군처럼 사람들이 갖고 있는 재능을 알아보고 그것을 활용토록 하는 사람이 아닐까?

실제로 갤럽에서 다양한 국가, 언론, 기업에 종사하는 백만 명 이상의 직원을 대상으로 조사를 벌였다. 또한 탁월한 관리자는 어떤 방식으로 유능한 직원들을 찾고 그들의 잠재력을 극대화시키는 것인가에 대한 해법을 찾기 위해 8만 명이 넘는 관리자들을 인터뷰했다. 그리하여 발표된 책이 바로 마커스 버킹엄(Marcus Buckingham)과 커트 코프만(Curt Coffman)의 공저 『First, Break All the Rules』이다.

이 책에서 내린 결론인 유능한 관리자들이 공유하는 혁신적인 사고는 과연 무엇일까? 2,200여 년의 세월을 뛰어넘어 오늘날의 맹상군은 어떻게 생각하고 있는지 알아보자.

전통적 관념에서는 인간의 본성이란 변할 수 있으며, 충분히 노력하면 해낼 수 있다고 생각한다. 그리고 이러한 변화를 촉진하는 것이 바로 관리자의 몫이라고 말한다. 직원들의 무절제한 성향을 통제하기 위해 규칙과 정책을 개발하고 그들의 부족한 부분을 채울 수 있도록 기술과 능력을 가르치는 등, 관리자로서의 모든 노력은 직원들의 본성을 통제 또는 개선하는데 두어야 한다고 주장한다.

그러나 유능한 관리자들은 그와 정반대이다. 그들은 직원들은 본성을 따른다는 사실을 직시한다. 직원들은 각기 다른 동기부여 방식을 가지고 있으며, 사고방식 및 동료와의 관계에서도 나름대로의 스타일이 있다는 점을 알고 있다. 또한 직원들을 개조하는 데는 한계가 있기 때문에 모두 동일하게 만들려고 애쓰지 않는다. 대신 유능한 관리자들은 '개인의 특성을 활용하고자' 이미 존재하는 것을 더욱 계발하도록 도와준다.

다음은 수만 명의 유능한 관리자에게서 공통적으로 발견한 생각들이다.

① 사람들은 별로 변하지 않는다.

② 그 사람에게 없는 것을 있게 하려고 시간을 낭비하지 말라.

③ 있는 것을 밖으로 끌어내면 된다.

④ 그것조차 쉽지 않다.

유능한 관리자들은 직원들의 잠재력이 무한하다고 생각하지 않는다(무한한 능력은 신만이 가능하다). 그들은 직원들의 취약점을 고치도록 도와주지 않는다. 오히려 그러한 노력 대신에 가장 잘할 수 있는 일을 더 잘할 수 있도록 선택하게 한다.

그래서 인재활용을 잘하는 관리자는

① 직원을 선발할 때는 (단순히 경력 지능 판단력이 아니라) '재능'을 보고 결정한다.

② 기대치를 설정할 때는 (적절한 단계가 아니라) 적절한 '성과(목표)'를 규정한다.

③ 동기를 부여할 때는 (취약점이 아니라) '장점'에 초점을 맞춘다.

④ 자기계발을 위해서는 (승진 준비가 아니라) 적절한 '역할'을 찾아준다.

우리는 사람을 평가하고 등용할 때 '저 사람은 학벌이 안 좋으니까, 여자 (남자)이니까, 나이가 너무 많(적)으니까, 흑인(백인)이니까, 무슨 전공을 안 했으니까, 얼굴이 (신체가) 어떠하니까, 어느 지역 출신이니까, 어느 집안 사람이 아니니까, 어느 학교 출신이 아니니까, 나의 편(내 사람)이 아니니까, 나와 코드가 안 맞으니까 등의 이유로 배제하는 경우가 있다. 맹상군이 이런 사람을 보면 얼마나 안타까워할까?

'성훈'에 각유소장(各有所長)이라는 말씀이 있다. 인간은 누구나 자기만의 장점이 있다는 뜻이다. 그 장점을 살리는 것이 내가 성공하고, 나아가 다른 사람을 성공시키는 비결이 아닐까? 사람을 대할 때 그 사람의 단점을 보려고 하지 말자. 단점은 덮어두고 장점을 찾으려고 노력하자. 장점 찾기만 해도 바쁘다!

9. 자성지능이 으뜸

• • •

우리 주변에서 머리가 좋은 사람을 'IQ가 높다'고 말한다. IQ는 지능
지수를 나타내는 지표이다. 그러면 IQ가 높은 사람일수록 사회적으로
성공하는 것일까? 이 질문에 대한 해답을 찾기 위해 미국의 스탠퍼드
대학의 루이스 터먼(Lewis Madison Terman) 교수는 1921년부터 천재
1,470명을 대상으로 연구조사에 들어갔다. 그가 죽고 그의 제자 로버트
시어스 박사에 이르러 얻어낸 결론은 "IQ는 성공과 상관관계가 별로
없다"는 것이었다. 오히려 타고난 재능과 노력, 의지력, 인내심, 조심
성, 성공욕구 등이 성공을 결정짓는 중요한 요소임을 발견하게 되었다.

이 시대의 가장 영향력 있는 심리학자 중 한 사람인 하버드대학교의
하워드 가드너(Howard Gardner) 교수는 1983년 『마음의 틀』이라는 책에
서 "인간의 정신은 IQ 테스트로 간단히 측정할 수 있는 단면적인 현상
이 아니며 8가지 지능을 갖고 있다"는 주장을 펼쳤다.

첫째, 언어지능: 말하기와 쓰기 능력을 말한다. 법률가, 웅변가, 작가,
시인 등은 언어능력이 우수한 사람들이다.

둘째, 논리·수학지능: 논리적 분석, 수학적 조작, 과학적인 탐구능력
을 말한다. 수학자, 과학자, 논리정연한 사람들이 이 부류에 해당된다.
논리지능은 항상 최선의 결정을 해야 하는 경영자들에게 필수적으로 요
구되는 능력이다.

셋째, 음악지능: 음악을 감상하고 만들어내는 능력이다. 선율과 화성의
이해, 리듬감, 음색과 조성(調性)의 변화를 인식할 줄 아는 능력이다. 효

율적인 사업의 기획과 조직, 의사소통에 음악적 재능이 아주 유용하다.

넷째, 공간지능: 마음속에 공간적 이미지를 구성하고 그 표상이나 이미지를 다양하게 활용하는 능력을 말한다. 조각가, 화가, 세트 디자이너, 건축가 등에게 요구되는 지능이다.

다섯째, 신체 운동지능: 우리의 몸 전체 또는 손, 발, 입 등 신체의 일부를 사용하여 문제를 해결하거나 무엇을 만들어내는 능력이다. 숙련공, 장인, 예술가, 외과의사, 그리고 운동선수 같은 사람들이 갖고 있는 지능이다.

여섯째, 자연지능: 자연계에 존재하는 필연적인 차이점을 식별해내는 능력이다. 하나의 식물과 다른 식물, 한 종류의 동물과 다른 종류의 동물 간의 차이점을 인식하고, 다양한 형태의 구름, 암반층, 조수의 형태 등을 식별해내게 한다.

일곱째, 대인지능: 타인의 욕구와 동기, 의도를 이해하고 타인과 효과적으로 일할 수 있는 능력을 말한다. 기질이나 성격을 파악하는 능력, 다른 사람의 반응을 미리 내다보는 능력, 사람을 효과적으로 이끌거나 따르는 기술 그리고 중재능력 등의 여러 측면이 있다. 판매원, 교사, 임상가, 종교, 정치 지도자는 물론 거의 모든 비즈니스에 요구되는 능력이다.

여덟째, 자성지능: 자신을 이해하고 자신의 욕망, 두려움 등을 잘 다루어 효율적인 삶을 살아갈 수 있게 하는 능력이다. 자성지능이 뛰어난 사람은 자신에 대한 건강한 행동 모델을 가지고 있고, 타인의 감정, 목표, 공포, 강점, 약점 등을 잘 파악하며, 인생을 현명하게 살아간다.

이것이 이후 교육계에 엄청난 파장을 몰고 온 유명한 '다중지능' 이론이다. 그는 이 각각의 지능들이 서로 독립적이며 독자적인 발달과정을 갖는다는 것을 확인시켰다. 하워드 가드너 박사는 지능은 선험적으로 결정되지 않으며 테스트 결과로 규정될 수도 없는 것임을 주장한다. 누구나 자신의 안에 숨은 지능을 찾으면 인재가 될 수 있다는 논리이다.

우리가 성적표에 표시하는 '수, 우, 미, 양, 가'의 의미를 가만히 새겨 보자. 수(秀)는 빼어나다는 뜻, 우(優)는 우수하다는 뜻, 미(美)는 아름답다는 뜻이고, 양(良)은 양호하다는 뜻이요, 가(可)는 가능성이 있다는 뜻이다. 인간은 누구나 다 가능성이 있다는 다중지능 이론이 여기에 들어 있지 않은가!

그런데 이 8가지 다중지능 중 우리의 눈을 끄는 것이 바로 '자성지능'이다. 자기를 돌아볼 수 있는 능력, 바로 '자성반성(自性反省)'이다. 가드너 박사는 사회가 복잡해질수록 이 자성지능의 중요성이 더욱 증가한다고 강조한다. 어쩌면 이 자성지능이야말로 8개 지능 중 으뜸이 아닐까? 아무리 다른 7가지 지능이 뛰어나다고 하더라도 사고방식이 비뚤어지고 인간성이 그르다면 그 지능은 오히려 인류에 해악이 될 수 있기 때문이다. 오늘날 우리 사회가 이렇게 혼탁하고 무질서하며 도덕이 땅에 떨어진 것은 바로 학교에서 이러한 자성지능을 계발하지 않았기 때문일 것이다.

자성반성(自性反省)은 내 마음속의 어두움을 몰아내는 것이요, 악함을 버리고 착함을 찾아가는 공부다. 지각의 열림도 자성반성에 있고, 무병한 건강체도 자성반성에서 나오고, 인간의 부귀영화도 모두 자성반성에 있다. 자성반성은 온 인류가 행복을 찾아 갈 수 있는 비밀의 문이요, 대도(大道)의 길이다.

기본으로 돌아가라

10. 다섯 손가락에 담긴 인생 5훈

– 대학 신입생들에게

. . .

사랑스런 신입생 새내기 여러분!

오늘 자랑스런 성균인의 첫발을 내딛는 여러분을 마음속 깊이 환영합
니다. 저는 여러분의 선배로서 다섯 손가락이 의미하는 다섯 가지 삶의
지혜를 들려드리고 싶습니다.

첫 번째, 주먹을 쥐고 엄지손가락을 올려보세요. 우리는 자부심(pride)
을 표현할 때 이렇게 엄지손가락을 듭니다. 이 세상에 위대한 성공을 한
사람들의 공통적 특징은 바로 자부심을 갖고 있다는 점입니다. 나를 낳
아 주시고 길러주신 아버지, 어머니의 자식으로 태어난 데 대한 자부심
(孝), 나의 조국, 대한민국에 태어난 것에 대한 자부심(忠), 600년이 넘은
전통의 인의예지(仁義禮智)를 연마하는 성균인이 된 것에 대한 자부심! 내
가 하고 있는 일(또는 전공)에 대한 자부심, 이 자부심, 프라이드를 갖는

것이야말로 성공적인 사회생활의 첫번째 덕목이 아닌가 생각합니다.

두 번째, 검지손가락은 어떤 곳을 가리킬 때 사용합니다. 바로 내가 가고자 하는 방향, 꿈이요, 희망이요, 목표를 뜻합니다. 꿈은 목표를 안내하는 깃발이며, 목표는 열망의 연료입니다. 자신의 비전을 설정하고 그 분야에 최고가 되겠다는 불타는 열정이 있어야 합니다. 세상은 자신이 어디로 가고 있는지 정확하게 알고 있는 사람에게 길을 내줍니다. 배가 어디로 갈 것인지 모르면 노를 젓지 말라는 말이 있습니다. 이 세상에 위대한 업적을 남긴 이들은 모두 자기 나름대로의 확고한 꿈이 있었습니다.

그 꿈이 있었기에 스스로 열정을 불태울 수 있었고, 그 꿈이 있었기에 어떠한 난관이나 장애물도 돌파하고 앞으로 나아갈 수 있었습니다. 꿈이 없는 인생, 그것은 목적지 없는 항해와도 같습니다. 꿈꾸는 젊음이 세상을 바꿉니다. 머리를 높이 치켜들고 희망의 물결을 붙잡으십시오. 큰 꿈을 꾸십시오. 꿈은 반드시 이루어집니다.

세 번째, 중지를 보십시오. 다섯 개 손가락 중 가장 긴 손가락입니다. 이것은 바로 '강점을 강화하라'는 의미입니다. 사람은 누구나 선천적으로 타고난 자기만의 재능이 있습니다. 빌 게이츠는 혁신적 발상을 하고 소프트웨어를 개발하는 데 천재적 재능이 있습니다. 반면 법적, 상업적 공격에 대응하는 능력은 뛰어나지 않습니다. 그는 그만이 가진 강점을 일찍 발견하고 그 강점을 더욱 강하게 하는 학습을 강화했기 때문에 오늘날 성공을 한 것입니다.

모든 것을 모두 다 잘 할 수 있는 분은 오직 신(神)뿐입니다. 신이 나에게 주신 특별한 선물 그 재능 '1'을 위해 '99'를 포기할 수 있는 '선택과 집중' 전략이 필요합니다.

네 번째, 약지 손가락을 보십시오. 어머니들이 약을 저을 때 바로 이

손가락을 씁니다. 사랑하는 연인들이 약혼을 하면 바로 이 손가락에 반지를 끼웁니다. 네번째 손가락이 뜻하는 것은 바로 '사랑'입니다. 우리가 행복하게 사는 길은 바로 사랑하는 법을 배우는 것입니다. 인생은 사랑하며 살기에도 너무 짧은 순간입니다. 그럼에도 불구하고 어리석은 사람들은 미움과 원망과 부정적 에너지로 세월을 대부분 허비해 버리고 맙니다. 사랑은 긍정적 에너지의 원천입니다.

다섯 번째, 새끼손가락은 어떨 때 씁니까? 우리가 서로 약속을 할 때 씁니다. 그것은 바로 믿음, 신뢰(trust)를 뜻합니다. 신뢰는 모든 인간관계의 출발점입니다. 신뢰가 깨지면 우리는 아무것도 할 수 없습니다. 신뢰는 바로 진실성(credibility)을 의미합니다. 신뢰는 존경심(respect)을 낳게 합니다. 신뢰는 공정성(fairness)에서 비롯됩니다.

로버트 레버링(Robert Levering)은 '위대한 직장'(일터)을 조사하여 『포춘(Fortune)』지에 '100개 Best 기업'을 발표하고 있는데, 위대한 직장이 되기 위한 조건으로 세 가지를 들고 있습니다.

위대한 직장(Great Work Place)은 ①종업원 간의 신뢰(Trust)가 돈독하며 ②일에 대한 높은 자부심(Pride)을 갖고 ③재미있게 일할 수 있는 일터를 말합니다.

이제 인생의 새 출발점에 선 새내기 여러분! 여러분 모두 자부심을 갖고 사는 킹고맨! 꿈을 간직하고 살아가는 킹고맨! 강점을 강화해 나가는 킹고맨! 사랑과 신뢰의 킹고맨이 되기 바랍니다. (2004. 2. 성균관대학교 신입생들에게)

11. 직장생활을 시작하는 신입사원들에게

• • •

친애하는 신입사원 여러분, 여러분의 입사를 축하하며 이곳 인력개발원에 오신 것을 진심으로 환영합니다. 여러분은 21세기 디지털 시대를 여는 신입사원으로서, 모든 사람의 축복 속에 오늘 힘찬 첫걸음을 내딛게 되었습니다. 패기에 찬 여러분의 모습을 대하고 보니 참으로 마음 뿌듯하며, 우리 회사의 앞날이 여러분의 두 어깨에 달려 있다는 것을 생각하며 오늘의 이 순간이 얼마나 뜻 깊은 자리인가를 새삼 느낍니다.

여러분은 이제 사회인으로서 첫 출발을 시작했습니다. 신입사원의 입문교육은 '기본으로 돌아가자(Back to the Basic)'는 데 초점이 맞추어져 있습니다. 직장인으로서 갖추어야 할 마음가짐과 몸가짐이 바로 기본이며, 자기 직무 분야에서 반드시 알아야 되고 지켜야 되며 실천해야 하고 체질화해야 하는 것이 '기본'입니다.

앞으로 27일간의 입문교육을 통하여 이와 같은 기본을 익히며 올바른 기업관을 배우고, 나아가 우리 회사의 발자취, 선배들의 정신 그리고 '세계 초일류'를 향한 개혁과 변화에 대해서도 듣고 배울 것입니다. "시작이 반"이라는 우리 속담도 있듯이 시작이 갖는 의미는 매우 큰 것입니다. 비록 27일간의 짧은 교육기간이지만 직장생활 전체의 50% 비중만큼 큰 의미를 갖는다는 것을 명심하고 교육에 임해 주기를 당부드립니다.

학교생활과 직장생활은 어떻게 다를까요? 저는 오늘 이 뜻 깊은 첫 출발의 자리에서 그 차이점 8가지를 들어 여러분의 앞날을 인도해드리고자 합니다.

【첫째】 학교 생활은 방학이 있고 여유롭지만, 직장 생활은 방학이 없습니다. 1년 365일 하루 24시간을 쪼개고 쪼개서 경쟁하는 것이 비즈니스 세계입니다. 100m 경주에서 0.01초의 차이로 순위가 달라지지만, 금메달과 은메달의 차이는 실로 엄청납니다. 현대 기업경영에서 경쟁의 요체는 스피드에 있습니다. 아무리 좋은 상품을 개발해내도 타이밍을 놓치고 말면 허사가 되고 맙니다.

프랑스의 석학 자크 아탈리(Jacques Attali)는 저서 『21세기 사전』을 통해 21세기는 인터넷을 기반으로 한 제2의 '유목민 사회'가 될 것이라고 전망하고, 유목민이 21세기 인간의 전형이며, 유목민의 가치와 사상 그리고 욕구가 미래 사회를 지배할 것이라고 예측하였습니다.

12세기경 징기스칸은 100만~200만 명의 인구로 1억~2억 명 인구의 나라들을 10~20년 내에 모두 정복했는데, 150년 동안 그 제국을 이끌어 나간 힘의 원천은 바로 '스피드'에 있었습니다. 징기스칸은 성을 쌓고 그 안에 안주하는 정착문명의 한계를 뛰어넘어 길을 닦고 새로운 것을 찾아 이동하는 유목이동 문명시대를 열었습니다.

스피드, 타이밍, 바로 이 시간의 개념이 여러분 모두에게 골고루 주어진 보물임을 잊지 마시기 바랍니다.

【둘째】 학교 생활은 "알고 있다", 즉 이론 지식이 중심이었습니다. 그러나 직장 생활은 "할 수 있다", 즉 창의적 사고와 도전정신으로 미래를 개척해 나가는 실천력이 더 중요합니다. 과학자는 '이론 탐구'를 통해 '진리'를 추구하지만 경영자는 '행동'을 통해 '성과'를 추구합니다. "구슬이 서 말이라도 꿰어야 보배"입니다. 이 점이 학자와 경영자가 다른 점입니다.

특히 21세기 디지털 리더가 되기 위해서는 21세기 변화를 주도할 확고한 꿈과 비전을 갖고, 그 꿈의 실현을 위한 의지와 정열, 자신감으로 미래를 개척해 나가는 창의적이고 도전적인 사람이 되어야 하겠습니다. 여러분의 넘치는 끼와 열정, 창의력과 협동심을 회사는 높이 살 것입니다.

【셋째】 학교 생활에서는 선생님이 계시지만, 직장 생활은 선생님이 따로 없습니다. 상사, 동료, 선배, 후배, 거래선 등 모든 사람이 다 선생이요, 업무 그 자체가 교재입니다. 공자(孔子)는 "삼인행(三人行)이면 필유아사(必有我師)"라 했습니다. 세 사람이 함께 하면 반드시 그 중에 나의 스승이 있다는 말씀입니다. 늘 겸손한 자세로 인생 자체가 배움의 연속이라고 생각하는 학습인이 되기 바랍니다.

학교는 등록금을 내고 공부하는 곳이라면, 직장은 월급을 받아가며 공부하는 곳입니다. 여러분은 대학 4년 과정으로 공부를 다 마쳤다고 생각할지 모르나 진짜 공부는 이제부터 시작입니다. 어느 통계분석에 의하면, 지난 3천 년간의 정보 발생량보다 최근 30년간의 정보 발생량이 훨씬 더 많다고 합니다. 요즈음은 73일마다 지식 정보량이 2배씩 증가한다고 합니다. 직장 생활은 공부의 끝이 아닌 새로운 시작이며, 멈추어 있는 것은 바로 퇴보를 의미합니다.

【넷째】 학교 생활은 대개 비슷한 또래의 친구들이 모여서 공부하는 곳이지만, 직장 생활은 다양한 사람들이 모여서 함께 일하는 곳입니다. 10대에서 60대까지, 여러분의 형님뻘 되는 사람도 있고, 동생뻘, 아버지뻘 되는 사람도 있습니다. 남자도 있고 여자도 있고, 피부색이 하얀 사람도, 검은 사람도 있습니다. 그래서 '예의범절, 에티켓'이 중요합니다. 나보다 상대방을 먼저 생각하는 마음이 앞서야 합니다. 그래서 우리 회사는 누구나 기본적으로 지켜야 할 첫 번째 덕목을 "인간미, 도덕성, 예의범절, 에티켓"으로 정하고, 우리는 그것을 '사내헌법 1조'라고 부릅니다.

학교 생활은 혼자만 잘하면 A학점도 받고 선생님께 칭찬받지만 직장 생활에서 혼자만 잘한다고 되는 것이 아닙니다. 팀워크가 중요합니다.

팀워크를 이루기 위해서는 전체를 위하여 자기를 희생할 줄 아는 자세가 필요합니다. 단순히 자신의 머리만 믿고 잘난 체하며 남과 협조하지 않는 사람은 진정한 인재라 할 수 없습니다. 개개인의 개성과 창의성이 존중되면서도 전체가 조화를 이룰 때, 여기서 바로 시너지(synergy) 효과가 나오는 것입니다.

【다섯째】 학교 생활에서는 학생 신분으로 많은 사람들이 보호해 주지만, 직장 생활에서는 공인으로서 반드시 자기 행동에 대한 책임을 져야 합니다. 이제부터 여러분의 말과 행동은 바로 회사인으로서의 말과 행동이 되는 것입니다. 한 사람의 잘못된 언행이나 실수가 회사 이미지에 엄청난 타격을 가져다줄 수 있다는 것을 명심하고 자율에 따른 책임의식과 공인(公人)의 몸가짐을 가져 주시기 바랍니다.

【여섯째】 학교 생활은 특정 지역에서 활동하지만 직장 생활은 지구 전체를 무대로 사유하고 행동하는 여러분의 활동 무대입니다. 경제전쟁 시대에 접어들어 이제 국경의 장벽은 무너진 지 오래입니다. 세계시민의 국제적 감각과 글로벌 역량을 갖춘 인재가 요구되고 있습니다. 국제인의 교양과 에티켓을 갖추고 세계무대 어디에서도 당당히 패기 있게 도전하는 직장인이 되기를 기대합니다.

【일곱째】 학교 생활에서는 선생님께 고개를 숙이지만 직장 생활은 고객에게 고개를 숙이는 것입니다. 기업은 고객이 있음으로써 존재합니다. 우리의 월급은 바로 고객이 주는 것입니다. 고객 만족은 기업경영의 북극성과 같습니다. 우리가 길을 잃고 헤맬 때 북극성을 보고 방향을 찾듯 경영에 있어서도 문제해결의 실마리는 바로 고객으로부터 나오는 것입니다.

고객이 흰 것을 검다고 말하면, 그것은 바로 검은 것입니다!

【마지막으로】 학교에서는 여러 과목을 골고루 잘해야 좋은 점수를 받

지만 직장에서는 한 가지만 특출하게 잘 하면 더 좋은 대우를 받습니다. 무엇이든지 한 가지는 특별나게 잘 하십시오. 디지털 시대에는 디지털 혁명에 대응할 수 있는 전문 능력을 갖춘 인재를 요구하고 있습니다. 디지털 방식으로 읽고 쓰고 생각하며 변화에 대응해 나갈 수 있는 디지털 리터러시(literacy) 네트워킹(networking), 프로 근성이 필요합니다.

여러분이 진정 하고 싶은 것을 찾아 미친 듯 전력투구해 보십시오. 요즈음 경영에서 자주 등장하는 용어 중에 '선택과 집중' '핵심역량 강화'라는 말이 있습니다. 성공하는 사람들의 공통적 특징은 1가지를 성취하기 위해서는 다른 99가지를 포기하는 용기를 갖고 있습니다.

친애하는 신입사원 여러분!

오늘 저는 8가지나 되는 많은 이야기를 드렸습니다만, 여러분들이 모두 기억하고 실천하기는 쉽지 않을 것입니다. 그러나 분명한 것은 여러분은 이제부터 "변해야 된다"는 것입니다.

그리고 그 변화의 방향은 기본을 충실히 하는 데서 시작됩니다.

변화는 남이 해주는 것이 아니며 자기 스스로 하는 것입니다. 스스로 알을 깨고 나오면 한 마리 생명력을 갖춘 새가 되지만 남이 깨주면 1회용 계란 프라밖에 되지 못합니다. 항상 겸손한 자세로 자기반성의 부화 과정을 거칠 때 거기서 알을 깨고 나올 수 있는 성숙함이 생길 것입니다.

오늘날 우리 회사는 한국경제의 견인차요, 경제전쟁시대의 첨병으로 부상했습니다. '회사에 좋은 것은 우리나라에 좋은 것'입니다. 여기에 여러분이 해야 할 사명이 있습니다. 이번 입문교육 중 '바른 기업관'과 '사명감'에 대해서도 여러분은 충분히 익히고 느끼시기 바랍니다. 이제 27일 후면 여러분은 새로운 사회인으로서, 직장인으로서 거듭 태어날 것입니다. 그리고 일생 일대의 꿈과 추억을 만들어 가지고 나갈 것입니다.

꿈꾸는 젊음이 세상을 움직입니다. 꿈은 현실로 이루어집니다. 원대한 꿈을 꾸십시오. 여러분이 여기서 꾸는 그 꿈의 크기만큼 여러분 개개인이 성장할 것이요, 21세기 디지털(Digital) 회사의 모습도 바뀌어 나갈 것입니다.

〈삼성 신입사원에게 한 연설문〉

12. 기 본 1-10-100

• • •

운동에 있어서 기본이 안 되어 있으면 아무리 노력해도 허사다. 기본기가 그만큼 중요한 것이다. 어찌 운동뿐이겠는가. 건축물 하나를 지어도 기초를 튼튼히 하고 처음부터 제대로 지어야 무너지지 않는다. '이 것쯤이야' 하고 대충대충, 적당히 하다 보면 결국 대형사고 같은 것이 일어나고 마는 것이다. 우리 주변에서 일어나는 사건 사고의 대부분은 이 기본을 제대로 지키지 않음으로 비롯된다. 사건사고가 날 때마다 요란법석을 떨며 수많은 대책이 나오지만 시간이 지나면 망각 속에 묻혀버린다.

선진 기업의 기업 경영 원칙에 '1, 10, 100의 법칙'이라는 것이 있다. 설계 단계에서 잘못된 것을 발견하고 고치면 1달러가 소요되고, 생산 단계에서 결함을 발견하고 고치면 10달러, 그리고 최종 소비자의 손에서 결함이 발견되면 처음보다 100배나 더 든다는 것이다. 우리 속담에 "호미로 막을 것을 가래로 막는다"는 말이 있는데, 이처럼 기본을 지키지 않음으로써 10배, 100배의 비용을 지불하는 낭비사례를 우리 주변에서 얼마든지 찾아볼 수 있다.

그러니 처음부터 제대로 하자는 것이다. "급할수록 돌아가라"는 말이 있고 "아무리 바빠도 바늘 허리에 실 매어 쓸 수 없다"고 했다.

그러면 '기본'이란 무엇일까? 사전에 보면 '사물의 기초와 근본'이라고 정의되어 있다. 직장인 사회인으로서 갖추어야 할 몸가짐, 마음가짐, 예의범절, 에티켓이 기본이요, 자기 직무 분야에서 반드시 알아야 되고 지켜야 되고 실천해야 하고 체질화해야 하는 것을 기본이라고 말할 수 있다.

기본은 바로 절차(process)를 지키는 것이다. 절차는 머리가 아닌 마음으로 우러나고 몸으로 배어나서 실천되고 습관화되는 것이다. 우리나라 학교 교육이 바로 이러한 체화 교육이 아닌 암기식 교육에 치중한 나머지 '기본'이 되어 있지 않은 인재를 양산해내고 있다. 그래서 기업 연수원에서는 초중고, 대학교 등 총 16년이나 학교 교육을 마치고 들어오는 대졸 신입사원들에게 '기본'부터 다시 가르친다. 유치원 단계로 돌아가는 것이다.

학생들의 공부하는 것도 그렇다. 수학의 방정식만 줄줄 외워서 문제를 풀려 하다 보면 응용문제를 잘 풀지 못한다. 방정식의 원리를 깨쳐야 되는데, 그 본질은 모른 채 겉만 돌기 때문이다. 어떤 부모들은 아이들이 질서를 지키고 원칙대로 하면 사회생활에서 낙오자가 된다고 오히려 불평을 하기도 한다. 이러니 지금 우리 사회는 기본을 지키는 것을 쩨쩨하게 생각하고, 상식과 순리가 통하지 않으며, 법과 질서를 우습게 여기는 사회가 되어버렸다.

세계에서 가장 우수한 두뇌 자원을 갖고 있고, 세계에서 가장 열심히 일하며, 세계에서 가장 높은 교육열을 갖고 있는 우리 민족이 왜 세계 일류가 되지 못하고 있는 것인가? 너무도 쉬운 것, 너무도 간단한 것, 바로 기본을 무시하는 데에 그 원인이 있지 않나 생각된다. 과거 고도성장 사회에서 양(量) 위주의 사고에 젖어 그저 빨리빨리 대충대충 하다 보니, 소리는 요란한데 성과가 별로 없었던 것이다.

필자가 18만 명이라는 대규모 그룹 인력의 혁신을 지도해 오면서 내린 결론이 "기본으로 돌아가자(Back to the basic)"는 것이다. 세상을 살아가는 '인생의 기본'에 대하여 이제 진지하게 생각해야 할 때다. 삶의 질이 무엇이며 보람, 행복, 가치가 무엇인지를 알아야 할 때다. 이런 것들이 정립돼 있지 않으면 바쁘게, 열심히는 살았어도 덧없는 인생이 되고 만다.

"바로 믿고 바로 행하면 천리가 지척인데, 바로 믿지 아니하고 바로 행하지 아니함으로써 지척이 천리다."(『도덕경』)

13. 청소

• • •

　대부분 사람들은 청소를 하찮은 일로 생각한다. 그러나 청소는 실천적인 생활의 도(道)이며, 우리는 청소를 통해 많은 것을 얻을 수 있다. 청소는 가끔 무념무상의 경지가 되게 해준다. 열심히 쓸고 닦다보면 마음은 어느덧 '깨끗하게 해야겠다'는 방향으로 움직이게 된다. 청소에 몰두하게 되면 잡념이 없어지고 정신이 통일된다. 청소는 또 기분을 상쾌하게 해준다. 적당한 신체운동, 스스로 한다는 자기 의지, 좋은 일을 한다는 만족감이 삼위일체가 되어 몸과 마음을 뿌듯하게 하고 상쾌하게 해주는 것이다. 청소는 겸허하고 성실하게 살아가는 것의 소중함을 일깨워준다. 머리가 좋은 사람, 지위가 높은 사람일수록 대체로 자기가 무슨 특별한 인물이라고 생각하기 쉽다. 그런 사람이 비를 들고 거리에 나가 매일 청소를 한다고 하면, 그 사람은 이미 이상 자존에서 벗어 난 사람임에 틀림없다.

　청소는 바로 '실천'이다. 어마어마한 것, 거창한 것, 머리로만 아는 것보다 이 작은 실천이야말로 훨씬 소중한 것이 아닐까? 옛말에도 '청소를 하는 것은 좌선을 행하는 것, 경전을 읽는 것과 결코 다르지 않다'고 했다.

　청소를 통해 기업 경영에 있어 품질을 혁신시키고 생산성을 향상시킨 사례가 많다. 일본의 한 중견 회사는 대학을 졸업하고 들어온 신입 사원에게 석 달 동안 화장실 청소를 시킨다. 변기를 닦는 데는 반드시 맨손을 사용하도록 하는 가혹(?)한 훈련이다. '대학을 졸업한 나에게 이런 일을 시키다니……' 하고 불평불만을 하는 자는 일찌감치 나가도 좋다는 전제로 시키는 수습훈련 과정이다. 그런데 이 과정을 마치고 나면 모두 훌륭한 인재로 성장하게 된다. 이런 훈련이 있고 난 후부터 불량품이 사라졌다는 것이다.

동경 디즈니랜드에 가보면 15만 평이나 되는 그 넓은 곳, 하루에 수만 명이 넘는 입장객이 오는데도 쓰레기 하나 찾아볼 수가 없다. 갈 때마다 상쾌함을 느끼게 하고 몇 번이고 가고 싶어진다. 그들은 음지에서 일하는 청소원을 일약 '주연 배우'로 등장시켰다. 청소원의 복장을 최근 유행하는 세련된 무대 의상으로 하고, 청소하는 동작도 댄스쇼와 같이 멋들어지게 하도록 전문 안무가가 고안해 냈다. 이것이 성공의 비결이 된 것이다.

미국에서도 성공한 기업의 공통된 특징이 바로 '청소'에 있다는 보고가 있다. 필자가 몸담고 있는 회사에서도 예외는 아니다. 청결하고 활기가 넘친 공장에서는 반드시 좋은 품질의 제품이 나온다. 무언가 변화의 바람을 일으키는 사람을 보면 그에겐 '청소 대장'의 별명이 붙어 있다.

우리 청소년 자녀들을 보면, 자기 방 하나 청소할 줄 모르는 아이들이 많다. 제 방 청소 하나 제대로 못 하는 아이가 커서 어찌 천하, 국가의 청소를 할 수 있을까. 세상을 살아가는 기본이 청결임을, 어른들 스스로 실천을 통해 가르쳐 주어야 하겠다.

14. 새옹지마

• • •

북방 변경에 한 노인이 살았다. 어느 날 도망간 암말이 준마를 데리고 집으로 돌아왔다. 동네 사람들이 모두 부러운 눈으로 축하를 하자 노인 장은 말한다.

"허허 이것이 나쁜 일의 징조인지 어찌 아는고?"

그런데 어느 날 그 집 아들이 말을 타다 떨어져 그만 다리를 크게 다쳤다. 이웃 사람들이 노인장을 위로하러 가니 그는 또 말한다.

"허허 이것이 좋은 일의 징조인지 어찌 아는고?"

그리고 얼마 후 전쟁이 일어났다. 동네 청년들은 전쟁터에 불려 나가 모두 죽었는데 그 집 아들은 다리가 부러진 덕분에 살아남았다는 새옹지마(塞翁之馬)의 이야기다.

옛말에 "길흉화복은 꼬인 새끼줄과 같이 변화가 많은 것이니 기뻐할 것도 슬퍼할 것도 없다"고 했다. 산은 한 번 높아지면 한 번 낮아지고, 파도는 치솟았다가 다시 가라앉고 달도 차면 기우는 것이 자연의 이치이다. 높은 자리에 있을 때 교만하지 않고 낮은 자리에 있어서 비겁하지 말 것이며, 돈이 많이 있다고 뽐내지 말고 돈이 없다 하여 자책할 필요가 없다는 것을 가르쳐주는 교훈이다.

성훈(聖訓)의 가르침에 "영욕궁달(榮辱窮達) 수가 있고 부귀흥망(富貴興亡) 때가 있다. "정의(正義)를 행하면 흥하고 사리(邪利)를 행하면 망하나니 사리허욕 다 버리고 정의정행 하여보세" 했다. 중요한 것은 역경과

고난에 처해 있을 때 이를 어떻게 받아들이느냐는 것이다. '왜 나에게 이런 시련이……'라고 원망하고 회피할 것인가, 아니면 이를 겸허히 받아들여 용기를 가지고 난관을 돌파할 것인가 하는 마음의 자세이다.

쇠는 달구어야 단단해지고 사람은 시련을 통해 더욱 굳세어진다고 한다. 동서고금을 막론하고 성공하는 사람의 공통적인 특징을 보면 한결같이 그들은 '혹독한 시련'을 겪고 일어났다는 것이다. 난관지돌파 평화지대도(難關之突破 平和之大道) - 난관을 돌파하면 평화의 큰길이 열린다는 말씀이다. 맹자는 "하늘은 장차 큰일을 할 사람에게 그 일을 감당해 나갈 만한 굳은 의지를 갖도록 먼저 심신단련에 필요한 고생을 시킨다.", 즉 그의 마음과 몸을 먼저 고달프게 한다고 했다.

순(舜)임금 같은 성군도 밭농사에서부터 출발했고 부열(傳說)같은 은(殷)나라 명재상도 성벽을 쌓는 인부에서 등용되었으며, 교격(膠隔)같은 어진 신하도 생선장수의 몸으로 문왕(文王)에게 발탁되었다. 제환공(齊桓公)을 도와 패천하(覇天下)를 한 관중(管仲)도 옥중에 갇혀 있던 몸으로 등용되었으며, 초창왕(楚昌王)을 도와 패천하를 한 손숙오(孫叔敖)도 바닷가에 숨어 사는 가난한 선비로 천거를 받았고, 진목공(秦穆公)을 도와 패천하를 한 백리해(百里奚)는 팔려 다니던 몸이었다.

그러므로 하늘이 장차 큰 소임을 사람에게 내리려 하면 반드시 먼저 그 마음과 뜻을 괴롭히고, 그 힘줄과 뼈를 고달프게 하며, 그 육체를 굶주리게 하고, 그 생활을 곤궁하게 하며, 행하는 일마다 의지와 엇갈리게 한다. 이로써 마음을 분발하게 하고 인내심을 강하게 해 지금까지 그가 능히 하지 못했던 일을 잘할 수 있게 하기 위해서이다(故天將降大任於是人也 必先苦其心志 勞其筋骨餓其體膚 空乏其身 行拂亂其所爲 所以動心忍性 增益其所不能).

맹자는 다시 끝에 가서 "이로 미루어 사람은 우환에 살고 안락에서 죽는다는 것을 알 수 있다(知生於憂患而死於安樂也)"고 했다.

"난관지돌파 평화지대도(難關之突破 平和之大道)"라 하였으니 난관은 회피의 대상이 아닌 돌파의 대상임을, 그리고 그 뒤에는 평화지대도(平和之大道)가 열려 있다는 믿음을 가져야 한다. 그러고 보면 나에게 부딪쳐 오는 그 어떤 고통이나 시련도 두려울 것이 없다는 생각이 들 것이다.

15. 청춘(靑春)

• • •

계절의 여왕 5월이 왔다. 차가운 얼음 속에서 새 생명이 돋아나고 꽃 피우는 신비로운 대자연의 힘을 우리는 봄을 통해 확연히 보고 느낄 수가 있다. 5월은 만물이 약동하는 청춘의 계절이다. 사시절후에 청춘이 있듯이 우리네 인생에도 청춘은 있다. 청춘은 무엇을 뜻하는 것일까? 어느 시인은 이렇게 말한다. "청춘은 인생의 어떤 기간이 아니라 마음 가짐을 말한다. ……씩씩한 의지, 풍부한 상상력, 불타오르는 정열을 가리킨다. 두려움을 물리치는 용기, 안이함을 선호하는 마음을 뿌리치는 모험심을 의미한다. ……머리를 높이 치켜들고 희망의 물결을 붙잡는 한 80세라도 인간은 청춘으로 남는다."(사무엘 울만[Samuel Ullman]의 시 「청춘」)

그렇다. 청춘은 나이의 노소(老少)가 아니다. 우리 주변을 보면 나이는 젊어도 마음이 늙어 버린 '애늙은이'가 있는가 하면, 비록 나이는 들었어도 늘 밝고 희망에 찬 환희와 탐구심에 가득 찬 '젊은 노인'도 있다.

나의 주변에는 60~70대 나이에 대학원에 진학하여 공부하는 '늙은 학생들'이 많다. 전직 대학 교수도 있고, 대학 총장도, 기업체 CEO도, 고위 공직자도 있다. 그 동안 회사생활에 쫓기어 하고 싶은 공부를 못했으므로 인생을 새롭게 시작하겠다는 것이다. 감히 젊은이들도 도전하기 힘든 과정에 도전해 새로운 제 2의 인생을 힘차게 출발하는 이분들을 누가 감히 늙은이라고 말할 수 있겠는가?

요즈음은 디지털 세상이다, 새로운 지식정보화 세상이다 하여 금방 배운 지식도 몇 년만 되면 낡은 지식이 되고 만다. 과거에는 나이 든 분의 경험과 경륜이 중요시되었지만 요즈음은 젊은이들의 풍부한 상상력과 창의력이 더욱 중요시되고 있다. 옛날에는 윗사람이 아랫사람을, 나이 든 사람이 나이 어린 사람을 '교육' 시켰다면 이제는 거꾸로 되어가고 있다. 윗사람이 아랫사람에게 배워야 하고 나이 든 사람이 나이 어린 사람으로부터 새로운 것을 배워야 하는 세상이 된 것이다.

세상은 항상 젊은이들을 통해 바뀌어간다. 새로운 세상을 만들어 가는 것은 바로 젊은 청춘의 열정과 의지, 상상력에 있다.

요즈음 젊은이들이 많이 꿈꾸고 도전하는 기업이 바로 '벤처' 이다. 벤처업계에서는 거의 30세가 정년이다. 벤처업계에서 30세면 기존 업계에서는 60세와 같다고 할 수 있다. 곱하기 2를 하면 된다. 그만큼 나이 든 분과 젊은이 사이에 의식의 차이가 많이 난다는 뜻이다.

그러나 나이가 들었다고 낙담은 하지 말자. 청춘은 인생의 어떤 기간이 아니고 마음가짐이기 때문이다. 나는 '곱하기 2' 가 아닌 '나누기 2' 를 제안한다. 자기 나이에 2를 나누어 그 세대와 친구처럼 어울릴 수 있다면 그 사람은 세상을 정말 젊게 사는 것이라고 생각한다. 변화에 잘 적응하지 못하면 '곱하기 2' 요, 변화에 잘 적응하면 '나누기 2' 가 요즈음 디지털 세상의 정신연령 계산법이다.

16. 교육(HRD) 담당자의 도(道)

• • •

HRD 담당자의 역할

1) HRD 담당자는 'Spiritual Leader'이다.

남을 가르치고 지도하는 입장에 있는 사람은 높은 도덕성과 인품이 요구된다. 공자께서는 "리더가 올바르게 행하지 않으면 명령하여도 따르지 않고 리더가 올바르게 행하면 명령하지 않아도 따른다."고 했다.

인력개발원의 첫 번째 미션(mission)은 〈가치공유센터〉다. 회장철학을 전파하고 핵심 가치를 공유하는 삼성문화 공동체의 전당이 바로 우리가 일하는 이곳 삼성인력개발원이다. HRD 담당자인 여러분은 이러한 기업문화의 '전도사'다. HRD 담당자의 말과 행동은 바로 그 기업이 공유하는 가치관이요, 신념이며 철학이다.

특히 사회에 첫발을 내딛는 신입사원 교육을 담당하는 지도선배는 그 말과 행동이 신입사원들의 가슴속에 평생 각인된다. 그들의 '정신적 지주'가 바로 지도선배인 것이다. 그래서 HRD 담당자는 항상 자신을 반성하고 몸가짐과 마음가짐을 바르게 해야 하는 것이다.

2) HRD 담당자는 'Cheer Leader'이다.

Cheer Leader는 흥을 돋우고 신나게 하는 사람이다. Cheer Leader 는 결코 밀어붙이지 않고 끌어들인다. 세상을 만드는 것은 '이성'이지만 세상을 움직이고 변화시키는 것은 '감성'이다. 교육은 바로 '변화'다. 뜨거운 가슴으로 상대방에게 다가가 그들의 얼어붙은 마음을 열게 하고 두터운 껍질을 녹이는 것이다. 따라서 HRD 담당자는 남을 불태우기 전에 먼저 자신이 불타야 한다. 뜨거운 열정과 자신감, 긍정적인 자세로 온몸을 던져야 하는 것이다.

3) HRD 담당자는 'Producer'이다.

연출가는 자신이 직접 무대에 서지는 않지만 기획, 연출, 지도, 감독을 통해 하나의 종합예술을 창조한다. 교육도 사람(人), 돈(物), 물자, 정보, 시간을 동원하여 한 편의 감동적인 드라마를 만들어 가는 과정이다. 따라서 HRD 담당자는 문화, 예술, 역사, 기술 등 풍부한 상식과 경영 제반에 대한 비전과 식견을 바탕으로 인간의 5감(시각, 청각, 미각, 후각, 촉각)은 물론 6감(six sense-영감), 7감(꿈)을 만족시킬 수 있는 역량을 갖추어야 하는 것이다.

4) HRD 담당자는 'Hidden Persuader'이다.

기업은 사람이다. '사람'은 '전략'에 우선한다. HRD 담당자는 최고경영자의 최측근 스태프로서 최고경영자를 보이지 않는 곳에서 설득하고 조언하며 또한 최고경영자의 의지를 간파해 종업원에게 전달하는 '숨은 설득자' 역할을 해야 한다.

또한 HRD 담당자는 'Facilitator'로서 모든 해답을 가르쳐 주기보다는 교육생 스스로 알을 깨고 나올 수 있도록 도와주는 'Helper'가 되어야 한다. 그렇게 하기 위해서는 통제하고 간섭하기 보다는 지원하고 서비스하는 봉사정신과 친절 서비스를 갖추어야 하는 것이다.

5) HRD 담당자는 'Teacher'이다.

HRD 담당자는 교육을 기획하고 연출하는 것은 물론 적어도 한 가지 이상씩 자신만의 '전문과목'을 가르칠 수 있어야 한다. 특히 기업교육에 있어서 살아 있는 경험과 지혜를 전달하는 '사내강사'의 중요성은 아무리 강조해도 지나치지 않다.

따라서 HRD 담당자는 자신의 전공 분야에 관한 세계 최신의 지식과 정보를 습득하고 새로운 지식을 창출해 나가는 우리 인력개발원의 두번째 미션인 〈지식창조센터〉의 'Teacher'로서 역할을 수행할 수 있어야 한다.

6) HRD 담당자는 '지식의 Banker'이다.

73일마다 두 배씩 늘어나는 지식정보사회 — 과거 토지와 노동과 자본을 중심으로 한 자원기반경제(Resource-based Economy)에서 이제는 지식과 정보 창의성을 중심으로 한 지식기반경제(Knowledge-based Economy) 사회가 되었다. '몸을 움직이고 손을 쓰는' 인간의 육체노동은 '마음을 움직이고 머리를 쓰는' 두뇌노동으로 대체되어 가고 있다.

이러한 경쟁상황에서 누가 더 새로운 지식과 정보를 누가 더 많이 공유하느냐가 경쟁력의 관건이다. 특히 인터넷이 가져다 준 '디지털 학습혁명'은 지식정보의 양과 질적인 면에서 상상을 초월할 만큼의 대변혁을 가져오고 있다.

'교육(education)'의 개념은 '학습(learning)'으로 바뀌고 있으며, know-how보다도 know-where(정보가 어디에 있는지 아는 것)가 중요해진 이 시점에서, 우리는 지금 '1(기존의 in-house 교육)-10(cyber 학습)-100(e-learning)' 운동을 전개하고 있는 것이다. 전통적 in-house교육의 1/10~1/100경비로 10배, 100배 이상의 교육을 시킬 수 있는 이 비전은 이미 초기의 목표가 달성되었다. 문제는 양이 아니라 질이며 지금부터 '지식의 banker'로서 모든 삼성인이 사랑하고 즐겨 찾는 인력개발원의 e-leaning 시스템을 만들어 가야 하는 것이다.

7) HRD 담당자는 'Performance Consultant'다.

해외 선진기업에서는 교육 담당자의 명함에 'Performance Consultant'라는 직함을 붙인다. 성과를 올려주는 컨설턴트라는 뜻이다. 기업교육의 궁극적 목표는 현장의 성과를 올려주는 것이다. 우리 인력개발원의 3대 미션 중 마지막이 바로 〈성과창출센터〉가 아닌가.

많은 석학들이 이제 "교육이 살아야 기업이 살고 국가가 산다"고 말한다. 교육은 새로운 지식정보화 시대의 핵심 경쟁력이다. 그러나 현장의 성과를 올려주지 못하는 교육은 낭비일 뿐이다. 따라서 HRD 담당자는 풍부한 성공 사례와 실패 사례, best practice를 바탕으로 '살아 있는 지식'을 현장에 전달하고 그것들이 구체적인 성과 향상에 기여할 수 있도록 'Performance Consultant' 역할을 수행해야 하는 것이다.

HRD 담당자의 도(道)

1) 늘 깨어 있으라.

HRD 담당자는 'Spiritual Leader'로서 항시 자신의 몸과 마음을 연마하고 정신적으로 깨어 있어야 한다. 기본을 지키고 솔선수범을 보이며 정도를 걸어야 한다. 고정관념과 관습을 타파하고 '스스로 알을 깨고 나오는' 선각자가 되어야 한다. 타인의 잘잘못을 보기 전에 먼저 자신의 자성(自性)을 보면서 반성을 생활화해야 한다. 그리하여 모든 교육생으로부터 마음속으로 존경을 받아야 한다.

2) 끊임없이 학습하라.

불확실성, 난기류의 시대에는 '종합 판단능력'이 중요하다. 종합 판단 능력은 풍부한 상식과 균형(balance) 감각에서 나온다. 그것을 갖추기 위해서는 항상 새로운 지식과 정보에 대한 호기심과 탐구 자세를 갖고 끊임없이 학습해야 한다. 적어도 1주일에 책을 한 권쯤은 읽어야 하며 자기 전공 분야의 지식 습득은 물론 다양한 분야의 서적을 탐구함으로써 '일전다능형(一專多能型)' 인재가 되어야 한다.

3) 자신을 불태우라.

열정(passion)이 사람을 움직인다. 열정은 승자(勝者)들이 갖고 있는 공통적인 특징이다. 열정은 결코 '목소리 크기'가 아니다. 자신의 내면 깊은 곳에서 우러나오는 자신감, 사명감, 주인의식 등의 발로이다. 진정으로 그 일을 사랑하는 마음. 꿈을 갖고 자신의 일을 즐길 수 있을 때 신바람도 나고 열정도 일어난다. 100명을 교육시키는 사람은 비록 지식이 그들에게 뒤지더라도 열정만은 100명 중 1등이 되어야 한다. 1,000명을 교육시키는 사람은 비록 지식이 그들에게 뒤지더라도 열정만은 1,000명 중 1등이 되어야 한다.

4) 고객과 현장에 근거하라.

전쟁에서 교과서대로의 전쟁은 없다. 상황은 천차만별, 변화무쌍하다. 정보는 고객과 현장에 있고, 해결의 실마리도 고객과 현장에 있다. 추상적이고 관념적이어서는 곤란하다. 구체성과 실천성 그리고 성과와 직결되어야 한다. 고객의 눈높이에 맞는 교육, 현장의 가려운 데를 긁어주는 교육이 되기 위해서는 고객과 현장에 관심을 기울이고 있어야 한다.

5) 네트워크를 구축하라.

가장 손쉽고, 가장 빠르고, 가장 입체적인 정보는 사람에게서 나온다. 책을 100권 읽기보다 100권의 책을 읽은 '사람'을 찾는 것이 훨씬 더 효과적이기도 하다. 그렇게 하기 위해서는 평소에 폭넓은 인간관계를 형성해 두고 그들과 꾸준히 교류를 해야 한다.

인간관계를 넓히는 비결은 무엇인가. 벗을 얻는 유일한 길은 자기 자신이 우선 좋은 벗이 되는 것이다. 사이버상에서 각자가 1,000명의 인적 네트워크를 형성해 둔다면 그들은 어떠한 상황에서도 우리에게 도움을 줄 것이 틀림없다. 그래서 정보화사회에서는 열심히 땀 흘려 일하는 '개미형 인재'보다는 평소 네트워크를 구축해 일하는 '거미형 인재'가 더 요구되는 것이다.

6) 7감(感)을 동원하라.

교육은 '창조적 공연'이다. 교육은 '문화상품'이요, '놀이의 상품화'다. 교육 담당자는 놀 줄도 알아야 한다. 모든 문화는 놀이에서 비롯되었다. 언어, 신화, 의식, 민속, 철학, 무용, 음악, 연극, 심지어 전쟁의 규칙도 '놀이'에서 탄생되었다고 한다. 사람은 가장 인간다울 때 놀고, 놀 때 가장 인간답다(프리드리히 실러). 놀이는 신나고 즐겁다. 놀이는 자발적이다. 교육도 신나고 즐거워야 한다. 놀이처럼 자발적이어야 한다. 이 놀이가 문화를 창출하고 교육을 창조한다.

Action-Oriented Leaning이 바로 여기서 나온 개념이 아닐까? 그렇게 하려면 인간의 5감에 영감(6감)과 꿈(7감)을 자극하는 고도의 감성이 필요하다. 특히 젊은 층에게 기존의 딱딱하고 고답적인 교육 방식은 더 이상 통하지 않는다. 잘 놀 줄 아는 사람이 교육도 잘 시킨다는 점을 명심하자.

7) 자부심(pride)을 가져라.

교육은 '남이 잘 되라고 하는 업(業)'이다. 열정과 노력을 쏟은 만큼 보람도 큰 업이다. 이 좋은 환경, 좋은 직업이 또 어디에 있겠는가. 공자는 '인생삼호'(人生三乎)를 이렇게 표현했다.

학이시습지(學而時習之)하니 불역열호(不亦說乎)아

(배우고 때에 맞추어 익히니 또한 기쁘지 아니한가!)

유붕(有朋) 자원방래(自遠方來)하니 불역락호(不亦樂乎)아

(벗이 멀리서 찾아오니 또한 즐겁지 아니한가!)

인부지이불온(人不知而不慍)하니 불역군자호(不亦君子乎)아

(사람들이 알아주지 않아도 화나지 않으니 또한 군자가 아니겠는가!)

우리가 지금 공자의 인생삼호(人生三乎)를 즐기고 있지 않는가!

(2001. 12. 월례사 – 인력개발원 임직원들에게 주는 말)

17. 멘토링

• • •

한 사람의 인재를 키우는 데는 많은 시간과 노력을 필요로 한다. 아무리 바빠도 사람을 키우는 것은 기초부터 튼튼히 하는 것이 중요하다.

나의 신입사원 시절을 회고해 보면 참으로 탄탄한 교육을 받았다는 생각이 든다. 1975년 7월 10일, 삼성그룹 공채로 입사한 동기 50명은 한 달 동안 연수원에 입교해 훈련을 받았다(지금도 이 전통은 계속되고 있다). 직장생활의 기본예절에서부터 경영이념과 정신, 기업문화, 팀워크를 통한 성과 창출, 극기훈련에 이르기까지 인간개조훈련이라는 평을 들을 만큼 엄격하고 진지하고 도전적인 프로그램이었다.

한 달간의 고된 훈련을 마치고, 동기생들은 그룹 각사로 배치를 받아 뿔뿔이 헤어졌다. 나와 동료 3명은 제일제당으로 배치되었다. 당시 삼성 그룹에서 가장 좋은 회사였다. 그곳에 가보니 또 다른 교육이 우리를 기다리고 있었다. 우리 신입사원 4명을 위한 무려 석 달여의 빽빽한 교육 일정이었다. 본사에서부터 시작해 김포공장, 인천공장, 부산공장, 판매본부까지 각 부서의 업무 소개를 받고 실습을 하고 담당자들과 만나 얼굴을 익히고 현안 문제에 대해 질문과 답변을 주고받고 했다. 인천공장에서는 설탕포대를 직접 지고 나르고, 부산공장에서는 땀을 뻘뻘 흘리며 얼굴에 밀가루 분말과 땀이 뒤범벅된 추억이 지금도 생생하다. 대졸 신입사원 4명을 위해 이렇게까지 치밀하게 회사, 공장 구석구석까지 알도록 교육시켜주는 회사가 참으로 고맙고 감사하기 그지없었다. 이런 교육기회를 통해 회사의 전 공정을 한눈에 이해하게 되었고,

많은 사람들을 알게 됨으로써 나중에 업무협조와 의사소통에 큰 힘이 되었다.

우리는 그 해 7월에 입사해 11월이 되어서야 부서 배치를 받았다. 기획실 기획조사팀에 배치를 받은 나는 교육이 여기서 다 끝난 줄 알았는데 본격적인 직무교육(OJT)이 이제부터 시작이란다! 여러 선배들이 실무적인 일 하나하나를 가르쳐주고, 해보게 하는 실전교육이다. 교육은 교육이되 맡겨진 일에 대한 최종 책임은 모두 나에게 있다. 선배들은 다만 지도하고 조언해줄 뿐이다. 이 실전교육은 마치 배 위에서 바다에 떨어뜨려놓고 스스로 헤엄쳐 나오도록 유도하는 실전훈련이었다. 당시에는 과장이 한 부서의 업무를 총괄하고 그 아래 과원들이 있었는데 '주무사원'이라는 독특한 비공식 직함이 있었다. 과의 제일 고참인 '형님'이 주무가 되어 사원들을 지도하고 조언해주고, 교제비 회의비 등 각자가 쓴 경비를 모아서 정리해주고, 부서 살림을 도맡아 하면서 과장과의 의사소통도 원활히 해주는 멘토인 셈이다.

아침 8시 30분 쯤 대부분 출근을 하면 9시 정규 업무시간까지 30분의 여유가 있다. 주무사원인 '멘토 형님'은 '멘티 동생'들을 데리고 당시 을지로 삼성빌딩 지하에 있는 다방으로 데리고 간다. 모닝커피를 한 잔 사주면서 어제 있었던 이런저런 일에 대해 멘토링을 해준다. 과장 부장한테 야단맞은 일이 있었다면 이렇게 하라 저렇게 하라 코치를 해준다. 오늘은 무슨 일이 있을 터이니 어떻게 하라고 지침을 준다. 지금 생각하면 "호랑이 담배 피던 시절" 이야기 같지만 이거야말로 최고의 멘토링제가 아닌가!

요즈음은 스피드 시대인 데다 워낙 많은 신입사원이 들어오다 보니 신입사원에 대한 관심도 적어져 일을 알아서 찾아 하라는 식이 많다고 한다. 심지어 선배와 후배가 서로 경쟁 상대가 되어서 자기의 노하우를 후배들에게 가르쳐 주지 않는 경우도 있다고 하니 얼마나 안타까운 일인가!

멘토링이란 경험과 지식, 스킬이 풍부한 사람이 멘토(mentor)가 되어 조언이 필요한 사람인 멘티(mentee)를 전담해 합의된 목표에 따라 지도하고 조언하면서 리더십과 문제해결 능력을 키우고 개발하는 것이다.

멘토링의 어원은 고대 그리스의 이타이카 왕국에서부터 비롯되었다고 한다. 오디세우스 왕이 트로이전쟁에 출정하면서 아들인 텔레마코스를 친구에게 부탁했는데 그 친구의 이름이 바로 멘토르(mentor)였다. 멘토르는 오디세우스가 전쟁터에서 돌아오기까지 그 아들을 선생님이며 상담자로, 때로는 아버지가 되어 잘 보살펴 주었다고 한다. 그 후로 멘토르라는 이름은 지혜와 신뢰로 한 사람의 인생을 이끌어 주는 지도자의 의미로 사용되고 있다.

현대 경영학의 아버지인 피터 드러커(Peter Ferdinand Drucker)가 "미래의 조직에서 가장 강력한 인재육성 툴은 멘토링"이라고 강조했을 만큼 멘토링 제도는 인재육성의 강력한 도구로 여겨지고 있다. 미국 산업교육학회(ASTD 2003)의 보고서에 의하면 "멘토링은 기업의 지식경영과 학습 조직의 두 마리 토끼를 잡았다"고 발표했다. 『포춘』지 선정 500대 기업 중 75%가 멘토링 제도를 도입한 것으로 나타났다.

요즈음 우리나라의 교육이 지식위주의 입시교육이 되다 보니, 학생들을 위한 인성교육이나 사회생활을 위한 실천교육은 찾아보기 힘들게 되었다. 인생을 어떻게 살아야 바르게 사는 것인지, 성공적인 직장생활을 하려면 무엇을 갖추어야 하는지, 기업은 무엇이며 자본주의의 경쟁원리는 무엇인지, 경영의 본질은 무엇인지, 회사에서는 어떠한 인재를 필요로 하는 것인지, 원만한 인간관계를 유지하기 위해서는 어떻게 처세를 해야 하는 것인지, 나는 무엇이 되고 싶은지, 그것이 되기 위해 무엇을 할 것인지. 어떠한 재능과 핵심역량을 필요로 하는 것인지, 나는 거기에 얼마나 접근해 있는지, 시련과 좌절에 부딪쳤을 때 어떻게 극복해 나가야 하는지 등 젊은이들이 알고자 하는 것은 너무 많다. 그런데 이런 것들을 학교에서는 가르쳐주지 않는다.

다행히 한국장학재단에서는 이러한 사회요구에 부응해 'Korment'라는 멘토링 제도를 도입해 실천하고 있다. 전국 수십만 명의 대학생 중 1년에 약 3,000명의 멘티를 선발해 사회와 기업 경험이 풍부한 CEO 또는 전문가 출신 멘토 300여 명에게 멘토링을 의뢰하는 것이다. 경영전략, 과학기술, 금융, 리더십, 마케팅, 무역/유통, 문화/예술, 인사/자기계발, 진로/창업 등 10개 분과로 나누어진 멘토링 제도는 해당 분야에서 한평생 일해온 사회지도층 멘토가 10여 명의 멘티들을 1년 동안 지도한다. 때로는 1:1 면대면 멘토링도 하고, 그룹 멘토링, e-멘토링, 그룹 디스커션, 현장견학, 모의면접, 리더십 캠프 참가 등 다양한 방법으로 진행하고 있다.

멘토의 지식과 경험, 지혜는 멘티들에게 활력이 넘치는 새로운 인생과 성공유산을 제공해 준다. 멘토의 일거수일투족, 말 한마디, 행동 하나하나가 모두 멘티들에게는 살아 있는 교육이다. 인생은 만남이다. 어떤 사람을 만나 어떤 말을 들었느냐에 따라 그 인생이 크게 달라질 수 있다. 훌륭한 멘토를 만나 본인의 인생목표를 설정하고 격려와 촉진을 받는다는 사실은 인생 최고의 행운일 것이다.

무릇 교육은 지식뿐만 아니라 인성이 겸비되어야만 진정한 교육이라 할 수 있다. 예부터 군사부(君師父)일체라 하여 임금과 스승과 아버지를 동격으로 여겼다. 그만큼 스승을 높이 여기는 것은 지식교육이 아닌 인성교육이 함께 했기 때문이다. 37년 전 나의 인생의 길잡이가 되어준 멘토들을 나는 지금도 가슴속에 간직하며 산다. 1년에 몇 차례 모임을 갖고, 함께 식사를 하고 산행도 한다. 영원한 나의 사부님들이다. 지금의 나의 멘티들에게도 그러한 신뢰관계가 지속되기를 바라면서 오늘도 나는 그 들에게 줄 이 멘토링 노트를 쓰고 있다.

제2장

경영혁신

(삼성 신경영 이야기)

– 변화를 주도하는 리더가 되기 위한 멘토링

삼성 신경영

1. 개혁의 신호탄

• • •

1993년 6월 4일 일본 동경의 오꾸라호텔.

이건희 회장을 비롯한 삼성전자 임원과 일본인 고문 등 10여 명이 회합을 가졌다. 삼성전자의 당면 기술개발에 대한 대책회의였다. 나는 삼성전자 인사담당 임원의 자격으로 이 회의에 참석했다. 이건희 회장은 이 회의를 마치고 다음날 독일 프랑크푸르트로 출장을 나가게 되어 있었다. 저녁에 회의를 마치고 헤어졌는데 나중에 전해 들은 바에 의하면, 이 회장은 일본인 고문 몇 명을 호텔 방으로 불러 간담회를 새벽 5시까지 더 가졌다고 한다. 여기에 후쿠다 시게오라는 삼성전자의 디자인 담당 고문이 함께 했다. 후쿠다는 이건희 회장이 삼고초려하여 1989년 영입한 인재인데, 이분이 누런 봉투를 하나 이 회장에게 건네면서 내일 독일 프랑크푸르트행 비행기 안에서 열어보라고 했다.

　다음날 이 회장이 건네준 봉투를 열어보니, 거기에는 후쿠다의 사직서가 들어 있었다. 본인은 삼성전자의 고문직을 더 이상 수행할 수 없다는 뜻과 함께 삼성전자의 문제점을 소상하게 기록한 '경영과 디자인'이라는 보고서가 첨부되어 있었다. 한 마디로 말하면 삼성전자 임직원들이 국내 최고라는 자만심에 빠져서 고문인 자신의 이야기를 들으려고 하지 않을뿐더러 배척하는 분위기가 역력해 도저히 근무하기가 어렵다는 내용이었다.

　이 회장은 이 보고서를 보고 삼성전자의 앞날이 크게 걱정이 될 뿐만 아니라 그러한 임직원들에 대해 몹시 불쾌함을 느꼈다. 1987년 12월 회장 취임 후 자신이 해왔던 노력이 모두 헛수고였다는 것을 깊이 깨달은 순간이었다(결과적으로 후쿠다의 사직서는 반려되었고, 오히려 삼성의 문제점을 일깨워줬다는 공으로 상금 1,000만 엔을 주라는 지시가 나에게 떨어졌다).

　독일에 도착한 이 회장에게 또 하나의 리포트가 보고되었다. 삼성그룹 사내 방송국인 SBS가 몰래카메라 형식으로 촬영한 특집방송 〈품질, 이대로 좋은가!〉라는 프로였다. 이 프로그램은 삼성전자의 불량에 대한 현장고발 내용으로 정리하지 않고 지저분하게 널브러진 공장 창고를 비롯한 방만한 공장 구석구석 모습을 촬영한 것이었다. 그런데 그 중에 세탁기 공정에서 어처구니없는 장면이 포착되었다. 세탁기 문짝이 제대로 맞지 않아 종업원이 면도칼로 깎아내는 것이었다. 이 회장은 이 장면을 보고 참고 참았던 분노를 터뜨리고 말았다. 즉각 서울에 전화를 해 당시 비서실 L 차장에게 품질에 관한 질타와 질책이 이어졌다. 이 전화내용은 녹음이 되어 그룹의 주요 임원들에게 그대로 전달되었다.

"비서실에서는 질로 관리하나, 양으로 관리하나? 과거 선대회장 때는 양이 80%, 질이 20%였다. 내 스타일이 양 10, 질 90 아니 양 0, 질 100 아닌가? 그런데 왜 그렇게 관리를 하지 않는가? 불량품 만들어 30~50% 덤핑 판매하는 것이 무슨 경영인가? 질을 높여 값을 올려받아야 한다. 세탁기 깎아내는 것, 1주일, 한 달 라인 스톱해서라도 문제 해결해라. 나는 삼성그룹 이기주의 버리자고 이야기했는데 사업부 이하 다 해결된 줄 알았다. 왜 차이 이야기 안 해주었나? 나는 완전히 사기당했다! 아직도 비서실이 구태의연, 옛날 방식이다. 금년 내 안 되면 손들고 나가라. 이래도 안 되면 나는 은퇴하겠다. 그룹 전 임원들을 지금 당장 프랑크푸르트로 보내라!"

이렇게 하여 삼성신경영의 대장정은 시작되었다.

1993년 6월 7일 프랑크푸르트 캠핀스키호텔, 이 회장은 서울에서 허겁지겁 날아온 임원 200여 명을 모아놓고 "처자식 빼고 다 바꾸자!"는 질위주 경영, 삼성신경영을 선포했다. 개혁의 신호탄을 쏘아올린 것이다. 이후 8월까지 프랑크푸르트, 런던, 오사카, 후쿠오카, 동경 등지를 돌면서 이 회장의 임원들을 향한 개혁과 혁신에 대한 주문은 거의 밤을 지새우며 진행되었다. 평균 6시간 이상, 길게는 18시간까지 마라톤 회의가 진행되었다. 때로는 분노하고, 때로는 사정하고, 때로는 선진국의 인프라와 선진제품을 직접 보여 주면서, 비교하고 평가하고 몸으로 느끼도록 했다. 거의 석 달여 진행된 이 해외 회의에는 무려 1,800여 명의 삼성 임원이 참여했고, 이 회장의 강의 내용을 녹화한 것이 350시간분, 그 내용을 정리한 것이 8,500페이지에 이르렀다.

1993년 10월, 삼성 비서실에는 이 회장의 개혁 관제탑 '신경영실천 사무국'이 새로 생겼고, 나는 그 사무국을 책임지는 사무국장에 임명되었다. 당초에는 동료인 삼성전자의 K이사가 발령받았는데 어찌 된 영문인지 발령 일주일도 안 돼 스스로 사표를 내고 나가버리는 바람에 내가 그 자리를 맡게 된 것이다. 거역할 수 없는 나의 운명이라는 생각이 들었다.

2. 삼성 신경영 – 나부터 변하자

• • •

이건희 회장의 신경영 철학을 요약하면 다음과 같은 내용이다.

1) 왜 변하지 않으면 안 되는가

• 세기말적 환경변화 속에 우리는 우리의 현실을 정확히 직시해야 한다. 이대로 가면 삼성은 물론 나라마저 2류, 3류로 떨어질 수밖에 없는 절박한 순간이다. 지금은 인류 역사상 가장 급격한 변혁기이며, 앞으로 엄청난 변화가 전 세계적으로 일어날 것이다. 삼성은 착각과 자만에서 벗어나 우리의 현실을 정확히 직시해야 한다. 우리 민족은 세계에서 가장 우수한 민족이다. 21세기 환태평양 시대에 우리는 세계 중심이 될 수 있다. 과거를 반성하고 새롭게 변하자. 세계 초일류 기업을 향해.

2) 우리는 어떻게 변해야 하는가

• 나부터 변하자. 처자식 빼고 다 바꿔 보자. 변화는 자율이다. 쉬운 것부터 철저히 변하자. 올바르게 변하자. 원칙과 기본을 중시하고, 잘못된 것은 서로가 비판을 아끼지 않아야 발전한다.

• 삼성헌법은 '인간미, 도덕성, 예의범절, 에티켓'이다. 이것은 누가 회장이 되더라도 절대로 바꿀 수 없는 삼성인의 영원한 경영원칙이다. 정도를 걷고 삼성인의 명예와 사회적 책무를 다하자. 경영활동의 궁극적인 목적은 봉사와 이익의 사회 환원을 통해 국가, 인류사회 발전에 기여하는 데 있다.

• 한 방향으로 가자. 개인이기주의, 부서이기주의는 한 방향의 뒷다리 잡기이다. 뛸 사람 뛰고, 걸을 사람 걷고, 앉아 있을 사람 앉아 있어라. 단 한 방향으로 뛰고, 걷고, 앉아 있으면 된다. 뒷다리만 잡지 않으면 된다. 그러면 지금보다 10배 이상 더 빨라진다.

3) 우리는 무엇을 해야 하는가

• 질위주 경영. 불량은 암이다. 양적 사고에서 벗어나자. 질위주 경영은 고객으로부터 출발한다. 고객의 소리에 귀 기울이고, 고객에게 감동을 주는 경영을 해야 한다. 제품 서비스의 질을 올려 세계 최고의 제품과 서비스를 창출하자. 사람의 질을 올려 창의 전략 관리의 삼성을 만들자. 경영의 질을 올리기 위해서는 업의 개념에 맞게, 입체적 사고를 갖고, 기회를 선점해야 한다.

• 정보화. 정보기술은 스피드. 소프트 경쟁력의 요체다. 앞으로의 사회는 시간과 공간의 장벽이 사라진다. 컴퓨터를 못 쓰면 삶의 질이 떨어진다. 정보화, 제대로 알고 배우고 투자해야 한다.

• 국제화. 문 닫고 살 수는 없다. 세계로 나가야 한다. 삼성의 국제화 전략은 현지화, 일류화, 복합화, 국내의 국제화에 있다. 해외에 복합단지를 건설하고, 글로벌 경영체제를 구축하라. 지역전문가를 양성해야 한다.

• 복합화. 21세기는 복합 산업시대이다. 업의 경계가 사라진다. 자주 빨리 모이는 것이 힘이다. 상품을 복합화하고, 판매를 복합화하고, 사업을 복합화해야 한다. 공장복합화, 빌딩복합화, 병원복합화, 도시복합화 등 모아야 힘이 된다.

• 경쟁력. 일류가 되지 않으면 망한다. "가장 좋게, 가장 싸게, 가장 빠르게!" 이것이 경쟁력이다. 기업 혼자서는 안 되며 국민, 정부, 기업이 삼위일체가 되어야 된다. 질위주 경영, 정보화, 국제화, 복합화가 경쟁력

을 올리는 요체다.

4) 우리는 무엇을 추구하는가

우리는 21세기 초일류 기업을 추구한다. 기업 조직원들이 올바른 생각과 자세로, 건전한 기업문화 속에서, 건전한 기업이념을 바탕으로, 고객을 생각하고, 사회를 생각하고, 인류를 생각하면서, 세계를 무대로, 최고의 제품을 만들어내는 기업이 바로 초일류 기업이다. 초일류 기업은 종업원들이 신바람 나게 일하는 '월급쟁이 천국'이요, 인류사회에 공헌하는 '상생의 철학'을 갖는 기업이다. 갈등과 경쟁을 발전의 원동력으로 삼는 서양문명의 한계점이 드러나면서 이제는 조화, 상생, 융합의 동양문명이 부상하고 있고, 이 동양문명은 상호공존과 번영을 위해 개방된 질서를 지향하는 21세기의 주도적 사상이 될 것임에 틀림없다. 나의 인생관, 기업관, 사회관, 미래관은 바로 이러한 상생의 개념에 기초를 두고 있다. 이것은 종업원, 고객, 협력회사, 주주, 지역 국가 인류사회와 더불어 다 함께 잘 사는 공동의 번영을 추구하는 길이다.

3. 가시적 변화 조치들

• • •

1) 위기의식, 신경영 공감대 형성을 위한 교육, 홍보

삼성은 길고 긴 해외 회의를 마치고 본격적으로 신경영활동을 전개했다. 개혁은 이건희 회장이 주창했지만 변화의 주체는 바로 삼성의 임직원이었다. 삼성 신경영에 대한 공감대 형성과 변화에 대한 비전과 신뢰감 형성이 가장 시급한 과제였다. 이를 위한 대대적인 홍보와 교육이 계속되었다. 삼성 신경영 책자가 배포되고, 그룹 임직원에 대한 전 계층의 교육이 진행되는가 하면, 사내 방송국에서는 매일 이 회장의 해외, 국내 강연 내용이 방영되었다.

우리의 현실을 정확히 알고 끊임없이 위기의식을 갖는 분위기를 조성해 나가는 것이다. 이 회장은 본인의 진심을 보여주기 위해선 일거수일투족 모두를 공개하라고 주문했다. 신경영에 대한 교육은 확대되어 18만 임직원들은 물론 협력업체 경영관리자 7,000여 명(60차례), 대리점주 1만 1천여 명(25차례)도 참여했다.

2) 18만 삼성인이 피부로 느끼는 개혁조치—7·4제

7·4제는 아침 7시에 출근하여 오후 4시에 퇴근하는 근무제도이다. 아침 8시 30분에 출근해 밤 10시가 되어야 퇴근하는 '일벌레' 삼성맨들에게는 그야말로 '경천동지'의 변화조치였다. 변화를 위해서는 먼저 일하는 방법을 바꾸어야만 했다. 그것도 18만 전 삼성인이 변화를 피부로 느끼게 해야만 했다. 그래서 이건희 회장이 '중대한 결단'을 내린 것이

다. 7·4제는 삼성인들이 과거 매너리즘과 타성에 젖어 일하던 관행을 일시에 바꾸는 계기가 되었다. 아침 일찍 오기 위해서는 새벽같이 집을 나서야 했고, 러시아워를 피함으로써 통근시간을 절약할 수 있었을 뿐만 아니라, 다른 회사가 업무 개시까지 2시간 동안 '전화 없는' 나만의 여유로운 시간을 갖게 되었다. 퇴근 후에는 각종 취미나 여가활동, 외국어 등 자기개발에 활용함으로써 자신의 실력을 향상시켰다. 무엇보다도 가족들과 시간을 가짐으로써 삶의 질을 높였다. 한 마디로 1석 5조의 개혁조치인 셈이다.

시행 초기에는 잘 지켜지지 않아 비서실 신경영사무국에서는 그룹 관계사에 몰래카메라를 동원하기도 하고, 어느 회사는 오후 4시가 되면 '두부장수' 종을 들고 딸랑딸랑거리며 퇴근을 독려하는 모습도 보였다. 7·4제는 열심히 일하는 삼성맨들에게 더 이상 물리적으로 일을 하지 못하게 한 '배수진을 친 개혁조치'라 할 수 있다. 7·4제는 시행 1년 후부터 8·5제, 9·6제, 자율근무제 등으로 다양하게 발전했다.

3) 회의문화, 보고문화의 변화와 결재단계의 축소

삼성의 간부들은 대부분의 시간을 회의로 보냈다. 외부에서 전화를 하면 으레 '회의중'이다. 매일 진행되는 팀내 업무회의, 1주일에 한 번씩 있는 부서장회의, 한 달에 한 번씩 있는 월례회의, 영업부서와 생산부서가 함께 모여 하는 마케팅회의 등 여러 가지 형태의 회의가 있다. 마케팅회의는 한 달 실적을 놓고, 생산부서는 영업부서를 공격하고, 영업부서는 생산부서를 공격하는 책임전가를 위한 열띤 공방의 격론장이기도 했다. 회의는 상호 의사소통을 도모하고, 더 좋은 방안을 찾는 장점도 있지만 간부는 회의시간으로 대부분 업무시간을 소모하고 직원들은 회의자료 준비하는 데 많은 시간과 노력을 낭비하지 않을 수 없다.

그런데 7·4제가 도입되자 회의로 시간을 낭비할 수 없게 되었다. 회의의 종류를 대폭 줄이고, 회의 시간도 30분 내지 1시간으로 미리 정하고, 어떤 부서는 회의 탁자위에 녹음기를 작동시켜 놓음으로써 회의 후 '딴 말'이 없도록 하는가 하면, 의자를 없애고 서서 하는 회의도 유행했다.

보고서는 많을수록 잘 쓴 보고서로 인식되어 왔다. 어떤 보고서는 30~40페이지에 달한다. 이렇게 많은 분량의 보고서를 어떻게 사장이 다 읽을 수 있겠는가! 그런데 친절하게도 중간 간부들은 맞춤법 하나까지 세세하게 지적하고 고쳐준다. 7·4제가 도입되어 업무의 효율을 올리기 위해서는 이 보고문화부터 바꾸어야 했다. 보고서를 1장 베스트, 많아도 3장 이내로 작성토록 한 것이다. 간부 결재 중 보고서에 설사 맞춤법이 틀렸거나 다른 의견이 있더라도 새로 작성치 말고 바로 가필정정토록 함으로써 사내 형식주의 문화를 타파하게 되었다.

결재단계도 매우 복잡했다. 담당자가 기안을 하면 과장, 부장, 이사, 상무, 전무, 부사장 등 라인상의 모든 사람이 결재하게 되어 있었다. 거기에다 협의부서, 합의부서까지 돌다 보면 도장이 21개까지 찍힌 보고서도 있었다. 도장이 21개 찍혔다는 것은 아무도 책임을 지지 않는다는 의미이며, 21개 도장이 찍힐 때까지 잃어버린 기회손실의 시간은 또 얼마나 많았겠는가! 그래서 모든 보고서는 기안자, 심사자, 결정자, 이렇게 세 사람만 사인을 하도록 바꾸었다. 종래 과부장들은 책상에 팔짱 끼고 앉아 밑에 직원들이 작성해온 보고서에 도장만 찍으면 자기의 할 일을 다한 것으로 여겼으나, 이제부터는 사안에 따라 부과장도 직접 기안을 하도록 했다. 이렇게 함으로써 업무가 많이 아래로 위임되었고, 의사결정은 신속해졌으며, 책임관계는 더욱 명확해졌다.

4) 품질혁신을 위한 라인(line) 스톱과 불량품 화형식

신경영의 발단은 양적 사고방식과 높은 불량률에서 시작됐다. 당시 삼성전자의 불량률은 선진기업 대비 무려 3.3배나 되었다. 그런데도 불구하고 삼성전자는 서비스를 잘해주는 기업으로 칭찬을 받고 있었다. 불량품은 애프터서비스로 해결하면 된다는 발상이었다. 이건희 회장은 이 발상이 잘못되었다고 지적했다. 불량은 아예 처음부터 없어야 된다는 것이다. "3만 명이 만들고 6천 명이 고치고 다니는 이 조직이 과연 정상적인 회사인가! 라인 가동 중에라도 불량이 발견되면 즉각 라인을 스톱시키고 그 문제를 완전히 해결한 후 가동시키라"는 이 회장의 엄명이 떨어졌다. 많은 임원이 회장의 지시에 반박했다. 그것은 현실을 모르고 하는 말씀이라는 것이다. 라인 스톱을 하게 되면 엄청난 생산 차질이 빚어지고 결국 회사가 망하게 된다는 것이었다. 그러자 이 회장은 이렇게 말했다.

"나는 이런 불량수준이라면 우리 삼성이 망한다고 생각하고 있고, 여러분은 라인을 스톱하면 회사가 망한다고 생각하고 있다. 이리 망하나 저리 망하나 망하기는 마찬가지 아닌가! 그렇다면 라인을 스톱하라! 그래서 회사가 망할 지경이라면 내 사재를 털어서라도 여러분 봉급을 주겠다!"

이렇게까지 강력하게 회장이 지시하는데 누가 더 반발하겠는가! 공장 여기저기서 라인은 스톱되었고, 불량 원인을 완전히 제거한 다음 생산을 재개시켰다. 총 139개 메인 라인에서 라인 스톱이 도입되었다. 불량품을 납품한 부품업체는 총 비상이 걸렸다. 결과적으로 '배수진을 친' 이 제도는 삼성의 높은 불량률을 단기간에 잡는 데 크게 기여했다. 전자제품의 경우 1993년의 불량률이 전년도에 비해 적게는 30%, 많게는 50%가 줄어든 것이다.

삼성전자 구미공장에서는 당시 무선전화기를 생산했다. 집안에서 쓰는 전화기에 선이 없어 가까운 가게에 갈 때는 가지고 나가도 통화를 할 수 있는 개념의 전화기였다. 그런데 이것이 문제가 되었다. 통화가 제대로 되지 않은 것이다. 시중 불량률이 11.8%나 되었다. 이러한 불량 전화기가 시중에 유통되고 있다는 보고가 전해지자, 이 회장은 크게 화를 내며 시중에 나간 모든 제품을 회수해 공장 사람들이 모두 보는 앞에서 불태워 버리라는 지시를 했다.

1994년 11월 삼성전자 구미 사업장에서는 모든 임직원이 보는 가운데 불량품 화형식이 거행되었다. 무선전화기를 포함해 키폰 팩시밀리 등 15만여 대의 제품이 공장 운동장에 산더미같이 쌓인 가운데 화형식이 비장함이 감도는 가운데 거행되었다. 이때 불태워버린 불량품의 금액을 돈으로 따지면 무려 150여억 원에 이른다. 그리고 7년 후 이 사업장에서 3조 원의 이익을 내는 애니콜이 탄생한 것이다. 불량품 화형식은 오늘날 전 세계를 압도하는 '애니콜 신화'를 있게 한 기폭제가 된 것이다.

5) 과거 부실정비, 규정철폐, 제도개혁

양위주의 관행은 많은 부실을 남겼다. 예를 들면, 영업실적이 부진하면 위로부터 독촉이 오고, 견디다 못한 부서장은 대리점에 압력을 넣어 밀어내기를 하고, 대리점은 팔리지 않은 제품을 그대로 재고로 가지고 있을 수 없어 덤핑 판매를 한다. 덤핑 판매는 결과적으로 대리점 부도로 이어져 회사는 악성채권을 떠안게 된다. 시장질서는 무너지게 되고, 부실의 악순환은 계속 된다. 이러한 악순환을 어떻게 선순환으로 돌릴 것인가? 신경영을 추진하면서 모든 부서마다 이렇게 감추어둔 부실채권, 부실재고, 기타 과거 잘못된 것들을 모두 자진 신고토록 했다. 서류로 신고된 것들은 책임을 묻지 않고 0에서 다시 시작하자는 것이었다.

이렇게 하여 각 사, 각 부서, 각 개인별로 과거 잘못된 것들을 모두 신고받고 '사면조치'를 해주었다. 이것이 과거 양위주의 악순환을 질위주의 선순환으로 돌리는 계기가 되었다.

규정 역시 그룹에 94개가 있었다. 기업에서 규정을 보고 일하는 경우는 별로 없다. 규정은 어떤 문제가 발생할 때 잘잘못을 따지는 데 필요할 뿐이다. "가장 좋게, 가장 싸게, 가장 빠르게"가 기업의 경쟁력인데, 낡은 규정은 오히려 일하는 데 방해가 되는 경우가 허다했다. 그래서 모든 규정을 다 정비하고 2개 규정만 남겨두었다. 규정뿐만 아니라 과거의 낡은 제도 역시 일제 정비하는 제도개혁을 단행했다. 특히 인사에서는 능력주의의 열린 인사개혁안으로 학력차별, 성차별 철폐안을 내놓았다. 이러한 제도개혁은 새로운 조직문화의 기틀이 되었다.

6) 핫라인(Hot Line) 개설과 제안제도 활성화

18만 모든 삼성인의 참여를 위해 이건희 회장 자택과 비서실 신경영 사무국 그리고 각사 최고경영자 사무실에는 핫라인 팩스가 설치되고 그 번호를 공개했다. 삼성인이라면 누구든지 불만사항이나 개선사항을 직접 최고경영층에게 전달할 수 있도록 한 것이다.

또한 아래로부터의 개혁을 유도하기 위해 제안제도를 활성화했다. 제안자가 현장에 있는 '제안 우체통'에 제안사항을 적어 넣으면 관리자들이 수시로 순회하면서 제안지를 꺼내보고 즉시 평가, 바로 제안 상금이 본인의 통장에 입금되도록 하여 제안 피드백 기간을 대폭 단축했다. 심지어 작업장에 화이트보드를 두고 포스트잇 종이에 제안서를 적어 붙이도록 형식 절차를 대폭 간소화했다. 이 결과 그룹 전체의 제안 건수는 1993년 77만 건에 실행률 35%이던 것이 1996년에는 800만 건에 실행률이 94%에 이르렀다. 그룹 최고의 제안왕에게는 상금 1,000만 원과 함께 1직급 특별 승격을 시켜주었는데, 1994년 제안 첫해 제안왕으로 뽑힌 사람은 삼성전기의 기능직 박성수 사원이었다. 그가 한 해에 제안한 제안 건수는 3,000건이 넘었다.

7) 21세기 CEO 과정, 임원 현장근무, 발탁인사, 자랑스런 삼성인상, 과감한 성과 보상제도

당시 삼성의 임원들은 대단한 권위의식과 함께 '나 아니면 안 된다'는 그릇된 자부심이 팽만해 있었다. 특히 경리, 관리, 인사부서 등 스탭 부서의 장들이 더욱 심했다. 이러한 핵심부서의 핵심 멤버라고 자부하는 사람들을 모두 자리에서 빼내 6개월 이상의 '21세기 CEO 과정'에 파견했다. '내가 없어도 회사는 잘 돌아간다'는 것을 느끼게 하고, 새로운 21세기를 대비하여 해외에 나가 안목을 넓히고 공부도 더 하라는 취지였다. 이 과정은 1996년까지 6차에 걸쳐 190여 명이 이수했다.

임원들에게 실시한 또 하나의 파격적인 조치는 임원 현장근무제였다. 월, 수요일을 제외한 주 4일을 공장이나 매장, 협력회사, 거래선, A/S센타 등 현장에서 지내거나 회사 내 유관부서에서 보내도록 한 것이다. 임원들이 현장근무를 통해 문제를 파악하고, 가능한 한 즉시 해결하도록 유도한 것이다. 또한 과거 연공서열의 인사 관행을 깨고 유능한 인재에 대해 과감히 발탁인사를 단행했다. 이공계 출신, 젊은 층, 고졸 출신, 여성임원 등 상당히 이례적인 임원인사가 단행되었다. 잘한 만큼 파격적으로 상을 주는 인센티브제도 새로 도입했다.

1994년에는 '자랑스런 삼성인상'이 제정되어 고객만족, 환경안전, 근검절약, 사회봉사, 효행, 공적 부문에서 신경영에 모범을 보인 사원에게 1직급 승격과 함께 시상금 1,000만 원이 주어지고 가족동반 해외여행 등 파격적인 대우를 해주었다. 이 회장이 꿈꾸는 초일류기업은 '월급쟁이 천국'을 만드는 것이다. 열심히 일해 높은 성과를 내면 종업원들에게 일한 만큼 나누어주겠다는 것이다. 이것은 실제로 이익배분제로 실현되었다.

8) 세계 온리 원(Only 1), 넘버 원(No. 1) 제품개발, 대고객 서비스 선언

삼성은 신경영을 통해 "다시는 불량품을 만들지 않을 것이며, 이제부터는 세계 Only 1, No. 1 제품만을 개발하겠다"는 대고객 서비스 선언을 했다.

서비스 회사인 삼성생명은 1994년 7월 세계 최초로 보험품질보증제를 도입했다. 보험 계약 후 3개월 이내에 계약자가 약관과 청약서를 받지 못하거나 청약서에 자필서명을 하지 않았을 경우 또는 불완전 판매로 이의를 제기할 때는 즉시 보험료를 환불해주는 제도이다.

'3시간 기다려 3분 진료, 보호자 노릇 3일이면 환자가 되는 현실, 촌지라도 집어줘야 좀 어떠냐고 물어보는 풍토……' 초일류 병원의 기치를 내세운 삼성병원에서는 이러한 기존의 병원 관행을 타파하고 '대기시간 없는 병원, 보호자 없는 병원, 촌지 없는 병원', 즉 '3무 병원'을 선언했다.

그와 함께 삼성그룹 전 임직원은 고객에 대한 친절 서비스 운동을 전개했다. 만들면 팔리는 시대, 양적 성장에만 주력한 당시, 고객만족 개념은 거의 없었고, 고객에 대한 친절 서비스 정신도 매우 부족한 시절이었다. 우리는 삼성신경영의 변화 방향을 '고객'에 초점을 맞추었다. 이 회장도 "고객이 흰 것을 검다고 말하면 그것은 검은 것"이라고 말했다. 또한 고객만족경영을 범그룹적으로 체계적으로 전개하기 위해 1994년 6월 삼성소비자문화원을 설립 운영했다. 소비자문화원은 고객만족연구실,

품질경영연구실, 소비자 보호실로 구성되었으며, 1995년에는 중소기업 지원실을 두어 그룹 차원에서 체계적인 중소기업 지원을 했다. 지금은 모든 기업이 고객에게 친절하지만, 당시 삼성의 친절 서비스 운동이 각 업종별로 파급되어 모두가 친절한 결과를 낳았다고 자부심을 갖고 있다.

9) 사회 신뢰경영

삼성의 임직원들이 양위주의 사고와 자만심으로 가득 차 내부위기에 직면한 반면 당시 재벌에 대한 외부의 질시와 견제도 대단했다. 이 내외부의 위기를 동시에 타파하는 것은 사회공헌활동을 적극적으로 전개하는 것이었다. 이건희 회장은 1987년 12월 취임사에서 "사회공헌이 최고의 미덕이며, 본인의 믿음과 경영이상"이라고 천명한 바 있다.

삼성의 사회공헌활동은 크게 네 가지로 나누어 실시되었다. 첫째, 삼성의 동반자인 협력업체, 중소기업 지원활동이다. 현금결제를 해준다거나 지급보증, 무이자대출 등을 통해 능력만 있으면 자금이 모자라도 삼성과 동반 성장할 수 있도록 도와주었다. 특히 중소기업인의 인재육성을 위해 경기도 용인에 삼성연수원보다 더 크고 좋은 '중소기업개발원'을 지어 주었다. 총 공사비 290억 원을 전액 삼성에서 부담했으며, 매년 30억 원씩 5년간 150억 원을 지원해 중소기업 인력양성에 기여했다.

두 번째가 임직원 사회봉사활동이다. 그 당시에는 자원봉사라는 단어가 생소할 만큼 봉사활동이 미미했다. 미국인 4명 중 1명, 프랑스인 5명 중 1명이 봉사활동을 한다면 한국인은 겨우 100명 중 1명이 자원봉사활동에 참여했다. 신경영사무국에서는 1994년 10월 '삼성사회봉사단'을 만들어 모든 종업원이 봉사, 구호, 계몽활동에 참여토록 독려했다. 삼풍 사고, 고베 지진, 대만 지진 발생 시 가장 먼저 달려간 것이 삼성의 사회봉사단이었다. 2011년 삼성의 자원봉사단 연인원은 64만 명에, 봉사시간은 총 206만 시간에 이르렀다. 자원봉사활동은 종업원들의 인간미 도덕성을 일깨워주고, 노사 간의 갈등을 해소시켜주는 데도 많은 기여를 했다.

세 번째가 문화예술사업이다. 학술진흥, 교육지원, 문화예술, 체육진흥, 국가민족사업 등 사회 각 분야, 특히 문화예술, 체육 분야에 많은 지원을 했으며 지금도 하고 있다.

네 번째가 공익사업이다. 도시 빈민구호, 환경안전, 청소년 범죄예방, 건강의학 등 사회복지 사업을 통해 나눔 경영을 실천했다. 삼성은 문화재단(1965년 설립), 생명공익재단(1982), 복지재단(1989), 호암재단(1997), 언론재단(1995) 등 그룹 공익재단이 있고, 각 사별로 독자적인 공익사업을 활발히 전개하고 있다.

10) 회사평가의 대전환

"평가 없이 개선은 없다"라는 말이 있다. 신경영의 성과는 궁극적으로 평가지표로 나타난다. 신경영 사무국에서는 각사 평가를 180도 바꾸어버렸다. 과거 그룹 비서실에서 매출, 이익 등을 기준으로 경영성과를 평가하던 것을 고객이 평가하도록 한 것이다. 각사 사장은 회장에게 잘 보이려고 하지 말고, 고객에게 잘 보이라는 메시지였다.

평가지표로는 고객만족도(CSI), 종업원 만족도(ESI), 협력업체 만족도(FSI), 정보화지수(ISI), 각종 품질지표, R&D 고부가가치화, 수주~출하 리드타임, 구조개선 등 다양했다. 신경영 사무국에서는 정기적으로 고객이 느끼는 품질, 서비스, 종업원이 느끼는 변화의 체감도, 협력업체가 느끼는 공정한 경쟁의 실태 등을 낱낱이 사장단 회의에 보고하고, 문제점을 들추어내어 개선점을 찾도록 독려했다.

11) 언론과 재계를 강타한 '이건희 신드롬'

언론의 삼성 신경영에 대한 보도는 거의 매일 계속되었으며, 급기야 '이건희 신드롬'이라는 용어가 등장했다. MBC 텔레비전은 1시간 30분에 걸쳐 이건희 회장의 프랑크푸르트 강연 내용을 특집 프로그램으로 내보냈다. 외국 언론 역시 삼성 신경영에 많은 관심을 보였다. 미국의 『포춘(Fortune)』 일본의 『니케이비즈니스』, 독일의 『비르트샤프트보헤』, 프랑스의 『르포엥』 등 세계 언론들이 삼성의 성장과 변신을 중요하게 다루었다. 『비즈니스위크』는 1994년 2월 28일자에서 이건희 회장을 '경영혁신의 기수'라고 극찬하며 커버스토리로 크게 보도했다.

때마침 김영삼정부도 1993년 문민정부 출범과 함께 신경제를 추진하면서 삼성 신경영은 정부의 변화와 개혁에 불을 지폈다. 삼성인력개발원에서는 그룹의 임직원뿐만 아니라 정부 고위층에 대한 위탁교육도 담당해야만 했다. 당시 집권당인 민자당 사무처 당직자(392명) 교육을 비롯해 정부기관의 교육도 줄을 이었다. 교육부(3차), 내무부(4차), 재무부(1차), 서울시(4차), 총무처(2차) 경찰청(1차) 등의 고위 공무원들이 삼성인력개발원을 찾았다. 이들 외에도 국영기업체 관리자들, 심지어 대학 교수들까지 신경영 공부를 하겠다고 나섰으며, 신경영 후 1년 사이에 삼성인력개발원에서 합숙교육한 외부인원은 39차 6,800여 명에 이르렀다. 필자는 이때부터 신경영 전도사로 강의에 나가기 시작했는데, 2012년 10월 현재까지 초빙되어 강연한 횟수만도 770여차에 교육인원이 십만여 명에 이른다.

4. 삼성 신경영의 핵심은 '자성반성'

• • •

앞에서 신경영 초기의 가시적 변화조치를 소개했지만, 문제의 핵심은 임직원들의 의식을 바꾸는 데 있다. '이기주의, 권위주의, 정보불통'은 신경영을 저해하는 3대악이었다. 변화는 '나부터, 작은 것부터, 쉬운 것부터' 바꾸자는 것이다. 마음이 바뀌지 않으면 또 돌아온다. 혁명보다도 더 강하게 변화시켜야 한다. 인류 역사상 혁명이 성공한 예가 없다. 스스로 자율적으로 해야 성공한다고 믿었다. 당시 종업원들의 기술 내용을 살펴보면 다음과 같다.

개인 이기주의, 부서 이기주의

• 남을 밟아야 내가 살 수 있다는 일종의 그릇된 경쟁심이 있다. 편 가르기, 힘 겨루기가 남발되고 조직 내에 말없는 갈등이 자리 잡고 있다. 책임을 지지 않으려는 회피성 업무처리와 오직 자신의 일만을 중요시하는 일처리로 부서 간 업무 협조는 전혀 이루어지지 않고 있다.

• 자기 영역을 구축하고자 동료와 후배에게 기술을 가르쳐주지 않는다. 나의 일이 아니면 거들떠보지도 않으려는 분위기가 팽배해 있다. 자기 부서, 개인 이기주의 때문에 어떠한 문제가 발생해도 공개하지 않고 숨기고 있다. 이러한 부서, 개인 이기주의는 단기 업적주의가 너무 강요된 결과이다.

• 회사 전체 목표보다 개인의 입신을 위해 부하를 몰아붙이는 사람이 많다. 책임질 줄 모르고 지시만 하는 간부, 책임은 아랫사람에게, 공적은

자신의 것으로 하고 좋은 일에는 나서다가도 상황이 나빠지면 발뺌하려 한다. 자신의 자리에 연연하여 결정적 판단을 못해 회사에 치명적 손해를 초래하는 간부도 있다.

양 위주, 단기 업적 중시

• 일의 과정과 내용은 상관없고 무조건 결과만을 가지고 꾸중한다. 회의에서는 질 위주, 현장에서는 실적 위주로 단기 업적만 챙긴다. 인간 중심적이기보다는 업무 우선 실적 우선이다.

• 비전과 전략을 구체화하고 실천해 나가는 장기적인 견해가 미흡하다. 신분에 대한 불안으로 큰 경영이 제대로 안 되고 있다. 사원들의 교육, 견문 확대 기회를 차단하고 애로사항에는 관심이 없다.

권위주의

• 회사에 충언과 직언을 할 수 있는 분위기가 아니다. 바른말을 하는 사람이 별로 없다. 따라서 자칫하면 예스맨만 양산하는 조직체가 될까 두렵다. 상사는 부하에게 원칙을 지키라고 강요하면서 정작 상사 자신들에게는 지켜야 할 원칙이 융통성으로 변해버리는 경우가 종종 있다.

• 부하직원을 훈계할 때 본인은 아무 문제없는 모범생이라는 생각으로 이야기를 하므로 상하 간 융화의 장애가 된다. 위로부터의 솔선수범이 요구된다. 업무상 전화통화 중에도 자신의 이야기를 듣지 않으면 고함치기 일쑤다. 높은 사람들의 말은 내가 보아도 부당한 지시가 많다. 사원은 하인이나 소모용 인간이 아니다. 그들도 임원들과 똑같은 자존심이 있고 그들도 인간으로서의 의지가 있음을 직시해야 한다.

• 중간 간부들은 위에서 내려오는 지시사항은 여과 없이 아래로 내려보내고, 아래에서 올라오는 현장 상황은 본인이 해결하지도 않고 위에

보고하지도 않는다. 한 마디로 위에는 yes man, 아래에는 no man이다. 한창 일할 나이에 있는 관리층들이 조로(早老)현상을 보이는 것이 아쉽다. 미국, 일본 등은 오히려 시니어들이 실무를 꿰고 정력적으로 일을 추진하는데, 우리는 부장급만 되어도 더 이상 실무를 하려 들지 않는다.

• 부하 직원들은 무조건 조져야 한다는 생각이 아직까지 뿌리박혀 있다. 부하직원의 조그만 실수를 너무 몰아붙이는 상관들을 주위에서 많이 보았다. 잘못했을 때 무조건적 질타로 기죽이기, 무조건 밀어붙이기 식 업무 추진이 많다. 언제나 근엄한 얼굴 표정과 딱딱한 행동이 분위기를 삭막하게 한다.

형식주의, 보고문화

• 보고서가 형식 위주로 수십 번의 수정이 가해진다. 임원들이 사원들에게 너무 많은 것을 요구함으로써 업무가 진행되지 않는다. 당일에 해결해야 되는 데이터 보고서 요구가 너무 많다. 회의 때마다 자료가 20장 이상 된다. 거의 모든 것을 세세한 것까지 사장이 일일이 챙긴다.

• 회의 시간이 짧아야 1시간, 길면 오전 내내, 그것도 일주일에 2~3일이다. 책상에만 앉아 있지 직접 다니며 눈으로 보거나 들으려 하지 않는다. 현장에서 일처리가 어떻게 되는지, 작업자들이 어떻게 일하는지 모른다.

이와 같은 조직 분위기는 수시로 회장에게 보고되었고, 회장의 생각도 낱낱이 종업원들에게 전달되었다. 이건희 회장은 "인간미, 도덕성, 예의범절, 에티켓은 삼성헌법 1조다. 이것은 누가 회장이 되어도 바꿀 수 없다. 정신개조, 정신혁신, 자율혁신은 절대"라는 것을 누누이 강조하였다. 그의 생각을 살펴보자.

삼성헌법 관련 이건희 회장의 생각과 말들

• 삼성이 신경영을 하지 않으면 안 되는 것은 너무나 쉬운 것, 간단한 것이 잘 안 되고, 무책임하고, 도덕 없고, 정신이 병들었기 때문이다.

삼성은 70~80% 이상이 인간성, 애사심, 능력 등 모두 일류이다. 어떤 사회든 20%만 되면 일류가 되는데 왜 70~80% 일류 인재를 가지고 안 되나? 개인이기주의, 집단이기주의와 상호불신, 정신이 완전히 썩었다. 남을 해치는 것도 아니고 자기를 위하는 것도 아닌 것이 바로 이기주의다. 옛날에는 밥 한 톨 떨어뜨려도 야단맞았는데, 요새 부품 흘리고 다니고 무책임하고, 도덕 없고, 후배 아낄 줄 모르는 집단, 선배를 모르는 집단, 물건을 아낄 줄 모르는 집단이 삼성이다. 생산 현장에 지침서 없고, 무한탐구실은 열쇠 잠가놓고, 기술자 자존심으로 외국인 고문 배척하고, 도덕심도 없는 집단이 되어버렸다. 너무나 쉬운 것, 간단한 것이 안 되고 있다. 똑똑하고, 2등가라면 서러워하는 우수한 집단이나, 한 방향으로 안가니 안 된다. 제대로 진심으로 해야 한다. 빨리 갈 것도 없다. 정확하게 제대로 가면 된다.

• 우리나라는 단일민족으로 종교 배경 비슷하고, 유교사상을 가지고 있으며, 법보다 도덕을 중시하는 민족이지만, 과거 획일주의 문화가 이러한 우수한 민족성을 눌러 왔다. 남을 해칠 필요도, 방해할 필요도 없고 머리만 잘 쓰면 얼마든지 발전할 수 있다. 이기심이 걸림돌이 되고 있다. 규제와 집단이기주의는 우리가 우리를 속박하는 어리석은 짓이다. 이기주의의 악순환을 선순환시키지 못해 모두 손해보고 있다.

획일주의, 싹쓸이 문화로는 절대 안 된다. 군사문화의 획일성, 머리보다 계급장이 더 중요한 문화, 이것이 비도덕성을 낳게 했다. 앞으로 3년 이내에 정신 바꾸고, 그 다음 2년 내에 행동을 바꾸어야 한다. 방향은 정신혁신, 자율혁신이다. 이것은 '절대'이다. 정신개혁 간단하다고 생각하는데 나는 정반대로 생각한다. 뛸 사람 뛰고, 걸을 사람 걷고, 앉아 있을 사람 앉아 있어라. 단, 뒷다리만 잡지 말고 손가락질만 하지 마라. 한 방향으로 가면 된다. 웬만한 조직은 5~10%가 끌고 간다. 나는 나쁜 쪽 5%만 짚어낸다. 좋은 쪽 5%는 밀어준다.

혁명보다 더 강하게, 그러나 혁명 이전에 인간적 신뢰가 제일 중요하다. 신임하지 않고도 혁명, 쿠데타는 된다. 그러나 마음이 바뀌지 않으면 또 돌아온다. 전 세계 인류 역사상 혁명이 성공한 예가 없다. 스스로 자율적으로 해야 한다.

• 삼성헌법은 절대 경쟁력, 정신, 민족성은 소프트(soft)이다(hard적 경쟁력은 도로, 공항, 항만 등 인프라). 유태인은 2000년 동안 나라 잃고도 국가 세웠다. 민족정신, 단결력이 있었기 때문이다. 국제화, 복합화보다도 더 급하고 중요한 것이 인간미, 도덕성 회복이다. 모든 것은 근원을 찾아서 해야 한다. 인간의 본질, 인간이 동물과 다른 것이 무엇인가. 기초부터 찾아 기본원칙, 룰(rule)을 구체적으로 정하라.

골프는 룰과 에티켓, 인간미 도덕성을 가르쳐주는 운동이다. 룰과 에티켓 시험 치도록 하자.

반도체가 뭘 잘 하는가? 보통사람들이 성실하게 룰을 지키면서 조그만 국가관, 조그만 회사관, 조그만 양심만 가지고 움직이면 된다. 도덕성 바탕 위에서 인간미 있는 직장 분위기에서 개인 이기주의, 부서 이기주의 없애 보라. 이것은 우리 힘으로 할 수 있을 것이다.

평소 자주 하는 이야기지만 '기초 및 기본'을 너무 중시하지 않고 있다. 각자가 질경영이 무엇인지, 친절 서비스가 무엇인지 깊이 분석해 보도록 해야 한다.

'기본정신, 인간미, 도덕성'을 먼저 교육하고 그 다음이 '업의 개념', 그 다음이 '이익'이다.

• 각사가 자율경영을 하더라도 그룹 차원에서 최소한의 규정은 필요하다. 그룹 공통으로 삼성인으로서 최소한 지켜야 할 사항을 포함시키도록 하라.

어떠한 경우에도 정도로 가고 법치국가에서 불법은 절대 안 된다. 향후 개방화, 국제화가 되면 법이 특별히 중요시될 것이며 이에 따라 법 지식을 제대로 알아야 한다. 경우에 따라 실수 및 사고는 있기 마련이다. 회장은 아직까지 실수만 가지고 나무란 적은 없으니 제발 실수 등을 덮어두지 않도록 당부한다.

건설, SDS 등 수주업 관계사들은 향후 수주를 놓치는 한이 있더라도 '돈으로 해결하겠다'는 고정관념을 절대 갖지 않도록 하고 '기술로 승부한다'는 자세로 수주에 임해야 한다.

• 각사는 불법하지 말라 했고, 1993년 말 모든 실수나 부실을 끄집어 내놓으라고 했는데 왜 그러는가. 법치국가에서 불법은 안 된다. 무엇이 애사심인지도 모르고 있다. 회장과는 너무도 수준이 틀려서 말이 안 나온다. 왜 불법을 해서 이런 고생을 하는가!

각사는 아직도 불법 사실을 갖고 있으면 지금이라도 내어 놓도록 하고 만약 다음에 또 나오게 되면 그때는 파면 등 강경조치로 경각심을 주어야 한다.

파렴치한 짓, 도덕에 어긋나는 짓을 하면서 돈을 버는 것은 기업경영이 아니며 야만적인 행동이다. 차라리 공장 문을 닫아야 한다.

삼성헌법이 안 지켜지는데 회장이 왜 필요한가. 회장이 물러나거나,

여러분들이 물러나거나, 회사를 없애든가 해야 한다.

• 어떻게 하지 말라고 사정을 해도 안 되는가? 회장으로서 어떻게 해야 이 그룹이 한 방향으로 갈 것인가? 최고경영자는 눈에 안 보이는 책임이 훨씬 더 크다는 것을 잘 인지해야 한다. 국민, 국가는 이제 대기업을 하나의 장사꾼이나 일개 기업으로 보지 않는다. 안 되는 회사는 제발 구태의연한 생각에서 탈피해야 한다. 과감한 결단이 필요하다. 어정쩡한 상태로는 안 된다. 삼성부터 고치지 않으면 나라가 망하게 된다. 몇백억 적자가 나도 바로잡아야 한다.

이건희 회장의 일관되고도, 단호한 의지는 많은 삼성인에게 공감을 불러일으켰다. 18만 삼성인이 변하게 된 것은 그가 진심을 드러내 보였기 때문이리라. 삼성 신경영의 핵심은 바로 사람들의 의식을 바꾸고, 일하는 방식을 바꾸고 기업문화를 바꾸는 데 있었다. 나부터의 변화! 자성 반성의 실천이 변화의 밑거름이 된 것이다.

5. 조직원의 윤리강령

• • •

기업은 경제활동 집단이다. 고객이 있고, 종업원이 있고, 거기에 협력업체, 경쟁자, 주주 등 많은 이해집단이 있다. 이러한 이해집단과 어떻게 공동의 번영을 추구할 것인가?

기업의 활동무대는 전 세계에 걸쳐 있다. 세계 어디서나 사업 활동을 전개함에 있어서 국가와 지역사회의 법규 및 도덕을 준수하고 정정당당히 실력을 바탕으로 자유롭고 공정하게 경쟁하기 위해서는 어떻게 해야 하는가?

직장생활을 하는 한 개인은 회사원의 명예와 품위를 지키며 건전한 가정생활을 영위하기 위해서는 어떠한 자세로 일을 해야 하는가?

이러한 공통의 질문에 회사는 보다 구체적이고 합법적인 표준 윤리강령을 제시하여 실천을 독려했다. 그 내용을 대략 소개하면 다음과 같다.

1) 경제활동을 함에 있어서 지켜야 할 윤리(기업윤리)

경제활동의 대상이 되는 고객, 종업원, 협력업체, 경쟁자, 주주 등 이해관계자와 상호 신뢰를 바탕으로 공동의 번영을 추구하기 위해서는 다음의 사항을 지킨다.

(1) 최고의 제품과 서비스를 창출한다.
• 품질은 결코 타협하거나 양보할 대상이 아닌 우리의 최고 가치이

다. • 가장 좋게, 싸게, 빠르게 최고의 경쟁력을 확보하기 위해 노력한다. • 부단한 혁신과 연구개발을 통하여 인류생활에 도움이 되는 새로운 세계 최고를 목표로 질(質)위주의 가치를 창출한다.

(2) 고객만족 – "고객이 있으므로 우리 회사가 존재한다"는 신념으로 고객의 의견을 존중하고 고객의 재산과 명예를 보호한다.

• 고객은 의사결정의 궁극적인 기준이다. 고객의 요구와 기대에 부응하여 매력 있는 제품·서비스를 제공한다. • 진실한 마음과 친절한 태도로 고객을 대하며 고객의 불만과 제안을 겸허하게 수용한다. • 고객의 자산, 지적재산권, 영업비밀 등을 회사의 재산만큼 소중하게 보호한다.

(3) 종업원의 삶의 질 향상 – 인간존중의 바탕 위에 사원 개개인의 인간적 존엄성과 가치를 인정하고 정신적, 물질적 삶의 질 향상을 위해 노력한다.

• 안전하고 쾌적한 작업장을 제공한다. • 자유롭고 창의적으로 일할 수 있는 신바람 나는 직장 분위기를 조성하며, 사원 고충해결을 위해 노력한다. 인간존중의 바탕 위에 사원 개개인의 인간적 존엄성과 가치를 인정하고 정신적, 물질적 삶의 질 향상을 위해 노력한다. • 능력과 공헌도에 따라 공정한 대우를 하고 본인과 가족의 건강, 교육, 노후 생활 등 삶의 질 향상을 위해 최선을 다한다.

(4) 협력업체와의 공존공영 – 협력업체와 호혜(互惠)의 원칙에 따라 상호 발전하도록 힘쓰며, 회사의 권한과 지배적 지위를 이용하여 부당한 요구를 하지 않는다.

• 협력업체 선정은 그들이 제공하는 제품 및 서비스의 품질과 가격,

신뢰성 등을 기초로 투명하고 공정하게 한다. •협력업체와의 거래에 있어서 회사의 명예와 이익을 우선하고, 부정한 금품이나 향응을 받지 않는다. 협력업체에 윤리강령의 취지와 정신을 설명하고, 이의 준수를 권장한다. •협력업체의 제반 경영활동 노력을 다양한 방법으로 지원하며 회사의 어려움을 협력업체에 떠넘기려 하지 않는다.

(5) 공정한 경쟁 - 법과 상도의에 따라 모든 경쟁자와 자유롭고 공정하게 경쟁한다.

•경쟁관계를 상호발전의 계기로 생각하며 경쟁자가 행사하는 정당한 권리를 존중한다. •새로운 경쟁자와의 자유경쟁을 저해하는 행위를 하지 않는다. •상품의 가격이나 용역의 대가를 부당하게 결정하지 않는다.

(6) 주주 존중 - 합리적인 투자와 견실한 경영으로 주주에게 장기적, 안정적 이익을 제공한다.

•장기적이고 안정적인 이익을 위해 원가절감과 생산성 향상에 노력한다. •투기적인 사업 확장이나 단기적인 시세 영합을 통해 주주의 이익을 위험에 처하게 하지 않는다. •일반적으로 인정된 기업회계 기준에 따라 재무 상태를 기록·관리한다.

(7) 광고와 홍보 - 고객에게 우리 회사의 제품과 서비스, 경영활동에 대한 유용하고 가치 있는 정보를 제공하기 위해 노력한다.

•우리 회사 제품과 서비스에 대해 충실하고, 적정하게 표시 광고한다. •허위광고나 과장광고, 미풍양속을 해치는 광고를 하지 않는다. •경쟁사를 비방하거나 비난하는 광고를 하지 않는다.

2) 사회적 역할을 함에 있어서 지켜야 할 윤리(사회윤리)

회사는 사회적 존재로서 당연히 사회적 책임을 다해야 한다. 인류사회에 공헌하기 이전에 인류에 해가 되는 활동부터 하지 말아야 하며, 세계 기업시민으로서의 사명과 역할을 충실히 수행해야 한다. 나아가 인류사회의 풍요로운 번영을 위해 사회공헌 활동을 전개해야 한다.

(1) 기업시민으로서의 의무와 권리－각종 의무를 성실히 수행하며, 기업시민으로서 누릴 수 있는 권리를 정당하게 주장한다.

• 국가와 지방자치단체 등의 지역사회가 부여하는 조세 및 각종 의무를 성실히 수행한다. • 사업환경의 변화로 인한 사회적 제도의 신설, 개정, 폐지가 필요한 경우 사회 각계의 폭넓은 의견수렴과 정당한 절차를 거쳐 청원할 수 있다.

(2) 법규준수－국가와 지역 사회의 각종 법규를 준수하며, 상도의와 거래관습을 존중한다.

• 기업이 지켜야 할 모든 법규와 지방자치 단체 등의 자치규범을 충실히 준수한다. • 상도의를 벗어나는 부정한 방법으로 부당한 이익을 취하지 않는다.

(3) 정치 불개입－회사는 정치에 개입하지 않는다.

• 회사의 이해와 관련되는 정책의 입안과 법률 제정 등에 대해서는 입장을 표명할 수 있다. • 회사와 관계없는 개인의 신분으로 정치적 입장을 밝힐 수 있다. 그러나 개인의 입장이 회사의 입장으로 오해받지 않도록 주의해야 한다.

(4) 기술개발과 경제발전 기여 - 첨단기술의 개발과 확산을 위해 노력하며 영속적인 기업활동을 통해 국가 경제발전에 기여한다.

• 국가와 인류의 미래를 풍요롭게 할 첨단기술의 연구, 개발에 힘쓴다. • 정당한 이익창출을 통해 영속기업으로 발전하여 국가 경제의 안정과 성장에 이바지한다.

(5) 환경보호 - 환경은 전 인류가 영원히 보존해야 할 대상임을 깊이 인식하고, 깨끗한 자연을 보전하는 데 힘쓴다.

• 회사가 행하는 사업은 환경 친화적이어야 한다. • 해당 국가의 환경기준을 충실히 준수하며, 환경보호 운동에 적극 참여한다. • 꾸준한 연구와 기술개발을 통해 환경보호와 자원보존에 앞장선다.

(6) 사회봉사와 이익의 사회환원 - 자발적인 봉사와 이익의 사회환원을 통하여 국가 인류사회 발전에 기여한다.

• 사회에 대한 자발적인 봉사가 기업의 사회적 책임의 일부라고 믿으며, 사회봉사, 재난구호, 사회계몽 등에 적극 참여한다. • 이익의 일정 부분을 사회공헌 활동에 투자함으로써 지역사회 발전에 기여한다. • 인류사회를 정신적으로 풍요롭게 하는 학문과 예술, 문화, 체육의 발전을 위해 다양한 지원을 제공한다.

(7) 국제경영활동 규범 - 세계 어느 곳에서 사업을 하든 그 나라의 문화와 전통을 존중하고 법규를 준수하며 지역사회 발전에 이바지한다.

• 국가 간 문화와 전통의 차이로 인한 윤리적 갈등을 인정하고 공정하게 해결하기 위해 힘쓴다. • 해당 국가의 기업시민으로서 그 나라의

법률과 관행을 존중하며, 지역사회 발전에 이바지한다. • 현지의 문화와 관습을 존중하며 국제인으로서의 에티켓과 품위를 지킨다.

3) 직장생활을 함에 있어서 지켜야 할 윤리(개인윤리)

"인격체로서의 상(上)하(下)는 없다"는 인식을 갖고 서로 존중하고 인간미, 도덕성, 예의범절, 에티켓을 생활화함으로써 자신의 명예를 지켜나간다. 개인의 자율과 창의를 최대한 존중하고 '나부터 변화'를 통해 한 방향으로 나아감으로써 개인의 성장과 회사의 발전을 함께 추구한다.

(1) 회사원으로서의 명예와 품위 – 인간미, 도덕성, 예의범절, 에티켓을 생활화해 자신의 명예와 품위를 지키고, 함께 일하는 상사와 동료, 부하직원의 인격과 권리를 존중한다.

• 각자가 회사를 대표한다는 자세로 항상 단정한 복장, 예의바른 행동, 품위 있는 언어를 쓴다. • 공평무사하게 업무에 임하며 약속을 지키고 거짓말, 변명, 뒷다리 잡기 등 비윤리적 행위를 하지 않는다. • 성적(性的) 희롱이나 장애자에 대한 모독 등 사회적, 문화적 편견을 담은 언사나 행동을 하지 않는다.

(2) 자율과 창의 존중 – 개인의 자율과 창의를 존중하고 자율에 수반된 책임을 지며, 한 방향으로 나가기 위해 개방적 의사소통을 도모한다.

• 자신의 직무와 역할을 인식하고 자율적으로 판단하고 행동하며 그 결과에 대해서는 책임을 진다. • 창의적인 아이디어와 제안을 존중하고 상하 간 소신 있게 의견을 개진하며 경청한다. • 특정 개인이나 부서의

이익을 위해 허위 또는 과장보고를 하지 않으며 중요한 정보를 은폐하거나 독점하지 않는다.

(3) 공정한 인사(人事)-능력과 자질에 바탕을 두고 공평무사한 인사를 하며 노력도와 공헌도에 따라 공정하게 처우한다.

• 성, 학력, 종교, 출신지역, 신체장애 여부, 결혼 여부에 관계없이 공정하게 인사하고 처우한다. • 능력주의, 적재적소 인사원칙을 준수하고 노력도와 공헌도에 따른 합리적 대우를 한다. • 기본과 원칙을 지키고 최선을 다한 실수는 재산으로 인정하며 벌보다는 상을 더욱 장려한다.

(4) 공사(公私)의 구분-회사의 재산을 보호하고 공사를 분명히 구분하며, 자신의 직위를 이용하여 사리(私利)를 도모하지 않는다.

• 회사의 물적(物的) 재산, 지적(知的) 재산권, 영업 비밀을 보호하며, 어떠한 경우에도 회사의 재산을 사적(私的)인 목적을 위해 사용하지 않는다. • 횡령, 배임수재, 금품수수 등 일체의 부정을 하지 않으며 업무수행 시 회사와 개인의 이해가 상충하면 회사의 이익을 우선으로 생각하고 행동한다. • 보안이 필요한 정보는 사전 허가나 승인 없이 외부에 유출하지 않는다.

(5) 근검절약과 건전한 가정생활-근검절약을 생활화하고 건전한 가정문화를 중시한다.

• 주인의식을 가지고 회사의 금품을 내 것처럼 아껴 쓴다. • 사치, 낭비, 도박, 허례허식, 과음, 과소비를 지양하고 근검절약을 생활화한다. • 가정이 바로 사회생활의 근원임을 인식하고 효행과 화목으로 건전한 가정문화를 도모한다.

(6) 직장환경 및 안전 – 안전하고 쾌적한 직장환경을 유지한다.

• 청결, 정리정돈을 생활화하여 안전하고 쾌적한 직장환경을 만들어 간다. • 안전사고 예방을 위해 노력한다. • 안전에 관한 관련 법규와 기준을 준수하고, 어떤 상황에서도 안전수칙을 철저히 시행한다

(7) 자기계발과 부하육성 – 부단한 자기계발을 통해 나부터 변화하고 상경하애(上敬下愛)로써 가르치고 배우며 동료 간에 잘못된 점을 서로 지적하며 고쳐 나간다.

• 회사원 각자가 세계 수준의 경쟁력을 갖추기 위해 끊임없이 자기계발한다. • 상호간에 잘못된 점은 반드시 지적하고 고치도록 하여 서로의 발전을 도모한다. • 후배는 선배를 존경하고 따르며, 선배는 후배를 올바르게 가르칠 의무가 있다.

이와 같은 표준 윤리강령이 나오기까지는 많은 진통이 있었다. 이건희 회장의 경영철학을 반영하고 수많은 선진기업의 사례를 참작하고 사내외의 많은 의견들이 수렴되었다. 그러나 현실론자들은 이것을 어떻게 지킬 수 있겠느냐고 했다. 기업은 '현실' 속에서 '이윤'을 창출해내야 한다. 그런데 그 '현실'이 맑고 깨끗한 것만은 아니다. 혼자서 독야청청할 수만은 없지 않느냐는 것이다. 일견 일리가 있는 듯하나, 그렇기 때문에 더욱이 윤리강령이 필요한 것이다. 기업은 이(利)와 의(義)를 추구하는 집단이다. 이(利)를 앞세우고 의(義)를 저버리면 그 기업은 단기적으로는 이익을 올릴 수 있을지는 몰라도 결국 망할 수밖에 없다. 의(義)를 앞세우면 이(利)는 자동으로 따라오는 것이 자연의 이치다. 연꽃이 진흙탕 속에서 아름다움을 피어내듯이, 기업 역시 척박한 현실 속에서도 처염상정(處染常淨)의 자세로 정도를 걷는 것이 우리가 마땅히 가야 할 길이다.

상사는 나의 인생 선배이자 스승이요, 조언자이자 코치이기도 합니다. 우리는 상사로부터 알게 모르게 많은 것을 배우게 되며, 상사는 미래의 나의 모습이기도 합니다. 상경하애(上敬下愛)의 인간미 넘치는 풍토가 활기 있고 창조적인 조직을 만들어 줍니다.

1. 나는 상사를 진심으로 믿고 따르고 있다.

2. 상사의 방침, 철학, 성격, 장단점을 정확히 파악하고 있다.

3. 상사의 부족한 점을 내가 보완하려고 노력한다.

4. 상사의 의견에 무리가 있을 때는 충심으로 직언한다.

5. 지시사항을 끝까지 Follow up하고 중간보고를 드린다.

6. 있는 상황을 솔직하게 보고하고, 특히 잘못된 것을 먼저 보고한다.

7. 상사에게 예의범절 · 에티켓을 지킨다.

8. 상사의 질책을 항상 감사히 받는다.

9. 본인의 책임을 상사에게 떠밀지 않는다.

10. 중요한 일은 미리 상의하여 결정한다.

11. 상사에게 인사 청탁을 하지 않는다.

12. 초대받지 않은 상사의 집에는 찾아가지 않는다.

13. 상사에게 자기자랑을 늘어놓지 않는다.

14. 다른 사람에게 상사에 대한 불평, 불만, 험담을 하지 않는다.

15. 상사 앞에서 부하를 심하게 꾸짖지 않는다.

16. 상사가 어려운 상황에 처해 있을 때 헌신적으로 보필한다.

17. 개인적인 고충도 터놓고 상의한다.

18. 상사에게 과례(過禮), 아첨하지 않는다.

19. 업무상 상사로부터 받은 기밀은 누설하지 않는다.

20. 옛날에 모신 선배, 상사들에게 가끔 안부 전화를 드린다.

| 자기성찰 체크리스트 – 부하직원에 대하여 |

부하직원은 나의 분신(分身)입니다. 나는 부하직원이 있음으로써 존재합니다. 그들은 항상 나를 주시하고 있고, 나의 일거수일투족이 그들의 '교재(教材)'가 됩니다. 나는 부하직원의 앞날과 운명에 대한 '책임'을 부여받고 있습니다. 언젠가 세월이 흐르면 나는 회사를 떠나야 합니다. 그러나 나의 생명, 나의 숨결, 나의 의지는 부하직원을 통해 이 조직에 영원히 살아 숨쉴 것입니다. 그러면 나는 부하직원을 위해 무엇을 하고 있습니까?

1. 부하직원에게 비전을 주고 방침을 확실히 전달해주고 있다.
2. 부하직원에게 권한을 위임하고 스스로 하도록 기다려주는 편이다.
3. 항상 혁신적인 목표를 제시하고 성과를 추구해 나간다.
4. 부하직원의 이름·성격·능력·개인적 고충까지 파악하고 있다.
5. 부하직원의 잘한 점을 그때그때 칭찬한다.
6. 팀 활동을 장려하고 함께 참여한다.
7. 새로운 아이디어 제안을 장려하고 관심을 표명한다.
8. 부하직원의 말을 인내를 가지고 끝까지 들어주는 편이다.
9. 부하직원의 자리로(또는 현장으로) 자주 나가서 문제를 보고 듣고 해결한다.
10. 경쟁 환경을 조성하여 분발토록 '자극제' 역할을 충실히 하고 있다.
11. 선입관을 가지고 부하직원을 차별하지 않는다.
12. 부하직원에게 반말이나 빈정대는 투의 말을 하지 않는다.

13. 부하직원의 잘못을 감정 없이 진심으로 충고하고 있다.

14. 부하직원의 자기계발 실천도를 체크하고 조언하고 있다.

15. 부하직원이 부정(不正)에 물들지 않도록 수시로 지도 조언해주고 있다.

16. 공(公)과 사(私)를 분명히 하고 부하직원의 인사에 사(私)를 개입치 않는다.

17. 공(功)은 부하직원에게 돌리고 책임은 자신이 지는 편이다.

18. 형식과 절차에 얽매이지 않도록 배려하고 있다.

19. 개인적 고충까지 상담하러 오는 부하직원이 나에게는 많다.

20. 나는 말보다는 행동으로 부하직원들을 가르치는 편이다.

| 자기성찰 체크리스트 – 고객, 이웃, 국가 및 인류사회에 대해 |

인류사회에 공헌하는 기업 비전은 '다 함께 잘 사는 사회'를 만들어 가는 것입니다. 조직원의 올바른 생각과 자세, 건전한 기업문화와 풍토를 바탕으로 고객을 생각하고, 사회를 생각하고, 인류를 생각하면서 세계를 무대로 최고의 제품과 서비스를 창출하자는 의지가 담겨 있습니다. 이러한 비전도 '나부터, 작은 것부터, 쉬운 것부터' 실천되어야 할 것입니다.

1. 나는 전화를 친절히 받고 있다.

2. 남이 안 볼 때에도 교통질서 · 공중도덕을 잘 지킨다.

3. 이웃사람과 마주치면 내가 먼저 인사한다.

4. 약속은 꼭 지킨다.

5. 사회불의나 비행(非行)을 보면 방관하지 않으며 용기 있게 대처한다.

6. 나는 명절 때면 불우이웃들에게 작은 선물이라도 나누어준다.

7. 나는 자원봉사 활동, 사회공익사업 활동에 참여하고 있다.

8. 나에게, 회사에 이익이 되더라도 사회에 폐가 되거나 법, 윤리, 도덕에 어긋나는 것은 하지 않는다.

9. 월급의 일정액을 사회에 환원하고 있다.

10. 경조사에는 적극 참여하는 편이다.

11. 거래선에 과도한 경조금이나 선물을 보내지 않는다.

12. 나를 가르쳐주신 스승에게 가끔 문안인사를 드린다.

13. 친구들에 대해서 신의를 지키고 있다.

14. 거래선으로부터 향응이나 선물을 받지 않는다.

15. 고객과 거래선에 대해서는 항상 겸손하게 대한다.

16. 외국인에 대한 기본 에티켓과 매너를 알고 있다.

17. 국가 경쟁력에 대해 내 나름대로 일가견을 갖고 있다.

18. 의사결정 시에는 고객, 안전, 환경을 먼저 생각한다.

19. 대한민국의 국민으로서 자긍심을 갖고 떳떳하게 행동한다.

20. 나는 "감사합니다" "미안합니다"라는 말을 자주 쓰는 편이다.

| 자기성찰 체크리스트 – 나 자신에 대해 |

변화 출발점은 바로 '나부터'입니다. 모든 것은 나의 마음속에 있으며 나의 탓으로 돌리는 것이 현자(賢者)의 살아가는 법도입니다. 현재의 나의 모습을 거울에 비추어보는 것도 매우 의미 있는 일일 것입니다.

1. 이 시대를 살아가는 사회인으로서 나에게 기대되는 역할과 역사적 소명이 무엇인지 알고 있다.

2. 나는 남을 미워하거나 원망하거나 심술과 짜증을 부리는 일이 별로 없는 편이다.

3. 나는 매일 매일 '반성'하는 것을 생활화하고 있다.

4. 나는 항상 '감사함'에 충만되어 있다.

5. 나는 말과 행동이 일치하는 편이다(言行一致).

6. 나는 상식과 순리에 따라 일을 처리한다.

7. 매일, 매주, 매월, 매년의 스케줄을 관리하고 기록으로 남겨놓고 있다.

8. 세계 초일류기업의 내 위치에 있는 사람의 수준을 알고 거기에 접근하려고 항상 배우는 자세를 견지한다.

9. 신체적 건강을 위해 운동을 주기적으로 하고 있다.

10. 마음의 평온을 찾고 스트레스 해소를 위한 나름대로의 방법을 터득하고 있다.

11. 과음, 과식하지 않으며 절제와 근검절약을 생활화하고 있다.

12. 복장, 용모는 검소하고 단정하며 주변 정리정돈 및 청결을 철저히 하고 있다.

13. 매사에 페어플레이 정신으로 임하며 룰과 에티켓을 철저히 지킨다.

14. 감정을 억제하고 항상 편안하고 부드럽게 대하려고 노력하고 있다.

15. 나는 유머 감각이 있다는 소리를 듣는다.

16. 나는 거짓말을 하지 않으며 정직한 편이다.

17. 잘못된 말이나 행동은 즉시 취소하고 사과한다.

18. 잘난 체, 아는 체, 있는 체 내 자랑을 하지 않는다.

19. 남의 탓으로 돌리거나 남을 비난하는 말을 하지 않는다.

20. 나는 원칙과 신념에 충실하며 한번 하기로 한 것은 좌절하지 않고 끝까지 추구한다.

6. 변화를 위한 10대 지침

• • •

신경영 사무국에서는 그룹 각사가 효율적으로 변화와 개혁을 추진토록 다음과 같이 '변화의 10대 지침'을 정하고 독려했다.

1) 명확한 비전 제시

① 매력적이고 공감할 수 있는 비전을 제시하라.

미래의 비전을 만들어내는 것은 경영자가 할 일이다. 비전은 회사의 미래 모습뿐만 아니라 구성원 한 사람 한 사람의 발전된 모습이 담겨 있어야 한다. 자신이 공감할 수 있는 미래 비전이 명확해지면 한번 해보자는 분위기가 만들어지고, 제트 엔진과 같은 추진력을 얻을 수 있다. 현장 사원까지 이해할 수 있도록 간단 명료하게 비전을 설정해 흩어지기 쉬운 여러 사람의 마음을 하나로, 한 방향으로 모아야 한다.

② 비전을 구체화하라.

비전이 그림의 떡, 화려한 말잔치로 끝나서는 안 된다. 제시된 비전을 구체화하여 실질적으로 실천으로 옮겨지도록 하는 기반을 만들어라. 구체성이 없는 비전, 실현 가능성이 없는 비전은 차라리 없느니만 못하다. 오히려 혼란을 줄 뿐이다. 또한 회사의 비전을 달성하기 위해 임직원 각자가 해야 할 일, 즉 부서별 미션도 명확히 설정해야 한다.

③ 부서별 질경영 개념을 명확히 하라.

각 부서의 고객과 공급자, 투입물과 산출물을 감안해 부서의 미션을 명확히 설정하라. 또한 고객의 만족도를 결정하는 질경영 지표를 파악하고 현재 우리의 수준과 고객의 기대수준을 분석하여 그 격차를 줄이기 위한 방안을 구체화해야 한다.

④ 변화 = 공감 × 비전 × 신념 × 실천

공감이 없으면 방관을, 비전이 없으면 혼란을, 신념이 없으면 회의를, 실천이 없으면 좌절을 낳는다. 따라서 변화가 이루어지려면 반드시 공감, 비전, 신념, 실천이 따라야 한다.

⑤ 사례

-100억불 수출, 1,000불 소득(1970년대 한국 경제개발 비전)

-10년 내 달나라에 사람을 보낸다(1960년대 NASA의 비전)

-No.1 or No.2(1980년대 GE의 비전)

-21세기 초일류 기업, 월급쟁이 천국(삼성)

2) 질경영 지표관리

① 경영성과에 연결되는 핵심지표를 관리하라.

신경영은 단순한 의식개혁 활동이 아니라 미래의 초일류 경쟁력을 확보하기 위한 것이다. 각 사별로 업의 특성을 감안해 회사의 경쟁력 강화에 핵심이 되는 측정지표를 선정 관리하라. 그렇게 함으로써 임직원들이 회사의 전략은 무엇이고, 자신의 업무가 회사의 전략에 어떻게 연결되는지 알 수 있도록 하라. "측정할 수 없는 것은 개선할 수 없다"는 격언을 명심하라.

② 질경영 지표는 간단하게 알기 쉽도록 하라.

질경영 지표는 고객의 요구와 연결되고, 이해하기 쉬우며, 트렌드 (trend) 관리가 가능하며, 바람직한 행동을 유도할 수 있어야 한다. 고객의 불만건수 같은 것이 좋은 예이다. 나아가 지표는 현장 인력들이 자발적으로 참여해 스스로 개발하도록 해야 한다. 그래야 현장의 지표평가에 대한 공감대가 형성되고 개선 의욕도 높아진다.

③ 눈에 보이는 관리를 통해 공개적으로 신속하게 피드백하라.

핵심지표를 주기적으로 측정하는 근본적인 목적은 변화 수준의 파악을 통한 자긍심의 고취와 '잘 해보자'는 선의의 경쟁의식을 불러일으키는 데 있다. 측정을 통한 평가, 질책보다는 현장에 진행 수준을 공개적으로 투명하게 게시해 자율관리가 되도록 하라. 또한 주기적으로 벤치마킹을 실시해 객관적인 수준 비교와 목표지향적 지표관리가 가능하도록 하라.

④ 사례

-CSI(고객만족도), ESI(종업원만족도), ISI(정보화지수), FSI(협력업체만족도), 제안지표, 품질지표, 친절도, 재무지표, 생산성지표 등.

3) 가시적 변화조치

① 변화에 대한 신뢰감을 심어줘라.

대부분의 임직원은 변화에 대해 수동적이고, 더 나아가 경영층의 변화 의지에 대해 의구심을 갖기도 한다. 이런 의구심을 해소하는 효과적인 방법은 조직원 누구나 느낄 수 있는 획기적인 변화 조치, 즉 가시적인 변화 조치를 실행해 변화에 대한 신뢰감을 심어주는 것이다. 이는 배수진을 치고 과감한 변화 모델을 제시하는 '위로부터의 개혁조치'로써 임직원들의 발상을 전환시키고 변화에 대한 신념과 의지를 강화한다.

② 고객과 임직원이 피부로 느낄 수 있도록 하라.

회사를 변화시키는 주체는 임직원이다. 따라서 가시적 변화 조치는 대부분 임직원들의 만족을 높이는 것이어야 한다. 또한 가시적 변화 조치는 외부 고객이 피부로 느낄 수 있어야 한다. 왜냐하면 우리의 변화에 대한 최종 판정은 결국 고객이 내리기 때문이다. '우리 회사가 변했다'고 느끼는 고객이 많을수록 임직원들의 변화 의지는 더욱 강해진다.

③ 고질적인 병폐, 관행의 타파에 초점을 맞춰라.

특히 변화의 초기에는 과거의 잘못된 고질적인 병폐를 제거하는 가시적 조치를 단행해야 한다. 그렇게 하지 않으면 언젠가는 반드시 변화의 뒷다리로 작용할 것이다. 과거부터 필요악으로 여겨 왔던 관행도 찾아서 과감히 타파하라.

④ 사례

-7·4제(7시 출근, 4시 퇴근제), line stop제, 불량품 화형식, 규정 철폐, 부실자산 정리 및 명예회복제, 결재 3단계, 대고객 선언, 사회봉사활동 등.

4) 핵심 개선활동

① 문제 해결팀을 구성하라.

단위부서나 개인의 차원을 벗어나는 전사적 과제를 해결하고, 개선활동의 효율성을 높이기 위해 다양한 부문이 함께 참여하는 문제 해결팀을 구성하고 거기에 대폭적인 권한을 부여하라. 이 과정에서 발생할 수 있는 부문 이기주의를 극복하는 것이 경영자의 중요한 임무다.

② 새로운 선진기법을 활용하라.

우리가 직면하는 문제가 점점 복잡해지고 있어 기존의 기법만으로는 해결할 수 없는 경우가 많아진다. 따라서 새로운 선진기법을 적극 도입하고, 현장에서 활용해야 한다. 경영자는 그 기법을 깊이 이해하고 기법에 관련되는 용어를 자주 언급해 현장의 관심을 유도하라. 그렇다고 무조건 최신 유행만을 좇으라는 것은 아니다. 온고지신(溫故知新)의 교훈을 잊어서는 안 된다.

③ 개선활동의 마무리를 확실히 하라.

이런저런 개선활동을 하겠다고 하면 반장 이하 사원들은 "또 시작이다"라고 생각한다. 지금도 이런저런 개선활동에 관련된 두세 가지의 마크가 유니폼에 붙어 있다. 어느 것 하나 제대로 끝나기도 전에 또 다른 것을 시작한다. 개선활동은 시작보다 마무리가 중요하다.

④ 사례

-6시그마 활동, TQM, TPI, BPR, VE, VOC, Q-미팅, 리스트럭처링, 리엔지니어링 등.

5) '나부터 변화'의 조직적 전개

① 의식개혁 캠페인을 전개하라.

개인의 자기변화를 촉진하기 위해서는 사업장 또는 부서단위의 캠페인을 통해 변화의 방향을 모아 새로운 조직문화로 발전시켜야 한다. 캠페인의 테마가 거창할 필요는 없으며 '작은 것부터, 지금부터' 시행할 수 있는 것이면 충분하다. 더 나아가 업무와 관련된 구체적인 활동에 대한 캠페인을 전개하여 상호 자극을 통한 행동변화로 정착될 수 있도록 하라.

② 공동개선 테마를 철저히 이행하라.

7·4제, 현장근무제, 품의서 재작성 금지, 회의문화 개선 등 공동 개선 테마는 변화의 신호탄이자 변화 정착의 시금석이다. 이러한 개선 테마의 성패는 전적으로 경영자에게 달려 있다. 경영자부터 솔선수범하여 조직문화로 완전히 정착될 때까지 지속적으로 관리하라.

③ 자기계발 분위기를 조성하라.

하루 한 시간의 차이는 그 자체로는 미미하지만 5년 후의 차이는 엄청나다. 골프를 배우면 싱글의 수준에 이를 수 있고, 대학원을 다니면 두 개의 석사학위를 취득할 수 있다. 이런 바람직한 측면을 임직원들에게 설명해주고, 자기계발을 할 수 있는 여건을 조성하라. 가능하다면 그들 스스로 자기변화에 대해 목표관리까지 할 수 있도록 유도하라.

④ 사례

－고객중시, 현장중시, 기본철저, 3불3변, 벽 허물기 운동, 칭찬 릴레

이, One-Stop 서비스 등.

6) 아래로부터 개혁

① 제안을 활성화하라.

아랫사람들의 의견을 적극 반영하여 아래로부터의 개혁을 활성화하라. 탁월한 아이디어는 시장과 고객을 가장 가까이에서 접하는 사원 계층에서 많이 나온다. 많은 제안을 하고 들어주는 풍토가 형성되면 경영성과가 올라가고 주인의식도 생긴다. 제안을 올려 봐야 소용없다는 불신감을 없애고, 좋은 아이디어에 대해서는 파격적인 인센티브를 부여하여 제안활동을 활성화하라.

② 아래로부터의 신바람을 유도하라.

어떻게 하면 종업원들이 자기 회사라는 생각을 갖게 할 것인가를 고민하라. 내 회사라는 믿음이 생기면 신바람이 나고 자율이 정착된다. 열심히 일해서 이익이 더 나면 추가이익의 상당부분을 사원들에게 돌려주는 조직이 되어야 한다. 이러한 선순환을 창출하라. 신바람이 없으면 개혁도 성공할 수 없음을 알아야 한다.

③ 상하좌우의 커뮤니케이션을 활성화하라.

일을 혼자 하겠다는 생각을 하지 마라. 일은 혼자 하기보다는 팀워크를 통해 하는 것이다. 상사의 지시내용이 명확하지 않으면 다시 확인해 보고, 부하들의 의견, 옆부서의 이야기도 들어가면서 일해야 한다. 나아가 의사소통의 채널을 확충하여 상하좌우로 대화가 잘 통하고 정보가 공유되는 분위기를 만들어라.

④ 사례

−제안제도, 분임조 활동, 즉실천 체제, 5Why 제안 카드, 사랑방 대화, 열린 마당, Hot−Line 운영 등.

7) 현장완결형 조직 운영

① 자율과 창의의 조직문화를 만들어라.

급변하는 경영환경에 실기(失機)하지 않고 능동적으로 대응하기 위해서는 권위와 타율의 문화를 척결해야 한다. 뒷다리 잡고 오그라지게 하는 각종 제도, 관행을 타파하고 규정 없이도 일할 수 있는 조직, 형식과 절차보다는 성과와 스피드를 중시하는 탄력적인 조직문화를 만들어야 한다.

② 현장으로 권한 위양을 확대하라.

최고경영층이 제시하는 경영방침이 최하위까지 공유되어야 하고, 운영상의 의사결정은 현장에서 이루어져 위로 전달되어야 한다. 전쟁의 승부가 최전선에서 결정되듯이 업무 일선에서 일어난 상황이 조직의 성패를 결정한다. 경영층의 권한을 최대한 현장에 위임하여 자율과 창의의 현장문화가 자리잡히도록 하라. 현장 인력들의 권한과 책임을 갖게 하여 담당 업무의 리더로 육성되도록 하라.

③ 수시로 현장을 방문하고 지원하라.

어느 인기 작가는 식당을 소재로 글을 쓸 때 식당에 가서 열흘씩 산다고 한다. 주방에서, 카운터에서 직접 체험하면서 현장 감각을 몸으로 익히는 것이다. 경영자도 발로 뛰어야 한다. 공장장이라면 공장 안에 쓰레

기통이 어디 있는지, 어디에 담배꽁초가 많이 떨어져 있는지를 알 정도
가 되어야 한다. 마찬가지로 영업 담당 임원은 대리점, A/S센터에 자주
가보아야 좋은 영업 전략이 나오는 것이다.

④ 사례

- 규정 철폐, 임원 현장근무제, 팀제, 대부대 과제, 결재 3단계, 사내
벤처, 프로젝트팀, 소사장제, 실험조직 등.

8) 경영인프라 구축

① 미래에 대비한 수종을 키워가라.

장기적 안목에서 기회 선점의 신사업을 기획하고 미래에 유망한 기술
과 상품을 탐구하라. 경영자는 현안 업무도 중요하지만 미래의 환경변
화에 대한 시뮬레이션을 생활화해야 한다. 예를 들어 5년 후 개발해야
할 상품, 3년 후 자동화해야 할 공정 등을 구체적으로 생각해 보라. 일주
일에 하루 정도는 미래구상에 전념하라.

② 업무시간의 50%를 인재육성에 투입하라.

장기적인 관점에서 사람을 키우고 노하우를 축적하라. '내 밑에 나와
같은 사람 다섯 명 쯤 있어야 되겠다'는 마음가짐으로 꾸준히 후계자를
키워야 한다. 경영자는 최소한 업무시간의 50%를 부하 육성에 투입해야
한다. 또한 '장(長)' 자리를 맡고 있는 사람쯤 되면 '이런 업무는 이렇게
하라. 누구누구와는 어떻게 일해야 된다'는 식으로 자기 경험과 노하우
가 담긴 소프트를 기록하여 후임자에게 물려주어야 한다.

③ 정보인프라를 확충하라.

21세기는 정보화 시대로 정보시스템의 확충 없이는 기업 생존 자체가 위태롭게 된다. 언제 어디서든 필요한 정보를 알 수 있도록 하는 정보인프라를 구축해야 한다.

④ 사례

-사업구조 개편, PI, CIM 등.

9) 신상필상의 과감한 인센티브

① 상 많고 벌 적은 조직을 만들어라.

'열심히 해봐야 소용없다'는 냉소적인 분위기가 나와서는 안 된다. 가급적 상을 많이 주고, 작은 공(功)도 인정해주는 풍토를 조성하면 뒷다리를 잡는 병폐는 자연스럽게 없어질 것이다. 인센티브는 파격적으로 운영해 효과를 극대화시켜라.

② 꾸짖기보다 칭찬을 많이 하라.

경영자가 부하들을 항상 꾸짖기만 하면 회사 전체의 분위기는 어두워진다. 사장이 이사를 꾸짖으면, 이사는 그 밑의 부장을, 부장은 과장을 꾸짖게 된다. 서로 상대방을 긍정적인 관점에서 북돋아주고 칭찬하는 분위기를 만들어라. 그래야 신바람이 나고 활력이 생긴다. 경영자는 아랫사람의 말을 진지하게 경청해주고 작은 성과에 대해서도 칭찬해줄 수 있는 자상함이 있어야 한다.

③ 리스크에 도전하는 분위기를 만들어라.

일의 성과에 대해서만 평가하지 말고 성과를 내기 위해 도전하는 과정까지 감안해 평가하라. 리스크를 회피한 사람보다는 성과가 미흡하더라도 과감하게 도전하는 사람을 높이 평가해주어야 한다. 가만히 앉아서 볼넷을 기다리기보다는 삼진아웃을 당하더라도 과감하게 방망이를 휘두를 수 있는 사람이 많아야 조직에 활력이 넘치게 된다.

④ 사례

-PI, PS, 성과급제 등.

10) 변화 리더십

① 솔선수범하라.

경영자는 기본적으로 알고(知), 할 줄 알고(行), 시킬 줄 알고(用), 가르칠 줄 알고(訓), 평가할 줄 알아야(評) 한다. 특히 기업혁신은 경영자 자신의 변혁과 변신에서 시작된다. 경영자 스스로가 변화된 모습을 보여줘야 아랫사람들이 믿고 동참하게 된다. 리더가 솔선수범하지 않은 혁신은 불신과 냉소의 대상이 될 뿐이다. 실은 위에서 잡아 당겨야지, 아래에서 밀어서는 올라가지 못한다.

② 건전한 위기의식을 자극하라.

'과거와 미래는 같지 않다'는 상식적인 진리를 망각하지 마라. 회사의 경영실적이 좋을수록 끊임없이 다가오는 미래의 변화를 경계하라. 경영자는 더 높은 차원의 비전과 목표를 제시하고 다가오는 장래의 위기를 강조하는 등 조직 내의 건전한 '메기' 역할을 수행해야 한다.

③ 신세대와 마음을 열고 함께 호흡하라.

기성세대와 신세대 간의 인식 차이가 점점 더 커지고 있다. 젊은 사원들과 어울려 노래방에 가서 시끄러운 노래도 불러 보고, 취미생활도 같이 하면서 그들을 이해하고 마음도 열어보자. 상하 간의 대화가 트이면 공감이 형성되고 '한번 해보자'는 의욕이 생긴다. 나이 사십이 넘은 사람들끼리 모였을 때에도 '흘러간 노래는 부르지 말자'는 규칙을 정해 놓자.

④ 사례

－관리자(manager)에서 리더(leader)로, 통제자에서 촉진자로, 참견자에서 중재자로.

7. 삼성 신경영의 3단계
-이건희 방식과 잭 웰치 방식의 차이

• • •

삼성 신경영의 추진경과

1단계	2단계	3단계
질경영	Speed경영	구조조정
文化혁신 (Revitalization) 1993~	프로세스 혁신 (Reengineering) 1996~	구조혁신 (Restructuring) 1998~IMF 극복
• 고객만족 – 품질, 서비스(CSI) • 나부터, 한방향 변화, 임직원 만족(ESI) • 협력업체, 사회공헌활동(FSI)	• 정보기술활용(ISI) – ERP 시스템 • 스피드경영 개념 – 먼저(機會先占경영) – 빨리(時間短縮경영) – 제때(타이밍경영) – 자주(柔軟경영) • 견실경영	• 부실사업 정리 – 선택과 집중, 미래수종개발 • 조직·인력 구조조정 • 재무구조 개선

삼성 신경영은 크게 3단계로 전개되었다. 1단계 질경영(1993~), 2단계 스피드경영(1996~), 3단계 구조조정(1998~)으로 진행되었다.

1단계 질경영은 앞서 기술한 바와 같이 조직의 문화를 바꾸는 '문화혁신(revitalization)' 단계이다. 고객만족, 품질 서비스 개선, 나부터의 변화, 한 방향으로의 변화, 임직원 만족도 제고, 협력업체 만족도 제고, 사회공헌활동의 대대적 전개 등을 골자로 한다.

2단계 스피드경영은 정보기술을 활용한 업무의 '프로세스를 혁신(reengineering)'하는 과정이다. ERP 시스템을 도입하고 '먼저(기회선점경

스피드경영의 4대 속성

4대 속성	대응방향
먼저 (機會先占경영)	• 변화의 시대에 기회선점 • 미래 유망사업 조기발굴, 선행투자, 선두확보 • 신상품 조기출시, 시장선점 • 기술과 인재의 선행확보
빨리 (時間短縮경영)	• 상품기획 – 판매시간 단축 • 주문 – 출하 – 입금시간 단축 • 신속한 의사결정, 신속한 행동 • 저부가 업무를 줄이고 초관리
제때 (타이밍경영)	• 외부고객 및 내부고객 납기 준수 • 필요한 시점에 필요한 만큼 공급(재고 Zero) • 한방향으로 표준화, 시스템화 • 대소완급을 가리고 과감한 실천
자주 (柔軟경영)	• Stock보다는 회전율 중시 • 사람, 돈, 물류, 정보의 Real Time Management • 소량 다품종, Flexible 생산체제 • 업무를 복합화하고 자주 모여 결정

영), 빨리(시간단축경영), 제때(타이밍경영), 자주(유연경영)'라는 스피드경영 4대 개념을 만들어 조직에 접합시켰다. 삼성은 스피드 경영을 통해 변화의 시대에 기회를 선점하고, 미래 유망사업을 조기에 발굴하여 선행투자하고, 신상품을 조기에 출시토록 했다. 특히 supply chain management를 도입해 주문~출하~입금시간을 대폭 단축했다. 저부가 업무를 줄이고, 신속한 의사결정을 도모했다. 모든 업무를 표준화, 시스템화하고 외부 고객 및 내부 고객의 납기를 준수하고, 필요한 시점에 필요한 만큼 공급하는 재고 제로 시스템을 도입했다. stock보다는 회전율을 중시하고, 소량 다품종, flexible 생산체제를 구축하고, 사람, 돈, 물류, 정보의 real time management를 강화했다. 신경영 사무국은 여기까지 역할을 수행하고 해체되었으며, 그룹 비서실은 구조조정본부 체제로 전환했다.

3단계는 구조조정단계이다. 때마침 1998년 IMF 사태를 맞아 조직의 '구조혁신(restructuring)'을 하게 된다. 선택과 집중의 원칙에 따라 부실 사업을 정리하고, 미래 수종을 개발하며, 자산 감축, 재고채권 감축, 비용 감축 등 뼈를 깎는 구조조정을 통해 조직과 인력, 사업구조를 대폭 쇄신했다. 65개에 달하던 계열사를 45개로 축소하고, 총 236개의 사업을 정리했으며, 분사, 해외이전, 아웃소싱, 명예퇴직 등을 통해 5만 2,000여 명(35%)에 이르는 인력을 성력화시켰다. 사실 우리의 힘으로 할 수 없었던 것들, 금융개혁, 노동관행 개혁, 정부 규제혁파 등을 IMF라는 이름 아래 일시에 혁신조치를 단행할 수 있었던 것이다. 삼성이 구조조정을 하는 과정에서 많은 아픔 또한 있었다. 35% 인력을 내보내면서 어찌 아픔이 없었겠는가! 그러나 1993년부터 조직에 위기의식을 불어넣고, 우리의 현실을 정확히 알려주고, 이대로 가면 우리 회사도 망하고, 나라도 망한다는 인식을 심어주어 IMF 위기사태를 맞아 그 대처에 공감대가 형성되었고, 그 결과 아무런 부작용 없이 위기를 넘길 수 있었던 것이다.

당시 세계적으로 가장 존경받는 경영자로 GE의 잭 웰치 회장을 들 수 있다. 그에게는 '경영혁신의 귀재'라는 칭호가 늘 뒤따른다. GE의 혁신 방식은 삼성의 혁신 방식과 순서가 전혀 다르다. GE는 세계 Only 1, No. 1 제품이 아니거나 될 수 없는 사업을 과감히 철수하고, 사업구조, 제품구조, 조직구조, 인력구조 등 근본적으로 판을 새로 짜는 '구조혁신'을 먼저 한다. 그리고 나서 업무 프로세스, 작업방법, 도구, 사업 수행 방식, 프로세스 모델링, 6시그마 등 '프로세스 혁신'을 단행한다. 그리고 마지막으로 일하는 사람의 생각과 태도를 바꾸는 '문화혁신'을 했다. 삼성의 방식은 GE와는 정반대로 문화혁신-프로세스혁신-구조혁신으로 전개되었다.

웰치 방식은 마치 서양의학이 몸에 나쁜 것이 있으면 칼을 대고 수술부터 해 나쁜 것을 먼저 도려내는 방식이라면, 이건희 방식은 동양의학처럼 몸을 먼저 보하고 사람의 의식을 바꾸어 서서히 변화해 나가는 방식이다. 동서양의 문화의 차이 때문일 것이다.

8. 신경영철학 핵심과 실천 사례들

• • •

오늘날 삼성이 세계 초일류 기업으로 우뚝 서게 된 것은 경영자의 확고한 경영철학, 임직원들의 공유된 가치관과 문화, 그리고 이를 실천하는 지속적인 노력이 있었기 때문이다. 삼성은 신경영을 통해 회장철학을 재정립하고, 그룹 임직원들이 공유하며, 기업의 문화를 가꾸어 가는 데 끊임없이 노력해 왔다.

신경영 이전, 선대 이병철 회장 시대에는 필자가 1984년 재정립한 『경영이념과 삼성정신』(118쪽, 삼성인력개발원 발간)이 있었고, 신경영 이후에는 다음과 같은 책들이 발간 보급되었다.

• 『삼성신경영-나부터 변해야 한다』 : 신경영 기본서.

• 『삼성인의 용어집』 : 메기론, 뒷다리론, 보잉747론 등 삼성인만이 통하는 특유의 용어 112개를 묶어 해설한 책자.

• 『신경영 지행33훈』 : 이건희 회장의 경영철학을 체계적으로 종합화한 것.

• 『함께하는 신경영 지행33훈-신경영 사랑방』 : 대표이사급의 회장철학 체험 내용 40편.

• 『신경영실천 Best practices-신경영 실천 10대 지침』.

• 『신경영실천 Best practices-변화의 선두에 선 사람들』.

• 『CD로 보는 '삼성신경영-나부터 변해야 한다'』 : 신경영철학, 신경영과제 33, 실천지침과 사례, 삼성인의 용어, 경영어록, 총 9,000여 쪽 텍스트, 60여 분의 오디오, 50여 분의 동영상으로 구성.

• 『단위사업별 업의 개념』 : 이건희 회장 경영전략의 핵심. 각 회사는 본질적 혁신을 위해 업의 개념 정립 추진. 그룹 주요 55개 사업단위의 업의 개념 정립. 각 사업단위별 미션(시대 변화에 부응한 사업영역 및 존재의 의, 업의 변화추세), 업의 본질 및 특성, 중점관리 포인트(핵심역량) 기술.

• 『삼성형 경영모듈(13개)』 : 신경영 지행 33훈을 경영철학, 경영전략, 경영관리 3개 영역으로 구분하여 각 영역별 경영학 이론 및 사례를 접목한 것.

이 중에서 『삼성형 경영모듈』은 삼성의 경영철학을 기존의 경영학 이론과 접목한 한국형 경영모듈이라고 할 수 있다. 총 13개 모듈로 구성되어 있는데, 각 모듈에는 회장철학, 기본교재, 강사용 자료, 사전 학습자료, 케이스(case)가 제시되어 있다. 삼성인력개발원 전문가들과 주요 대학 교수들이 참여해 만들었다. 13개의 바인더마다 500여 쪽으로 구성되어 있다.

삼성형 경영 모듈은 크게 세 가지로 구분된다.

첫째, 기업사명(상생경영) 부문이다.

기업의 본질과 역할(M1), 삼성의 경영철학(M2), 상생경영(M3)으로 구성되어 있으며, 시장경제하에서 기업의 본질과 존재 의미를 명확히 인식하고 궁극적인 경쟁력 제고를 위한 기업의 사명과 역할을 논한다. 신경영 지행 33훈 중 1) 최고의 제품 서비스 창출 2)고객 만족 3)정도 경영 4)환경 안전 5)임직원 삶의 질 향상 6)사회공헌 활동 등의 내용이 포함되어 있다.

둘째, 사업전략 부문(기회선점, 기술중시 경영)이다.

전략 경영(M4), 글로벌경영(M5), 디지털경영(M6), 기술경영(M7), 6시그마경영(M8), 디자인경영(M9)으로 구성되어 있다. 이건희 회장이 가장 강조하는 업의 개념과 환경 변화에 대한 명확한 인식을 통해 비교우위 사업에 선택과 집중을 하고 미래 성장을 위한 전략사업을 지속적으로 개발함을 핵심전략으로 삼고 있다. 신경영 지행 33훈 중 7)업의 개념 8) 1석 5조 9)기회 선점 10) 기술확보 11)디자인 혁명 12)정보 인프라 구축 13) 전략사업 추진 14)사업구조 조정 15)국제화 16)복합화 내용이 포함되어 있다.

셋째, 경영관리 부문(인간존중, 자율경영)이다.

인사 조직관리(M10), 재무관리(M11), 마케팅(M12), 리더십(M13)으로 구성되어 있다. 경영자원(조직, 인력 등)을 한 방향으로 정렬하고 자율적이고 창의적인 관리를 위한 초일류 경영관리 시스템을 구축함에 목표를 두고 있다. 신경영 지행 33훈 중 17)나부터 변화 18) 한 방향 19)삼성 헌법 20)권위주의 타파 21)현위치 파악 22) 큰 관리 23)우수인력 확보 24)능력위주 인사 25)지역전문가 양성 26)여성인력 활용 27) 7·4제 28)고문 활용 29)용역 활용 30)구매 예술화 31)전사원의 홍보 요원화 32)기록문화 33)일류경영자 조건이 포함되어 있다.

이러한 경영모듈은 기존의 경영이론에 더해 현실적으로 경영에 꼭 필요한 것들이 정립되어 있다. 요즈음 한국의 드라마, 영화, 음악, 춤, 디자인 등 한류가 세계적인 대세를 이루고 있다. 세계인들은 한국인의 이야기를 좋아하고 춤을 좋아하고 노래를 좋아한다. 21세기 태평양시대의 세계 중심국가 대한민국을 실감케 한다. 이러한 한류도 거슬러 올라가 보면, 우리나라의 기업이 만든 상품에서 비롯되었다고 해도 과언은 아니다. 우리가 만든 상품을 세계인들이 좋아했고, 그래서 우리는 세계 10대 경제강국이 되었다. 그렇다면 그러한 기적을 이룬 한국의 경영학 또한 주목받아 마땅할 것이다. 머지않아 세계 경영인들이 한국에서 경영

을 벤치마킹하는 때가 오지 않겠는가! 인간존중의 경영철학을 바탕으로
한 이건희학(學)이 삼성학(三星學)으로, 나아가 한국을 대표하는 글로벌
경영학의 모델이 될 수도 있지 않을까 기대해 본다.

9. 삼성 신경영의 성과

• • •

  삼성 신경영에 대한 성과는 신경영 10년을 맞은 2003년 「매일경제신문」 6월 5일자 사설에서 다음과 같이 언급했다.

  〈삼성 신경영 10년의 교육〉

  7일로 10년째를 맞는 삼성그룹 신경영의 성공을 축하한다. 삼성의 신경영은 실로 무한경쟁의 경영환경을 기업이 어떻게 극복하고, 나아가서는 경쟁조건을 자신에 유리한 방향으로 이끌고 나갈 수 있는가를 보여준 한국 기업경영사의 대표적인 성공사례다. 그리고 그 배경에는 '시대를 앞서 읽는' 리더의 비전과 실행능력, 그리고 성과에 대한 보상이라는 경영학상의 오랜 진리가 자리잡고 있다.

  "마누라와 자식만 빼고는 모든 것을 다 바꾸어라"는 화법으로 시작된 이건희 회장의 신경영 비전은 바로 양적 성장의 한계에 부딪친 한국경제의 몰락을 예견한 혜안의 결과였다. 이제는 질로 승부해야 한다는 메시지다. 만약 한국의 모든 기업과 정부가 당시 이 메시지를 정확히 읽었다면, 우리는 97년 외환위기를 겪지 않았을 것이다.

  이 회장의 비전 실행을 위한 첫 작업은 비전 공유였다. 4개월간 프랑크푸르트, 오사카, 도쿄, 런던으로 1,800여 명의 임직원을 불러 자신이 직접 비전을 설파했다.

  그러나 비전의 공유만으로는 부족하다. 가시적인 실행조치가 있어야 했다. 변화를 조직원들에게 실감시켜야 했다. 7시 출근 4시 퇴근을 의미하는

7·4제 도입이 중요한 이유가 바로 여기에 있다. 신경영 성공의 마지막 요인은 '사람이 경쟁력'이라는 인식이다. 세계 최고 수준의 인재를 뽑고, 뽑았으면 능력을 발휘할 수 있도록 돕고, 성과에 대해서는 철저히 보상한다는 '인재-성과중심경영'이 중요한 축을 차지한 것이다.

신경영의 결과, 이제 삼성그룹 대부분 계열사들은 '좋은 회사'가 됐다. 질 경영의 궁극적인 지표인 수익성을 보면, 1%에도 미치지 못했던(1992년 0.6%) 세전 매출이익률이 지난해에는 11.0%로 급상승했다. 부채 비율은 같은 기간 336%에서 65%로 감소했다. 신경영이 '좋은 회사' 삼성그룹에 결정적으로 기여했음을 입증해준다.

그렇다면 삼성 신경영은 앞으로 무엇을 목표로 해야 하는가. 계열사 대부분을 글로벌 리딩컴퍼니로 키우는 것이다. 짐 콜린스의 말대로 '좋은 회사'에서 '훌륭한 회사'로 또 한번 변신하는 것이다. 그리고 그 중심에는 역시 이건희 회장의 리더십이 있을 것이다.

콜린스는 현존하는 11개 '위대한 기업'을 좋은 기업과 차별화짓는 것은 바로 리더의 '겸손함(humility)'에 있었다고 말한다.

"GM에 좋은 것은 미국에도 좋다"는 말이 있었듯이 "삼성에 좋은 것은 한국에도 좋다"고 말할 수 있을 정도로 삼성은 한국경제의 희망이고 미래이다. 신경영 10년의 성과에 삼성 스스로가 '겸손'해야 하는 이유가 바로 여기에 있다. '위대한 기업'을 일구어내 한국경제를 견인해야 하기 때문이다.

삼성은 신경영을 통해 세계 1위 월드베스트 제품이 1993년 2개에 불과한 것이 2003년 21개로 늘어났다. 세계적 브랜드로 도약하여 브랜드 가치가 2004년 125억 달러(21위)에 이르렀고 중국에서는 소비재 브랜드 1위에 올랐다.

특히 2000년도부터 이익이 획기적으로 늘어났는데, 삼성이 1938년 창업 후 1998년까지 60년간 낸 이익액을 전부 합친 것보다 더 많은 이익을 매년 냈다. 2004년 삼성전자는 순익 100억 달러(10조 7,867억원)를 돌파했는데, 이는 세계적인 IT기업 MS를 물리친 것이며, 당시 일본의 마쓰시다, 소니, 히타치 등 내로라하는 10대 전자·전기 제조업체의 이익을 모두 합친 것 (5조 3천억원)보다 2배나 더 많은 것이다.

삼성은 질적으로도 많은 변화를 가져왔다. 사업구조는 저부가가치 사업에서 고부가가치 사업으로, 그룹 위상은 국내 일류 기업에서 세계 일류 기업으로, 경영의 무게는 관리·생산부문에서 현장 기술부문으로, 경영 패러다임은 양위주·외형 중시에서 질위주·내실 중시로 전환되었다. 일하는 방식도 챙기는 관리(완전주의)에서 큰 관리(기회선점)로, 그리고 무엇보다도 조직문화가 권위주의, 이기주의, 정보불통의 변화 거부 조직에서 벽 없는 조직, 신바람 나는 활기찬 조직으로 바뀌었다는 점이다.

2003년 당시 삼성이 국가 경제에 기여하는 면을 보면, 매출액(121조)은 우리나라 거래소 상장기업 매출액의 25%, 순이익(18조 2,608억)은

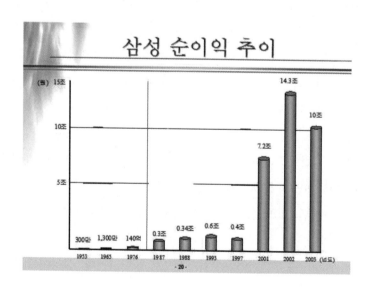

56%, 수출액(384억불)은 우리나라 총 수출액의 20%, 무역수지(200억불)는 134%에 이르고, 납세액(105조원)은 국세 총액의 6.2%에 이르렀다.

오늘날(2011년 기준) 삼성은 매출액 274.3조원, 순이익 20.3조, 수출액 1,252억불, 종업원수 국내외 37만 명, 브랜드 가치는 세계 17위권에 진입했으며, 해외거점이 82개국, 538개에 이르는 세계 초일류 기업으로 발전했다.

우리나라의 60만 대군은 외부의 침략에 대비한 방어군이다. 경제 전쟁시대에 기업이야말로 우리나라를 대표하는 공격군이다. 기업은 일자리를 창출하고, 새로운 기술을 개발해 삶의 질을 높여준다. 국제 간의 교류를 정부 못지않게 하고 민간외교에도 많은 기여를 한다. 기업은 이익을 창출해 끊임없이 새로운 투자를 하며, 세금을 통해 국가에 기여한다. 뿐만 아니라 국가의 문화창달에도 크게 기여를 한다. 따라서 올바른 기업가 정신과 함께 기업이 마음껏 일할 수 있는 여건이 조성되어야 한다.

정부와 기업 그리고 국민이 삼위일체가 되어 나아갈 때만이 국가경쟁력이 향상될 수 있다. 마치 댐의 높이가 한 쪽이 80m이고 다른 한 쪽은 90m, 또다른 한쪽이 100m라면 그 댐의 수위는 80m가 되듯이 국가경쟁력도 정부 · 국민 · 기업의 최저 수준에 따라 결정되는 것이 아닐까?

10. 대학 변화를 위한 10대 제언

• • •

이 글은 성균관대학교 상임이사로 재직할(2003.3~2009.2) 때 성균관대학교 변화의 방향으로 제언한 것이다. 성균관대학교는 삼성이 경영에 참여함으로써 눈부신 발전을 이룩했다. 국가생산성대상 대통령상 수상, 국가고객만족도(NCSI) 종합대학 1위, 세계수준 연구중심대학(WCU) 종합사립대 1위, 2단계 BK21사업 선정률 1위, 수도권 특성화 최우수대학, 우수인력양성대학 교육역량사업 1위, 교육개혁 최우수대학 5년 연속 선정, 취업률 1위, 산학협력 선도대학 1위 등 '가장 빠르게 발전하는 대학'으로 그 입지를 공고히 했다.

미시간대학에서 8년간 총장을 한 제임스 J. 두데스텟이 지은 저서 『대학혁명』은 현대의 대학에 대한 문제점을 예리하게 지적하고 있다. 잠시 그의 대학의 문제점을 인용해 본다.

"인류는 100여 년 전 농경사회에서 공업화사회로 변했으며, 이제는 공업화사회에서 새로운 지식기반 사회로 급속하게 변해 가고 있다. 교육받은 사람들과 그들의 아이디어가 국가의 부(富)가 되는 지식시대(Age of Knowledge)에 대학은 그 어느 때보다 중요성이 부각되고 있으며, 대학 교육의 가치는 그 어느 때보다 높게 평가받고 있다.

대학이 제공하는 교육기회와 대학이 생산하는 지식과 각종 서비스는 개인의 번영과 복지에서부터 기업 경쟁력, 국가 안보와 문화를 풍요롭게 하는 것에 이르기까지 현대사회의 핵심적인 요소가 되었다. 우리 사회가 점점 더 지식집약 사회가 되면서 사회는 지식을 창출하고 사람들을 교육시키고, 사람들에게 평생 동안 지식과 학습의 기회를 제공하는 사회제도에 더욱 더 의존하게 될 것이다.

한편, 현대의 전자기술은 사람들의 학습능력, 커뮤니케이션 능력, 협동능력을 혁신적으로 신장시켰다. 이런 기술은 10년 전만 해도 상상조차 할 수 없을 만큼 사람들이 일하고, 즐기고, 학습하는 데 혁명적인 변화를 가져다주었다. 우리는 10년에 100배 정도로 능력이 빠르게 성장하고, 시간과 공간의 제약을 넘어 커뮤니케이션하고, 사고하고, 학습하는 최근의 신기술 방식을 일찍이 경험해본 적이 없다.

그러면 지식경제를 주도해야 할 대학사회는 어떠한가? 격렬한 시장경제의 힘이 대학사회에 휘몰아칠지도 모른다는 불안감이 점차 늘어나고 있다. 시장의 힘은 대학의 가치와 전통을 부질없는 것으로 만들었으며, 어떤 비관론자들은 천 년을 유지해온 사회제도인 대학이 곧 사라질 것이라는 전망도 내놓고 있다.

대학은 천 년 동안 지식, 지혜, 가치의 생산자이면서 전달자로서의 역할을 해왔다. 그러나 대부분의 시기 동안 대학은 대학 고유의 역할과 접근 방식 및 조직 등을 전혀 고치지 않은 채 매우 느리고 선형적인 확장만을 추구하는 변화를 진행시켜왔다. 대학에서의 변화는 "한 사람이 죽어야 일어난다"는 옛 격언이 가히 틀리지 않은 말이다.

대학은 흔히 '열대우림'으로 묘사되고 있다. 열대우림처럼 매우 복잡할 뿐 아니라, 다양하고 상호의존적인 생태계 안에서 함께 살아가고 있기 때문이다. 또한 대학을 '창조적인 무정부상태'라고도 말한다. 느슨하게 묶였지만 복잡성을 가진 탄력적인 조직이 대학이다.

대학의 변화를 주도해야 할 교수들은 어떠한가? 교수들은 지나치게 분열

되어 있고 자신의 좁은 영역에만 매몰되어 있으며, 어떤 변화가 대학 발전에 도움이 되더라도 그 변화가 현실에 도전하는 것이라면 무조건 거부하고 있다. 대학 전체에는 '어슬렁거리는 인도의 소'들로 가득하다. 이 소들은 권력과 통제에 의존하여 대학의 미래를 희생시키면서 미래의 씨앗을 뜯어먹고 있는 것이다.

대학은 미래를 준비하는 것보다는 과거를 지키는 데 더 익숙한 운영방식을 가지고 있다."

미국의 일류대학이 이렇게 위기의식을 느끼고 있는데 우리는 더 말할 것도 없을 것이다. 그렇다면 오늘날 우리 대학이 직면한 변화와 도전을 어떻게 극복해 나갈 것인가?

성균관대학교는 Vision 2010+라는 야심찬 변화와 개혁 프로그램을 완성하고 그 실행에 박차를 가하고 있다. '세계 100대 명문대학'이라는 희망봉을 향해 망망대해를 떠나는 '성균관호'에는 지금 1,000여 명의 교수들과 300여 명의 직원, 2만 4천여 학생들 그리고 15만 동문들이 재단과 함께 노를 젓고 있다. 모두 혼연일체가 되어 한 방향으로 나아갈 때 우리는 세계 100대 명문대학에 도달할 수 있을 것이다.

옛말에 "구슬이 서 말이라도 꿰어야 보배"라는 속담이 있다. 우리 대학은 18만이라는 훌륭한 구슬이 있지만 그것이 제각각 따로 놀고 한 방향으로 꿰어지지 않는다면 아무런 힘도 발휘할 수 없는 것이다. 그런 의미에서 구슬을 꿰고 한 방향으로 가는 10개의 지침을 여기에 제시해 보고자 한다. 이 지침은 우리 성균관호가 망망대해를 항해하면서 그 어떤 풍랑에 마주쳐서도 흔들리지 않고 목적지를 향해 항해할 수 있도록 하는 18만 성균인의 항해도요, 나침판이 될 것이다.

1) 우리가 해야 할 교육, 연구, 행정서비스의 최종적 목표는 고객(학생, 학부모, 사회단체 등)을 만족시키는 것이다.

교수 중심→학습자 중심, 가르치는 조직→학습 조직, 정형화된 학습→현장 중심 맞춤형 학습, 학생과 동문→학습공동체로서의 평생회원, 비동시적 학습 기회→언제 어디서나 가능한 학습기회.

2) 품질개선(Quality)을 최우선 전략과제(Strategic Quality Management)로 삼고 낭비 제거(Cost)와 스피드(Speed)를 제고하는 것이 경쟁력을 올리는 길이다.

3) 우리가 세계적으로 잘할 수 있는 것(NO. 1), 우리만이 독특하게 할 수 있는 것(Only 1.)을 찾아서 강점을 강화한다. 추상적 연구, 토론, 탁상공론보다는 핵심역량을 중심으로 실험모델을 확장시켜 나간다.

4) 새로운 사업을 시작하기 위해서는 과거의 어떤 것을 포기한다(대체를 통한 혁신 추구).

5) 변화의 DNA는 차별화(Difference), Network화(Global Network, Cyber Network, Multifaceted Integration), Action Learning을 추구하는 것이다.

6) "성(城)을 쌓는 자는 망하고, 길을 여는 자는 흥한다."

이제 점점 더 복잡해지고 상호 의존적인 세상에서 단편적인 지식으로는 성공할 수 없다. 각자는 학문적 고집을 버리고 전공 간, 학제 간 장벽을 과감히 허물고, 큰 생각(Big Think)을 가지고 새로운 것을 창조한다.

7) 학문적 우수성과 사회적 다양성을 존중한다.

자율과 창의의 학교문화를 만들어 나가며, 권한의 위임과 함께 책임도 분명히 한다.

8) 모든 조직 단위는 분명한 목표와 과학적인 Process, 팀워크를 통해 전원 참여의 과학적 혁신을 추구한다(6시그마).

9) "측정하지 않으면 개선되지 않는다."

성과에 연결되는 제반 지표는 공정하고 투명하게 관리되고 선진지표와 경쟁지표와도 비교해 더 나은 성과를 창출한다.

10) 벌보다는 상이 많은 조직, 부정적인 것보다는 긍정적인 면을 살리는 조직, 실패를 용인하고 새로운 것에 도전하는 문화를 만들어 가기 위해 성과에 대한 보상 시스템을 분명히 한다.

변화 리더십

11. 100마리째 원숭이

. . .

1950년 일본의 미야자키현 고지마라는 무인도에서 일어난 일이다.

그곳에는 원숭이가 20여 마리 살고 있었는데, 이들의 먹이는 주로 고구마였다. 원숭이들은 처음에는 고구마에 묻은 흙을 손으로 털어내고 먹었는데, 어느 날 한 살 반짜리 젊은 원숭이 한 마리가 강물에 고구마를 씻어 먹기 시작했다. 그러자 다른 원숭이들이 하나, 둘 흉내내기 시작했으며 '씻어먹는 행위'가 새로운 행동 양식으로 정착해 갔다.

고구마 씻기를 하는 원숭이 수가 어느 정도까지 늘어나자, 이번에는 고지마섬 이외 지역의 원숭이들 사이에서도 똑같은 행위가 동시 다발적으로 나타났다. 불가사의하게도 이곳에서 멀리 떨어진 다카자키산을 비롯한 다른 지역에 서식하는 원숭이들도 역시 고구마를 씻어 먹기 시작했다. 서로 전혀 접촉이 없고, 의사소통도 할 수 없는 상황에서 마치 신호를 보내기라도 한 것처럼 정보가 흘러간 것이다.

미국의 과학자 라이올 왓슨은 이것을 '백 마리째 원숭이 현상'이라고 이름 붙였다. 어떤 행위를 하는 개체의 수가 일정량에 달하면 그 행동은 그 집단에만 국한되지 않고 공간을 넘어 확산되어 가는 불가사의한 현상을 말하는 것이다.

이 학설은 1994년에 인정되었다. 많은 동물학자와 심리학자가 여러 가지 실험을 한 결과, 이것은 원숭이뿐 아니라 인간을 포함한 포유류나 조류, 곤충류 등에서도 볼 수 있는 현상이라는 사실이 밝혀졌다.

우리는 이 이야기 속에서 세상을 밝혀 나가는 하나의 지혜를 배울 수 있다. 세상의 가치관이나 구조는 깨달은 10%의 사람에 의해 바뀐다고 한다. 대부분의 사람들이 깨달으려면 시간이 걸리겠지만, 먼저 10%가 깨달으면 사회와 세계를 바꿀 수 있다는 것이다. 이것은 시공을 초월한 '공명현상(共鳴現象)'이 작용하기 때문이다.

어느 공장에서 일어난 일이다. 공장장은 품질 불량을 잡기 위해서는 우선 공장이 청결해야 하고 서로 친절해야 된다고 생각했다. 불결하고 불친절한 공장에서는 불량품도 많이 나오고 안전사고도 많이 난다는 것이다. 그러나 깨끗한 공장을 만들기 위해 그가 취한 첫 번째 조치는 "청소를 잘 하라", "인사를 잘 하라"는 지시가 아니었다. 그는 공장 안을 다니면서 휴지나 담배꽁초가 있으면 누구보다 먼저 그것을 주웠고, 누구를 만나든 먼저 인사를 했다. 시간이 지날수록 공장장의 이러한 행동은 서서히 다른 직원들에게 전달되었고, 그 공장은 정말 깨끗하고 인사 잘 하고, 불량 없고, 안전사고 없는 모범공장으로 변했다. 그는 '첫 번째 원숭이'가 되었으며 '백 마리째', 더 나아가 '천 마리째 원숭이'를 만든 것이다.

진리(진짜)는 참으로 잘 전달되며 시간과 공간을 초월해 확산된다고 한다. 만물은 파동 구조를 갖고 있어서 같은 파동은 유유상종으로 서로 어울린다. 다른 파동은 서로를 간섭하고 상쇄한다. 발산된 파동은 마치 골짜기의 메아리처럼 반드시 되돌아오고, 우위(優位)의 파동은 열위(劣位)의 파동을 제압하는 것이 자연 운영의 규칙이라고 한다.

오늘날 우리 사회는 참으로 어지러워질 대로 어지러워졌다. 이런 현 시점에서 우리는 사회 구성원의 한 사람으로서 책임을 느끼지 않을 수 없다. 지구상에는 지자기(地磁氣)라는 것이 있는데 1,000년 전에는 1가우스(gauss-자기 유도의 강도를 나타내는 전자 단위:G)였던 것이 100년 전에는 0.5가우스였고, 현재는 0.3가우스에 불과하다고 한다. 지자기가 0이 되면 남북극이 뒤바뀌어 지구상 생물이 전멸된다고 하는데, 이 지자기가 낮아지는 원인은 사람들의 이기심에서 비롯된 나쁜 기운 때문이라는 것이 실험으로 입증되었다고 한다. 일부 과학자들은 "현재 지구는 인간의 이기심 때문에 자연의 법칙에 위배되는 마이너스 에너지로 충만되어 있으며, 이대로 가면 지구는 우주의지에 의해 급격한 파동을 일으킬 것"이라고 경고하고 있다.

그동안 "변해라. 변해야 산다"는 말은 정말 많이 하면서도 진정으로 먼저 뉘우치고 고쳐서 실천하는 '첫 번째' 또는 '백 번째의 선각' 역할은 제대로 하지 못했다. 세상에는 온갖 아름답고 그럴 듯한 말과 글이 가득 차 있다. 그러나 그것을 이용하여 돈과 권력과 명예를 좇으려는 이기심 때문에 그 말과 글에는 '살아 있는 기운'이 들어 있지 않다. 살아 있는 기운이 들어 있지 않은 말과 글은 아무 소용이 없는 것이다.

우리가 진정한 믿음으로 솔선하여 실천하는 것이 바로 '내가 나를 살리는 길'이요, '암암한 이 사회를 밝히는 길'이며, '혼잡한 질서를 바로잡는 도덕 진행'임을 이제야 조금 깨달은 것 같다.

12. '곰' 리더십

• • •

성균관대학교 이기동 교수의 저서 『곰이 성공하는 나라』에는 다음과 같은 이야기가 나온다.

"범은 똑똑하고 빠르고 재주 있어 보이지만, 곰은 어리석고 느리고 둔해 보입니다. 곰과 범이 싸운다면 어느 모로 보나 범이 이길 것은 자명합니다. 그러나 한국에서 범 같은 사람과 곰 같은 사람이 경쟁한다면 문제는 달라집니다. 한국에서는 범 같은 사람이 실패하고 오히려 곰 같은 사람이 성공합니다. 박정희정권이 무너진 이후 대통령 선거가 제대로 치러진 것은…… 노태우, 김영삼, 김대중, 이 세 분 중에서 상대적으로 가장 덜 똑똑해 보이는 노태우 후보가 당선되었습니다. 그 다음 김영삼 후보와 김대중 후보가 경합을 했습니다. 그들 중에서 상대적으로 덜 똑똑해 보이는 김영삼 후보가 당선되었습니다. 또 다음 선거 때는 김대중 후보와 이회창 후보가 경합을 했습니다. 이때도 역시 상대적으로 덜 똑똑해 보이는 김대중 후보가 당선되었습니다. 그리고 노무현 후보와 이회창 후보 간에 경합이 붙었습니다. 역시 상대적으로 덜 똑똑해 보이는 노무현 후보가 당선되었습니다"(이기동 저, 『곰이 성공하는 나라』 중에서).

우리 민족의 정서와 삶의 방식을 집약적으로 표현해 놓은 것이 단군신화라고 한다. 단군신화에 나오는 범과 호랑이 이야기를 살펴보자.

"곰 한 마리와 범 한 마리가 같은 동굴에 살고 있으면서 늘 신(神)인 환웅

천왕에게 "사람이 되게 해 주십시오." 하고 빌었다. 그러자 환웅은 신비한 쑥 한 다발과 마늘 스무 뿌리를 주면서 말했다. "너희들은 이것을 먹어라. 그리고 백 일 동안 햇빛을 보지 않으면 곧 사람이 될 것이다."라고 말했다. 곰과 범은 그것을 얻어서 먹으며 햇빛을 보지 않고 굴 속에서 살았다. 그러기를 21일 동안 했더니 곰은 여자의 몸이 되었다. 그러나 범은 그것을 참아내지 못해 사람의 몸이 되지 못했다. 여자의 몸이 된 웅녀는 혼인할 짝이 없었으므로 신단수 아래에서 주문을 외우며 아기를 가지게 해달라고 빌었다. 이를 본 환웅은 잠깐 둔갑해 웅녀와 혼인을 했다. 그 후 웅녀는 임신을 하여 아이를 낳았는데 그에게 배달임금이라 이름 붙였다"(단군신화 중에서).

호랑이는 산중영웅(山中英雄)이요, 백수의 왕이다. 빠른 몸놀림, 빼어난 지혜와 늠름한 기품이 있다. 카리스마가 강하고 파워풀한 리더의 전형을 들라면 아마 호랑이 모습이 떠오를 것이다. 반면 곰의 리더십은 어떠한가? 곰은 호랑이만큼 빠르거나 똑똑해 보이지도 않는다. 육중하고 튼튼한 몸집이 다소 우둔해 보이지만 실상은 영리한 동물이다.

이 교수는 곰의 리더십을 '따뜻한 마음'과 '큰 귀(경청)'로 정의했다. 잔재주를 부릴 줄 모르는 따뜻한 마음─인간미를 갖춘 리더, '나도 살고 너도 살기'를 통해 상생을 추구하는 리더, 똑똑한 '난 사람'보다는 너그러운 '된 사람'이라는 평을 받는 리더, 이러한 리더가 바로 따뜻한 마음(仁義禮智의 품성)을 갖춘 리더가 아닐까? 이러한 리더가 남의 이야기를 잘 들어주는 경청의 자세를 갖출 때, 이것을 바로 곰 리더십이라 정의해 본다.

삼성을 창업한 호암 이병철 선생은 성공의 요체를 운(運), 둔(鈍), 근(根)에 두었다.

"자고로 성공에는 세 가지 요체가 있다고 말한다. 운, 둔, 근이 바로 그것이다. 사람은 능력 하나만으로 성공하게 되는 게 아니다. 운을 잘 타고나야 하는 법이다. 때를 잘 만나야 하고, 사람을 잘 만나야 한다는 뜻이다.

그러나 운을 놓치지 않고 운을 잘 타고 나가려면 역시 운이 다가오기를 기다리는 일종의 둔한 맛이 있어야 하고, 운이 트일 때까지 버티어 나가는 끈기라고 할까, 굳은 신념이 있어야 하는 것이다. 근과 둔이 따르지 않을 때에는 아무리 좋은 운이라도 놓치고 말기 일쑤이다"(1972년 이병철 회장 어록).

거기에 더해 호암 선생은 '경청'을 매우 강조했다.

"경영자는 남의 충고를 귀담아 들을 줄 알아야 한다. 남의 이야기를 경청하며 참고할 줄 알아야 발전이 있다. 남의 충고를 무시하고 자기 고집대로 하다가 회사와 자기 자신을 망치는 경우가 있다. 특히 각 사는 고문단을 잘 활용하라"(1979년 12월 20일 정례사장단회의에서).

운(運), 둔(鈍), 근(根) 그리고 경청, 이것이 삼성의 리더십 근간을 이루는 것이다. 바로 '곰' 리더십이다. 그래서 그런지 삼성의 CEO들은 곰의 모습을 닮은 리더가 많다.

세계 초일류기업의 리더십은 또 어떠한가? 『좋은 기업을 넘어 위대한 기업으로(Good to great)』의 저자 짐 콜린스(Jim Collins)는 위대한 기업을 만든 리더들의 리더십을 '레벨 5 리더십'이라 정의했다.

"그저 그런 회사를 위대한 회사로 전환시키는 데 필요한 리더십의 유형을 발견하고 콜린스팀은 정말 충격을 받았다. 신문지상에 헤드라인을 장식하며 명사가 되는 대단한 개성을 가진 리더들과 비교하면 Good to great의 리더들은 마치 화성에서 온 사람들 같았다. 나서지 않고 조용하며 조심스럽고 심지어 부끄럼까지 타는 이 리더들은 '개인적 겸양'과 '직업적 의지'의 역설적인 융합물이었다. 그들은 패튼이나 시저보다 링컨이나 소크라테스에 더 가까웠다"(짐 콜린스의 저서 『좋은 기업을 넘어 위대한 기업으로』에서).

짐 콜린스의 5단계 리더십 유형을 보면 다음과 같다.

Level 1 리더십은 '능력이 뛰어난 개인' 수준이다.

Level 2 리더십은 집단의 목표달성을 위해 개인의 능력을 바치며 구성된 집단에서 다른 사람들과 효율적으로 일하는 '합심하는 팀원' 수준이다.

Level 3 리더십은 이미 결정된 목표를 효율적으로 추구할 수 있는 방향으로 사람과 자원을 조직화하는 '역량 있는 관리자'이다.

Level 4 리더십은 저항할 수 없는 분명한 비전에 대한 책임의식을 촉구하고 그것을 정력적으로 추구하게 하며, 보다 높은 성취 기준을 자극하는 '유능한 리더'이다.

Level 5 리더십은 '개인적 겸양'과 '직업적 의지'의 결합을 구현하고 있다. 겸손하고 말에 신중하며 나서기를 자제한다. 지속적 성과를 추구하는 성취 욕구에 의해 광적으로 일을 추진하며 회사의 발전을 위해서는 어떠한 난관도 극복한다는 결의를 가지고 있다. 성공했을 때 공로를 자신보다 주변의 요인으로 돌리고 실패했을 때 스스로 자책하고 전적으로 책임을 진다.

호랑이 리더십이 Level 4 정도 된다면 곰의 리더십은 Level 5가 되지 않을까? Level 5의 리더십, 곰의 리더십…, 지금 우리나라는 이러한 리더를 갈구하고 있다. 마치 곰이 마늘과 쑥을 먹으며 인고(忍苦)의 시간을 견디어 성공했듯이 다음 리더는 또 그렇게 해서 태어날 것이다. 또한 성공한 리더도 결코 곰의 '쓴맛'을 잊어서는 안 될 것이다. '쓴맛'을 잊고 성공의 '단맛'에 도취되는 순간, 그 조직은 바로 위기의 시작이 아닐까?

13. 따뜻한 의리(義理)

• • •

오늘날 세계를 지배하고 있는 현대사회의 이념은 서구 근대사회의 합리주의 정신이다. 합리주의 사상에는 물질과 정신, 개인과 집단, 인간과 자연 등의 상이한 두 가치와 이념에 대해 분석적이고 대립적으로 보는 시각이 지배적이다.

이러한 이분법적 사고에 의한 합리주의는 물질의 풍요와 인류의 복지에 상당한 기여를 했지만 사회적 갈등과 투쟁의 문제를 야기시켰다. 도덕성을 약화시키고 가치관의 혼란과 함께 인간의 존엄성이 상실되었다. 향락을 추구하는 퇴폐풍조, 상대적 빈곤의식에서 오는 적대감, 물질을 획득하기 위해 자행되는 사회비리 그리고 지나친 개인주의와 환경 파괴 등 부작용이 나타나게 되었다.

그러면 이에 대한 대안은 무엇인가? 어떤 철학자들은 한국인의 '의리 정신'이 그 대안이 될 수 있다고 주장한다. 「겨울연가」, 「대장금」 등 한류(韓流) 드라마가 전 세계인의 사랑을 받고 있다. 일본인이나 중국인, 서구인이 이 드라마를 좋아하는 것은 바로 그들이 잃어버린 '따뜻한 의리 (義理)' 정신을 거기서 찾았기 때문이라고 한다.

「대장금」은 남존여비의 봉건적 체제에서 천민의 신분으로 무서운 집념과 의지로 궁중 최고의 요리사가 되고 우여곡절 끝에 조선 최고의 의녀가 되어 임금의 주치의가 되는 과정을 그리고 있다. 장금(주인공)과 민정호(장금 연인)의 '따뜻한 의리', 임금과 장금 간의 신분을 초월한 '따뜻한 의리', 궁중 내 무수리, 나인, 상궁, 내시, 금군 병사들의 애환과 갈등

속에서 보여주는 따뜻한 이야기가 많은 이들에게 감동을 주고 있다.

「겨울연가」 역시 준상(남주인공), 유진(여주인공), 상혁 그리고 준상을 닮은 민형, 첫사랑의 운명에 묶인 이 세 남녀의 따뜻한 사랑 이야기이다. 한결같이 믿어주고 사랑해주는 친구들 간의 '따뜻한 의리', 아무리 미워하고 원망하더라도 결국 기대어 설 곳은 가족뿐이라는 가족 간의 '따뜻한 의리', 삶에 지친 이들의 가슴 한구석에 묻혀 있는 따뜻한 사랑과 우정을 아름답게 그려내고 있다. 따뜻한 의리는 불의와 타협하지 않는 절개와 지조를 지키면서 상대방을 변함없이 이해하고 사랑하고 화목하는 것이다.

한국인이 가장 좋아하는 고전이 「춘향전」이라면, 일본인이 가장 좋아하는 최고의 고전은 단연 「주신쿠라(충신장)」이다. 「춘향전」은 천한 신분의 성춘향과 양반 자제 이몽룡의 사랑이야기로, 변사또의 압력에도 절개를 굽히지 않는 춘향과 끝까지 약속을 지키는 이몽룡의 '따뜻한 의리'를 묘사한 한국 고전의 정형을 보여주고 있다. 「주신쿠라」는 1701년 에도시대에 억울하게 죽임을 당한 주군을 위해 복수를 하는 46인의 낭인들 이야기다. 명예와 의리를 지키기 위해 처절하게 복수하고 46인 모두 할복으로 끝을 맺는 '차가운 의리'를 보여주고 있다.

한국인의 의리정신이 한(恨)을 안으로 푸는 과정이라면, 일본인의 의리정신은 원(怨)을 밖으로 갚는 과정이라고 말하기도 한다. 인간의 본성이 착하다는 성선론을 바탕으로 인의(仁義)를 중시하고 자신의 내면에 있는 착함을 찾기 위해 수양론을 강조하는 공맹(공자와 맹자)의 한국 유학과 인간의 본성이 착하지 못하기 때문에 인위적으로 고치도록 다스려야 한다는 공순(공자와 순자)의 일본 유학의 차이가 이렇게 다르게 나타난 듯하다.

사회생활을 하다 보면 이런저런 모임이 몇 개씩은 있게 마련이다. 초, 중, 고, 대학의 동창모임을 비롯해 사회에서의 여러 모임을 갖게 된다.

필자의 경우 신입사원 시절 함께 일했던 동료, 상사분 15분과 모임을 갖고 있는데 그게 벌써 수십 년이 됐다. 이제는 모두 현역에서 은퇴해 노인들이 되어 있지만 몸 담았던 회사를 사랑하고 상사와 부하로서 맺었던 인연을 소중히 여기고 평생 동지로서 기쁨과 슬픔을 함께 할 수 있었던 것은 바로 이 '따뜻한 의리' 정신이 있었기 때문일 것이다.

의리로써 복수하는 '차가운 의리'가 아닌, 의리로써 화목하는 '따뜻한 의리'가 바로 21세기 리더십의 핵심 코드가 되지 않을까?

14. 정주영의 구두

• • •

현대그룹을 창업한 고 정주영 회장은 한국의 대표적인 기업가 중 한 분이다. 우리나라에서 제일 가는 부자였던 그는 어떠한 생활을 했을까? 그가 입고 다니는 옷은 춘추복 한 벌로 겨울에는 양복 안에 내의를 입고 지냈으며, 등산 바지는 재봉틀로 깁고 기운 지게꾼 바지와 다름없었다. 그는 구두가 닳는 것을 막으려고 굽에 징을 박아 신고 다녔다. 계속 굽을 갈아가며 같은 디자인의 세 켤레 구두를 30년이 넘게 신었다. 그가 세상을 떠나고 유물 중에 구두가 공개 되었는데 아뿔싸! 구두 양쪽 엄지발톱 위치에 각각 구멍이 나 있었다.

30년 이상 살아온 청운동 자택 거실의 가구들을 보면 그의 근검절약이 어느 정도인지 실감할 수 있다. 거실 소파의 가죽은 20년 이상 쓴 것으로 헤져서 허옇고 의자와 테이블의 목재는 칠이 벗겨져 있고 수리한 자국을 여기저기서 볼 수 있었다. 그 흔한 그림이나 장식품도 없었다. TV는 요즘 흔히 볼 수 있는 대형 브라운관이 아닌 17인치 소형이었다. 과연 이곳이 대한민국 최고 재벌의 거실인가 의아해질 정도였다고 한다.

그는 그렇게 많은 돈을 가지고 있으면서도 어떻게 그런 구차한(?) 생활을 했을까? 타고난 그의 근검 절약정신이 몸에 배서 그렇겠구나, 생각을 하면서도 결코 그 이유만은 아니었을 것이라는 생각이 든다. 그가 구두에 쇠를 박고 다녔어도 결코 구두쇠는 아니었다. 서면 앉고 싶고, 앉으면 눕고 싶은 것이 보통 사람들의 심리이다. 돈이 많다 보면 쓰임새가 커지고, 그러다 보면 사치하게 되고, 사치스런 생활을 하다 보면 게을러지고, 더 심하면 방탕한 생활을 하기가 일쑤다. 정주영의 이러한 근검 절약의 청교도적 삶은 바로 기업가정신의 초심을 잃지 않으려는 '소금'이자 '방패막'이었으리라!

인생은 참는 것의 연속이다. 참음에는 두 단계가 있다. 첫째는 '춥고 배고플 때의 참음'이요, 둘째는 '덥고 배부를 때의 참음'이다. 단군신화에 나오는 마늘과 쑥만 먹고 동굴 속에서 햇볕도 보지 않고 참아낸 곰의 인내심, 고사성어에 나오는 '와신상담(臥薪嘗膽)'처럼 쓰디쓴 곰의 쓸개를 핥으며 때를 기다리는 참음, 이것은 춥고 배고플 때의 참음이다. 그러나 더 어려운 것은 아마도 두 번째 단계인 '덥고 배부를 때의 참음'이 아닐까? 물질은 풍족한데 먹고 싶은 것 먹지 않고, 입고 싶은 것 입지 않고, 갖고 싶은 것 갖지 않는 것이 어디 쉬운 일이겠는가?

"인내는 쓰나 그 열매는 달다"는 금언도 있다. 단맛에 도취되어 쓴맛을 잊어버리면 더 큰 쓴맛을 당하게 된다. 악마의 유혹은 달콤하기 그지없다. 달콤함에 취해 곰의 쓰디쓴 참음을 잊어버릴 때 인간의 정신은 녹슬어 가는 것이다. 정주영 회장은 근검절약을 생활화함으로써 그의 부(富)가 그의 정신을 황폐화시키지 못하도록 자신을 지켰던 것이다.

15. 비룡(飛龍)은 대인(大人)을 찾아라

• • •

주역의 64가지 인생길(괘) 중 첫 번째가 건(乾)괘이다. 건괘에는 인생을 여섯 마리 용(龍)에 비유해 설명하고 있는데, 잠룡(潛龍)에서부터 시작해 비룡(飛龍), 항룡(亢龍)까지 있다. 그중에 비룡은 다섯 번째 단계의 용으로 인생에서는 황금기인 50대~60대초, 학교에서는 교장(총장), 회사에서는 사장, 나라에서는 대통령과 같은 막강한 권한과 책임을 가지고 있는 자리에 있는 사람을 뜻한다.

『주역』은 말한다. "비룡(飛龍)은 재천(在天)이니 이견대인(利見大人)이니라." "나는 용은 하늘에 있으니 대인(大人)을 보는 것이 이롭다"는 뜻이다.

조직의 최고의 장(長)에 오른 사람에게 가장 중요한 것이 무엇인가? 당연히 사람이다. 조직 전체를 이끌어가는 것은 혼자의 힘으로는 불가능하다. 선생은 우수한 제자를 만나야 하고, 사장은 우수한 부하를 만나야 하며 임금은 훌륭한 신하를 만나야 한다. 유비에게는 제갈공명이, 세종대왕에게는 황희 정승이 이에 해당된다.

이건희 회장이 천재경영을 주창하고 우수인재 확보를 사장 평가의 최우선 지표로 삼은 것은 바로 이런 연유에서일 것이다. 이병철 회장도 "내 일생을 통해 80%는 인재를 모으고 교육시키는 데 시간을 보냈다"고 말했다. 그런데 높은 자리에 있다 보면 대인(大人)을 보기보다는 소인 사이에 둘러싸이기 십상이다. 그것이 권력의 속성이 아니겠는가! 대인(大人)을 만나려면 먼저 본인이 대인(大人)이 되어야 되는 법. 공자께서는 말씀하셨다.

같은 소리는 서로 응하고 같은 기(氣)는 서로 구한다. 구름은 용을 따르고 바람은 범을 따른다. 각기 자기와 같은 무리를 따르기 때문이다. 그러므로 대저 대인(大人)은 천지(天地)와 그 덕을 함께하고, 일월(日月)과 그 밝음을 함께하며, 사시(四時)와 그 순서를 함께하고, 신(神)과 길흉(吉凶)을 함께한다.

모름지기 책임 있는 자리에 있는 사람은 먼저 자신의 도량을 키워 순리에 따르고 자나깨나, 앉으나 서나 오로지 큰 사람을 생각하는 것이 만고의 진리(眞理)가 아닐까? 소인(小人)은 스스로 찾아오지만 대인(大人)을 만나려면 대인을 찾아가야 한다. 유비가 삼고초려하여 제갈공명을 만났듯이 오늘날 슈퍼급, S급 인재도 가만히 있으면 오지 않고 직접 찾아가야 구할 수 있는 것이며, 이 점 또한 예나 지금이나 다를 것이 없다!

16. 불같은 사랑, 물같은 사랑

• • •

사랑을 표현하는 글자는 두 가지가 있다. 애인(愛人), 애장품 등 '아낀 다'의 의미가 담긴 '사랑 애(愛)'와 자애롭다, 인자(仁慈)하다 할 때의 '베 풀다'의 의미가 담긴 '사랑 자(慈)'가 그것이다.

자(慈)는 마치 물이 계속 불어나듯 아낌없이 베푼다는 뜻이 들어 있어 보다 큰 사랑이라고 할 수 있다. 애(愛)가 불과 같은 사랑이라면 자(慈)는 물과 같은 사랑이라고 할까?

부모가 자식을 사랑하고, 자식이 부모님께 효도하는 것이 큰 사랑의 출발점이다. 상사가 부하에게 은혜를 베풀고, 부하가 상사에게 충성하 는 것, 스승이 제자에게 덕을 베풀고, 제자가 스승을 삼가 받드는 것, 부 부간에 서로 화목하고 순종하는 것, 어른이 아이에게 부드럽게 대하고 아이가 어른을 공경하는 것, 친구 간에 서로 사랑하고 믿어 주는 것, 이 런 것이 우리 일상생활 속에서 지켜지는 물과 같은 사랑(慈)이다.

유가의 인(仁), 불가의 자비, 기독교의 사랑…, 이 모든 것을 포용한 것 이 바로 원자(圓慈)정신이다. 정치인은 진정으로 국민을 사랑하는 마음을 가지고 있을 때 올바른 정치를 할 수 있고, 기업인은 진정으로 고객을 사 랑하는 마음을 가지고 있을 때 올바른 경영을 할 수 있으며, 교사는 진정 으로 학생을 사랑하는 마음을 가지고 있을 때 올바른 교육을 시킬 수 있 고, 의사는 진정으로 환자를 사랑하는 마음을 가지고 있을 때 올바른 치 료를 할 수 있다.

누가, 무슨 일을 하든 그 일이 성공하기 위해서는 반드시 그 일을 사랑해야 하고 그 사람을 사랑해야 한다. 역사적으로 위대한 성취를 이룬 분들은 한결같이 그 사람을 사랑하였다. 세종대왕이 성군의 반열에 든 것은 바로 백성을 불쌍히 여겼기 때문이며, 황희 정승 역시 세종조에 모든 백성의 존경을 받은 것은 바로 백성이 나라의 근본이라는 민본(民本) 철학을 바탕으로 선정을 베풀었기 때문이다. 불굴의 신념으로 온갖 역경을 헤치고 나라를 구한 이순신 장군의 힘은 칼끝이 아닌 백성을 사랑하는 따뜻한 마음에서 나왔다. 그래서 후세 사람들은 그를 단순히 전쟁 영웅이 아닌 성웅(聖雄)으로 추앙한다.

소설 『불씨』의 주인공으로 240여 년 전 파탄 직전의 요네자와라는 번(일종의 봉건국가)을 개혁시켜 일본 최고의 번으로 만든 우에스키 요잔의 이야기는 많은 이들에게 감동을 준다. 그는 "백성을 위하여 존재하는 번주(왕)이어야 하고, 번주를 위하여 백성이 존재해서는 안 된다"는 확고한 민본철학으로 기득권자의 저항 등 숱한 난관을 이겨내고 개혁을 완수했다. 개혁은 무지막지한 칼날로 이루는 것이 아니고 진정으로 백성을 사랑하는 마음과 신뢰를 통해 이룰 수 있다는 교훈을 남겼다.

국민의(of the people), 국민에 의한(by the people), 국민을 위한(for the people) 정부를 주창한 링컨 대통령의 게티스버그연설은 단 2분, 총 266단어에 불과하지만 그 간결성과 간명성, 그리고 감동적 효과 때문에, 이 연설이 미국 역사를 지탱한 원칙과 비전의 원천이 되었다. 요즈음 기업에서 강조하는 '고객만족, 고객감동, 고객사랑'도 따지고 보면 이와 같은 민본철학과 일맥상통하다. 우리나라, 일본, 미국을 막론하고 동서고금이 모두 같다.

오늘날 삼성 도약의 기틀이 된 삼성 신경영의 기본철학은 이건희 회장의 인간존중 사상이었다. 이건희 회장이 생각하고, 고민하고, 지시하고, 챙기는 90% 이상은 고객, 종업원, 협력업체 그리고 사회공헌활동에 관한 것이었다. 그래서 신경영 실천사무국에서는 매년 그룹 각사의 고객만족도(CSI), 종업원 만족도(ESI), 협력업체 만족도(FSI) 등을 정기적으로 조사해 보고하고 평가에 반영했다.

갈등과 혼돈의 시대, 지금 이 시대가 진정으로 요구하는 것은 사랑이다. 물같은 사랑, 원자(圓慈)정신이다. 사랑 없는 정치, 사랑 없는 교육, 사랑 없는 경영, 사랑 없는 리더십…, 우리는 이런 것 때문에 너무 힘들게 살아가고 있다.

사랑은 긍정적인 에너지의 불씨를 사람들의 가슴에 전하는 것이다. 사랑하는 마음을 가지고 사람을 대하면 내 마음도 한결 기쁘고 즐거워진다. 가까이 있는 내 가족, 동료, 이웃들부터 사랑하자! '무심하면 못사나니' 무심한 마음을 떨쳐버리고 사랑하자! 불같은 사랑이야 타고 나면 재만 남지만, 물같은 사랑은 흘러흘러 강이 되고 바다가 된다. 그 하해(河海)와 같은 원자(圓慈)의 품속에서 서로 서로 사랑하며 살아가자!

17. 이건희와 스티브 잡스
-성선설 리더와 성악설 리더

• • •

인간의 본성은 착한 것인가, 악한 것인가? 어느 관점에서 인간을 바라보느냐에 따라 리더십에도 크게 차이가 난다.

맹자(BC 372~BC 289)는 인간의 본성이 선하다고 주장했다. 사람에게는 "남에게 차마 하지 못하는 마음(不忍人之心)"이 있다는 것이다. 이 마음이 작게는 우물 속으로 들어가려는 아이를 구하고, 크게는 사해의 백성들도 구할 수 있다고 했다. "따라서 인의예지(仁義禮智)는 하늘이 나에게 부여한 것(我固有之)이며 사람이 모두 가지고 있는 것(人皆有之)으로 이는 배우지 않아도 아는 양지(良知)와 배우지 않아도 할 수 있는 양능(良能)이다. 따라서 본성으로 주어진 양지와 양능을 확충시켜 나가면 덕을 이룰 수 있다. 이것은 자주적이고 자발적인 것으로 온전히 자기에게 달린 것이지만, 그럼에도 구해야 하는 이유는 내버려두면 잃어버리기 때문이다"(『孟子』〈盡心章句上〉). 맹자의 이 사상은 왕도정치로 발전했다.

순자(BC 313~BC 238)는 "인간의 본성은 악하다. 그것이 선함은 인위적으로 된 것이다"라고 말했다(『荀子』〈性惡〉). 순자는 인간은 나면서부터 이익을 추구하는 존재이기 때문에 그대로 둘 경우 시기와 다툼으로 서로를 해친다고 여겼다. 따라서 교육을 통해 잘못된 것을 하나하나 교정할 것을 주장했다. 교정을 위해 그가 강조한 것은 '스승의 교화'와 '예의와 법'이었다.

맹자가 하늘이 내 안에 있다고 믿는 반면, 순자는 하늘과 사람의 직분을 구별함으로써 전통적인 천(天)사상을 거부했다. 하늘은 사람의 행위나 일에 관계없이 일정하게 운행되며, 사람이 이를 호응해 잘 다스리면 길하고 다스리지 못하면 흉한 것으로 본 것이다. 순자의 이 사상은 한비자의 법가사상, 패도정치(霸道政治)로 발전했다.

맹자의 성선설을 따르는 나라가 바로 우리나라이고, 순자의 성악설을 이어받은 나라가 일본이다. 원죄를 바탕으로 하는 서구 기독교사회도 성악설 사회라고 말할 수 있다. 한국 사회가 너와 내가 하나됨을 강조하고, 인자(仁者)를 좋아하며, 의리 도덕을 중시하고, 형이상학적인 종교도덕, 인문과학이 발달된 것은 이 맹자의 성선설을 따른 결과일 것이다. 일본 사회가 나누려는 것, 즉 분별성을 강조하고, 지자(知者)를 좋아하며, 이익과 규칙을 중시하고, 현실주의적이고 형이하학적인 사회과학과 실용과학이 발달한 이유를 바로 순자의 성악설에 바탕을 둔 결과라고 학자들은 이야기한다.

지도자들은 어떠한가? 성선설에 입각한 왕도정치의 대표적인 지도자가 한국의 세종대왕이라면, 성악설에 입각한 패도정치의 지도자들은 일본의 막부시대 무사들이라 할 수 있다. 서구사회 대부분의 지도자들도 이 패도정치의 지도자들이 많음을 알 수 있다.

성악설 리더가 '악을 퇴치'하는 데 역점을 둔다면, 성선설 리더는 '선을 고양'하는 데 더 역점을 둔다(본인의 선악과는 관계없이). 대체로 보면 난세의 영웅들이 '성악설 리더' 성향이 많다면, 태평성대를 만들어 가는 지도자들 속에 '성선설 리더'들이 많다. 인류는 지난 수천 년 동안 서로 싸워서 이기는 쪽이 선이 되는 약육강식의 시대, 상극의 시대를 살아 왔다. 왕도보다는 패도가, 성선설 리더보다는 성악설 리더들이 훨씬 더 많이 나왔다.

나는 오늘날 성악설 경영자의 대표로 애플의 스티브 잡스를 들고 싶다. 그의 공식 자서전인 월트 아이작슨의 저서에 나타난 스티브 잡스의 면모를 살펴보자.

"스티브 잡스(1955~2011)는 애플을 창업한 미국의 대표적인 경영자다. 그는 독일계 미국인 아버지와 시리아 출신의 어머니 사이에서 태어났다. 출생과 함께 부모로부터 버림을 받아, 잡스가에 입양되었다. 고등학교 때 마리화나를 피우기도 했고, 히피음악에 깊이 빠져들기도 했다. 다니던 리드대학을 스스로 중퇴하고, 1976년 컴퓨터업체 애플을 자신이 사는 집 차고에서 창업했다.

그는 "6개 산업부문에서 놀라운 혁명을 일으킨 창조적 기업가, 기술과의 의사소통방식을 바꾼 미디어 혁명가, 기술과 인문학을 결합시킨 디지털 철학자 그리고 무엇보다도 끝없는 열정에 미친 남자"라는 찬사를 받는다.

그의 성격은 냉철하고 완벽주의자였다. 그는 늘 이분법적 사고를 갖고 살았다. 사람을 대할 때 영웅 아니면 얼간이, 사상 최고 아니면 쓰레기, 깨달은 사람 아니면 멍청한 놈, 그래서 그에게는 타협도 융화도, 인정도, 의리도 없었다. 항상 주변 사람을 긴장시키고 괴롭혔으며 오만한 독재자였다. 그는 악마의 조정을 받는 사람처럼 독한 면을 드러냈다. 그는 이러한 성격 때문에 그가 창업한 애플에서 쫓겨나기도 했다.

잡스는 "좋은 예술가는 모방하고 위대한 예술가는 훔친다. 해군이 되느니 해적이 되라"고 했다. 그래서 맥팀은 그들을 상징하는 깃발을 해적기로 했다. 검은 천 조각에 해골을 그리고 해골의 한쪽 눈에 붙인 안대에는 애플 로고를 집어넣었다.

"그는 레이저로 쏘듯 사람들의 눈을 응시했고, 그러면서 눈 한번 깜박이지 않았어요. 그럴 때면 그가 청산가리를 탄 음료수를 내놓아도 아마 그냥 마실 걸요"(스티브 잡스 전기에서).

이런 내용으로 보아 아마 그는 인간을 대할 때 그 본성이 악하다는 성악설에 입각한 리더십을 발휘한 게 아닌가 하는 생각이 든다.

오늘날 성선설 리더십의 대표적 경영자로 나는 이건희 회장을 꼽고 싶다. 한국경제신문사가 펴낸 홍하상의 『이건희』에 나타난 그의 면모를 살펴보자.

"이건희는 1942년 이병철의 3남 5녀 중 7번째, 남자로는 3남으로 태어났다. 유교적인 엄격한 가정에서 자랐고, 초등학교 5학년 때 일본으로 보내져 친구도 없고, 부모의 도움도 받지 못한 채 외로운 객지생활을 해야만 했다. 성격이 내성적이고 부끄러움을 잘 타 남에게 나서길 싫어해 혼자 영화관에 가서 보내는 시간이 많았다. 유학시절 3년 동안 무려 1,200~1,300여 편의 영화를 보았다. 어른이 되어서도 영화 및 TV 다큐멘터리를 즐겨 봤고, 한때 1만여 개의 비디오를 가지고 있을 정도였다. 서울사대부고 시절에는 2학년 말까지 레슬링 선수로 활약했다. 성인이 되어서는 골프, 승마, 테니스 등을 좋아했다.

대학은 일본 와세다대학에서 수학했으며, 미국으로 건너가 조지워싱턴 대학원에서 경제학과 매스컴학을 공부했다.

1968년 27세 때 동양방송 이사로 첫 직장생활을 하게 되며, 1979년 그룹 부회장으로 승진해 후계자 수업을 받게 된다. 1987년 11월 19일 이병철 회장이 타계하자, 그해 12월 1일 46세 나이로 삼성그룹 회장으로 취임했다.

그룹 회장이 된 후, 삼성을 국내 일류기업에서 세계 초일류 기업으로 변모시켜 영국 『파이낸셜타임즈』(2004)는 그를 '21세기 가장 존경받는 CEO'로 선정(21st most admired CEO)했고, 미국 『타임』지(2005)는 '세계를 이끄는 100명'에 선정(World's 100 people)했다.

말은 많이 하지 않고 눌변이며 남의 이야기를 잘 듣는다. 하지만 이야기에 몰입하면 매사를 조목조목 짚어가며 논리를 전개한다. 한번 자신의 생각을 개진하기 시작하면 꼬박 몇 시간 동안 이어진다. 성격은 느리지도 급하지도 않다. 엄격하지만 빈틈없는 성격은 선대 이병철 회장을 닮았다는 평이다. 굉장히 부드러운 면도 있고 고등학교 시절 남 몰래 가난한 동급생 등록금을 대신 내준 적도 있었다.

키는 170cm, 혈액형은 AB형이다. 좌우명은 '사필귀정'과 '경청'이며 주량은 포도주 한 잔이다. 술집은 1년에 두세 차례 가나 거의 마시지 않는다. 노래 또한 거의 하지 않는다. 그러나 주현미 노래를 좋아한다. 라면, 김치찌개, 된장찌개를 좋아한다.

경영의 특징으로 인재중시경영, 책임과 권한 동시 부여, 과감한 투자결정, 초일류를 향한 강한 승부욕, 기술의 깊이와 발전방향을 알고 대처하며, 디자인에 대한 감각이 탁월하다, 무슨 일이든 앞서서 대비한다. 사원 복지에 최선을 다한다, 신상필벌과 성과 보상주의를 분명히 한다."

이건희 회장이 가장 강조하는 것은 "인간미, 도덕성, 예의범절, 에티켓"이다. 그는 이것을 '삼성헌법 1조'라고 부른다. 회장이 바뀌더라도 변함없이, 영원히 가져가야 할 가치임을 강조한 것이다. 그는 기업을 통해 인류사회에 공헌한다는 굳은 믿음을 가지고 있으며 "사회공헌이 최고의 미덕이며 본인의 경영이상이다"라고 취임사에서 천명한 바 있다.

그러면 스티브 잡스와 이건희 회장은 무엇이 다른가? 탁월함을 추구하는 것, 과단성, 맹렬함, 집중력, 승부욕, 한번 붙잡으면 끝까지 파고드는 근성 등에서는 두 분이 모두 같다고 할 수 있다. 그러나 경영의 스타일은 전혀 다르다.

스티브 잡스가 소를 앞에서 끌고 간다면, 이건희 회장은 소를 뒤에서 몬다. 스티브 잡스는 혼자서 말하는 타입이고, 이 회장은 다른 사람의 의견을 잘 듣는 편이다. 스티브 잡스가 극과 극의 이분법적 사고를 한다면, 이 회장은 1석5조의 입체적 사고를 한다. 스티브 잡스가 파워풀한 무서운 호랑이라면, 이 회장은 겸손하면서도 영리하고 끈질긴 곰이다. 스티브 잡스는 '난사람'을 좋아하고, 이 회장은 '된사람'을 더 좋아한다.

누군가 잘 하거나 잘 못했을 때, 스티브 잡스는 신상필벌(信賞必罰)로 영웅 아니면 얼간이 취급을 한다면, 이 회장은 신상필상(信賞必賞)을 한다. 잘하는 사람은 파격적으로 대우하고, 실수를 저질러도 실수를 기록으로 남기는 사람은 오히려 상을 주라고 한다. 스티브 잡스가 '법대로' 하는 '차가운 의리'의 소유자라면, 이 회장은 '법보다는 도덕'을 중시하는 '따뜻한 의리'를 가진 사람이다. 스티브 잡스가 '이기는 경영자'가 되고자 한다면, 이 회장은 '존경받는 경영자'가 되고 싶어 한다.

우리 인간은 순수자연의 정수인 천성선령(天性善靈)을 가지고 태어났다. 그것을 영심(靈心)이라고도 하고, 내 안에 있는 부처, 자성존불(自性存佛)이라고도 한다. 신(神)이 각자의 마음속에 내재되어 있는 것이다. 내 안에 있는 이 심명(心明)이 무궁한 조화를 이루고 있다. 그런데 이 영심이 인간심에 가려서 제 기능을 발휘하지 못하고 있는 것이다. 그래서 "천성은 선령(善靈)이나 인성은 악성이다"라고 말한다. 이 인간악성을 반성청심해 천성선령을 찾는 것이 수양이다. '자성(自性)'은 바로 내 안의 착함을 찾는 것이요, '반성(反省)'은 내 안의 악함을 버리는 것이다.

지난날 성악설 리더들이 악함을 내치는 데 역점을 두었다고는 하나 진정한 자성반성 없이 악을 내치는 것은 또 다른 악을 기르는 결과가 될 뿐이다. 인간에 대한 불신을 바탕으로 하는 성악설 리더십은 또 다른 불신을 낳게 된다. 그러다 보니 성악설 리더의 뒤에는 반작용, 부작용, 역작용의 악순환이 이어졌다.

그러나 이제 우리는 서로 싸우지 않고도 모두 다 잘 살 수 있는 상생의 시대를 맞이했다. 새로운 도덕의 시대에 우리에게 진정 필요한 리더는 바로 성선설 리더가 아닐까? 인간이 갖고 있는 착한 본성을 인정하고 그 본성을 가리고 있는 인간악성을 자성반성을 통하여 닦아내고 착함을 찾아 가도록 인도하는 리더! 여기에서 신바람이 나고, 창의적 발상이 나오고, 너와 내가 한마음이 되는 화목동락의 세계가 오는 것이리라.

성악설 리더의 악순환을 성선설 리더의 선순환으로 바꾸어야만 태평성대가 올 것이다. 구사일생(九死一生)의 상극시대에 성악설 리더가 90%였다면, 구생일사(九生一死)의 상생시대에는 성선설 리더가 90% 되어야 하지 않을까 생각해본다.

성선설 리더든 성악설 리더든, 모름지기 지도자는 훌륭한 부하를 만나야 한다. 『주역』에 "비룡(飛龍)은 재천(在天)이니 이견대인(利見大人)이라" 했다. 하늘을 나는 용은 대인을 만나야 이롭다는 뜻이다. 성군 세종에게는 무려 23년간이나 정승직을 수행한 대인(大人) 황희(儒家)가 있었다. 뿐만 아니라 변계량[佛家], 맹사성[道家], 허조[法家], 정인지[人文], 정초[科學], 이순지[天文], 장영실[技術], 박연[音樂], 김종서[軍] 등 다양한 인재들이 세종을 보필했다.

삼성의 이건희 회장에게도 많은 인재들이 있다. 그 중에 대인(大人)은 과연 누구일까? 한때 이 회장은 측근에게 '양광(佯狂)'을 주문한 바 있다. 양광(佯狂)이란 대원군이 살아남기 위해 상갓집 개 노릇을 하듯, 미친 사람 행세를 하는 것을 의미한다. 자신의 권력을 자랑하지 말고 겸손하라는 충고였다. 그런데 그에게 진정 필요한 인재는 '미친 척'하는 사람이 아니라 진짜 그의 철학에 미친 사람이 아닐까?

이건희 회장의 경영철학은 21세기 새로운 인류 문명시대에 한국을 대표하고 세계에 내놓아도 자랑할 만한 풍부한 콘텐츠를 가지고 있다. 마이클 해머는 『아젠다』에서 "어떤 일에서든 성공이나 실패를 결정하는 진짜 문제가 본질적으로 기술적인 경우는 거의 없다. 사람과 문화의 문제가 대부분이다"라고 말했다. 바로 이 '사람과 문화'의 문제를 가장 중요시하는 경영자가 이건희 회장이다.

여기서 소개한 신경영 사례들은 어디까지나 10~20여 년 전 이야기들이다. 그 이후 세상도 많이 바뀌었고 삼성도 많이 변했을 것이다. 좋은 쪽으로 바뀌었으면 더없이 좋을 것이고, 나쁜 쪽으로 바뀌었으면 다시 신경영 정신의 원점으로 돌아가야 할 것이다.

강준만 교수가 『이건희 시대』에서 이 회장을 비판하면서도 역설적으로 "이건희학과 삼성학은 곧 '한국학'이다"라고 결론지었다. 이 장에서 소개한 내용들이 바로 그 '이건희학'과 '삼성학'을 연구하는 이들에게 자그마한 도움이 되기를 바란다. 그리고 삼성에서 일어난 '100마리째 원숭이 현상'이 삼성의 변화를 이루고, 대한민국의 밝은 미래, 나아가 인류사회에 널리 공헌하는 홍익인간의 이념이 실현되기를 간절히 기원해 본다.

수기지학

修己之學

제3장

자성반성

– 나의 인성을 높이기 위한 멘토링

오늘 반성, 내일 행복

1. 초목, 금수, 인간이 살아가는 법

• • •

생명이 있는 것에는 크게 초목과 금수와 인간이 있다. 이 세 가지는
어떻게 다른가?

인간과 사물이 본성적으로 차이가 있느냐 없느냐 하는 '인물성동이론
(人物性同異論)' 문제는 조선 성리학 논변의 3대 주제 가운데 하나라고 볼
수 있다. 그 핵심 내용을 인용해 보면 다음과 같다.

"본성에는 세 가지 등급이 있다. 초목의 본성에는 생명이 있으나 지각(覺)
이 없다. 금수의 본성에는 생명이 있는 위에 또한 지각이 있다. 우리 인간의
본성에는 생명과 지각이 있으면서 다시 영묘함(靈)이 있고 선함(善)이 있다"
(정약용, 『중용강의보』).

이 문제는 매우 중요한 의미를 갖는다. 왜냐하면 이 본성의 정의에 따라 삶의 법칙이 달라지기 때문이다. 우리의 일상생활에서 이 점을 관찰해 보자. 텃밭을 가꾸다 보면 날마다 쑥쑥 자라나는 자연의 생명력에 경이로움을 느낀다. "천지는 말씀이 없어도 대은혜로 살려주신다[天地無言大恩德生]"고 했는데, 천지에서는 음양조화로, 하늘에서는 햇볕과 비를 내려주고, 땅에서는 영양분을 공급하여 초목을 살려주신다. 상추며 쑥갓도 살려주고, 더불어 잡초도 똑같이 살려주신다. 잡초에도 왕성한 생명력이 있어 잠시라도 게을리해 놓아두면 무성하게 자라서 다른 채소에 피해를 주게 된다. 그래서 사람들은 채소를 보호하기 위해 텃밭의 잡초를 부지런히 매준다. 벌레도 잡아준다.

움직이지 못하는 채소는 사람이 잡초를 뽑아주고 벌레를 잡아 보호해 주지만, 살아 움직이는 동물의 세계에서는 지각기능이 주어져 있어 스스로 자신을 보호해야 한다. 살아남기 위해서는 약육강식의 경쟁법칙이 적용된다. 육상에는 개구리, 메뚜기, 독수리, 매, 여우, 호랑이, 사자 등 먹히고 먹는 육상 먹이사슬이 있다. 해상에도 각종 어류들의 해상 먹이사슬이 있다.

미꾸라지와 메기의 사례를 보자. 논에 미꾸라지를 키울 때 한쪽 논에는 미꾸라지만 넣고, 다른 한쪽엔 미꾸라지와 함께 메기를 넣어 키웠는데, 메기를 넣어 키운 쪽의 미꾸라지들이 훨씬 더 통통하게 살이 쪄 있었다고 한다. 그 미꾸라지들은 메기에 잡혀 먹히지 않으려고 항상 긴장한 상태에서 활발히 움직였기 때문에 더 많이 먹어야 했고, 그 결과 더 튼튼해질 수밖에 없었던 것이다. "안전하다고 생각되는 그 순간이 가장 위험하다"는 말처럼 미꾸라지를 괴롭힌 메기의 자극이 미꾸라지의 생명력을 키워준 것이다. 이와 같이 모든 금수는 서로 천적이 있고 천적끼리 서로를 경계하고 싸워가면서 자신의 생명을 보존해 나간다.

그렇다면 인간의 세계는 어떠한가? 인간과 동물의 차이는 착함을 지향하는 마음(道心)이나 착함을 지향하는 본성의 영묘함(性靈)이 있다는 데 있다. 기질(氣質)의 성(性)은 인간과 동물이 똑같이 지닌 것이지만, 본연(本然)의 성(性), 곧 도의의 성과 의리의 성은 인간만이 지닌 것이다. 눈으로 보고 귀로 듣고 혀로 핥는 감각기능이나 먹고 번식하고 편안하고자 하는 욕구는 동물과 인간이 똑같이 구비하고 있다. 인간이 동물과 다른 점이라고는 오로지 도덕성을 실현하고자 하는 마음 하나밖에 없다. 따라서 인간이 금수와 달리 인간답게 사는 길은 바로 도덕정신을 실천하는 데에 있다.

성훈의 말씀에 "사람에게 도덕과 예의와 법이 있노라. 도덕이 사람이요, 사람이 도덕인데 사람으로 어찌 도덕을 모르리요. 만일 도덕을 모른다면 금수보다 못하리라. 그러므로 사람은 사람이고 금수는 금수로다. 이때는 도덕을 행하여야 살 수 있고 도덕을 모르면 살 수 없으니, 정심정기로써 자체의 비애악기를 다 청소합시다"라고 밝혀주었다(『도덕경』).

사람과 금수의 다른 점을 분명히 밝혀준 것이다. 그럼에도 불구하고 오랫동안 인간세계를 지배해 온 패러다임은 동물의 세계 지배원리를 적용해 서로 상대방을 해치며 싸워 온 것이 아닐까? 동물의 세계 경쟁원리가 단순히 '힘에 의한 약육강식'이라면, 인간세계의 경쟁원리는 바로 '도덕정신에 바탕을 둔 상생상화(相生相和)'에 있다.

초목의 세계에는 '잡초와 벌레'가 있고, 금수의 세계에는 메기와 미꾸라지의 예화에서 보듯이 '천적'이 있고, 인간의 세계에는 선과 더불어 '악'이 있다. 잡초와 벌레는 제거하면 되고 천적은 힘으로 물리치거나 피하면 되지만, 악은 어떻게 제거해야 하는가?

금수에게는 도덕이 없고 선과 악도 없으며, 스스로 자성반성하는 기능이 없지만, 만물의 영장인 인간에게는 도덕이 있어 선과 악이 있고 착함을 찾아야만 잘 살 수 있는 오묘한 이치가 있는 것이다. 그 비애악기를 청소하는 길이 바로 자성반성법이다. 많은 선현이 금수와 사람의 차이점을 찾고 인간에게 도덕성이 있다는 것은 밝혀냈지만, 더 나아가 선화개악의 자성반성법은 찾지 못한 것 같다.

인간은 만물의 영장이요, 본성은 다 착한 것이니 고귀한 생명이요, 100점 인간들이다. 다만 요사한 악사기가 들어가 요동을 치니 그가 악할 뿐이리라. 나를 괴롭히는 요사한 악마기를 잡초요, 벌레요, 메기라고 부른다면, 그것이 비록 악일지라도 나의 착함을 찾아가는 '필요악'이 아니겠는가!

"하늘은 녹 없는 사람을 태어나게 하지 않았고[天不生無祿之人], 땅은 착하고 어진 종자를 키워 주신다[地化長善仁之種]"고 했다. 이 세상에 생명 있는 모든 것은 모두 다 제 나름대로의 역할과 사명을 가지고 태어났을 것이다. 사람에 있어서야 더할 나위가 있겠는가!

나를 괴롭히는 금수와 같다고 생각한 인간도 본성은 착한데 악사기에 씌어서 그렇게 된 것이니 측은하게 생각하고 용서하자는 마음이 들지 않는가! 그래서 죄는 미워해도 사람은 미워하지 말라는 말이 나왔는가 보다. 요사한 악마기는 기생충과도 같은 것으로, 기생충이 더러운 곳을 좋아하듯 악마기도 미움과 원망 등 인간의 부정적 마음에 전염하고 기생한다. 따라서 내가 그에게 잡혀 먹히지 않도록 미운 마음을 버리고 부정사언을 하거나 듣지도 말며 단단히 마음 단속만 잘하면 되지 그 사람을 내치려고 하지 말라는 것이다.

미움은 미움을 낳고, 폭력은 폭력을 낳고, 악은 또 다른 악을 낳는다. 악으로써 다른 악을 내칠 수는 없다. "착하게 행하면 착함이 오고 명기(明氣), 악하게 행하면 악함이 오고 초기(焦氣)" 이것이 바로 새로운 상대성원리이다.

"정도행도처(正道行到處) 요사기자멸(妖邪氣自滅)"이라고 했다. 요사기는 내친다고 나가는 것이 아니요, 죽인다고 죽는 것이 아니다. 내가 둥근 마음으로 정도가 되었을 때 사필귀정으로 스스로 물러간다는 고귀한 말씀을 깊이 음미해 본다. "사불범정(邪不犯正) 요사자멸(妖邪自滅) 정사구별(正邪區別) 사필귀정(事必歸正)"이다.

2. 위대한 자성반성법

. . .

사람들이 하루에 얼마나 많은 생각을 하며 살고 있을까? 어느 심리학
자의 분석에 의하면, 대략 하루에 5만 가지 생각을 한다고 한다. 우리말
에 "오만가지 생각이 다 난다"는 말이 있는데, 이 뜻이 바로 온갖 잡생각
이 다 난다는 뜻이다. 더 놀라운 사실은, 5만 가지 생각 중 많은 사람이
90% 이상 부정적인 생각을 한다는 것이다.

잘 될 것이라는 믿음보다는 잘 안 될 것이라는 생각, 감사하는 마음보
다는 불평하는 마음, 만족하는 마음보다는 불만족스러운 마음, 존경하
는 마음보다는 무시하고 시기 질투하는 마음, 신뢰하는 마음보다는 불
신하고 의심하는 마음, 남을 칭찬하는 마음보다는 헐뜯고 흉을 보는 마
음, 기쁜 마음보다는 섭섭한 마음, 원망, 심술, 짜증, 불평, 불안, 초조,
아상, 자존, 자탄심, 망념 등……. 오늘 하루 나에게 감사한 마음이 몇
번이나 올라왔는지 헤아려 보면 금방 이해가 갈 것이다.

어니 젤린스키(Ernie J. Zelinski)의 『느리게 사는 즐거움(Don't worry, Be
happy)』에 이런 말이 나온다.

"우리가 하는 걱정거리의

- 40%는 절대 일어나지 않을 사건들에 대한 것이고,

- 30%는 이미 일어난 사건들,

- 22%는 사소한 사건들,

- 4%는 우리가 바꿀 수 없는 사건들에 대한 것이다.

나머지 4%만이 우리가 대처할 수 있는 진짜 사건이다. 즉 96%의 걱정거리가 쓸데없는 것이다."

우리는 쓸데없는 것에 마음을 너무 많이 빼앗기며 살아가고 있다. 눈으로 보는 것, 귀로 듣는 것, 코로 맡는 것, 입으로 먹는 것, 사사건건 시시비비를 따지고 간섭하고, 쓸데없는 곳에 마음의 에너지를 소모해 버리니 이것이 바로 '마음의 과소비'가 아닌가 생각한다.

지나간 과거지사를 붙들고 앉아서 염(念)을 한들 무슨 소용이 있으며, 아직 오지도 않은 미래의 일을 미리 앞당겨 걱정한들 또 무슨 소득이 있겠는가? "나는 만물의 도적이요 만물은 나의 도적"이라고 했다. 내 마음을 빼앗아 가는 도적, 그 도적을 쫓아내는 과정이 바로 반성이 아닌가 생각된다.

세상 사람들은 눈에 보이는 쓰레기는 치울 줄 알지만, 마음속에 쌓여 있는 티끌을 청소하는 방법은 잘 모른다. 눈에 보이는 불은 끌 수 있지만 가슴속에 붙은 불은 어떻게 꺼야 할지 잘 모른다. 한강물을 다 갖다 부어도 그 불은 꺼지지 않는다.

"스스로 알을 깨고 나오면 한 마리 생명력 있는 새가 되고 남이 깨주면 1회용 프라이밖에 되지 못한다." 사람은 누구나 자기만의 아집과 편견 그리고 고정관념의 껍질에 둘러싸여 있다. 스스로를 구속하는 비좁은 마음속에서 답답함을 못 이겨 몸부림치며 괴로워하는 것이 우리의 자화상이다. 그런데 내가 겪은 그 괴로움들이 결코 남의 탓이 아니요, 모두 내 스스로 만들어 내가 짓고 내가 받는 과보의 이치가 있다고 배웠다. 그 원인을 찾아 반성함으로써 우리는 진정한 자유인이 될 수 있다.

내 마음을 활짝 열어 '외로운 나 혼자만의 세계'에서 드넓은 세계로 나가는 길, '나'와 '네'가 분리되지 아니하고 하나로 어우러진 '화목동락'의 세계로 나아가는 길이 바로 스스로 알을 깨고 나오는 자성반성의 부화과정이 아닌가 생각한다.

반성(反省)은 우리가 목욕탕에 가서 몸의 때를 벗기듯이 마음의 거울에 낀 때를 씻어내는 과정이다. 거울에 때가 가득 끼어 있으면 아예 자체가 보이지 않지만, 조금씩 때를 벗겨서 보면 비로소 때가 많이 끼어 있는 것이 보이는 것과 같은 이치가 아닌가 생각된다.

반성의 힘은 정말 위대하다. 반성을 하면 근심도 걱정도 불안한 마음도 다 없어진다. 반성을 하면 불평도 불만도 불신도 원망도, 심술, 짜증도 모두 다 사라진다. 반성을 하면 한량없이 맑고 고요하고 바르고 둥근 마음을 찾을 수 있다. 가슴속에 붙은 불은 한강물을 다 갖다 부어도 끌 수 없으나 반성을 하면 어느새 꺼지고 만다. 반성은 우리 가슴속의 괴로움과 번뇌를 몰아내고 그 자리에 행복을 주고 평화를 주고 감사한 마음을 준다.

반성은 우리 마음속에 꿈틀대는 고약한 성질, 횃기를 순화시켜주고 답답한 가슴을 후련하게 해준다. 사람과 사람 사이에 응어리진 감정도 내가 먼저 반성해 버리면 상대방은 자연으로 풀려버리는 오묘한 힘이 바로 자성반성에 있다. 영과 영은 말없는 가운데 서로 대화를 하고 있기 때문이다.

반성은 또한 우리 몸 속에 혈액순환을 잘 하게 하여 건강을 준다. 우리는 불치의 병으로 인생을 포기한 사람도 자성반성을 깊이 해 건강을 되찾는 '기적'을 수없이 보았다. 자성반성은 인류사회가 '21세기를 여는 관문'이요, 자신의 '운명의 문'을 여는 비밀이 여기에 있다. 이처럼 반성의 힘이 위대하고 오묘한데도 우리는 그것을 여사히 여기고 반성을 생활화하는 데 소홀히 한다.

여기서 반성의 10/10법칙을 제안한다. 하루를 마감하는 잠자리에서 오늘 하루 중 반성해야 할 것 10가지를 의도적으로 찾아서 반성해 보자. 마음을 잘못 먹은 것, 말을 잘못한 것, 행동으로 잘못한 것을 찾아보면 참으로 많은 반성거리가 나온다.

그 다음 오늘 중 감사해야 할 것 10가지를 의도적으로 찾아서 감사한 마음을 가져보자. 부모님에 대한 은혜, 부부 및 가족 간의 고마움, 직장에서 상사 동료 부하에 대한 고마움, 친구나 고객, 이웃에 대한 감사함 등을 찾아보면 감사해야 할 사람이 너무나 많다. 우리는 그것을 잊고 살 뿐이다. 이것을 생활화해 보면 마음은 기쁨과 감사함으로 충만하고 스트레스는 저절로 없어진다. 마음속의 오만가지 잡동사니를 청소해버리니 잠이 절로 온다.

오늘날 세상이 이렇게 혼돈스러운 것도 나부터의 진정한 반성이 없기 때문일 것이다. 자성반성을 통하여 과거의 낡은 껍질을 과감히 깨어 던지고 새롭게 태어나야겠다. 진정한 경영혁신은 '나부터 변화'에서 출발해야 하며 '나부터 변화'는 바로 '자성반성'이다.

3. 스스로 알을 깨고 나오는 자성반성

─아상자존을 버리자

• • •

"새는 알을 깨고 나온다. 알은 곧 세계이다. 태어나려고 하는 자는 하나의 세계를 파괴하지 않으면 안 된다." 이 말은 헤르만 헤세의 소설 『데미안』에 나오는 명구이다. 그런데 그 새는 스스로 알을 깨고 나와야만 한 마리 생명력 있는 새가 될 수 있지, 남이 깨주면 1회용 계란 프라이밖에 되지 못한다. 자성반성 공부는 바로 알에서 스스로 깨어 나오는 부화의 과정이 아닐까?

사람들은 눈에 보이지는 않지만 무형의 알 속에 갇혀 살고 있다. 고정관념, 과거의 관행, 자신만이 옳다는 아집과 독선, 편견, 자만, 이기욕망—이런 모든 것이 내 앞을 가리고 나를 컴컴한 어둠 속에 머무르게 하는 알이다. 한 마디로 아상자존의 껍질이다. 이 아상자존의 껍질을 깨는 것이 자성반성 공부의 첫 번째 관문이요, 마지막 관문이기도 하다. 그만큼 내 마음을 닦는 데 가장 경계해야 하고, 가장 장애가 되는 것이 바로 아상자존이다.

아상자존의 껍질 속에 갇히면 내 그림자를 내가 보지 못한다. 다른 사람의 그림자를 살피는 데는 능하다. 나는 옳고 상대방은 틀린 것으로 여기기 쉽다. 정작 나의 잘못을 나만 모를 뿐 세상 사람들은 다 아는 격이다. 마치 동화에 나오는 '벌거벗은 임금님'이다.

그러면 아상자존은 어떤 경우에 많은가? 나의 경험에 비추어 반성해보면, 공교롭게도 많이 배울수록, 많이 가질수록, 지위나 명예가 높아갈수록, 나이가 들어갈수록 아상자존이 많아진다. 모두 다 그런 것은 아니겠지만 대부분의 경우 머리가 좋은 사람, 최고의 학부를 나왔다는 사람일수록 아상자존이 많다. 돈이 많은 부자가 될수록 아상자존은 많아진다. 권력의 자리에 앉은 사람들, 지위가 높은 사람들일수록 아상자존이 더 많아지는 것을 보게 된다. 사람들은 그들 앞에서 고개 숙인다. 그러나 실상은 그 사람의 돈과, 권력과, 명예에 고개 숙이는 것일 뿐인데 그것을 착각하고 있는 것이다.

자신이 쌓아놓은 지식의 한계, 자신이 이루어 놓은 물질의 성, 권력의 감옥 안에 갇혀 있으니, 진정한 자신을 찾지 못한다. 그래서 이 알 속에 갇혀 있는 한 진정한 행복을 누릴 수 없는 게 아닐까? 그 속에서 느끼는 것은 결코 행복이 아니라 일시적으로 느끼는 '행복감' '포만감'일 뿐이다. 진정한 행복은 도덕을 앞세우는 데서 오기 때문이다.

그러면 이 아상자존을 어떻게 하면 버릴 수 있을까? 옛 선비의 교훈을 한번 배워 보자.

맹사성(1360~1438)은 고려 말, 조선 초기의 청백리로 널리 알려진 분이다. 특히 세종 때, 이조판서, 우의정, 좌의정을 지냈으며, 황희 정승과 함께 조선 전기의 문화 창달에 크게 기여했다. 효성이 지극하고 성품이 청백 검소하여 많은 일화를 남긴 분이기도 하다.

그는 평소 남루한 행색으로 소를 타고 다녔으며 피리를 즐겨 불었는데, 그가 일국의 재상이라는 것을 아무도 알아보지 못했다. 비록 벼슬이 낮은 사람이 찾아와도 반드시 공복(公服)을 갖추고 대문 밖에 나아가 맞아들여 윗자리에 앉히고, 돌아갈 때에도 공손하게 대문 밖까지 배웅했다. 무려 49년을 관직에서 벼슬살이를 했다.

전해 내려오는 일화에 의하면, 그가 열아홉에 급제해 스무 살에 파주 현감에 부임했던 때의 이야기다.

하루는 학문과 덕망이 높기로 소문난 무명선사를 찾아갔다. 그런 분에게 인정을 받고 싶기도 하고 또 한창 혈기왕성하던 때라 그의 학문을 시험해보고도 싶어 객기를 좀 부렸을 것이다. 그래서 그를 찾아가 새로 부임한 현감인데 백성을 다스릴 가르침을 달라고 넌지시 말을 건넸다. 그러자 그가 "나쁜 일을 하지 마시오! 그리고 착한 일을 많이 하시오!"라고 어린애를 가르치듯 말하는 것이었다. 맹사성은 은근히 화가 났다. 화가 나서 되돌아가려는 그에게 스님이 기왕에 왔으니 차나 한 잔 하고 가라고 청하는 것이었다. 할 수 없이 자리에 앉았는데 차를 따르는 것이 좀 수상했다. 이미 잔이 넘치고 있는데도 계속해서 차를 부어 방바닥을 적시고 있었다. 그래서 이번에는 맹사성이 나무랐다.

"이보시요 스님! 차가 넘쳐서 방바닥이 젖고 있지 않소!"

그러나 스님은 들은 체도 않고 계속 찻물을 붓고 있었다. 맹사성이 참지 못하고 화를 내며 일어섰다. 그러자 스님이 그의 뒤를 향해 한 마디를 쏘아붙였다.

"어찌 현감께서는 찻물이 넘치는 것은 알면서도 자신의 지식이 넘쳐 일신을 망치는 것은 알지 못한다는 말이요!"

이 말에 정신이 번쩍 든 맹사성이 얼굴이 화끈거려 정신없이 일어나 도망치듯 나가려다 그만 문에 이마를 부딪치고 말았다. 그러자 스님이 또 그의 뒤에 대고 한마디를 일갈하는 것이었다.

"고개를 숙이고 다니면 머리를 다치지 않는 법이지요!"

이 일화는 그의 일생에 잊을 수 없는 가르침이 되었다고 한다. 그의 아호 '고불(古佛)'이 여기서 비롯되었는지 모르겠다.

성훈의 '예의도덕을 바로 행하자는 이치'에 "일왈(一曰) 자(慈)요, 이왈(二曰) 겸(謙)이요, 삼왈(三曰) 불감위선(不敢爲先)"이라 했다. 첫째가 사랑이요, 둘째가 겸손이요, 셋째가 불감위선이라고 했다. 또 이것을 실천하기 위해서는 "서로서로 선생(先生)이라 하고, 서로서로 보생(保生)이라 하는 것이 의리에 당연함. 선생의 의미는 나보다 낫다는 이치, 보생의 의미는 인자하자는 이치"라 밝혀주었다. 아상자존을 없애는 공부의 핵심이 여기에 있는 게 아닐까?

사랑, 겸손, 불감위선! 그 중에 불감위선부터 실천해 보자고 다짐해본다. 내가 뭘 좀 안다고 나서는 것, 내가 좀 있다고 상대방 머리 꼭대기에 머물러 있는 것, 내 이익을 먼저 챙기는 것, 이런 것부터 고치는 것이 불감위선일 것이다. 영어로 After you!(당신 먼저!)와 Understand!(이해한다)라는 말이다. 남을 이해한다는 말 understand를 분해해 보면 남의 밑에(under) 선다(stand)는 의미가 내포되어 있다. 남을 이해하려면 나를 낮추어야 한다. 철저히 나를 낮추는 데서 불감위선이 되고, 겸손이 되고, 사랑이 되는 게 아닐까? 고불(古佛)은 찻잔 넘치는 데서 아상자존이 가득 찬 '나를 비우는 공부'를 했고, 문에 이마를 부딪치면서 '나를 낮추는 공부'를 했던가 보다.

성경에 "부자가 천국을 가는 것은 낙타가 바늘구멍에 들어가는 것보다 더 어렵다"라는 말이 있다. 그만큼 아상자존이 많으니 착한 사람 되기가 어렵다는 뜻일 게다. 그러나 어찌 부자라고 천국을 가지 못하겠는가! 선부 되는 이치가 있는데! 낙타만한 무형의 아상자존을 바늘구멍에 들어갈 만큼 줄이면 될 것이다! 그렇게 하기 위한 길을 열어 놓은 것이 바로 자성반성 공부일 것이다 !

이제 새로운 도덕사회에서는 도덕을 앞세우고, 누구든지 자성반성을 하면 아상자존의 알을 깨고 나올 수 있다. 성훈에 "내 아상은 버리고 사람은 찾읍시다. 사람 찾는 곳은 무량청정정방심이니 빌 곳도 없고 물을 곳도 없다"고 했다. 여기서 "무량청정정방심(無量淸靜正方心)"이 무엇을 뜻하는가? "한량없이 맑고 고요하고 바르고 둥근 마음"인 인간의 천성적인 본성을 의미한다.

인간의 마음을 맑히는 이 청심주(淸心呪)에는 오묘한 기운이 있어 이것을 독송하면 마음이 안정되고 무아의 경지에 다다를 수 있으며 도기를 이어받을 수 있다. 과거의 수양방법이 혼자서 고요한 가운데 무념무상의 경지를 찾는 것이라면, 청심주 공부는 혼자 또는 여럿이 크게 소리를 내어 독송함으로써 한량없이 맑고 고요하고 바르고 둥근 마음을 찾는 공부법이다. 마음이 복잡하고 괴로울 때 그것을 물리치는 데는 이보다 더 좋은 방법이 없을 것이다.

스스로 알을 깨고 나오려고 해도 어미닭이 따뜻하게 품어주는 기운이 없으면 알을 깨고 나올 수 없다. 인간도 자연에서 품어주는 생기 명기의 도기를 받아야만 한다. 바로 청심주를 불러야만 그 따뜻한 기운을 연해 받을 수 있으니, 청심주 열심히 불러 보자.

4. 자성반성의 절대원칙

• • •

오랜 세월 마음을 닦는다고 하면서도 아직도 자성반성의 이치를 제대로 깨우치지 못한 자신의 수양을 반성하면서 자성반성의 절대원칙만은 꼭 지켜보리라 결심해본다.

사람이 살아가면서 음식만 먹고 사는 것은 아니다. 하루에 수천, 수만 번 마음도 먹고 산다. 그렇다면 '음식을 먹는 것'과 '마음을 먹는 것'은 어떠한 차이가 있을까? 어떤 사람이 나에게 음식을 주어 그것을 먹었는데 그만 배탈을 일으켰다고 하자. 그러면 이 부패된 음식은 그 사람의 것인가, 나의 것인가? 그 사람이 주었지만 내가 먹었으니 당연히 나의 것이리라. 그러니 내가 고칠 수밖에 없다.

마음먹는 것도 이와 같은 이치가 아닐까? 어떤 사람이 나에게 속임수를 써서 내가 그로 인해 손해를 보았다고 하자. 그래서 그를 원망하고 미워한다면 그 원망하는 마음은 그 사람의 것인가, 나의 것인가? 그 사람이 나에게 손해를 끼쳤다고는 하나 내가 그 마음을 먹었으니 이미 나의 것이 되고 말았다고 할 수 있다. 사실은 나에게 그런 속임수의 기운이 있어 유유상종으로 서로 끌어당겼다고 보아야 할 것이다. 그러니 더욱 더 나의 것인 것이다! 내가 먹은 마음이 내 것임에도 불구하고 상대방 것인 양 상대방만 원망하고 있으니, 마치 부패된 음식을 받아먹고서도 그 음식을 준 상대방만 원망하고 내가 치료할 생각은 하지 않는 어리석음을 계속하고 있지 않는가!

그래서 성훈에 이렇게 밝혀주었다.

"내 자성을 반성한다 하고 타인을 원망하며 그 사람으로 말미암아 내가 죄를 지었다 하는 것은 반성이 아니요, 내가 착하지 못함으로써 참된 일을 하지 아니하고 남을 원망하게 되니 남을 이끌고 반성한다는 것은 옳은 반성이 아니니, 내 그릇됨만 내가 반성하되 나쁜 것은 버리고 옳은 정심 찾는 것이 자성반성하는 것이니, 절대로 남을 원망하지 말고 반성하되 무량청정정방심으로 선화각성(善和覺性)하여 선인종(善仁種)이 됩시다."

잘못된 음식을 먹으면 내 몸에 병이 나듯, 잘못된 마음을 먹으면 내 몸에 티끌이 생긴다고 밝혀주었다. 어떤 연구 결과에 의하면, 근심 걱정이 많은 사람은 위가 좋지 않고, 화를 잘 내는 사람은 간이 좋지 않고, 슬픔과 우울증이 많은 사람은 폐가, 공포와 두려움이 많은 사람은 콩팥이 좋지 않다고 한다. 잘못된 마음을 먹어 그러한 결과를 가져왔으니 그 치료 방법은 잘못된 마음을 먼저 자성반성함에서 출발하는 것이 자명한 이치가 아닌가!

성훈에 "그릇된 마음을 고쳐서 착하게 행하면 험식(險食)도 먹지 않게 되고, 고생도 없어지고 품부(稟富)한 생활을 풍족할 수 있노라" "악성(惡聲) 사언(邪言)을 견청(見聽)하여 심전(心田)에 취부(取腑)하지 말고, 자성반성하여 언어행동을 주의할 것. 정도명심보감(正道明心寶鑑)이 될 것. 행심행도(行心行道)를 바로 하면 무병한 건강체로 선착(善着)을 구하여 길이길이 행복이 있느니라"고 했다.

또 "심두(心頭)에 어물(飫物) 해물(害物) 사물(邪物) 고기(苦氣) 독기(毒氣)는 절대로 먹지 맙시다" 하였다(『도덕경』 19면).

마음속에 먹기 싫은 것을 헛배 부르게 먹으면 그것이 해물(害物)이 되고, 사물(邪物)이 되고, 괴로운 기운이 되고, 독기가 되니 절대로 먹지 말라는 뜻이다. 음식을 먹는 일이나 어떤 일을 진행할 때나 욕심으로 인한 사시비시(似是非是)한 마음을 버리고 일정정심으로 추진하라는 말씀으로 배워 본다.

고애상신(苦埃傷神)된 인간고를 풀어 주기 위해 절대로 남을 원망하지 말라는 가르침을 주었는데, 나는 이 자성반성법을 얼마나 소중히 여기고 살아 왔던가?

이제부터는 "누구 누구 때문에……"라는 말 대신에 "누구 누구 덕분에……"로 긍정하고 감사하는 수양이 되리라 다짐해본다. "정심을 먹어야 산다" 했으니 나쁜 음식을 조심하듯 나쁜 마음 먹어 헛배 부르지 않도록 조심하고 또 조심하리라.

5. 자성반성으로 건강과 행복 찾기

• • •

오늘날 가장 중요한 과학 분야로 부상한 '후생유전학'은 환경이 어떻게 게놈(genome, 한 세포에서 발견되는 유전정보 전체)에 간섭하여 유전자 활동을 제어하는지, 그 작용 원리를 연구하는 분야이다.

이 '후생유전학'에 의하면, 우리 몸은 50조개의 살아 있는 세포로 이루어진 공동체라고 한다. 50조라고 하면 지구에 살고 있는 인구의 8천배에 해당하는 천문학적 숫자이다. 인간의 몸이 소우주라는 말은 이를 두고 한 것이리라!

행복을 다룬 연구를 훑어보면, 성격의 50% 정도는 유전자의 영향을 받아 형성되고, 나머지 50% 정도는 태어나서부터 가족, 문화, 환경과의 상호작용에 의해 형성된다고 한다. 물론 나이에 따라 비율의 차이는 있겠지만 부모로부터 물려받은 유전자와 태어나서 나에게 주어진 환경이 지금의 나를 지배하고 있는 것임은 틀림없다. 50조개에 달하는 세포의 운명은 몸속 혈액의 구성 성분에 영향을 받는다고 한다. 그런데 그 혈액의 화학물질을 변화시켜 나가는 것이 바로 우리 마음이라는 것이다. 우리의 마음이 몸의 생리작용, 유전자 활동에 중대한 역할을 수행하며, 그 과정에서 마음이 우리 운명의 지배자가 될 수 있다는 사실을 밝혀낸 것이다.

따라서 내가 비록 좋지 않은 유전자(예컨대 암 유전자 등)를 부모로부터 받았다 하더라도 나의 마음을 통해 그 유전자의 발현을 변화시킬 수 있고, 태어나서 설령 나쁜 환경에 의해 불행한 인자를 몸에 지니고 있어도 마음을 통해 얼마든지 행복인자로 바꿀 수 있다는 것이 후생유전학의 연구 결과이다(제임스 베어드[James D. Baird], 로리 나델[Laurie Nadel] 공저 『행복 유전자』 참조).

기존의 게놈 프로젝트가 인간이 나쁜 유전자를 인공적으로 변형시켜 보고자 한데 비해, 마음으로 이것을 바꾼다는 것은 놀라운 진보일 수도 있다.

심리학자들은 인간의 마음에는 두 가지가 있다고 본다. 하나는 의식의 마음, 사고하는 현재의 마음이다. 이 의식의 마음은 희망, 욕망, 꿈을 지배하는 창조적인 마음이며 긍정적인 사고의 중추이기도 하다. 또 하나의 마음은 의식 뒤에 숨어 있는 '잠재의식'이다. 이 잠재의식은 우리 인생의 경험을 녹음해 저장하고 재생하는 장치라고 할 수 있다. 흔히 바다 속 빙산이 1~5%만이 수면 위에 나타나고 나머지 대부분이 바닷물 속에 잠겨 있는 것과 같이 우리 마음도 의식은 빙산의 일각이며 잠재의식이 대부분 차지한다는 것이다. 이 잠재의식에 입력된 프로그램은 두 가지가 있는데, 그 첫 번째 프로그램은 유전으로 물려받은 것이다. 바로 우리의 본능으로 선천적으로 '타고난 것'을 의미한다. 두 번째 프로그램은 학습 경험을 통해 습득되며 후천적으로 '키워지는 것'을 의미한다.

이러한 잠재의식은 의식보다 백만 배나 기능이 뛰어난 정보처리 체계이며, 우리 인생의 95~99%의 행동을 주관한다. 우리는 고작 1~5%만이 의식에 의해 움직일 뿐이다! 잠재의식은 이와 같이 입력된 프로그램에 의해 의식의 관찰 없이 우리 몸을 자동으로 조절하는 '자동 항법장치'와 같은 것이다. 예컨대, 부정적인 생각이 잠재의식에 깊이 들어 있는 사람은 자기도 몰래 무의식적으로 부정적인 반응을 일삼는다. 본인이 그것을 고치려고 해도 좀처럼 고쳐지지 않는다.

잠재의식에 입력된 가장 기초적인 행동 프로그램은 어렸을 때 부모 형제 등 가족과 친지 친구들, 교사 기타 주변 사람들에 의해 입력된다. 여기서 의미심장한 결론이 도출된다. 우리 인생의 95% 이상이 다른 사람이 입력한 프로그램에 의해 결정된다는 것이다! 지금의 나의 행, 불행은 거의 대부분 부모와 주변 사람들에 의해 입력되어 있는 것이다. 그래서 도덕에서는 열다섯 살 이전에 일어난 모든 잘못된 것은 그 아이를 책망하지 말고 부모가 반성해야 한다고 밝혀주시지 않았던가! 우리말에 "세 살적 버릇 여든까지 간다"는 속담이 있듯, 어린 시절 좋은 환경에서 좋은 습관을 키우는 것이 얼마나 중요한 것인가!

내가 아무리 고치려고 해도 반복적으로 습관적으로 나타나는 이 나쁜 행동 습관은 어떻게 하여 고쳐 나갈 것인가? 어떻게 해서 건강과 행복 그리고 성공의 길을 개척해 나갈 것인가?

성훈에 "숙명고애 운명행복(宿命苦埃 運命幸福)"이라 했다. 숙명은 괴로움의 티끌이요, 운명은 행복이다. 이 뜻은 숙명은 잠자는 명이니 내 안의 팔선을 잠재운 자작지고난(自作之苦難)이요, 운명은 팔선의 착한 마음으로 살아가는 것이니 그것이 곧 자연 행복수라는 의미로 배워 본다.

성훈에 "자성반성으로 회개천선(悔改遷善)하여 천성근본을 찾으면 심령이 부활함으로써 심생신불로(心生身不老)가 곧 부활이니라" 했다. 부활은 죽은 사람이 살아나는 것을 의미하는 것이 아니고 자성반성을 통해 내 몸속에 물려받은 유전자나 환경의 영향을 받아 생긴 나쁜 인자를 몰아내고 진실된 나, 참된 나, 천지신명으로부터 부여받은 맑은 영심을 찾으면 마음이 살고 몸이 또한 늙지 않으니 이것이 바로 부활이라는 것이다.

또한 "수양청심(修養淸心)은 불사약 불로초"라 했다. 2,500여 년 전 중국의 진시황은 불로장생의 선약을 구하기 위해 우리나라까지 사람을 보냈다고 한다. 그가 찾은 선약은 어디에 있단 말인가? 바로 지금 우리 곁에 있다! '한량없이 맑고 고요하고 바르고 둥근 마음'이 바로 불사약 불로초다! 찾으면 있고 안 찾으면 없다! 청심(淸心)에 선화법(仙化法)을 어서 바삐 찾아보자.

6. 자성반성과 자녀교육

• • •

"자식을 어떻게 하면 잘 키울 수 있을까요?" 아이 아빠가 된 어느 젊은 도생이 나에게 물어왔다. 내 자신 자식을 어떻게 키웠는지 돌아보게 하는 질문이다. 할아버지가 된 지금 입장에서 반성해보면, 자식을 잘 키우는 비결은 오직 하나뿐이라는 생각이 든다. 그것은 부모가 바로 모범을 보여 실천하는 것이다. 자식은 부모의 뒷모습을 보고 배우며 자란다. 부모의 마음은 바로 자식에게 연결되어 있다. 부모의 기운이 맑으면 아이도 따라 편하고, 부모의 기운이 탁하고 불안하면 아이도 따라서 불안하여 보채거나 아파버린다. 특히 열다섯 살까지는 전적으로 부모에게 책임이 있다고 밝혀주었다. 따라서 자식에게 무슨 잘못이 있을 때 부모가 먼저 자성반성을 하면 자연스럽게 풀리는 오묘한 이치가 있다. 그것은 바로 도덕에서 밝혀주신 삼재지도(三才之道), 삼강지법(三綱之法)에서 비롯된다.

천지자연에는 세 가지 근본이 있으니 하늘[天]과 땅[地]과 사람[人]이다. 인간 세상에는 세 가지 벼리가 있으니 하늘같은 아버지[父]와 땅같은 어머니[母]와 거기서 태어난 인간, 바로 자식[子]이다. 부모자(父母子), 이 세 벼리가 모든 인간에게 적용되는 세 가지 근본이며 서로 연결되어 묶여 있다.

"그물이 삼천 코라도 벼리가 으뜸"이라는 속담이 있다. 벼리가 삼천 코의 그물을 모두 조정하고 있다. 인간의 행, 불행, 길흉화복, 이 모든 것이 다 부모자(父母子), 삼강(三綱)에서 비롯된다. 그래서 무슨 문제가 생기면 여기서부터 자성반성으로 풀어 나가야 하는 것이 도덕의 기본 이치다. 예컨대 부모가 독심(毒心), 색심(色心), 탐심(貪心), 투심(妬心), 기심(欺心), 사심(邪心), 진심(嗔心), 아심(我心)—팔악(八惡)의 마음을 먹으면 그 기운이 그대로 자식에게 전해진다고 생각해보자. 또 부모가 효심(孝心), 충심(忠心), 덕심(德心), 자심(慈心), 화심(和心), 묵심(默心), 신심(信心), 정심(正心)—팔선(八善)의 마음을 먹는다면 그것이 자식에게로 그대로 전달된다고 생각해보자. 이 이치를 안다면 어찌 부모가 아무렇게나 마음먹고 아무렇게나 행동할 수 있겠는가! 자식 역시 부모에게 효도하지 않을 수 있겠는가!

요즈음 학교 폭력이 우리 사회의 심각한 문제로 등장했다. 학교 선생님도 교육 당국도 초긴장이다. 피해자의 고통은 말할 수 없고 그 가족은 또 얼마나 힘이 드는가! 가해자와 그 가족 역시 고통스러운 것은 마찬가지다. 이 문제에 대한 근본적인 해결책은 어디에 있는가? 그 답은 문제를 일으킨 학생에게서 찾을 것이 아니라 그 부모들에게서 찾아야 한다. 윗물이 맑으면 아랫물도 맑고, 윗물이 흐리면 아랫물도 흐린 것은 자명한 이치다. 윗물인 그 부모들이 자성반성해야 그 자식들이 바른길로 돌아올 수 있을 것이다. 옛날에는 열악한 가정환경 속에서 문제아들이 많이 나왔지만 요즈음은 물질적으로 넉넉하고, 사회적 지위도 상당한 집안의 아이들이 문제를 일으키는 경우가 많다고 한다. 그것은 왜일까? 이 또한 그 부모들이 바르지 못하기 때문이 아닐까? 그래서 지금 이 사회는 청소년 문제뿐만 아니라 부모 세대의 문제가 더 심각하다. 도덕상실의 시대, 도덕불감증의 인간세상—참으로 캄캄하기만 하다.

"지금 이 세상은 깜깜한 어둠 속 같으니, 도덕의 밝은 길을 걸어야 할 때에 이르렀다"고 했다. 정치 경제 사회 문화 예술 스포츠, 심지어 학문 분야까지 돈이 가치판단의 기준이 되는 사례가 많다. 정의보다는 사리를 앞세운다. 간디가 말한 '사회 7대악(惡)'이 오늘날 우리사회를 그대로 말해주는 듯하다. 원칙 없는 정치, 도덕성 없는 상거래 행위, 노동이 결여된 부(富), 개성을 존중치 않는 교육, 인간성이 사라진 과학, 양심 없는 쾌락, 희생 없는 신앙!

학교에서는 머리 쓰는 교육은 많이 해도 마음 쓰는 교육은 잘 하지 않는다. 남을 다스리는 교육은 있어도 나를 다스리는 교육은 적다. 남과 싸워서 이기는 것이 경쟁력이라면서, 나와 싸워 이기는 것이 진정한 행복이라는 것은 잘 가르쳐주지 않는다.

그렇다면 이 어둠을 밝혀줄 빛은 과연 어디에 있는가? 도덕이 바로 어두움을 밝히는 우주의 등불이다. 이 혼탁한 세상에 도덕이 우리 인류에게 전한 메시지가 바로 자성반성의 가르침이다. 과거 물질문명을 앞세우던 시대에서 '이 때는 정시'로써 도덕문명 지각으로 내 할 일 내가 하면 누구나 빈곤하지 않고 화목도의로써 다 잘 살 수 있는 길을 열어놓은 것이다. 이제 시대가 변했으니 도덕을 행해야 살 수 있고 도덕을 모르면 살 수 없게 되어 있음을 밝혀준 것이다. 가장 시급한 것은 물질만능의 사고방식 개선이다.

"물질 물자를 이용과 사용하는 것은 사람이 하는 것이다. 그러므로 선후 도착 잃지 말고 사람으로서 물질에 이끌려 이용품이 되지 말며 만사 이치를 순서 있게 대의적으로 행합시다. 사람은 사람이고 물자는 물자다. 사람으로서 어찌 물질에 구속을 받을 것이요. 일석건건 정심정의를 행하면 못 구할 것이 없느니라"(『도덕경』 52면, 「이끌리지 맙시다」).

성훈에 "이 어두운 세상 사람들이여, 내 길을 내가 닦으라"[차혼중생(此昏衆生) 아도아수(我道我修)]는 말씀이 있다. 어둡다는 것은 세상이 어두운 것이 아니고 내 눈이 팔악에 가려져 어둡다는 뜻이다. 내 눈이 어두우니 세상이 모두 어두운 것이다. 나의 어리석은 행동을 세상 사람들은 다 아는데 나만 모르는 격이다. 그래서 "눈뜬 자가 봉사에게 길을 묻고, 말하는 자가 벙어리에게 말을 묻는 것이 허허(虛虛) 우습(愚習)다"했다. 멀쩡히 눈은 떴는데 봉사에게 길을 묻는 이 어두운 중생들! 그래서 세상살이가 자꾸자꾸 어려워지는 것 아닐까? 모두가 스스로 괴로움을 만드는 자작지고(自作之苦)의 연속이다.

자성반성을 통해 캄캄한 어두움을 헤쳐 나갈 수 있는 길을 찾으면 "험식(險食)도 먹지 않고 고생도 없어지고 품부한 생활을 풍족할 수 있다"고 했다.

아버지가 '바담 풍'하는데 아들은 '바람 풍'하지 않는다. 어둠 속에서 본 지금까지의 생각, 가치관들이 모두 잘못되었을 수 있다. 자식을 바르게 키운다며 자식을 나무라기보다 먼저 나부터 자성반성을 통해 내 길을 닦아보자! 세상이 맑아지는 첫걸음은 나부터, 가정에서부터, 부모자(父母子) 삼강에서부터 시작되는 것이니까.

7. 시비(是非)와 자성반성

• • •

    안다고 할 때 어느 정도 아는 것을 안다고 하는 것일까? 내가 옳다고 생각하는 것은 다른 사람에게도 옳은 것인가? 내가 좋다고 하는 것은 다른 사람에게도 좋은 것인가? 내가 아름답다고 생각하는 것은 다른 사람에게도 아름다운 것인가? 만약 그렇다면 이 세상엔 시빗거리도 없을 것이고, 다툼도 없을 것이며, 갑론을박의 논쟁도 없을 것이다. 그러나 세상은 그렇게 단순하지가 않다.

    사람은 제각각 자기 나름대로의 식견과 기호에 따라 선과 악이 다르고, 좋아하고 싫어함이 다르고, 아름답고 추함의 기준이 다르고, 믿는 바와 추구함의 가치관이 다르다. 백인백색, 천차만별, 이렇게 서로 다른 인간들이 모여서 서로 이해하고 조화를 이루며 화목상생하는 것이 세상살이가 아니던가! 『장자』에 나오는 우물안 개구리 이야기를 들어보자.

    "개구리가 동해에 사는 거북에게 말했다. '나는 참 즐겁소! 밖으로 나오면 우물 난간 위에서 뛰놀고, 안에 들어가면 깨진 벽돌 끝에서 쉬며, 물 위에 엎드릴 때는 겨드랑이를 수면에 대고 턱을 물 위에 받치며, 진흙을 발로 차면 발은 발등까지밖에 잠기지 않지. 장구벌레, 게, 올챙이를 두루 보아도 나만큼 즐겁지가 못하네. 구덩이 물을 내 멋대로 독점하여 우물을 지배하는 즐거움은 또한 최고의 것일세. 자네도 이따금 와서 들어와 보는 게 어떻겠나?"

    그래서 거북이 들어가 보려고 하는데 왼발이 들어가기도 전에 오른쪽 무릎이 우물에 이미 걸려버리고 말았다. 그래서 망설이다가 뒤로 물러나서는 개구리에게 바다 이야기를 해주었다.

'대저 천 리의 먼 거리도 바다의 크기를 드러내 보이기에는 부족하고, 천 길의 높이도 바다의 깊이를 형용하기에는 충분치 못하네. 우 임금 때 십 년 동안 아홉 번이나 홍수가 났지만 바닷물은 불어나지 않았지. 탕 임금 때 팔 년 동안 일곱 번이나 가뭄 들었지만 바닷물은 줄지 않았지. 시간이 짧고 긺에 따라 변하는 일이 없고, 비가 많고 적음에 따라 불거나 주는 일 없다는 것, 이것 또한 동해의 커다란 즐거움이라네.' 우물안 개구리는 이 말을 듣고 깜짝 놀라 그만 당황해 얼이 빠져 버렸다."(『장자』 외편 「추수」)

우물안 개구리는 우물 안에서만 살았기 때문에 그가 아는 지식은 우물 밖에 없다. 그에게 바다를 이야기해 주어도 바다에 대해 알 턱이 없다.

바다의 거북이는 또 바다만을 알 뿐이지 더 넓은 이 우주 공간을 알 턱이 없다. 그가 동해바다는 이 쪽이고, 서해바다는 저 쪽이고, 남쪽은 이 쪽, 북쪽은 저 쪽이라고 하자. 우주인이 볼 때는 동쪽도 없고, 서쪽도 없고, 남쪽도 북쪽도 없다. 위도 없고 아래도 없다. 우리가 아는 지식이라는 것이 이처럼 제 입장에서 제 나름대로의 지식이요 편벽된 지식일 뿐이다. 그 지식이 마치 절대적인 진리인 양 주장하기 때문에 편이 갈라지고 갈등이 생기고 다툼이 일어나게 되는 것이다.

"우물안 개구리에게 바다를 말해도 알지 못하는 것은 공간의 구속을 받고 있기 때문이다. 여름 매미에게 얼음에 관해 말해도 알지 못하는 것은 시간의 제약을 받고 있기 때문이다. 편벽된 선비에게 도를 말해도 알지 못하는 것은 가르침에 속박되어 있기 때문이다"(『장자』 외편 「추수」).

시간의 장벽, 공간의 장벽 그리고 기존 지식의 고정관념의 장벽이 있어 지식이 그 한계를 보인다는 뜻일 것이다. 학문하는 사람들은 격물치지의 공부 방법에 따라 비판적 사고를 통한 시비판단이 몸에 배어 아무래도 도를 이해하기는 쉽지 않을 것이다. 학문이 매일매일 더해 가는 위학일익(爲學日益)의 '더하기 공부'라면, 도는 매일매일 버리는 위도일손(爲道日損)의 '빼기 공부'다. 무(無)의 경지에 이르기까지 버리고 또 버리라는 것이 도가의 가르침이 아니던가!

"만약 나와 당신이 논쟁을 했다고 하자. 당신이 나를 이기고 내가 당신을 이기지 못하면 당신은 과연 옳고 나는 그른 것인가? 내가 당신을 이기고 당신이 나를 이기지 못하면 나는 과연 옳고 당신은 그른 것인가? 한 사람이 옳으면 반드시 한 사람은 그른 것인가?

한 쪽에서의 나누어짐은 다른 쪽에서는 이룸이며, 한 쪽에서의 이룸은 다른 쪽에서는 무너짐이다. 모든 사물은 이룸이든 무너짐이든 간에 다시 통해 하나가 된다. 오직 도에 이른 자만이 이 하나가 됨을 깨달아서 자기의 판단을 내세우지 않고 보편적인 영원한 것에 일체를 맡기게 된다.

성인은 특정한 입장에 서지 않고, 하늘의 이치인 절대적 자연에 비추어보고, 또 이를 따른다. 거기선 이것이 저것이 되고, 저것 또한 이것이 된다. 저것도 일면의 시비가 있고, 이것도 일면의 시비가 있다. 그렇다면 저것과 이것의 차이가 있는 것인가? 없는 것인가?

저것과 이것이라는 상대적 개념이 없는 것, 그것을 일컬어 도추(道樞), 즉 도의 핵심이라 한다. 도추가 원의 가장 중심에 있어야 비로소 무궁한 변화에 대처할 수 있다. 옳음도 하나의 무궁한 변화이며, 그름도 하나의 무궁한 변화이다. 그러므로 (시비를 내세우는 것은) 자연의 명증함만 못하다고 말한다" (『장자』 내편 「제물론」).

도가사상은 사람들의 이성은 불완전한 것이고, 사람들의 판단은 상대적이어서 절대적인 값을 매길 수 없다는 인식으로부터 출발한다. 행복과 불행, 아름다움과 추함, 좋은 것과 나쁜 것, 긴 것과 짧은 것, 심지어 삶과 죽음도 같은 자연변화의 한 가지 현상일 뿐이다. 장자는 일찍이 인생살이를 소꿉장난에 비유했다. 인간이 만든 가짜에 구속되어 살아가고 있다는 뜻이다. 사람들은 그처럼 상대적인 판단에서 얻어진 불안정한 가치를 평생 두고 추구하기 때문에 불행해진다는 것이다. 따라서 이성이나 감정 또는 욕망을 초월해 어떤 의식적인 행동을 하지 말고 있는 그대로 지내야만 한다는 '무위자연(無爲自然)'을 주장하게 된 것이다. 도가의 이러한 주장은 세상의 모든 상대적인 시비나 가치판단을 부정하고 오로지 무한한 자연의 밝음에 맡겨야 한다는 것이다.

이러한 무위자연의 주장은 결과적으로 숙명론(宿命論)에 도달할 수밖에 없게 된다. 사람의 빈부나 귀천은 모두 숙명이며 그 숙명은 절대적인 것이기 때문에 어떠한 인위도 존재해서는 안 된다는 주장으로 이어진다. 장자가 생각하는 이상적인 인간형은 완전히 무위자연함으로써 인간이 지닌 모든 의식이나 행동상의 제약으로부터 완전히 해방된 자유로운 사람일 것이다.

『자성반성 성덕명심도덕경』에서는 '자연심(自然心)' '자연지도(自然之道)' '자연의 법'은 말하되 '무위자연(無爲自然)'이라는 말씀은 없다. 자연심! 있는 그대로 내 마음의 거울에 비추어 보는 것이 바로 자연심이다. 선함과 악함, 좋아하고 싫어함, 아름다움과 추함을 나의 감정이나 편견 없이 거울처럼 있는 그대로 비추어보라고 가르친다. 내 착함도 자연이 알아주고 내 원한도 자연이 풀어준다. 그러니 어떠한 경우라도 타인을 원망하지 말고 오로지 '자성반성'을 통해 내 안에 있는 천성선령의 자연심을 찾으라는 가르침이다. 자연심은 바로 한량없이 맑고 고요하고 바르고 둥근 마음이다!

성훈에 "숙명고애 운명행복(宿命苦埃 運命幸福)"이라고 했다. 인간에게 주어진 숙명은 고애요, 이를 자성반성을 통해 고쳐 나가면 행복한 운명을 개척해 나갈 수 있다는 가르침이다. 또 "숙명불개척 박명지인생(宿命不開拓 薄命之人生)"이라 했다. 숙명을 개척하지 않으면 박명의 인생이 된다는 말씀이다.

도가의 가르침이 무위자연으로 현실을 회피 또는 초월코자 한다면, 성덕의 가르침은 자성반성을 통해 보다 적극적인 삶의 길을 열어준 것이다. 바로 이 점이 성덕의 위대한 가르침이 아니던가!

그동안 나는 보고, 듣고, 접하는 일마다 '내 나름대로의 생각'을 갖고 판단을 하며 살아왔다. 희로애락오애욕(喜怒哀樂惡愛慾)의 인간심으로 얼마나 많은 시비를 걸며 살아왔던가! 성훈에 "묻는 것이 아는 것이요, 아는 것이 묻는 것이다. 배우는 것이 아는 것이요, 아는 것이 배우는 것이다"고 했다. 항상 겸허한 자세로 묻고 배우며, 시비로부터 자유로워지고 싶다. 시비가 들어가 있는 말을 하느니 차라리 침묵을 지키리라. 그리고 자성반성으로 돌리리라!

8. 백두산 천지를 보고

• • •

백두산—우리는 그 이름만 들어도 신비함과 거룩함을 느끼게 된다. 민족의 영산(靈山)으로서 우뚝 솟은 백두(白頭)의 거룩한 자태는 억만년의 신비와 고요함을 침묵으로 간직하고 있는 듯하다.

내가 백두산을 찾은 것은 지난 1991년 5월이었다. 7월이 되어야 눈이 녹는다고 하여 찾는 이가 거의 없는 5월의 백두 모습은, 그야말로 그 웅장함과 순백(純白)함이 나를 저 태고의 고요함으로 이끄는 듯했다. '한량없이 맑고 고요하고 바르고 둥근 마음이 바로 이런 것인가'라고 느껴 보기도 했다. 인간은 신(神)을 만나기 위해 산에 오르고, 신은 인간을 만나기 위해 산에 내려온다는 어느 시인의 말처럼, 신명(神明)의 밝은 기운이 이곳에서 더욱 가깝게 나를 맞아 주는 듯했다. 두 다리를 백설의 대지 위를 굳게 딛고 가슴을 그 맑은 기운 앞에 활짝 열어놓은 채, 나는 진실로 용사대법에 순명(順命)하는 착한 사람이 되어보겠노라고 다짐하고 맹세했다.

백두산은 해발 2,744m. 그 높은 봉우리에는 천지(天池)가 있다. 백두산 천지의 둘레는 12km, 물 깊이는 무려 312m나 된다. 비가 오나 눈이 오나 가뭄이 드나 물 깊이는 한결같다고 한다. 그런데 이상한 것은, 이 천지에는 천지폭포(天池瀑布)가 있어 끊임없이 이 많은 물을 내려 보내는데도 천지 물은 줄지 않고 항상 그대로라는 것이다. 그 이유는 무엇일까? 이 점이 불가사의(不可思議)하다는 안내자의 이야기였다.

그러나 마음에 붙여 공부해볼 때 수양하는 우리에게 무언가 깨우쳐주는 것이 있다고 생각된다. 첫째, 착함은 끊임없이 베풀어도 한량없이 샘솟아 난다는 것이다. 법문의 말씀에도 "닦는 공이 어디 가나 주고받는 이치로다" 했고 "공덕으로 될 것이니 군말 말고 믿고 닦아 깨달으면 알 것이요, 알고 보니 행복이네" 했다.

이기주의가 극도로 팽배한 오늘날, 사람들은 남에게 주는 것을 아깝게 생각하고, 또 주더라도 더 많은 것을 바라는 계산된 주고받음이 다반사이다. 나에게 있어서도 이러한 마음이 없었는지 반성되는 것이 많다. 끊임없이 그리고 조건 없이 흘러내려 주는 천지의 폭포수처럼. 지성으로 도덕을 받들고, 부모님을 받들고, 스승을 삼가 받들고, 사해형제를 사랑할 줄 아는 참된 도자가 될 것을 다시금 다짐해본다.

둘째, 마음은 끊임없는 반성을 통해 늘 그 맑음을 간직할 수 있다는 진리를 깨우쳐주고 있다. 천지는 쉼 없이 물을 내보냄으로써 스스로를 항상 맑게 정화하고 있다. 만약 그 물이 항상 괴어 있다면 천지는 없어졌거나 아니면 썩은 물, 죽은 물이 되었을 것이다.

천지가 우리 '마음'이라면 천지폭포는 우리 '마음의 문'이 될 것이다. 마음의 문을 활짝 열고 저 콸콸콸 넘쳐나는 물줄기처럼 인간악성(人間 惡性)을 반성청심(反省淸心)하는 수도인(修道人)이 될 것을 또다시 다짐해본다.

9. 마음의 과소비

• • •

스티븐 코비(Stephen Covey) 박사의 책 『7가지 습관』이 세계 베스트셀러가 된 적이 있었다. 필자가 몸 담고 있는 회사에서는 당시 코비 박사를 초청해 강연을 들은 바 있다. 나도 살고 너도 사는 상생(相生)의 원리가 자연의 법칙이며, 사람은 그 자연의 법칙에 따라 살아가야 하고 이를 위해서 끊임없는 자기 수양이 필요하다는 요지의 강의였다. 코비 박사는 말한다.

"독사에게 물렸을 때 그 독사를 쫓아갈 것인가, 아니면 내 몸에 퍼지는 독을 먼저 제거할 것인가?" 대답은 분명하다. 먼저 내 몸 속의 독을 제거하는 것일 것이다. 우리 일상생활을 통해 보면 정말 그러한가? 상대방이 나를 향해 화를 내고 독을 뿜어내도 한량없이 맑고, 고요하고, 바르고, 둥근 마음자리를 유지하고 있는가? 아니면 그를 원망하고 심술내고 짜증부리고 하는가? 불평 불만에 가득 찬 마음으로 보복하려 들지 않는가?

어느 의사가 화를 내는 사람의 기(氣)를 주사기에 모아 그 독성을 시험한 결과, 한 번의 화냄이 능히 수십 명을 치사할 수 있을 만큼 독하다는 것을 발표한 바 있다. 그런데도 나 자신을 돌이켜 반성해보면 솔직히 '독사를 쫓아가는 어리석음'을 많이 범한 것 같다.

"남이 건드려 염(念)이 올라오면 아직 고생이 덜 끝났다는 것" 또 "마음을 아껴라, 밉고, 좋고, 기쁘고, 슬프고, 이러한 인간심에서 오는 얽매임에서 벗어나야 한다. 반성거리를 찾아서 반성하는 것도 중요하지만, 정(正)이 아닌 것이 올라오면 즉시 쳐내버리는 수양 자세가 필요하다"는 말씀. 내 옷, 내 몸은 아끼면서 내 영심을 천대하고 내가 만든 엄이 결국 나를 불행하게 한다는 그 말씀을 다시 한 번 되새겨본다.

마음의 과소비 시대……. 지금 인간의 마음은 황폐해져 버렸고 지쳐 있다. 물질문명의 발달은 물질적인 과소비를 가져왔지만, 마음의 과소비도 함께 동반했다. 있는 자는 있는 만큼 공포에 떨고 있고, 없는 자는 없는 만큼 자포에 떨고 있다. 아침에 일어나 조간신문을 대하는 순간부터 마음의 과소비는 시작된다. 정치 돌아가는 것이 어떻고, 사회가 어떻고…. 길을 지나가면 스쳐가는 사람에게 또 마음을 팔고 있다. 눈으로 보는 것, 귀로 듣는 것, 코로 맡는 것, 입으로 먹는 것, 사사건건 시시비비를 따지고 간섭하려는 마음이 바로 과소비가 아닌가.

일을 추진함에 있어서 걱정을 앞세우고 노심초사하는 것도 수양의 부족함에서 연유한다. 쓸데없는 곳에 마음의 에너지를 소모해 버리니 남을 생각하고 먼 앞날을 생각할 수 있는 정신적 여유를 잃어버린 것이다. "가슴속에 붙은 불은 무량(無量)이 아니면 끌 수 없다"고 했다.

물과 같은 '착한 마음', 오로지 법(法)을 앞세우는 '굳건한 믿음' 그리고 '지성으로 쌓아 가는 공덕'만이 수인사대천명(修人事待天命)의 길이 아닐까?

"뿌리 깊은 나무는 바람에 아니 흔들리고 샘이 깊은 물은 가뭄에 아니 그친다"는 「용비어천가」의 구절을 생각해본다. "내 착함도 자연이 알아주고, 내 원한도 자연이 풀어주며 만사 이치는 사필귀정(事必歸正)"이라 했으니, 남의 흉 보지 말고 오로지 내 마음 고쳐 착하게 살아보자.

10. 잡동사니 청소

• • •

어느 간호사의 말에 의하면, 병원에 있는 병실도 환자들의 병이 잘 낫는 '좋은 전통'의 병실이 있는가 하면 병이 잘 낫지 않는 '나쁜 전통'의 병실이 있다고 한다. 병이 잘 낫는 좋은 병실은 대부분 화목의 기운이 감돌고 환자들의 대화 내용도 부드럽고 긍정적인데 반해, 나쁜 병실은 그 반대라고 한다.

"덕스러운 말은 맑은 기운으로 생하고[德言淸氣生] 악한 말은 그 자체가 티끌이 된다[惡言自體塵]"는 성훈의 말씀처럼 좋은 말, 좋은 기운이 감도는 병실은 좋은 결과가 있고 나쁜 말, 나쁜 기운이 감도는 병실은 나쁜 결과가 있음을 보여주고 있다. 교통사고도 자주 나는 곳에서 또 난다고 한다. 좋지 않은 기운이 거기에 머물러 있기 때문이다. 나의 기운이 맑지 못하면 그 곳을 지나는 순간 그 나쁜 기운에 이끌려 사고를 내고 마는 것이다.

집안에도 그 집안만이 갖고 있는 기운이 있다. 집안의 여기저기에 쌓여 있는 가재도구, 그림이나 글씨, 사진을 담은 액자 등에도 그 집안만이 가지고 있는 독특한 분위기와 기운이 들어 있다.

몇 년 전 어느 도둑이 쓴 『도둑을 방지하는 책』이 나왔는데 그 저자(도둑)가 이런 말을 했다. 도둑이 그 집안에 들어서서 신발정리 상태를 보면 대략 '감'을 잡을 수 있다고 한다. 신발이 가지런히 정리정돈된 집이면 들킬 확률이 매우 크다고 한다. 반대로 신발이 제멋대로 놓여 있는 집은 그 집 식구들의 정신상태가 흐트러져 있어 마음놓고 도둑질을 해도 괜

찮다고 한다. 이와 같이 내 집안환경은 나의 내면을 비춰주는 거울과도 같은 것이다. 무형이 즉 유형이요, 유형이 즉 무형이다.

베스트셀러『아무것도 못 버리는 사람』의 저자 캐런 킹스턴(Kingston, Karen)은 잡동사니 청소를 적극 권장한다. 집안 구석구석에 쌓여 있는 잡동사니는 바로 '정체된 기운'으로 그 꼬인 기운이 인생을 꼬이게 한다고 주장한다. 집안의 잡동사니는 그 가족들에게 피로와 무기력을 가져다주고 몸을 무겁게 한다. 잡동사니가 많은 집 식구들은 대개 불화가 많고 우울증이 있으며 모든 것을 미루는 성향이 있다고 한다. 잡동사니는 과거에 집착하게 하고 인생을 정지시킨다. 더 나아가 건강에 해가 되고 돈을 낭비하게 하며 불행한 일을 많이 맞게 된다고 한다.

성훈에도 "만물을 풀어본 즉 마음[萬物解則心]"이라 했고 "심물에 색기(色氣)를 두지 말라" 했는데 나쁜 마음들이 기운으로 뭉쳐 있는 것이 잡동사니가 아닐까 생각해본다. 나 역시 잡동사니 청소를 해보니 정말 몇십 년 동안 쓰지 않은 물건들이 집안 이곳저곳에 즐비했다. 신발장에 잠자고 있는 신지 않은 신발들, 옷장에 있는 최근 몇 년간 한 번도 입지 않은 옷들, 주방에 있는 최근 몇 년간 한 번도 쓰지 않은 접시나 그릇들, 한 번도 들춰보지 않은 책들, 창고에는 수십 년 동안 아까워서 못 버린 물건들이 수두룩했다. 침대 밑, 장롱 위, 화장대 서랍, 골방, 목욕탕, 거실 이곳저곳 대충 50% 이상은 버려야 할 잡동사니가 아닌가!

아까워서…… 만일에 대비하여…… 남에게 보여 주기 위해서…… 부모에게 물려받은 것이라서…… 가지고 있어야만 안심이 되니까…… 이런저런 이유로 버리지 못한 '미련덩어리'가 바로 잡동사니이다. 모두 '유통기한'이 지나 먹을 수 없는 식품들을 보관하고 있는 것과 마찬가지 이치이다. 어떤 분들은 죽을 때까지 버리지 못하고 마침내 그 후손들이 처분을 하게 한다.

'마음속 잡동사니'는 또 어떠한가? 내 마음속에 차곡차곡 쌓아놓은 염(念), 염(念), 염(念)들, 10년 전 서운했던 것, 20년 전 망념들을 아직까지 버리지 못하고 원(怨)과 한(恨)으로 간직하고 있는 것도 있다. 머물지 말고 늘 새로운 마음으로, 새로운 기운으로 새날 새 마음을 가져야 할 텐데 무슨 미련이 있어서 그리도 오래 붙들어 매놓고 있는지 참으로 알다가도 모를 일이다.

성훈에 "오늘 반성(反省)이면 내일 극락(極樂)"이라 했다. 오늘 반성(反省)하고 마음밭을 깨끗이 청소하면 바로 거기에 극락이 있다는 가르침이다. 그런데도 매번 "내일 반성(反省) 모레 극락(極樂)"만 추구하다 보니 늘 미루기만 한 '머물러 있는 수양(修養)'을 해왔지 않나 반성한다. 집안의 잡동사니도 과감히 버리고, 내 마음속의 잡동사니도 바로 바로 반성청심(反省淸心)하고, 수양의 과정에서 있은 시행착오와 그릇된 것들을 모두 버려 "만물만상(萬物萬像) 화심응행(和心應行)"하는 선순환의 수양이 되도록 해야 하겠다.

11. 성질과 건강

• • •

사람은 누구나 건강하게 살고 싶어한다. 돈을 잃으면 그것으로 그만이지만 건강을 잃으면 모든 것을 잃게 된다. 대부분의 사람은 '몸이 아프면 병원에 가면 되지······' 하지만, 의학이 고도로 발달된 오늘날에도 의사들이 의료 활동으로 실제 고칠 수 있는 병은 전체의 약 20%밖에 되지 않는다고 한다. 따라서 병은 치료보다 예방이 더욱 중요하다. 그러면 어떻게 해야 건강한 삶을 누릴 수 있겠는가.

마음 닦는 공부를 하는 우리는 그것이 바로 자성반성(自性反省)의 이치에 있음을 배워 왔다. 성훈에 "우리의 정신 수양 의미는 고애상신(苦埃傷神)된 마음을 자성반성하여 무량청정정정방심(無量淸靜正方心)으로 선화한 정신을 살리면 자연 혈액순환으로 무병한 건강체를 보전할 수 있다"고 했다.

자신이 가지고 있는 그릇된 성질을 고쳐야 한다고 얼마나 강조했는가. 그런데 어느 의사가 이러한 '성질'이 건강에 얼마나 영향을 미치는가에 대해 의학적으로 증명하는 책을 냈다. 일본에서 150만 부나 팔렸다는 하루야마 시게오의 『뇌내혁명腦內革命』이라는 책이다. 수양에 참고가 될 것 같아 잠시 그 내용을 소개해 보고자 한다.

"인간의 육체와 마음은 늘 대화를 나누고 있으며, 마음으로 생각하는 것은 반드시 육체에 작용한다(靈肉合德). 인간이 화를 내게 되면 뱀의 독에 필적할 만큼 강한 독을 발생하게 되는데, 이는 뇌에서 '노르아드레날린'이라는 호르몬을 분비하기 때문이다. 따라서 화를 자주 내거나 스트레스를 많이 받으면 노르아드레날린의 독성으로 인해 병에 걸리거나 노화가 촉진된다. 또 남에게 폐를 끼치거나 원망을 사는 행동을 하면, 뇌는 그 사람을 서서히 멸망의 방향으로 유도한다. 가령 다른 사람을 곤경에 빠뜨려서 많은 돈을 벌고 지위나 명예를 얻었다고 하자. 그러나 무슨 까닭인지 그 이유는 알 수 없으나 그러한 기쁨은 오래 가지 않는다. 반드시 어디선가 이상하게 꼬인다.

반대로 긍정적인 방향으로 생각을 하고, 남을 위해 선을 베풀면 뇌 안에서는 'b-엔돌핀'이라는 좋은 호르몬이 분비된다. 이처럼 사람에게 유익한 호르몬은 약 스무 종류가 있는데, 이들 호르몬은 인체를 젊게 만들 뿐 아니라 암세포를 파괴하고 건강을 지속시켜 주는 작용을 한다. 이와 같이 사람은 누구나 자신의 인체 내부에 훌륭한 제약공장을 갖추고 있는 것이다(판검사가 다 내 몸 안에 있다). 좋은 생각을 하면 체내에 있는 제약공장은 순식간에 몸에 이로운 약을 만들고, 나쁜 마음을 먹으면 곧바로 몸에 해로운 약을 만들어 낸다. 따라서 처방은 첫째가 명상[自性反省]. 자신의 올라오는 성질을 적극적이고 긍정적인 플러스 발상으로 전환하는 것이다.

둘째는 적당한 운동. 우리 몸 속에 혈액이 원활하게 흐르게 하려면 근육이 튼튼해야 하고, 근육은 제2의 심장 역할을 한다. 이 근육을 튼튼히 하는 데는 맨손체조나 하루 만보 이상 걷는 것이 가장 좋다. 아침에 일어나 근육을 문질러 주는 것도 효과적이다.

셋째는 양질의 단백질을 공급하는 식사요법. 된장이나 콩 종류의 식품은 뇌세포에 도움이 되는 최고의 자연식품이다."

이상의 내용에서 보듯 의학적인 용어만 빼고 보면 이미 오래 전 도덕에서 배워 온 말씀이다.

수양청심(修養淸心)은 불사약 불로초인데, 내 근본은 찾지 못하고 얼마나 많은 비애악기(鄙埃惡氣)를 우리 몸 속에 간직하며 살아가고 있는 것인가?

12. 자작지고(自作之苦)

• • •

12월이다. 세월은 참으로 화살처럼 빠르다. "돋는 일월을 막을 수 없고 자연 운도를 막을 자 없다"고 했으니, 우리의 삶도 거스를 수 없는 그 흐름 속에서 함께 흘러왔다. 나는 그 흐름에 순행(順行)해 왔던가, 아니면 거역해 왔던가를 반성해본다.

모든 일에 최선을 다했는가? 지성으로 실천했는가? 마음의 미신을 버렸는가? 감사하고 즐거운 마음보다는 근심, 걱정, 노심초사가 더 많았던 한 해, 닦은 공덕보다는 받은 은혜가 더 많았던 한 해, 남을 칭찬하고 격려하며 서로 화목하게 지내기보다는 자만과 이기심을 더 앞세워 행동한 한 해가 아니었던가?

부모님께 효행한다고 해도 생각과 말만 앞서고, 스승을 받들겠다는 생각도 그저 바쁘다는 핑계로 이럭저럭하다 그만 일 년이란 세월이 흘러가 버렸다. 못난 기질을 고치지 못해 또 얼마나 헛된 고생을 해왔던가? 모든 것이 스스로가 만든 괴로움, 즉 자작지고(自作之苦)이다.

남을 원망했던 마음, 섭섭한 심정, 불평심, 심술, 짜증, 스트레스, 이 모든 것이 누구에게서 나왔던가? 자신이 만들어내고 스스로 괴로워했던 것들이 아니었던가? "나는 만물의 도적이요, 만물은 나의 도적이라. 만사의 번안적(播安賊)도 나의 중심(中心)에 다 있노라." 했다. 풀어보면 모두가 자신의 마음에 있다 하겠다.

그런데도 인간은 어리석기 짝이 없는 존재인가 보다. 성깔을 올리면 스스로 괴롭고 상대방을 괴롭히는 줄 뻔히 알면서도 올라오는 대로 행

동하고 만다. 욕심을 부리면 부릴수록 무리수가 나오고 낭패를 보는데
도 그것을 버리지 못한다. 자신이 조금만 참으면 모든 것이 원만하게 끝
날 수 있는데도 기어이 다툼질하고 만다. 상대방의 입장에서 조금만 생
각을 바꾸어 보면 이해할 수 있는 일인데도 기어이 자기 주장만을 고집
한다. 듣기 싫은 이야기, 악성사언(惡聲邪言)을 못 들은 척 그냥 흘려넘겨
버리면 될 것을 마음속에 취부해 괴로워한다. 상대방은 아무런 감정 동
요도 없는데 '저 사람은 나를 미워하고 있겠지' 스스로 염(念)을 만들어
자작지고에 시달리고 만다. 어디 그뿐인가? 우리가 쓰는 언어에도 바르
지 못한 말을 함으로써 스스로 화를 자초하는 것이 얼마나 많은가?

　자신과는 아무런 관련도 없는 남의 말, 실언(失言), 허언(虛言)을 함부로
해 그 화가 자신에게 돌아오고 '죽겠다', '못 살겠다'는 등 무심코 버릇
처럼 하는 부정적인 말들이 결국 자신을 죽게, 못 살게 하고 만다. "인생
과보는 내가 지음으로써 내가 받는 것", "내 착함도 자연이 알아주고 내
원한도 자연이 풀어준다"고 했다.

　"죄와 덕은 내가 짓고 내가 받나니, 착하게 행하면 행복이 있고, 악함
을 행하면 재화가 있다"는 말씀을 진정으로 믿었던가? 대자연(大自然) 앞
에서 좀 더 겸손해지고, 대덕(大德)의 은혜에 감사하며 그 가르침에 순명
하는 지혜를 밝혀야 하겠다. 물과 같은 마음으로, 자신에게 닥쳐 오는 모
든 것을 거부하지 말고 유수지행(流水之行)해 나가면, 괴로울 것도, 미워
할 것도, 원망할 것도, 근심할 것도 없다.

　물은 아무리 모난 돌을 만나도 넘어서 가거나 비켜서 가고, 그렇게도
할 수 없으면 서서히 채워서 간다. 좁은 길에선 좁은 대로, 넓은 길에선
넓은 대로 유유히 흘러간다. 그러면서도 언제나 물 자체는 수평을 잃지
않는다.

　그 물과 같은 마음 어디에 자작지고가 있을 수 있겠는가? 결코 머무르

지 않고 거스를 수도 없는 세월의 흐름 속에서, 자신의 마음의 물결도 유유히 함께 흘러 나가도록 해보자.

자성신앙

13. 자연의 법 – 스스로 自, 그러할 然

• • •

신(神)은 과연 존재하는가? 1, 2차 세계대전을 겪으며, 특히 아우슈비츠수용소에서 600만 유대인의 대학살을 본 철학자들은 신(神)은 죽었다고 외쳤다(신이 있다면 어찌 저런 끔찍스러운 일을 두고 본다는 말인가!). 아도르노는 "아우슈비츠 이후의 모든 문화는, 그 비판까지 포함하여 한낱 쓰레기에 지나지 않는다."고 했고, 하이데커는 "이 시대는 옛 신(神)들이 다 죽었고 새 신(神)들은 아직 탄생하지 않았다."고 했다.

근대 이후 서양의 종교적 상황은 한마디로 신(神)의 부재와 실존주의 철학의 등장이다. 그렇다면 신(神)은 없는 것인가? 기존의 신들은 다 어디로 갔는가? 유대교에서는 야훼를, 그리스도교에서는 하나님을, 이슬람교에서는 알라를 유일신이라 하는데, 과연 이 신들은 각각 다른 것인가? 동양에서 말하는 상제(上帝), 천(天), 신(神)은 무엇이며, 우리나라 애국가에 나오는 하느님은 또 무엇인가?

인류의 수천 년 역사 속에서 그 이름은 달라도 우리 인간은 신의 존재를 믿어 왔음에 틀림없다. 다만 시대에 따라 신과 인간과의 관계에서 어느 쪽에 더 우위를 두느냐 하는 차이가 있을 뿐이다. 『주역(周易)』의 신인(神人)관계를 살펴보면, 하늘에서 모든 것을 주재하고 관장하는 '높이의 신'(民神相分 단계)에서 인간의 노력을 더 중시하는 '변화의 신'(民神相通 단계)으로, 그리고 신(神)의 신명(神明)과 인간의 신명이 합일(合一)하는 '깊이의 신'(民神合一 단계)으로까지 발전한다.

나는 종교가도 철학자도 아니고 또 신(神)에 대해 아는 것도 부족하지만 신(神)의 존재를 분명 믿고 싶다. 다만 그 신의 법(法)을 '자연(自然)'이라고 부르고 싶다. 자연은 한자로 '스스로 自'와 '그러할 然'이 합쳐진 말이다. '스스로 그러한' 시스템, 다시 말해 자동 피드백 시스템이다.

하느님(God)이 어떻게 하늘나라에서 이 억조창생(億兆蒼生)의 일거수일투족까지 살펴서 복을 주고 화를 줄 수 있겠는가? 착함을 행하면 마음이 흐뭇해지고 밝아지고, 악함을 행하면 양심의 가책을 받아 가슴이 두근거리고 초조해지는 것이 바로 '스스로(自) 그러한(然)' 자동 시스템이 아닐까?

봄이 가면 여름이 오고, 여름이 지나면 가을, 겨울이 오는 것도 천지자연(天地自然)의 자동시스템이요, 비가 오고 눈이 내리고 폭풍이 몰아치는 것도 다 그럴 수밖에 없는 연유가 있어서 스스로 그렇게 되어지는 자동 시스템이다. 그래서 '세상엔 나쁜 날씨란 없다'고 한다.

이 대자연(大自然)의 무궁한 조화와 오묘함을 보고 느끼려면 미국의 그랜드 캐년을 가보라!

그랜드 캐년은 길이 445.6km이고 평균넓이 16km, 깊이가 1,600m나 된다. 과거 500만년 동안 흐르는 물에 의해 쉴 새 없이 깎이고 깎인, 과거 20억 년까지 이르는 암석으로 구성되어 있다. 캐년의 깊이는 콜로라도강에 의하여 침식되어 왔는데, 그 넓이는 얼음이 얼고 녹는 주기, 나무 뿌리에 의한 쐐기작용, 중력, 빗물과 토양의 결부에서 기인하는 화학적, 기계적 풍화작용의 결과이다.

이 아름다운 대장관을 사람들은 신(神)이 만든 위대한 작품이라고 일컫는다. 그러면 이 작품을 만들기 위해 신(神)이 어떤 의지를 가지고 만든 것일까? 아마도 그것은 아닐 것이다. 해(日)와 달(月), 하늘과 땅의 음양조화와 지수화풍(地水火風), 춘하추동 사시절기(四時節氣) 기후변화의 자연작용이 결과적으로 이런 작품을 만든 것이다. 말 그대로 '스스로(自) 그러한(然)' 자연 시스템의 산물인 것이다.

이 우주는 이러한 자연 시스템이 있어서 한 치의 오차도 없이 운행되고 있다. 인간사회도 이러한 자연 시스템이 있어서 한 치의 오차도 없이 적용되고 있다. 그래서 성훈에 이중천지입법(二重天地立法)을 밝혀주셨다. "천지(天地)에는 신명(神明)의 밝음이 있고(天地有神明) 인생(人生)에는 심명(心明)의 밝음이 있다(人生有心明)."

천지에는 신명의 밝음이 있어 이 우주 자연을 관장하고 있고, 만물의 영장인 인간에게는 신(하느님)이 인간의 영심 속에 파견 나와 있는 것이다. "한량없이 맑고 고요하고 바르고 둥근 마음" 그것을 영심(靈心) 이라고도 하고 내 안에 있는 부처, 자성존불(自性存佛)이라고도 한다. 이 인간 속에 내재된 신이 나의 생각하는 것, 말하는 것, 행동하는 것을 모두 다 보고 심판하고 있다. 그래서 어디에 빌 것도 없고 물을 곳도 없다. 내 안에 있는 이 심명(心明)이 자연시스템으로 무궁한 조화를 이루고 있기 때문이다.

"착하게 행하면 착함이 오고, 명기(明氣), 악하게 행하면 악함이 오고, 초기(焦氣)……."

"적선지가(積善之家)에는 필유여경(必有餘慶)이요, 적악지가(積惡之家)에는 필유여앙(必有餘殃)이라……."

"순천지자(順天地者)는 흥하고, 역천지자(逆天地者)는 망하나니……."

"인생과보(人生果報)는 내가 지음으로써 내가 받느니라. 내 착함도 자연(自然)이 알아주고, 내 원한도 자연(自然)이 풀어주며 만사이치는 사필귀정(事必歸正)이니라."

"천당 극락 지옥은 재하처(在何處)요 각자 중심(中心)이니, 인생은 만물지영장인 고로 생존에 개심수덕(改心修德)하여 심전(心田)을 청정정심하면 즉 천당 극락 이니라."(이상 『성덕명심도덕경』)

이 모든 성훈의 말씀이 다 심물문리(心物文理)로 철(哲)한 자연의 이치법을 밝혀준 것이다.

이 세상 모든 것이 다 자연(自然) 아닌 것이 없다. 원인이 있어 나타난 결과요, 인과응보의 자동 시스템이 자연이기 때문이다. 국가 사회의 흥망성쇠도 다 자연이요, 개인의 부귀영화와 길흉화복이 다 자연이다.

우연이란 과연 있는 것인가? 우연이라는 것이 겉으로 보기엔 우연일 뿐이지 그 내면에는 반드시 원인이 있을 것이니 그 우연은 필연일 것이다. 나에게 부딪쳐 오는 모든 것이 다 필연이라면 그것을 내가 어떻게 받아들이느냐에 따라서 화도 되고 복도 될 수 있지 않겠는가? 악함으로 받아들이면 화가 되고 착함으로 받아들이면 복이 되지 않겠는가? 마치 흐르는 물이 부딪쳐오는 모든 것을 착함으로 받아들이듯이 나에게 부딪쳐오는 모든 것을 긍정으로 받아들이자. 좋은 일이든 궂은일이든, 설사 억울한 일을 당했어도 그것 또한 자연이니 누구를 원망하고 한탄하겠는가?

이런 것도 자연이요, 저런 것도 자연인 것을. 이런 것도 착함으로 화

(化)하게 하고, 저런 것도 착함으로 화(化)하게 하자. 선화아물 자연지족(善化我物 自然之足)해보자. 그것이 선(善) 중에 최고의 선, 최선이다.

자연은 한품에 만물을 품어 고이고이 길러 준다. 돋는 일월(日月)을 막을 수 없고 자연운도를 막을 자 없다고 했다. 자연은 위대한 신(神)이며 그 누구도 거스를 수 없는 것이다. 우리는 자연 앞에 순명(順命)하고 자연을 경외하며 자연대로 살아야 한다.

성훈에 원형의정(元亨義貞)은 천도지법(天道之法)이요, 인의예지(仁義禮智)는 인성지강(人性之綱)이라 했다. "인의예지는 사람이 살려고 하는 본성의 벼리"라 했으니 인의예지를 벼릿줄로 삼고 착하게 살려고 노력하는 것이 바로 자연대로 사는 것이다.

14. 내 안에 있는 부처, 자성존불 - 백점인간

• • •

사람의 능력에는 신체적 능력(체력), 지적 능력(지성), 감성적 능력(감성), 그리고 영적 능력(영성)이 있다. 신체적 능력은 각종 건강진단과 체격, 체능검사를 통해 측정되고 있고 지적 능력은 IQ 검사로, 감성적 능력은 EQ 검사로 평가를 한다. 그런데 인간의 행복과 가장 관련이 많다는 영적 능력, 영성지수(SQ)는 아직까지 개발되지 못하고 있다.

영성(靈性, spirituality)이란 신, 우주, 하느님 등 초자연적인 존재에 대한 믿음이자 사랑, 자비, 헌신 등 이타주의적 윤리규범을 뜻한다. 성덕의 가르침에서는 "성스러운 덕화의 길을 본받는 것"이며, 수양의 궁극적 목표를 인간심을 버리고 내 안에 내재한 영심을 찾는 '영육합덕(靈肉合德)'에 두고 있다. 성훈에 "천지유신명 인생유심명(天地有神明 人生有心明)"이라 했다. 천지에는 신의 밝음이 있고, 인간에게는 마음의 밝음이 있다는 말씀인데, 이 심명(心明)이 바로 영심(靈心)을 뜻하는 것이 아닐까?

우리말에 '영판맞다'라는 말이 있는데 영이 맑으면 지혜가 밝아져서 그 판단이 영판(靈判)맞아 어려움도 없고 고생도 하지 않고 하는 일마다 순조롭게 잘 되는 것이다. 예를 들면, 차를 기다리는데 왠지 그 차가 타고 싶지 않아(또는 어떤 다른 이유로) 타지 않았는데 나중에 보니 그 차가 굴러서 사고가 났다고 하자. 이런 경우 '영판맞다'고 말할 수 있는 것이다. 영이 판단해 그 차를 타지 못하게 했기 때문이다.

세상을 살다보면 이리 갈까, 저리 갈까 판단하고 결정해야 하는 것이 수 없이 많다. 팔악의 마음으로 이 영심이 어두움에 가려 있으면 어리석은 판단을 하는 것이고, 팔선의 마음으로 이 밝은 영심을 찾으면 행복하고 성공으로 가는 길을 선택하게 되는 것이다. 사람들은 영심이 어두움에 가리워 어디로 갈지를 몰라 점을 치고 "미신에 이끌려 허갑(虛甲)이 놀음에 명복(命福)과 재수(財數) 소망을 발원예배(發願禮拜) 하는" "눈뜬 자가 봉사에게 길을 묻고, 말하는 자가 벙어리에게 말을 묻는" 어리석음을 저지르고 있는 것이다.

이 영적 능력은 나이의 많고 적음과 관계가 없고 지식의 많고 적음과도 관계가 없어 보인다. 동서고금, 남녀노소, 빈부귀천을 불문하고 존재하는 것이 영성이다. 우리집에 첫돌이 지난 손자아이가 있는데 이 아이의 영적 능력은 얼마나 될까? 배 고프면 밥 달라고 하고, 배 부르면 먹지 않고, 안아달라, 내려달라, 이리 가라, 저리 가라, 할아버지에게 지시를 내리는 순수하기 그지없는 아이의 영적 능력에 나는 백점을 주고 싶다. 비록 말은 못하고 지식은 없어도 영적 판단은 하고 있지 않은가! 어디 그뿐이랴! 아이의 아버지 어머니, 할머니 삼촌 등 모두 백점이다! 자기의 가족이니까 그렇게 후하게 주는 것 아니냐고? 그렇지 않다. 세상 사람들 모두 백점이다! 왜 그런가?

인간은 만물의 영장이다. 영적 능력이 만물 중에서 최고이니 당연히 백점이 아니겠는가. 동양철학에서는 인간의 본성을 하늘이 품부해준 것이므로 본성 속에는 이미 천리(天理)가 내재되어 있다고 본다. 이 천부의 본성은 위대한 성인만 갖고 있는 것이 아니라 모든 사람 누구나 보편적으로 갖고 있다는 점에서 인간은 모두 평등한 것이다. 다만 절대세계의 선험적인 '본연의 성[本然之性]'은 지극히 선해 백점이지만 상대세계의 경험적인 '기질의 성[氣質之性]'은 선과 악을 모두 갖고 있어 사람마다 천차만별이다.

인간은 만물의 영장이기 때문일까? 사람들은 대부분 자기는 백점이라고 생각하면서 산다. 어떤 사람이 어떤 일을 저질렀을 때는 다 그럴 수밖에 없는 나름의 이유가 있다. 그 사람의 수준에서는 그것이 최선이라고 생각하고 한 것이리라. 그러니 어떻겠는가! 그 사람 입장에서 백점을 주자는 것이다. 이렇게 생각하면 상대방을 이해하게 되어 미워할 것도, 원망할 것도 없고, 시비 걸 것도 없다. 그를 바꿀 수 있는 것은 오로지 자성반성뿐이다. 자성반성을 통해 본연(本然)의 성(性)인 영심을 찾는 길뿐이다.

옛 선비들은 현자가 되기를 원했고, 현자는 성인이 되고자 했으며, 성인은 하늘을 본받고자 했다. 하늘을 본받는 것, 이 우주의 절대자, 지고지선의 신명, 하느님 모습을 닮아 가는 것, 이것을 최고의 가치로 본 것이다. 우리나라의 국가이념을 상징하는 태극기의 '태극'은 지극히 크고 높은 것, 절대적 진리, 절대적 사랑을 뜻하고, 우리나라 애국가에 "하느님이 보우하사 우리나라 만세!"라는 구절을 보아도 우리 선현들이 얼마나 하늘을 본받고자 했는지를 알 수 있다,

그런데 그 하느님은 어디에 계시는가? 하느님이 저 지극히 멀고 먼 하늘나라에 계시겠지만 바로 내 마음속에도 있다. '한량없이 맑고 고요하고 바르고 둥근 마음', 이 영심이 바로 내 안의 하느님이요, 부처님이다. 신명(神明)이 바로 내 마음속에 파견되어 와 있는 것이다. 이 영심은 나의 일거수일투족, 내가 말하는 것, 행하는 것, 마음속에 오르내리는 것, 이 모든 것을 다 보고 듣고 있다. 그리하여 무궁한 조화를 이룬다. 그런데 어디에 묻고, 어디에 잘 보이려고 하고, 어디에 빈단 말인가! "도덕신앙자성신(道德信仰自性信)"이다. 도덕을 믿는 것은 내 안의 자성을 믿는 것이다. 내 안의 자성존불(自性存佛)을 찾아 심전(心田)을 청정정심하면 그곳이 곧 천당 극락이다.

옛날 어떤 사람이 죽기 전에 자식들을 모아놓고 유언을 남겼다고 한

다. "우리 밭에 내가 보물을 감추어놓았으니 너희가 그것을 파서 나누어 가지면 모두 부자가 될 것이다." 자식들은 아버지의 유언에 따라 열심히 밭을 파고 또 팠다. 그런데 보물은 나오지 않고 농사철은 다가오니 그 땅에 농사를 짓고 그 다음해에 또 그 땅을 파고 또 팠다. 이렇게 하기를 몇년! 결국 보물은 찾지 못했는데 땅을 열심히 파는 바람에 농사가 잘 되어 부자가 되었다고 한다. 자식들은 아버지가 남겨준 보물이 바로 부지런히 갈고 닦으라는 교훈이었음을 뒤늦게 깨닫게 된 것이다.

땅을 파듯이 마음밭도 부지런히 갈고 닦아야 보물을 찾을 수 있다. 내 안에 보물을 두고 나는 또 얼마나 많은 헛된 길을 돌아왔던가! 성스러운 덕화의 길을 본받아 내 안의 영심, 자성존불을 하루바삐 찾아보자. "못 찾으면 할 수 없고 찾으면 행복이다."

15. 좁쌀 속에서 찾은 '하느님'

• • •

텃밭을 가꾸는 것은 우리 부부가 갖는 유일한 공통 취미요, 최고의 행복거리이다. 나는 텃밭에 나갈 때마다 자연의 생명력에 경이로움을 느끼고, 풍성한 먹거리에 감사함과 충만함을 느낀다.

칠팔 평 되는 텃밭에 상추, 쑥갓, 시금치, 열무 등을 심었다. 씨를 뿌리고, 모종을 하고, 흙을 돋우고, 물을 주고 하는데, 이 채소들이 어찌나 잘 자라는지 하룻밤만 자고나면 쑥! 쑥! 무럭무럭 올라온다. 생기 넘치는 살아 있는 생물을 대하니 가슴이 따뜻해진다. 그래서 우리 가족은 시간만 나면 텃밭농원을 찾는 것이 새로운 일과가 되었다. 땅을 밟고 흙을 만지는 것도 상쾌한 일이요, 물을 주고 잡초를 뽑아주는 것도 즐거운 일이다. 그런데 참으로 신기한 것은 씨앗에서 움이 터 자라나는 그 강인한 생명력이다. 어떻게 1~2mm밖에 안 되는, 말 그대로 좁쌀만 한 그 자그만 씨앗에서 이러한 생명이 탄생할 수 있단 말인가! 그것도 제 몸의 몇 천, 몇 만 배로 키울 수 있단 말인가!

오늘날 과학이 발달해 달나라도 가고 우주를 여행할 정도지만 이 세상 그 어떤 과학도 이처럼 새 생명을 만들어내지는 못한다. 대자연의 힘! 천지신명의 위대함이 바로 여기에 있지 않을까?

신명(神明-하느님)의 뜻을 한마디로 무어라 말할 수 있을까? 성리학(性理學)에서는 그것을 성(性)이라고 한다. 성(性)은 한자로 心+生 즉 '마음 心' 과 '날 生'이 합쳐서 이루어진 글자이다. 살리는 마음! 그것이 바로 하느님의 마음이라는 것이다. 신명께서는 오로지 만물을 품어 살리는, 대원대자(大圓大慈)의 사랑을 베푼다.

성훈에 "기운으로 만물을 살리고, 천지에 참여해 변화하고 키워주신다" 했다. 신명은 만물을 기운으로 살리고, 기운으로 변화시켜준다.

봄의 기운으로 싹을 틔워 살리고(春生萬物仁之德),

여름의 기운으로 자라게 하고(夏長萬物義之勇),

가을의 기운으로 열매를 거두게 하고(秋收萬物禮之實),

겨울의 기운으로 저장한다(冬藏萬物智之行).

살리어 시작하는 것을 원(元)이라 하고, 자라고 번창하게 하는 것을 형(亨)이라 하고, 열매 맺고 마무리하는 것을 의(義)라 하고, 참고 견디며 저장하는 것을 정(貞)이라 한다. 바로 이 원형의정(元亨義貞)이 하늘의 도법(道法)이라 했다(元亨義貞 天道之法). 이처럼 좁쌀 한 알 속에도 신명의 오묘한 이치가 있으니 이 얼마나 신비한 일인가!

대자연의 '살리는 마음(性)' 그 생명력은 참으로 위대하다. 과학이 '전깃불'이라면 신명(神明)의 밝음은 '태양빛'이리라! 전깃불은 고작 방 한 칸 밝히지만, 태양빛은 온 우주를 밝히고 만물을 살리는 기운이 있다. 그래서 우리는 신명을 믿고 신명의 뜻에 따라 서로서로 살리며 살아야 하는 것이다.

성훈에 "순천지자(順天地者)는 흥하고 역천지자(逆天地者)는 망하나니……"라고 한 것은 하늘의 도법을 따라 믿고 행하면 하늘의 살리는 기운(道氣)을 받아 흥하고, 도법에 어긋나면 하늘의 살리는 기운을 받지 못해 망한다는 말씀이다. 또 "인의예지가 사람이 살아가는 벼리[仁義禮智 人性之綱]"라 했으니 인의예지를 지키며 사는 것이 바로 하늘의 도를 인간이 본받아 따르는 것이리라.

오늘날 인간의 욕망이 빚어낸 이기주의, 과학만능주의는 인간과 자연환경 모두를 황폐화시키고 있다. 생명사상가들은 사람뿐만 아니라 풀한 포기, 나무 한 그루, 벌레 한 마리에 이르기까지 '하느님' 아님이 없다고 말한다. 천지는 말씀이 없어도 대은덕으로 살려주신다[天地無言 大恩德生]. 자연의 이 놀라운 생명력과 신비함을 알게 되면 어떠한 생명체도 함부로 다룰 수 없는 일이다.

고대 인도의 위대한 왕 아쇼카는 모든 국민이 최소한 다섯 그루의 나무를 심고 돌보도록 했다고 한다. 여기에는 많은 뜻이 숨겨 있을 것이다. 우리도 젊은 청소년들에게 진정으로 삶을 배우고 자연을 배우게 하기 위해 각 가정마다 학교마다 '텃밭 가꾸기'를 해보면 어떨까? 시대가 아무리 변했어도 역시 농자천하지대본(農者天下之大本)이다!

16. 유유상종 - 끌어당김의 법칙

• • •

독일의 의사 중에 환자의 혈액을 보존하고 있는 사람이 있었다. 혈액은 밀폐 보존하고 있었으므로, 성분이 변하는 일은 있을 수 없다. 그런데 2년 후 무슨 이유 때문인지 혈액 성분에 변화가 나타났다. 그것도 너무 신기하게 2년 전에 채취한 혈액의 상태가 아닌 그 환자로부터 뽑은 현재의 혈액 상태로 변해 있었던 것이다.

이 말은 2년 전에 어떤 병에 걸렸던 사람이 지금 건강을 다시 회복하게 되면 병에 걸렸던 때에 보관한 2년 전 혈액까지 건강한 혈액으로 바뀐다는 것이다. 참으로 불가사의한 이야기이다. 하지만 그 의사는 이러한 사실을 2,000명이나 되는 환자의 임상 실험으로 확인하여 독일에서 논문을 발표했다고 한다. 이것은 바로 공명(共鳴)현상을 말해 준다.

1665년 뉴턴은 만유인력(萬有引力)의 법칙을 발견했다. 그는 사과나무에서 떨어지는 사과를 보고, 사과를 나무에서 떨어뜨리는 힘이나 지구를 태양 주위로 돌게 하는 힘이 모두 같은 종류의 힘이라는 것을 발견했다. 나아가 우주에 있는 모든 물체가 서로 끌어당긴다는 사실을 알게 됐다. 예를 들면, 책상 위의 연필과 지우개, 책과 컴퓨터, 핸드폰과 선풍기, 심지어 나와 먼 나라 이름 모를 누군가 사이에도 끌어당김의 현상이 작용하고 있는 것이다. 다만 힘의 크기가 매우 작기 때문에 우리는 이 힘을 느낄 수 없을 뿐이다. 아인슈타인의 상대성 원리는 이를 증명해주는 논리이다.

우주에 만유인력의 '끌어당김 법칙'이 있다면 사람에게도 인유인력(人

有引力)의 '끌어당김 법칙'이 있지 않을까? 남녀가 왠지 모르게 서로 끌려서 좋아하게 된다든지, 친구와 친구 사이에 의기투합이 된다든지, 직장에서 상사와 부하로서 호흡이 척척 잘 맞는다든지 하는 현상이 그런 게 아닐까? 이처럼 유유상종, 끼리끼리 모이는 현상을 우리는 자주 보고 겪기도 한다. 세상의 모든 사람은 이 끌어당김 법칙에 의하여 유유상종으로 만난다. 운동 좋아하는 사람은 운동 좋아하는 사람끼리, 음악 좋아하는 사람은 음악 좋아하는 사람끼리, 주먹쓰기 좋아하는 사람은 주먹쓰기 좋아하는 사람끼리, 권력 좋아하는 사람은 권력 좋아하는 사람끼리, 투쟁 좋아하는 사람은 투쟁 좋아하는 사람끼리, 착한 사람은 착한 사람끼리, 악한 사람은 악한 사람끼리, 끼리끼리 유유상종한다. 서로 같은 기운끼리 끌어당기기도 하고 끌려가기도 한다. 이것도 일종의 공명현상이라 할 수 있을 것이다.

만물은 파동구조를 가지고 있어서 같은 파동끼리 서로 어울리며 작용한다고 한다. 병원에 남겨 놓은 나의 피는 이 우주상에서 오직 나와 똑같은 파동 구조를 갖고 있기 때문에 나의 건강 변화에 따라 함께 변하는 것이라 할 수 있다. 파동구조를 갖는 것은 이러한 물질 뿐만이 아니다. 사람의 생각(心)이나 말(言), 행동(行)도 똑같이 파동구조를 가지고 있다고 한다. 생각(心)의 주파수, 말(言)의 주파수, 행동(行)의 주파수에 따라 서로 같은 것끼리 어울리며 작용한다.

세계적으로 베스트셀러가 된 론다 번(Rhonda Byrne)의 『시크릿(The Secret)』은 이러한 끌어당김 법칙에 대해 쉽게 설명을 해주고 있다.

"우주의 모든 질서와 당신 삶의 매 순간을 결정하고, 당신이 경험하는 모든 시시콜콜한 일을 결정하는 요소는 바로 이 끌어당김의 법칙입니다. 당신이 누구이고 어디에 있든지, 끌어당김의 법칙은 삶의 모든 경험을 빚어냅니다. 1912년 찰스 해낼은 끌어당김의 법칙을 '온 우주가 의지하는 가장 위대하고 정확한 법칙'이라고 설명했습니다.

왜 전 세계 인구의 1퍼센트 밖에 안 되는 사람들이 전 세계 돈의 96퍼센트를 벌어들인다고 생각하십니까? 당신은 이것이 우연이라고 생각하십니까? 그것은 그렇게 만들어졌기 때문입니다. 그 사람들은 뭔가 알고 있습니다. 그 '비밀'―끌어당김의 법칙―을 이해하고 있는 것입니다. 당신은 '인간 송신탑'이고 지상에 세운 어떤 텔레비전 송신탑보다 강력합니다. 아니 우주에서 가장 강력한 송신탑입니다. 당신이 보내는 전파는 당신의 인생과 이 세상을 만들어냅니다. 당신이 생각할 때 그 생각은 우주로 전송되어 같은 주파수에 있는 비슷한 것들을 자석처럼 끌어당깁니다. 전송된 것은 모조리 원점으로 되돌아갑니다. 그리고 원점은 바로 당신입니다! 따라서 좋은 것을 끌어당겨야 합니다. 나쁜 것 말고. 문제는 이것입니다. 사람들은 대부분 자기가 원하지 않는 것을 생각하면서 왜 그게 계속해서 나타나는지 의아해 합니다. 역사상 가장 심각한 전염병은 '싫어 전염병'입니다. 사람들은 자기가 '싫어하는' 대상에 관해 주로 생각하고, 이야기하고, 집중하고 뭔가 행동하면서 결국 이 병에서 벗어나지 못합니다. 이 '싫어 전염병'을 긍정적 방향으로 바꾸어야 잘 살 수 있습니다"(『시크릿』에서).

긍정적인 마음(心), 긍정적인 말(言), 긍정적인 행동(行)이 바로 행복 주파수이다. 우리의 일상생활 속에서 특히 언어를 사용함에 있어서 이것은 매우 중요하다고 생각한다. 『시크릿』에서 가르쳐주는 긍정의 지혜를 더 배워 보자. "나쁜 것을 하지 마라"는 부정적인 것에 집중되어 있다. "좋은 것을 하라"는 긍정적인 것에 집중되어 있다. "거짓말하지 마라"보다는 "참말을 하라"가 좋다. "다투지 마라"보다는 "화목하게 지내라", "무례하게 굴지 마라"보다는 "예의를 지켜라"가 훨씬 더 긍정적인 표현이다. 끌어당김의 법칙은 '~하지 않아', '~하지 마라' 같은 부정어를 처리하지 않는다고 한다.

"빚지지 말아야지" 하면 우리의 생각은 빚, 빚, 빚에 집중되어 결국 많은 빚을 지는 악순환의 연속이 된다고 한다. 반대로 "현금 10억을 벌어야지" 하면 풍요에 집중하게 되어 풍요 쪽으로 끌어당김 법칙이 작용한다는 것이다. 빚을 생각하면 빚을 불러들이고 풍요를 생각하면 풍요를 불러들인다. '암투병', '반독재투쟁', '반전시위' 등의 표현도 부정적 표현이다. 암투병을 계속 외칠수록 암 속에 빠져들고, 반독재 투쟁을 계속 부르짖으면 독재에 빠져든다. 반전시위는 전쟁의 악순환을 가져온다는 것이다. 그래서 '건강 회복', '민주화운동', '평화시위'와 같은 긍정의 언어에 주파수를 집중하자는 것이다.

요컨대 '두려워하는 대상, 부정적 주파수, 불행주파수'에 집중하던 습관을 '원하는 대상, 긍정적 주파수, 행복 주파수'에 맞추라는 것이다. 불평, 불만, 심술, 짜증, 원망 등은 불행 주파수이고, 감사, 사랑, 기쁨, 칭찬, 행복, 웃음은 행복 주파수이다.

내가 착하고, 내가 먼저 행복하면 세상의 모든 행복을 끌어들이는 것이니 우선 나부터 감사와 사랑으로 충만한 마음가짐을 가져야 하겠다. 그렇게 되기 위해서는 내 마음속의 그릇된 것을 모두 버리는 자성반성(自性反省)이 전제되어야 하겠다. 인생은 유유상종의 '끌어당김'이요, 가는 대로 오는 '메아리'이다.

행복을 찾아서

17. 인생에 소중한 것

• • •

사람은 누구나 죽는다. 죽을 때 후회하며 세상을 떠난다. 내가 죽을 때 나는 어떤 후회를 하며 세상을 뜰까? 돈을 더 많이 벌어놓고 떠나야 하는데 그것을 다하지 못해 후회할까? 좀 더 높은 지위에 올라야 했는데 그것을 다하지 못해 후회할까? 나의 이름을 이 세상에 더 날려야 했는데 그것을 다하지 못해 후회할까? 나를 괴롭힌 아무개, 아무개에게 시원한 복수를 하지 못해서? 실컷 먹고 마시고 놀지 못해서? 후회스럽지 않은 것이 없겠지만 그래도 이런 유의 후회는 아닐 것이다. '무엇이 되었는가'보다는 '무엇을 했는가? 인류사회에 유익한 그 무엇[公德]을 남겼는가'가 인생결산서에 남게 될 것이다.

그렇다면 후회를 덜 하는 삶, 가치 있는 삶은 무엇일까? 하이럼 스미스(Hyrum W. Smith)는 『10가지 자연법칙』이라는 책에서 인생의 소중한 가치에 대해 이렇게 설명하고 있다.

"만약 수십 미터나 되는 쌍둥이 빌딩이 나란히 있다고 가정해 보자. 빌딩과 빌딩 사이는 I자 철제빔으로 연결되어 있다. I자 철제빔은 사람이 겨우 두 발로 딛고 걸을 수 있을 정도의 폭이다. 바람이 세게 불거나 발을 잘못 디디면 수십 미터 아래로 떨어질 수도 있다.

저편에 무엇이 있어서 그것을 가져가라 한들 그 빔을 건너겠는가? 웬만큼 소중한 것이 아니고서야 사람들은 그 위험한 모험을 하지 않을 것이다. 그런데 만약 사랑하는 자식이 나의 구조를 기다리고 있다면 기꺼이 그 철제빔을 건널 것이다. 바로 이것! 이런 것이 인생의 '소중한 가치'이다."

우리가 사람이나 사물, 아이디어, 원칙에 대해 얼마만큼 중요하게 여기는가에 따라 가치관은 달라진다. 가치관은 스스로 선택한 신념이자 이상이다. 세상을 바라보는 자기 나름의 사고방식일 수도 있다. 나를 철제빔을 건너게 할 만큼 소중한 인생의 가치는 무엇일까? 죽을 때 후회하지 않을 만큼 내가 선택한 인생의 가치관은 무엇일까? 내가 학창시절 철학자 안병욱 선생은 늘 이렇게 말했다. "인생에는 세 가지 선택이 있으니 첫째는 가치관(價値觀)의 선택이요, 둘째는 배우자(配偶者)의 선택이며, 셋째는 직업(職業)의 선택이다."

지금 돌이켜 생각해보면 대덕(大德)의 은덕으로 참으로 후회 없는 선택을 했다는 생각이 든다. 나에게 있어서 인생에 소중한 몇 가지를 꼽으라 하면 다음과 같은 다섯 가지를 우선 생각해본다. ①건(健) ②처(妻) ③금(金) ④사(事) ⑤우(友)다. 좀더 상세하게 말하면 다음과 같다.

①건(健)은 세계보건기구(WHO)가 권장하는 네 가지 건강이다. 육체적 (physically) 건강은 물론이고 정신적/지적(mentally) 건강, 사회적

(socially) 건강 그리고 가장 중요한 것이 바로 영적(spiritually) 건강이다. 영적(靈的)건강, 바로 영심(靈心)을 찾으면 나머지는 자연으로 되는 이치가 있다.

②처(妻)는 아내와 부화부순(夫和婦順)하고 화목한 가정을 가꾸어 가는 것이다.

③금(金)은 품부(稟富)한 생활을 할 수 있는 경제력이다.

④사(仕, 事)는 인류사회를 위해 봉사할 수 있는 일거리를 말한다.

⑤우(友)는 언제나 도움을 주고받을 수 있는 친구들이다.

그런데 이렇듯 소중한 것을 제쳐두고 별로 소중하지 않은 것에 너무 많은 시간과 노력을 허비하고 있지 않는지 반성해본다.

하이럼 스미스는 마음의 평화를 얻고 행복한 생활을 영위하는 비결은 바로 인생에서 가장 소중하다고 생각하는 것을 이해하고 날마다 그 소중한 것에 시간과 노력을 투입하는 데 있다고 강조한다. 그런데 정작 그 소중한 것을 제쳐놓고 쓸데없는 것에 너무 많은 시간을 허비하며 살아가고 있는 것이다. "악화가 양화를 구축한다"는 그레샴의 법칙이 일상생활 속에서 적용되는 경우가 허다하다. 이것이 바로 '시간도둑'이고 '행복도둑'이다.

수양은 바로 쓸데없는 것을 버리고 단순하게 사는 것이 아닐까? 가능한 한 삶을 단순화하자. 심언행(心言行)을 단순화하자. 굳이 해야 할 필요가 없는 일이라면 과감히 벗어던지자. 마음속에 올라오는 사심 망념, 근심 걱정, 불안 초조, 불평 불만, 원망 심술 짜증 등 부정적인 생각을 버리자. 다른 사람이나 나에게 도움이 되지 않은 말은 하지도 말고 새겨듣지도 말자. 남을 해치거나 남의 뒷다리 잡는 일이나 남의 일에 간섭하는 일은 하지 말자. 내 삶을 풍요롭게 하는 데 걸림돌이 되는, 내 힘을 앗아가는, 부정적인 에너지를 전해주는 사람이 있다면 그 사람과 멀리 하자. 쓸데없이 물건을 낭비하거나 쌓아놓지 말자. 방해가 되는 습관이 있다면 미련 없이 버려버리자. 그리고 현실과 환상을 구분하고 실천 가능한 꿈을 실천에 옮기도록 노력하자.

18. 새해 소망

● ● ●

새해 아침이 되면 누구나 새로운 마음으로 새해 소망을 기원한다. 방송에서 인터뷰한 새해 소망들을 들어보면 사람마다 각양각색이다. "건강하고 싶다", "부자가 되고 싶다", "직장에서 승진하고 싶다", "좋은 사람만나 결혼하고 싶다", "득남하고 싶다", "아들딸들이 좋은 학교에 입학했으면 좋겠다" 등. 나 역시 새해 소망을 기원했다. 무엇을 새해 소망으로 할까? 궁리하고 궁리한 끝에 내린 결론은 "착함을 찾고 싶다"이다. 착함이 너무 부족해 새해에는 꼭 착함을 찾고 싶다. 그것이 수양의 최종 목적지요, 희망봉인 십승지지(十勝之地)를 찾는 길이라 여겨졌기 때문이다.

도덕에서는 밝혀주셨다. "착하면 다 된다"고. 건강도, 화목도, 즐거움도, 마음의 평화도, 부(富)도, 명예도, 성공도 착함만 찾으면 '저절로' 다된다고 했다. "만사가 쭉쭉 자연대로, 묵묵히 착함을 실천하는 그 깊은곳에서 수덕광(水德光)이 빛난다[만사죽죽자연죽(萬事竹竹自然竹) 묵묵심처수덕광(默默深處水德光)]."

건강도 착함을 찾으면 자연히 해결된다. 착함으로 화한 정신을 살리면 자연 혈액순환으로 무병(無病)한 건강체를 보전할 수 있다. 수양청심(修養淸心)은 불사약 불로초라고 했다. 착함이 바로 보약이다. 부(富)도 착함을 찾으면 자연히 해결된다. "그릇된 마음을 고쳐서 착하게 행하면 험식(險食)도 먹지 않게 되고 고생(苦生)도 없어지고 품부(稟富)한 생활을 풍족할 수 있다"고 했다. 욕심을 낸다고 부자가 되는 것이 아니고 착함으로 노력하는 것이 바로 선부(善富)가 되는 길이다.

성공(成功)도 착함을 찾으면 자연히 해결된다. 성훈에 "바르지 못한 것은 허실(虛實)이요, 정의로운 일이라야 성공한다[부정지사허실(不正之事虛實) 정의지사성공(正義之事成功)]"했고 "도덕의 인연으로 자연히 성공한다[도덕지인연(道德之因緣) 자연지성공(自然之成功)]"고 했으니 진정한 성공은 바로 도덕정신에 바탕을 둔 것이라 할 수 있다.

번뜩이는 지혜, 새로운 지평을 여는 지각(智覺)도 착함에서 나온다. 마음의 평화도, 가정의 화목도, 즐거움도, 모두 착함을 찾으면 저절로 온다. 인간이라면 누구나 바라고 소원하는 부귀영화가 바로 착함을 찾는 데서 오는 것을. 그 착함을 먼저 찾으려고 하지 않고 명복(命福)과 소원성취를 허공에 빌고 있다. 이것이 바로 미신이다. "눈뜬 자가 봉사에게 길을 묻고 말하는 자가 벙어리에게 말을 묻는" 격이다. 그래서 스승께서 '자성반성, 미신타파, 문맹퇴치, 도덕정신'의 도덕법기를 통해 지상에 행복의 길을 열어놓으셨다.

지난해를 돌이켜보면 착함이 부족해 만(萬)의 행복요소를 갖고 있음에도 하나의 불행에 연연했다. 착함이 부족해 남을 미워하고 원망하고, 근심하고 걱정하고 애타는 마음에 고생을 자초했다. 바로 믿고 행하면 천리가 지척인데[정신행도(正信行道) 천리지척(千里咫尺)] 바로 믿지 못하고 바로 행하지 못해 지척이 천리가 되어[불신불행(不信不行) 지척천리(咫尺千里)] 돌아돌아 고생을 하고 말았다.

지나놓고 보면 참 후회스러운 일이기도 하다. 모두가 나의 착함이 부족했기 때문이니 새해에는 오로지 착함을 찾아 대법(大法)에 순명(順命)하며 지성으로 닦고 또 닦아야 하겠다. 착함은 아이들에게 주는 훈계가 아닌 어른들이 먼저 찾아야 할 덕목이다. 가난한 자만이 아닌 부자가 더 갖추어야 할 덕목이며, 힘없는 자만이 아닌 힘 있는 자가 더 갖추어야 할 지고지선(至高至善)의 덕목이다.

19. 새를 좇는 소년

. . .

지리산 자락 섬진강을 끼고 있는 평화로운 마을에서 나는 어린 시절을 보냈다. 섬진강의 석양 풍경은 지금 생각해도 황홀할 만큼 아름답다. 서산에는 저녁노을이 붉게 타오르고 한가로운 섬진강변에는 나무꾼의 등짐 행렬이 거의 1km나 이어져 한 폭의 그림처럼 장관을 이룬다. 소년들은 강변 모래사장을 뛰어다니며 고기를 잡고 또 새도 잡는다.

한 소년이 새끼 새를 잡으러 부지런히 뛰어다닌다. 한 마리를 잡으면 호주머니에 넣고 또 다른 새를 쫓기에 여념이 없다. 두 마리 세 마리…… 그렇게 열심히 새를 잡아 주머니에 넣었다. 그런데 마지막 순간 주머니를 열어 보니 새는 온데간데없었다. 새 쫓기에만 여념이 없었지 주머니가 닳아져 그 구멍으로 빠져나간 새는 몰랐던 것이다. 소년은 참으로 허탈해 했다.

그로부터 50여 년, 소년은 이제 초로의 나이가 되었다. 고도성장의 산업화 사회에서 경쟁에 뒤지지 않기 위해 그는 열심히 살아왔다. 밤낮을 가리지 않고 싸우면서 일해 왔다. 더 많은 것을 얻기 위하여 땀 흘리고 더 높은 곳을 향하여 쉴 사이 없이 뛰고 또 뛰었다. 험한 세상, 치열한 경쟁사회, 돈과 권력과 명예를 얻는 것이 바로 행복 그 자체라고 생각했다. 그런데 그런 것들이 과연 행복의 전부인가, 이것이 바로 성공한 삶인가에 대해 다시 생각해보게 되었다. 어린 시절 새만 쫓다 빈손으로 허탈해 했던 그것과 무엇이 다른가.

이것은 이 시대를 살아가는 우리의 자화상이 아닐까 생각해본다. 요즈음은 '스피드'가 강조되다보니 모든 것이 '빨리빨리'이고 과정보다는 결과만이 중요시된다.

진정한 행복은 어디에 있는가? 그것은 바로 결과보다 오히려 과정에 있지 않나 생각해본다. 행복은 직급순이 아니다. 직급이 높다고 행복하다면 우리나라에서 가장 행복한 사람은 대통령이어야 할 텐데 내가 볼 때는 행복해 보이지 않는다. 행복은 부자 순위도 아니다. 백만 원이 있을 때 '천만 원이 있으면 행복해질 거야'라고 말하고 천만 원이 생기면 '억대가 생기면 행복해질 거야'라고 말하며 행복해지기를 유보한다. 그러나 인간의 욕망은 그 끝이 없다. 채우면 채울수록 그 갈증이 더 심한 것이 인간의 욕심이다. 또 예부터 천석꾼은 천 가지 걱정, 만석꾼은 만 가지 걱정이라고 했다.

우리는 그런데도 그것을 얻기 위해 온갖 근심 걱정에서 헤어나지를 못한다. 평생을 그렇게 보내고 만다. 이 세상 마음 편히 쉴 곳은 무덤밖에 없다고까지 말한다.

성훈에 "극락이 어디에 있는가. 맑고 고요한 착함의 마음에 있다[극락재하처(極樂在何處) 청정선심지(清靜善心地)]", "천당은 어디에 있는가. 뉘우치고 고치는 착한 마음에 있다[천당재하처(天堂在何處) 회개선심지(悔改善心地)]"고 했다. 편안한 땅, 생방의 길은 도덕 가운데 있다고도 했다. 매일매일 반성하는 그 시간 그 순간이 바로 행복의 시간이다. 이제부터는 땀 흘리고 노력하는 그 과정 속에서, 수양(修養)을 해 나가는 그 과정 속에서 진정 도의심락(道義心樂)을 즐겨야 하겠다. 언제든지 "나는 지금 행복합니다"라고 자신 있게 말할 수 있는 지족이낙천지(知足而樂天地)의 기강법을 깨달아야겠다.

평화로운 섬진강변의 새잡던 소년, 지금 생각해보면 잡은 새는 놓쳤지만 새를 쫓아갔던 그 순간순간이 행복 바로 그것이었다.

20. 인생 쌍곡선

• • •

 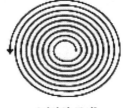

[내향형 곡선]   [외향형 곡선]

세상을 살아가는 모습을 동그랗게 원으로 그려보면 두개의 모습으로
비유할 수 있다. 하나는 밖에서 안으로 좁혀 들어오는 내향형 곡선이며
(Outside in), 다른 하나는 안에서 밖으로 넓혀 나가는 외향형 곡선(Inside
out)이다. 내향형 곡선을 그리며 사는 사람은 바깥세상의 모든 것을 끌어
들여 자기의 것으로 하려 한다. 더 많은 물질, 더 높은 지위, 더 큰 명예
를 탐하며 성공을 추구한다. 세상살이는 치열한 경쟁이며 언제나 1등을
차지하기 위해 분투, 노력한다. 먹이를 찾아 쏜살같이 달려가는 사냥꾼
의 모습과도 같다.

외향형 곡선을 그리며 사는 사람은 베풂과 나눔을 좋아하고 자신의
이익보다 타인을 먼저 생각한다. 헌신과 봉사, 섬김을 미덕으로 여기며
일의 의미를 통해 보람을 추구한다. 사냥꾼처럼 더 빨리, 더 열심히 하기
보다는 더 지혜롭게 더 큰 길을 걸어간다. 전자를 소아(小我)라 한다면 후
자는 대아(大我)를 말한다. 전자가 자신의 이익을 쫓는 이기주의(利己主義)
라면 후자는 대의(大義)를 앞세워 실천하는 이타주의(利他主義)이다.

『하프타임』의 저자 밥 버포드(Bob Buford)는 우리 인생에도 운동경기처럼 전반전과 후반전이 있다고 가정했다. "대개 인생의 전반전에는 학교를 졸업하고, 사랑에 빠져 결혼을 하고, 직장생활을 시작하고, 승진을 거듭하며, 인생 여정을 안락하게 해줄 많은 것을 얻기 위해 숨가쁘게 달려간다. 내향형 곡선의 삶을 살아간다. 그러나 전반전이 '성공을 추구하는 기간'이었다면, 후반전은 '의미를 찾아가는 여행'이어야 진정 성공한 삶을 살 수 있다. 인생 전반전에서 맛보았던 대부분의 비참한 경험은 자신에게 지나치게 몰두했기 때문이다. 전반전의 자아는 안으로 감기어서 자신을 점점 더 단단하게 둘러싸고 만다. 후반전의 자아는 바깥으로 단단하게 감긴 스프링의 마비 상태에서 자신을 풀어버린다. 풀어버림으로써 더 큰 힘을 얻는다"(『하프타임』중에서).

나의 인생 전반전을 되돌아 반성해보면 비록 대도(大道)의 가르침을 받들어 살아왔다고는 하나 소아(小我)의 삶에서 벗어나지 못했던 것 같다. 밖에서 안으로, 전사(戰士)처럼, 1등을 하기 위해, 승리하기 위해, 뛰고 또 뛰었다. 대기업의 최고위 임원까지 올랐으니 사회적으로 보면 성공한 삶을 살아왔음은 틀림없는 사실이다.

그러나 인생 후반전은 분명 달라져야 한다. 전반전이 경제적 자산을 획득하는 데 노력했다면 후반전은 자신을 길러준 이 사회를 위해 재투자하는 기간이리라. 공자께서도 50에 지천명(知天命)했다 했는데 하늘이 나에게 내린 소명(召命)이 무엇인지를 자각하고 그 소명을 다하는 '심부름꾼'이 되어야겠다는 결심을 하게 된다.

'더 열심히'에서 '더 지혜롭게', '받는 인생'에서 '주는 인생'으로 '빠르게 사는 법'보다는 '느리게 사는 법'을 터득해야 할 시간이다. 인생의 전반전이든 후반전이든 우리는 소아의 껍질을 깨고 대아의 세계로 나와야 한다. 안으로 안으로 자꾸 채우기만 하면 더 이상 채울 것이 없어진다. 사리허욕(私利虛慾), 욕망심, 불평심으로 가득찬 어둠의 세계가 바로 지옥이다.

성훈에 "티끌진 그릇에는 하늘이 주시는 보배를 담을 수 없고, 속된 장속에 선단을 넣을 수 없다[진기난장천보(塵器難藏天寶) 속장불입선단(俗腸不入仙丹)]."는 가르침이 있다. 내 마음을 활짝 열어 '외로운 나 혼자만의 소아의 세계'에서 드넓은 세계로 나아가는 길, 나와 네가 하나로 어우러진 화목동락의 세계로 나아가는 길이 바로 자성반성의 길이요, 대도(大道)의 길이다.

21. 감사

• • •

오늘도 하루를 보내며 반성의 시간을 갖는다. 아침에 일어나 눈을 뜨면 '오늘 하루도 지성으로 실천하겠다'고 다짐하는데, 과연 얼마나 실천했는가, 내 마음속에는 무엇이 오르고 내렸는가, 내가 만난 사람들에게 얼마나 진정한 마음으로 대했는가.

감사하는 마음보다 불평이 더 많이 올라온 오늘 하루, 넉넉함보다는 무언가에 또 쫓긴 오늘 하루, 법(法)을 앞세우고 행동하기보다는 자신의 아상자존과 인간심에 따라 보내버린 오늘 하루, 남을 생각하고 돕기보다는 나의 이익에 더 급급했던 오늘 하루, 나의 잘못을 먼저 반성하기보다는 남의 그림자를 더 살핀 오늘 하루, 물과 같은 마음보다는 불처럼 태워버린 오늘 하루……. 그래서 오늘도 "욕망심술(慾望心術) 수양미달(修養未達)"이다.

수양의 경지에 다다름이 어떤 것인가를 생각해본다. 큰 은혜를 입고자 하기 전에 우선 오늘도 하루 내 마음이 내내 즐겁고 편안하며 감사한 마음으로 가득 찼다면, 그것이 바로 높은 수양의 경지가 아니겠는가. 자성반성(自性反省)이 수양의 출발점이라면, 감사(感謝)하는 마음은 수양의 귀착점이 아닌가 생각해본다.

그런데 소인(小人)은 세속에 묻혀 날마다 '돈'을 좇고 달마다 '권력(權力)'을 찾고 '애정(愛情)'에 울고 웃는다. 장관을 지낸 어느 인사가 들려준 이런 이야기가 있다.

포도나무에 포도가 주렁주렁 열려 있다. 많은 동물들이 그 포도를 따먹고 싶어도 키가 닿지 않아 입맛만을 다시고 만다. 그런데 어떤 여우 한 마리가 용케도 그 포도를 따먹는다. 그리고 자랑스럽게 뽐내며 맛있다고 한다. 여우는 뽐내고 싶어 날마다 포도를 따먹는다. 실제로는 시고 맛이 없어도 남들이 못 따먹는다는 쾌감에서 계속 또 다른 포도를 따먹는다. 그러다 결국 위장병에 걸려 죽고 만다.

'돈'이라고 하는 포도, '권력'이라는 포도, '애욕'의 포도…, 이것이 바로 인간이 추구하는 세속의 욕망이다. 직장에서 '과장'이라는 포도를 따먹으면 또 '부장'이 되고 싶어 하고, '부장'이라는 포도를 따먹으면 또 '이사'가 되고 싶어 한다. 일국의 장관 자리까지 오른 그분 말씀이, 장관이 되어 봐도 오르고 보면 시디 신 포도와 같고 가시방석과 같더라는 것이다. 요는 어느 자리에 올랐든, 얼마나 가졌든, '족함'을 아는 것이 바른 삶이 아닐까.

성사의 가르침에 "성덕도기강법 지족이낙천지(聖德道紀綱法 知足而樂天地)"라 했다. 늘 족함을 알면 그것이 바로 감사하는 마음이요, 품부(稟富)한 생활을 즐기는 것이리라. 나를 낳아주고 키워준 부모님이 건강하여 자식 사랑 베푸시니 더없이 감사하고, 하루 일과 마치고 돌아오면 따뜻하게 맞아주는 아내가 감사하고, 건강하고 씩씩하게 자라주는 자식들이 감사하고, 언제나 화목동락(和睦同樂)하는 수련 형제가 감사하다.

부족한 자신을 선도해주는 직장 상사가 감사하고, 모자라는 지혜를 보태주며 따라주는 아랫사람들이 감사하다. 새벽이면 어김없이 신문을 갖다 주는 얼굴도 모르는 그 소년이 감사하며, 우유를 배달해주는 아주머니도 감사하다. 이 땅에 태어난 것이 감사하고, 이렇게 건강하게 일할 수 있다는 것이 감사하다. 살아 있다는 그 자체가 바로 감사한 일이다.

이 모든 것을 가르쳐주시는 대덕(大德)의 은혜가 감사하고, 반성의 이치를 깨우쳐주고 이끌어주시는 스승의 은혜가 감사하다. 도덕이 아니면 어찌 인생의 난제를 풀어나갈 것이며, 스승의 가르침이 없다면 어찌 착함을 찾으려 하겠는가. 그 은혜 만분지일이라도 보답하는 길은 바로 믿음을 확고히 하고, 물과 같이 어질고 착한 마음을 찾는 것이다.

22. 아도아수(我道我修)

-내 길을 내가 닦으라

• • •

어둠의 긴 터널을 지나오듯 또 1년이라는 시간이 지나갔다.

나는 과연 무엇을 성취하였고 수양의 성과는 얼마나 되는가? 스스로에게 물어보면 참으로 부끄럽기 그지없다.

삶은, 두루마리 화장지와 같아서 끝으로 갈수록 빨리 사라진다는데 세월의 유한 속에 시간만 소모해 버린 것은 아닌지. 신명(神明)께서도 여러 날 걸릴 일을 나는 단 하루밤새 이루어 보려는 성급함은 또 없었는지. 삶이 위대하고 아름다운 이유는 매일매일 일어나는 작은 일들 때문이라 하는데 그 작은 일에 나는 얼마나 성심(誠心)을 다하였는지. 자신의 내면을 성찰하는 시간보다 타인의 그림자를 살피는데 많은 시간을 허비하지는 않았는지. 나의 말로 인해 다른 사람에게 상처를 준 일은 없었는지. 비언불청(非言不聽) 비도불거(非道不去)라 하였는데 말이 아닌 말을 듣고 취부하고, 길이 아닌 길을 가지는 않았는지. 자신을 낮추고 겸손하기 보다는 타인을 무시하고 내 공을 자랑하지는 않았는지. 남에게 베풀기 보다는 자신의 이익에만 급급하여 무형 속에 빚을 지지는 않았는지. 부모님의 은혜와 그 유지를 잊고 살지는 않았는지, 남편으로서 부화부순은 제대로 하였는지. 아버지로서 자식들에게 따뜻한 사랑으로 도덕정신을 제대로 심어주었는지. 용사대법(大法)에 순명(順命)하였는지. 도덕(道德)을 받드는데 얼마나 성심(誠心)을 다하였는지. 그리고 무엇보다도 말이 앞서고 행동이 뒤따르지 않았는지?

인생은 좋은 일 하기에도 너무 짧은 시간이다. 그런데도 우리는 쓸데없는 근심걱정과 부정적인 생각으로 헛된 것에 시간과 정력을 소모하며 살아가고 있는 것은 아닌가.

성훈에 "공덕(公德)으로 될 것이니 군말 말고 믿고 닦아, 깨달으면 알 것이요, 알고 보니 행복이네" 하였다. 오로지 믿음과 착함으로 수인사대천명(修人事待天命)하면 되는 것을 쓸데없는 데에 시간을 허비하는 어리석음을 올해에도 많이 했다는 반성을 해본다.

참으로 우리가 사는 세상은 갈수록 어지럽고 혼란스럽다. '문맹(文盲)의 충돌'과 혼돈 속에서 인류는 지금 '길 없는 길'을 가고 있는 것은 아닌지 심히 우려되는 시점이다.

이것이 새로운 도덕문명(道德文明)의 시대로 들어가는 전환점일지 모른다. 우리는 지금 이 전환점에서 '어둠의 터널'을 지나가고 있으며, 빨리 그 터널을 벗어나는 길은 오로지 자성반성(自性反省)을 통한 도덕정신(道德精神)의 구현에 있음을 진정으로 깨달아야겠다.

내 귀로(남의 말이 아닌) 내 말을 듣고, 내 눈으로(남이 아닌) 나를 보고, 내 입으로 (남의 말이 아닌) 내 말하는 것이 내가 나를 살리는 이치라고 밝혀 주셨다.

"이 어두운 중생들아(此昏衆生), 내 길을 내가 닦으라(我道我修)!"

만인류(萬人類)에게 보내는 이 가르침이 더욱 가슴 깊이 다가온다.

제4장

화목동락

– 원만한 인간관계와 상생을 위한 멘토링

바른말, 고운말

❧❦❧

1. 남의 말, 나의 말

• • •

"말하기 좋다 하고 남의 말을 말 것이, 남의 말 내 하면 남도 내 말 하는 것이, 말로서 말 많으니 말 말을까 하노라." 말을 삼가 할 것을 경계해주는 선인의 시조이다. 인간이 동물과 다른 것은 바로 이 말을 한다는 것일 게다. 말이 있음으로 해서 문화(文化)가 형성되고, 그 말을 통해 우리는 행복한 삶을 누릴 수 있다. 그러나 역으로 이 말 때문에 불행을 자초하는 경우도 허다하다. 바르지 못한 말, 남을 비방하는 말, 이간하는 말, 속임수의 말, 쓸데없는 말, 원망하는 말, 한탄하는 말……. 그래서 법문에도 "화와 복이 어디에 있느냐. 모두가 마음과 눈과 입에 있다[화복재하처(禍福在何處) 개재심목구(皆在心目口)]"고 했다.

평생 명예를 지켰어도 한 마디 말의 잘못으로 이를 깨뜨릴 수 있고, 세 치의 혓바닥으로 다섯 자의 몸을 살리기도 하고 죽이기도 한다. 그만큼 말은 중요한 것이다. 더군다나 글은 잘못되면 지워버리면 그만이지만, 말은 한번 뱉으면 다시 주워 담을 수 없다. 그러니 신중에 신중을 기해야 할 것이 바로 이 말이다. 그런데도 불구하고 아무렇게나 쓰는 것이 말이 아닌가 생각한다.

우리 언어생활 중 첫 번째로 반성할 점이 '남의 말'이다. 그 사람이 없다고 해서 남의 말을 함부로 해 그 말이 돌고 돌아 상대방에게 들어가고, 그로 인해 우리는 얼마나 많은 불행과 갈등을 겪어야 했던가! "낮말은 새가 듣고 밤말은 쥐가 듣는다"는 속담도 있듯, 말은 한 사람의 입으로 나오지만 천 사람의 귀로 들어간다. 또 말로부터 입은 상처는 칼에 맞아 입은 상처보다 더 아프고 더 오래 간다. 그래서 성사의 가르침에 "바로 듣고 바로 말하라" 했다. "내가 말을 잘못해서 이상스러운 말이 들린다. 바로 알고 말을 해야지, 바로 보지 않고 알지 못한 말은 하지 말자. 내가 보고 알았어도 바르거든 말하라." 했다.

내가 보고 알았어도 바르거든 말하기는커녕, 내가 보지도 않고 알지도 못하는 것을 함부로 말하고 있지는 않은지? 그래서 말은 하기보다 참기가 더 어려운 것인가 보다. 경박한 자는 말을 참지 못한다. 말이 많다 보면 실언도 하게 마련이다. "혀가 길면 손이 짧다"고 한다. 말이 많으면 아무래도 그 말만큼 실천이 뒤따르지 못하니 실언이 된다. 사람이 귀가 둘이고 입이 하나인 까닭은 말하기보다 듣기를 더 많이 하라는 천지신명의 뜻이 담겨 있어서일 것이다.

현명한 자는 말을 아끼고 말을 조심하며, 남의 말에 더 귀를 기울인다. 여기서 우리가 한번 더 생각해 보아야 할 점은 말의 '많고 적음'보다 '바르고 그름'의 정도이다. 사람과 사람이 서로 살아가는 사회인 이상 말은 해야만 한다. "침묵은 금"이라 하지만 꼭 해야 할 말—간하는 말[諫言], 충정의 말[衷言], 바른 말[正言]—은 떳떳하고 당당하게 해야 한다. 겉으로는 착한 척 침묵하고 안으로는 남의 흉이나 보고 원망이나 한다면, 그 침묵은 '금'이 아니다.

더군다나 바른 말을 해야 할 위치에 있는 사람들이 자신의 영달과 안일을 위해 잘못을 잘못으로 지적하지 않고 '침묵'으로만 일관한다면, 그것은 '비겁한 침묵'이 된다. 직언을 통해 자신의 주장과 논리를 펴면서 잘못을 고쳐 나가는 헌신적 선비정신이 아쉬운 때라 하겠다. 간언[諫言], 충언[衷言], 정언[正言]이라는 법문의 가르침을 생각해 볼 때, 나 또한 이러한 '방관의 침묵'을 해왔지 않았나 깊이 반성해 본다.

우리의 언어생활 중 두 번째로 반성해야 할 점이 '내 말'이다. 내 말은 반드시 '살리는 말'이어야 한다. '말이 곧 법[言則之法]'이니 말대로 된다는 뜻이다. 그래서 항상 살리는 말을 하라고 경계했다. '죽겠다', '못살겠다', '못하겠다' 등 무심코 버릇처럼 하는 이 말이 얼마나 잘못된 것인가. 결국 그 말로 인해 내가 죽고 내가 못살고, 내가 못하게 되니 말이다. 그래서 입도하게 되면 맨 처음 경계말씀을 듣는 것이 바로 이러한 잘못된 말에 대해 즉각적으로 '취소반성'하는 것이다.

내 말에는 반드시 책임이 따라야 한다. 세상에는 말 따로, 행동 따로 하는 예가 너무 많다. 입으로만의 착함은 착함이 아니다. 실천이 따라야 한다. 실천이 따르지 않음은, 마치 나무에 잎은 무성한데 열매가 맺지 않음과 같다. 그래서 실천(實踐)이라는 말에 '열매 실(實)'자가 들어갔을 것이다.

언행일치(言行一致), 내가 하는 말마다 이것은 천 사람 만 사람 앞에 이야기해도 떳떳한 것이라고 자신할 때 하는 그 말에는 신뢰가 담겨져 있고 책임 있는 말이 될 것이다. 진주처럼 초롱초롱 빛나는 맑은 말, 밝은 말, 바른 말, 둥근 말—그런 참말을 찾는 과정은 '아침저녁 굶어도 정심(正心) 한때만 먹고 보는' 끊임없는 자성반성(自性反省)에서 비롯됨을 다시 한 번 깨닫는다.

2. 바른말, 고운 말

• • •

옛날 어느 고을에 까치대감이라는 분이 살았다. 그분은 평생 살면서 늘 좋은 이야기만 해 별명이 '까치대감'이라고 했다(예부터 까치가 울면 좋은 소식이 온다는 속담이 있다). "어느 집의 며느리는 참 착하고 효부라네", "누구네 잔칫집에 가보니 참 음식을 잘 차렸어. 장맛이 일품이야", "이번 일엔 누구누구가 애썼어" 등 그는 언제나 남을 칭찬하는 말, 좋은 말, 긍정적인 말, 감사하는 말, 바른 말, 기쁜 말만 했다. 그래서 그런지 까치대감 집은 늘 화목하고 좋은 일, 경사스러운 일만 있었다고 한다.

성훈의 가르침에 "언즉지법(言則之法) 법즉지언(法則之言)"이라 하셨으니 "말이 곧 법"이라는 뜻이다. 말대로 된다는 뜻이다. 그래서 잘못된 말을 하게 되면 곧 바로 취소 반성하는 법을 배웠다.

콩 심은 데 콩 나고 팥 심은 데 팥 나듯이, 못살겠다고 늘 말하는 사람은 말 그대로 못살게 되고 잘 안 된다고 말하는 사람은 말 그대로 일이 잘 안 풀리는 것이 자연의 이치가 아닌가! 사람의 대뇌는 말의 인칭을 판별하지 못한다고 한다. 남을 나쁘게 말하면 그것이 모두 자기의 것이 되어버리고, 좋게 말하면 그것도 자기의 것이 되는 것이다.

예컨대 "언제나 건강하고 밝으십니다." 이렇게 다른 사람을 향해 말하면 대뇌는 그것을 자기의 것으로 받아들인다는 것이다. 다른 사람의 장점을 칭찬하면 대뇌는 그것을 자기의 장점으로 이해한다. 반대로 다른 사람을 흉보거나 비난하면 그것이 바로 자기 것이 되어버리는 것이다.

그래서 성훈의 가르침에 "내가 보고 알았어도 바르거든 말합시다"라

성균관대학교 출판부 Sungkyunkwan University Press

110-745 서울특별시 종로구 성균관로 25-2   (02) 760-1252~4

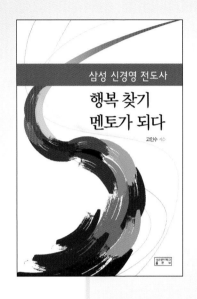

삼성 신경영 전도사이자
행복 찾기 멘토인
저자가 제시하는
새로운 경영 혁신 지침과
인생의 행복 찾기 비법

고인수 지음 | 신국판 | 416면 | 값 15,000원

지난 20여 년 동안 삼성은 물론 대학, 연수원, 정부, 사법, 언론기관,
군 및 특수기관, 금융기관, 기업체, 단체 등에 800여 회,
10만여 명에게 들려준 삼성 신경영 전도사의 명강의!

- 삼성의 인사 교육 담당자들이 읽고 있는 삼성의 기업문화 교과서
- 초일류 삼성을 있게 한 이건희 회장의 생생한 육성이 담겨진 '신경영 시크릿'
- 이건희와 스티브 잡스, 두 세계적 경영자의 생생한 리더십 비교
- 태극기에 담겨진 놀라운 혁신철학! 성공적인 국가경영, 기업경영의 비밀
- 공기업 변화와 개혁을 추진코자 하는 경영자들에게 주는 구체적인 혁신 지침서
- 21세기 상생의 시대, 인간 존중의 새로운 리더십 모델 제시
- 나를 다스리고 다른 사람과 화목하는 '살아 있는 성공학, 행복학 교과서'
- 사람과 자연의 충돌에서 오는 생태 위기, 사람과 사회에서 오는 사회 위기,

  사람과 사람 사이에서 오는 도덕적 위기, 사람 심령의 충돌에서 오는 정신적

  위기를 극복하기 위한 새로운 대안, 위대한 '자성반성법' 소개

· 오늘의 삼성이 그냥 이루어진 것이 아니고 인재양성을 통한 끊임없는 혁신의 결과임을 실감했다. 가치관의 혼돈 속에 혼잡한 세상을 살아가는 현대인에게 자성반성을 통해 내 안의 착함을 찾는 것이 행복의 지름길임을 설득력 있게 말해주고 있다. 아주 평이하고 쉬운 언어로 인생의 깊은 철학을 담아내어 인류사회에 참신한 메시지를 전하고 있다.

이순행 │ 전 서울신문사 국장

· 이 책은 인류사회가 도덕사회를 지향하는 21세기를 맞아 우선적으로 이행해야 할 시대적 핵심 과제와 이를 실천하기 위한 기본적인 마음자세에 대해 새로운 답을 제시하고 있다. 삼성 신경영 장정에 직접 참여한 경험을 바탕으로 한 구체적인 혁신 내용과 수심양성의 오랜 수양생활을 통해 체득한 참신한 지혜를 담고 있어 여느 교양서나 경영철학서와는 크게 다른 저자만의 폭넓은 독창성을 읽을 수 있다.

손병철 │ 시인, 북경대학 철학박사

· 저자의 직장생활에서 쌓은 경영 노하우와 자신의 인격수양에서 터득한 철학을 담은 인생역작이다. 많은 젊은이들에게 훌륭한 멘토가 되는 저서로서 '현대판 채근담'이라 할 수 있다.

장양규 │ 전 기업체 사장

· 요즘처럼 시대에 편승하는 가벼운 지식들이 난무하는 세상에서 이 책은 보다 본질적이고 보편적이고 인간의 정도를 걷는 데 도움이 되는 참다운 양서가 될 것이다.

신태균 부사장 │ 삼성인력개발원 부원장

· 삼성 그룹에서의 입지적인 경력과 열정적인 삶의 궤적, 사회 전반에 대한 혜안과 통찰력이 고스란히 담겨 있는 소중한 책이다.

이순우 회장 │ 우리은행

· 내가 세상사 괴로움에 변민으로 밤을 지새울 때, 부질없는 욕심으로 마음속에 주체할 수 없는 화가 치밀어 올라올 때 이 책의 글들은 항상 나의 마음을 반성시키고 평화로움을 찾게 해준 길잡이가 되어주었다. 저자는 내 인생의 영원한 멘토다.

김홍윤 │ 전 보험회사 사장

대학생 독후감

- '꿈은 목표를 안내하는 깃발'이며, '목표는 열망의 연료' 라는 문구가 가장 기억에 남는다. 나는 과연 비전·미션·목표를 수립하고 최고에 도전하며, 최고가 되겠다는 불타는 열정을 가지고 살아가고 있는지 반성해본다. 나는 이 책이 인생의 모범답안 예시라고 생각한다.

  한경수 멘티 | 중앙대학교 학생

- 삼성 이건희 회장의 경영전략과 리더십에 대해 배울 수 있었다. 시중에도 많은 자기계발서가 있고 나 역시 많은 책을 읽어왔지만, 이 책은 다른 어떤 자기계발서보다 도움이 되었다.

  김민재 멘티 | 고려대학교 학생

- 이 책은 인간의 기본을 먼저 다지고 그 위에 실력과 소통 능력을 세우는 미래 인재를 요구한다. '준비된 자에게 기회가 온다. 능력자가 되기 전에 먼저 사람이 되라'는 말은 이 책이 선사하는 중요한 메시지인 것 같다. 삼성이 사람을 중히 여기고 사람으로부터 혁신을 시작하였다는 것이 이 책을 관통하고 있다.

  양성은 멘티 | 연세대학교 학생

- 삼성인을 하나로 결집시키는 구심점이자 삼성의 지속적인 성장과 새로운 성공을 가능케 하는 원동력인 삼성의 핵심 가치와 성공 DNA를 이해할 수 있었다.

  김난현 멘티 | 동덕여자대학교 학생

- 이 책의 부제목 '오늘 반성, 내일 행복'은 자신을 갈고 닦아 사회를 행복하게 만들어 나가자는 깊은 뜻을 담고 있다고 생각한다. 누구나 자아탐색, 자기반성, 목표설정이 성공에 중요한 요인이라는 사실을 의심치 않는다. 그러나 이 책이 말해주는 바는 그러한 탐색이 우리가 가지고 있던 다른 어떤 가치들에 비해서 왜 더 중요한지 그 이유를 조목조목 설명해준다.

  백승하 멘티 | 서울대학교 학생

- 지금까지 열심히 뛰기는 했지만, 마치 운동장을 정처 없이 돌아다니다 결국 제자리로 돌아오듯 에너지만 소비하고 만 것은 아닌지 반성이 되었다. 이제는 정신을 가다듬어 방향성을 정립해야겠다는 생각이 든다.

  장경석 멘티 | 카이스트 대학생

이호재 (성균관대 중국대학원 원장, 철학박사)

이 책은 저자의 사회적인 실천과 정신적인 사색을 올곧게 정리한 책이라 생각된다. 삼성 신경영을 총괄하고, 삼성인력개발원의 부원장으로 이건희 회장이 주창한 삼성 신경영의 전도사로서 삼성의 핵심 가치와 저자의 인생관을 잘 담아내고 있다. 또한 저자는 오늘의 한국 기업문화와 삶의 질을 높이는 데에 초점을 두고 자신의 경험을 담담하게 적고 있다.

제1편 치인지학(治人之學)은 '인재양성'과 '경영혁신' 두 장으로 이루어져 있다. 제1장 '인재양성'은 글로벌 시대, 한국의 희망과 한국인의 사명을 논하면서 인재의 중요성, 즉 사람됨의 가치를 강조하고 있다. 인생의 성공과 행복은 멀리 떨어진 곳에 있는 것이 아니라 내 안의 인성을 밝히고 닦는 데 있음을 강조한다. 이 장에서 '태극경영론'은 한국인의 세계사적 사명을, '다섯 손가락에 담긴 인생 5훈'은 저자의 체험으로 이루어진 성공론의 백미라 할 수 있다.

제2장 '경영혁신'은 삼성 신경영 전도사로서 경험한 신경영의 요체를 담고 있다. 시중에 나와 있는 삼성 관련 책들이 표면적이고 상업화의 색채를 띠고 있는 경향이 많은데 반해, 이 책은 저자가 수십 년 삼성에 몸담아 이룩한 경험을 바탕으로 신경영의 발생 동기, 이의 제도화, 표준화과정 그리고 이것을 임직원들에게 체득화시키는 과정을 구체적인 실천사례를 통해 제시하고 있다.

제2편 수기지학(修己之學)은 저자의 인생관과 가치관, 그리고 종교관을 그린 것이다. 제3장 '자성반성', 제4장 '화목동락(和睦同樂)'으로 구성되어 있다. 군더더기를 붙이지 않고 그 목차만 나열해 보더라도 충분한 설명이 될 것 같다. '오늘 반성, 내일 행복' '자성신앙', '바른 말 고운 말', '상생, 다름의 인정으로부터', '물과 같은 마음으로', '가족의 화목', '화목동락, 다함께 잘 사는 행복의 길', '인류 사회의 새로운 도덕, 성덕도'. 저자는 이 목차와 같이 언제나 여유롭고 너그러운 마음과 수용적 태도로 자신이 믿고 깨달은 바를 실천해 오고 있음을 알 수 있다.

저자가 한국뿐만 아니라 세계적인 삼성 신경영 전도사로서 큰 역할을 하기를 바란다. 현재 성균관대 중국대학원과 중국 인민대학, 저자가 몸담고 있는 (사)창조와 혁신이 협력하여 삼성의 기업문화를 중국 기업인에게 정기적으로 연수시키고 있는 데서 그 실현 가능성을 보이고 있다. 따라서 이 책이 한국만이 아니라 중국 등 세계 각국에 번역되어 한국 기업문화를 전 세계에 전파하는 '인문한류'의 주역으로서 세계인과 호흡하는 책이 되기를 바란다.

마지막으로 이 책이 기업인의 길을 가려는 청년들은 물론 성공과 행복을 추구하는 모든 분들에게 삶의 좌표가 되기를 바라는 마음으로 이 양서를 추천한다.

고 했다. "마음 가운데 말을 이룸으로써 입에서 바른 말이 나온다[중심언성(中心言成) 구출정언(口出正言)]." 더욱이 "바르지 못한 더러운 말은 입에서 나오는 것을 엄금[부정비언(不正鄙言) 구출엄금(口出嚴禁)]"했다.

컴퓨터가 컴퓨터 언어에 의해서 움직이듯이 인간의 의식도 '언어'에 의해 통제된다고 한다. 그래서 '언어'가 '의식'을 바꾸고 의식이 '행동'을 바꾸고 행동이 '습관'을 바꾸고 습관이 '운명'을 바꾼다. 천지창조가 "태초에 말씀이 있었나니……"라는 말씀으로부터 시작되었다고 하듯, 이 '말'이 우리의 의식과 운명을 결정짓는다고 생각하면 그릇된 말, 바르지 못한 말은 정말 하지 말아야 할 것이다.

3. 시비(是非)

• • •

시비(是非)라는 말에는 두 가지 뜻이 있다. 첫째는 옳고 그름을 분별하는 긍정적 의미요, 둘째는 옳고 그름을 따지는 부정적 의미의 말다툼이다. 맹자는 "시비지심(是非之心)은 지지단(智之端)"이라 했다. 옳고 그름을 분별하는 마음이 지혜의 실마리가 된다는 뜻이다. 그런데 이 시비가 옳고 그름을 따지는 말다툼이 될 때 문제가 된다.

불가에서는 여름과 겨울에 스님들이 외출을 삼가고 한곳에 머물며 수행과 참선에 전념하는 하안거(夏安居)와 동안거(冬安居)가 있다. 이 안거 기간에 스님들은 법당에 나가 고요한 가운데 참선을 한다. 그런데 '갑'이라는 스님이 수행 중에 딸각거리고 왔다갔다하고 자꾸 소란스러운 행동을 하여 옆에 있던 '을'이라는 스님이 신경이 쓰였던 모양이다. 급기야 두 스님 간에 시비가 붙어 큰스님에게 불려갔다. 큰 스님은 두 스님 중 어느 쪽이 잘못했다고 했겠는가? 보통사람 생각으로는 소란을 피워 주위에 피해를 준 '갑' 스님에게 잘못이 있다고 하겠으나, 큰스님은 그것에 시비를 건 '을' 스님을 더 꾸중했다고 한다.

수양이란 무엇인가? 남이 어떤 행동을 하든 말든 내 마음의 고요함을 찾는 과정이 수양이다. 상대방이 소란을 피워도 내 마음속 고요함을 잃지 않는다면 그것이 바로 올바른 수양이 아니겠는가! 상대방의 행동에 대해 올라오는 이 마음을 자성반성으로 돌리느냐, 남의 탓으로 돌리고 미워하고 원망하느냐에 따라 크게 달라지는 것이다.

자신의 마음을 되돌아보면 남의 일에 시비를 따지는 경우가 얼마나 많았던가! 하루에도 수 십 번, 수백 번 남의 하는 일에 이러쿵저러쿵 간섭하고 흥을 보고 원망을 한다. 저 사람은 왜 저런 말을 하나? 왜 저런 행동을 하나? 왜 저런 생각을 하나? 왜 저런 꼴을 하고 다니나? 왜? 왜? 왜? 겉으로 차마 시비를 걸지 못해도 마음속으로 건 시비가 얼마나 많았던가?

사람은 신이 아닌 이상 편견과 오해, 무지로 인해 잘못된 판단을 할 수도 있고 자기 감정에 따라 시비를 가리는 경우도 허다하다. 나와 다른 것은 틀린 것이라고 생각하는 경우도 많다. 마치 오른손잡이가 왼손잡이를 보고 틀렸다고 하는 경우와 같다. 그래서 직업이 재판관이 아닐진대 남의 일에 시시비비를 가리는 것은 삼가야겠다. 옳고 그른 것은 시간이 판결해준다. "내 착함도 자연이 알아주고, 내 원한도 자연이 풀어주며 만사 이치는 사필귀정"이라고 하지 않았는가!

사람이 사람을 심판할 수 있는 것일까? 인간이 인간을 심판하면 그 사람 안에 있는 악만 심판하는 것이 아니라 그 안에 있는 선까지 심판하게 된다. 그래서 "심판은 신(하느님)께 맡겨라"는 말이 있다. 그러나 사실은 이것도 맞는 말은 아니라고 본다. 어찌 대원대자(大圓大慈)한 신명께서 인간에게 벌을 주시겠는가! 결국 심판은 자기 자신이 하게 된다. 신명의 자동 시스템, 스스로 자(自), 그러할 연(然), 자연이 심판하는 것이 아닐까? 성훈에 "비언불청(非言不聽) 비도불거(非道不去)"라 했다. 말이 아니면 듣지를 말고, 길이 아니면 가지를 말라는 말씀이다. 잘못된 말, 잘못된 길이라 생각하면 듣지 않고 가지 말면 그만이지 거기에 시비를 걸라는 말씀은 없다. 그것은 그의 것이니 내 것으로 삼지 말자.

정의를 구현한다는 명분으로 나는 얼마나 많은 사람들에게 시비를 걸고 또 그들을 감히 심판하려 했는지! 시비를 걸기 전에 먼저 내 반성으로 돌리고 상대방을 이해하고 포용하고 사랑하는 법부터 배워야겠다.

4. 내 자랑, 남 비난

• • •

    화목을 위하여 가장 중요한 것은 말을 어떻게 하느냐에 있다. 대부분의 불화와 다툼의 근원은 말에서 비롯된다. 좋은 말, 긍정적인 말, 남을 살리는 말, 바른 말은 화목을 불러오지만 나쁜 말, 부정적인 말, 남을 해치는 말, 그른 말은 불화를 가져온다. 그 중에서도 화목을 해치는 일상적인 말이 있으니, 그것이 바로 '내 자랑' 하는 말과 '남 비난' 하는 말이 아닌가 반성해 본다.

    사람들은 대부분 자기 자랑하는 말을 듣기 싫어한다. 어떤 사람이 돈이 1억 원이 있다고 자랑한다 하자. 돈을 10억 원 가지고 있는 사람은 뭘 그 정도 가지고 자랑하느냐고 그를 멸시할지도 모른다. 돈이 없는 사람은 부러워하면서도 그를 질시할 것이다. 이래저래 멸시를 받거나 질시를 받는 것이 내 자랑이 아니던가! 우물안 개구리가 바다 거북에게 한 길도 안 되는 우물을 자랑하는 우화가 있다. 만 리보다 더 넓고 천 길보다 더 깊은 바닷속 거북은 이 개구리의 자랑을 어떻게 생각했을까? 손바닥만한 지식을 가지고 안다고 자랑하는 것을 경계하는 우화이다. 그래서 노자는 "아는 사람은 말하지 않고[知者不言], 말하는 사람은 알지 못한다[言者不知]"라고 했다. 진실로 아는 사람은 말이 없고, 어설프게 아는 사람이 말이 많다는 것이다.

    성훈에 "내 가정사 자녀손 자랑과 험담하지 말고 남의 자녀손을 추대하는 것이 도의인사다. 만사를 내 착하다 하지 말고 언어 행동만 바로 하면 착함은 자연히 아느니라" 했다.

내 자랑보다 더 경계해야 할 말은 바로 남을 비난하는 말이다. 험담은 험담의 대상이 되는 사람에게 해를 끼치고, 듣는 사람에게도 부정적인 에너지로 오염시켜 해를 끼친다. 궁극적으로는 험담하는 본인에게 메아리쳐 돌아오기 때문에 자신이 가장 많은 피해를 보게 된다.

"열 길 물 속은 알아도 한 길 사람 속은 알지 못한다"는 속담이 있다. 사람은 누구나 그 사람이 되어보지 않고서는 그에 대해 이러쿵저러쿵 심판할 수 없다. 더구나 이미 지나간 과거지사를 가지고 그 사람의 행위를 비난하는 것은 더욱 맞지 않다. 왜냐하면 그 사람은 이미 변해 있을지 모르기 때문이다. 남을 비난하는 것은 비난의 대상이 되는 그 사람의 문제가 아니라 비난하는 그 자신의 바르지 못한 기운의 표출일 뿐이다.

부득불 남을 비난한다 하더라도 특히 유념해야 할 것이 있다. 나와 다른 것을 틀렸다고 말하는 것이다. 오른손잡이가 왼손잡이를 틀렸다고 비난할 수 있는가! 사람들은 제각각 성격이 다르고 사고방식이 다르고 습관이 다르고 문화와 풍습이 다르고 삶의 방식이 다르다. 남녀의 성이 다르고 직업과 직위가 다르고 좋아하고 싫어하는 것이 다르고 종교적 신념이 다르고 정치적 입장이 다르다. 이 모든 것이 나와 다르다 하여 틀렸다고 할 수 있겠는가! 내 방식은 옳고 다른 방식은 틀렸다고 비난할 수는 없다.

남을 비난하는 것을 고치기 위해서는 세상을 긍정의 눈으로 바라보는 자세가 중요하다. 우리가 사는 이 사회는 수천, 수만 년 전부터 인류의 행복을 추구하는 방향으로 진보해 왔다. 오늘의 현실이 추하고 악하게 보일지라도 그것 또한 발전해 나가는 과정일 뿐이다. 세상의 창조 과정은 아직 끝나지 않았고 더 좋은 방향으로 나아가고 있다. 그러하니 세상에 대해 불만을 품지 말고 있는 그대로를 인정하자. 이 세상은 나름대로 인간이 성취한 가장 아름다운 단계라고 여기자. 예컨대 비난받아 마땅한 사람이 있다고 하자. 그들의 영적 수준에서는 그것이 최선일 것이다. 마치 대학생이 초등학생에게 아는 게 부족하다고 나무랄 수 없듯이 영적 수준이 낮은 단계인 사람에게는 그 자체가 최선이자 아름다움이라는 것을 인정해 주자는 것이다. 세상 만물이 존재하는 데에는 다 그 나름대로의 필연(必然)이요, 당연(當然)이요, 자연(自然)이다. 이와 같은 사실을 마음에 새기면 타인의 허물을 들춰내거나 남을 비난할 필요가 없다는 것을 깨닫게 된다.

사람은 언제 바뀌는가? 오로지 자성반성을 통해서만이 바뀔 수 있다. 내가 가족이나 친지 이웃, 나아가 이 사회를 바꾸겠다고 그들의 일에 참견하고 비난하고 질책을 한다 하여 그들이 바뀌겠는가? 오로지 자연의 기운만이 "기야지생(氣也之生)"하고 "기야지화(氣也之化)"해 세상 만물을 바꾸는 것이다. 그래서 남을 바꾸려고 하지 말고 나 자신이 "자성반성(自性反省)"하라고 가르쳐주셨다. "타성반성(他性反省)"이라는 가르침은 없지 않은가!

성훈에 "착한 행동은 그 흔적을 남기지 않고, 착한 말은 그 허물을 꾸짖거나 비난함이 없다[선행무철적(善行無轍迹) 선언무하적(善言無瑕讁)]"고 했다. 내 자랑하지 말고, 남 비난하지 말라는 이 소중한 가르침을 받들어 나는 아침마다 다짐하고 또 다짐해 본다. 내가 말로나 생각으로나 남을 심판하지 말 것이며, 남이 나를 비난한다 해도 겸허히 받아들이고 친절함으로 답하리라고.

5. 친절한 인사

• • •

우리 연수원에는 '뚱뚱이 아줌마'라는 분이 계신다. 식당에서 일을 하는 분인데 하루에도 수천 번 국을 떠줄 때마다 "안녕하세요. 맛있게 드세요."라고 큰소리로 외치며 웃음으로 대하는 그녀의 모습은 언제 보아도 활기에 차 있다.

또 다른 연수원인 '외국어생활관'에서는 요즈음 진풍경이 연출되고 있다. 하이! 헬로우! 굿모닝! 오하이오 고자이마스! 곤니치와! 자오샹 하오! 칭닌뚜오츠! 등 영어, 일본어, 중국어 인사가 각양각색이다. 이 외국어생활관에 들어온 교육생들은 석 달여 동안 우리말을 일체 쓰지 못하게 되어 있다. 그들의 교육 분위기를 해치지 않기 위하여 식당, 미화 아주머니들이 외국어 인사말을 배워서 학습 분위기를 돋워준 것이다.

수만 명의 교육생이 훌륭한 강사들로부터 교육을 받고 가지만 떠날 때의 교육소감문에는 항상 이 아주머니들의 친절한 인사에서 가장 감명을 받았다고 말한다. 자신도 돌아가면 남에게 그런 친절을 베풀겠노라고 다짐한다. 이것이 바로 행동을 통해 가르치는 '행이교법(行以敎法)'이 아니겠는가 생각한다. 그래서 나는 우리 연수원에서 가장 훌륭한 강사는 바로 그 식당 아주머니들, 미화 아주머니들이라고 말한다.

미국이나 일본 등 외국을 여행할 때마다 느끼는 것이지만 그들은 엘리베이터 안에서 서로 마주치면 낯모르는 사람이라도 밝은 미소로 인사를 주고받는다. 그런데 우리는 항상 근엄하고 무뚝뚝하다. 아니 오히려 서로가 서로를 경계하는 눈빛마저 보인다. 무거운 침묵과 함께 긴장감

마저 감돌기도 한다.

마음이 울적할 때면 나는 남대문시장을 찾아간다. 북적대는 사람들 틈에 끼어 이리 기웃 저리 기웃거리면서 호객 행위를 하는 상인들의 모습을 보면 나도 모르는 사이에 생의 활기를 되찾게 된다. 박수를 치고, 고함을 치고, 오는 손님을 신바람나게 맞이하는 삶의 현장에는 늘 강인한 생명력과 활력이 넘쳐난다. 우리의 일상생활이, 직장생활이 이처럼 늘 친절한 인사와 웃음으로 활력에 차 있다면 얼마나 좋을까를 생각해 본다.

인사는 어두운 마음을 밝게 해준다. 소극적인 사람을 적극적으로 바꾸어준다. 우울한 마음을 즐겁게 해준다. 차가운 마음을 따뜻하게 해준다. 꽉 막힌 마음을 확 트이게 해준다. 예부터 "소문만복래(笑門萬福來)" 라 하여 웃음은 복을 가져다준다고 했다.

사람이 한번 웃으면 우리 몸의 650개 근육 중 231개 근육이 움직인다고 한다. 1분 웃으면 10분간 조깅한 것만큼의 효과가 있다고도 말한다. 그런데 어린 아이들이 하루 평균 400번 웃는데 비해 어른들은 15번 웃는다고 한다. 무엇이 어른들로 하여금 이 좋은 웃음을 거두어 갔을까? 그것은 내 마음속에 가득 찬 '이기심'과 상대를 믿지 못하는 '불신' 때문이 아닐까? 어린 아이들에게는 이기심과 불신이 없다. 그래서 늘 웃는가 보다.

국을 떠주는 식당 아주머니가 그렇게 친절할 수 있는 것은 상대방을 먼저 생각하는 '주는 마음, 베푸는 마음'이 있기 때문일 것이다. 청소 아주머니가 그렇게 친절할 수 있는 것은 다른 사람에게 청결을 서비스해 준다는 '베푸는 마음'이 있기 때문일 것이다. 우리의 수양도 궁극적으로는 이 이기심과 불신을 없애고 나도 살고 너도 사는 상생상화(相生相和)의 정신을 실천하는 것이다.

현대를 살아가는 우리에게 도(道)를 닦고 행하는 곳이 첩첩산중 적막한 산사가 될 수 없을진대, 세속에서 사람들과 부딪쳐 가며 참다운 나를 찾고 대중(大衆)과 교화화친(敎化和親)하는 것이 진정한 수양의 길이라고 배웠다. 그래서 성훈에 "실천인사행도(實踐人事行道)는 인생(人生)의 본능(本能)이요, 예의도덕(禮儀道德)으로서 친절한 인사로 대중과 화친하는 정신을 살립시다"라고 했다.

안녕하세요! 하이! 헬로우! 굿모닝! 곤니치와! 쎄쎄! 니하오!? 이 인사말 속에 좌선보다 더 훌륭한 실천인사행도(實踐人事行道)의 길이 있지 않을까?

6. 다르다와 틀리다

• • •

우리말에 '다르다'와 '틀리다'가 있다. '다르다'는 '같다'의 반대말로 영어로 표현하면 different이다. '틀리다'는 '맞다'의 반대말로 영어의 wrong에 해당된다. 이 '다르다'와 '틀리다'를 구별할 수 있는 지혜가 오늘날 21세기 상생의 시대를 열어가는 중요한 화두(話頭)가 아닌가 생각해본다.

우리나라에서는 어린 아이가 예쁘면 머리를 쓰다듬어 주는 것이 아름다운 미덕이다. 그러나 외국에 나가서 이렇게 하면 성희롱 죄에 걸린다. 똑같이 머리를 쓰다듬는 행위이지만 한편에선 미덕이고 다른 한편에선 성희롱 죄에 해당된다. 서로 문화가 다르기 때문이다.

우리나라에서는 하얀 국화꽃은 주로 장례식장 같은 슬픈 일을 당한 사람에게 위로의 조화로 사용한다. 그런데 외국에서는 즐거운 일, 축하의 화환으로 사용한다. 이 또한 서로의 문화가 다르기 때문일 뿐 어느 한 쪽이 '맞다' '틀리다' 할 것이 못 된다.

우리나라에서는 명당(明堂)이라면 좌청룡(左靑龍), 우백호(右白虎) 등 풍수지리에 따른다. 그런데 서양에서는 성당이나 교회 밑바닥을 가장 좋은 명당으로 여긴다. 서로의 의식의 차이가 다르다. 그 '다름'을 인정해 주지 않고 무조건 '내 방식대로'만을 고집하고 내 방식이 '맞는 것'이고 다른 방식은 '틀리다'라고 말하면 갈등이 생기고, 오해가 생기고 그것이 번지면 국제분쟁에까지 이르게 된다.

자연의 절후도 봄과 여름, 가을과 겨울이 분명 다르다. 그런데 봄과 가을이 옳고 여름과 겨울은 옳지 않다(틀리다)고 말할 수 있겠는가? 우리는 "흰색의 반대는 무슨 색인가?"라고 질문하면 한결같이 "검은색"이라고 답한다. 흰색의 반대는 붉은색도 될 수 있고, 주황색, 노란색, 초록색, 파란색, 남색, 보라색 등 여러 가지가 있을 수 있다. 그런데도 굳이 검정만을 떠올리는 이유는 바로 우리의 의식 속에 이러한 '다양성'을 인정하지 못하는 의식구조, 내 편이 아니면 적(敵)이라는 '흑백논리'가 지배하고 있기 때문이 아닐까? 이러한 의식구조에서는 나와 '다른 것'은 바로 '틀린 것'이 되어버린다.

정치인(政治人)들이 서로의 '다름'을 인정하지 못하고 남의 당의 이야기는 무조건 '틀리다'고 몰아붙이기 때문에 정쟁은 끝이 없고 갈등은 더욱 증폭된다. 노사(勞使) 간에 서로의 '다름'을 인정하지 못하기 때문에 상대방의 이야기는 무조건 '틀린 것'이 되고 노사분쟁이 끝없이 이어지는 것이다. 지역 간에 서로의 '다름'을 인정하지 못하기 때문에 지역갈등이 일어나고, 남녀 간에 서로 '다름'을 인정하지 못하기 때문에 성차별이니 역차별이니 하는 말이 나온다. 기성세대와 신세대가 서로의 '다름'을 인정하지 못하기 때문에 오해와 편견이 생기고 대화의 통로가 막히는 것이 아닐까? 선진국과 후진국이 서로의 '다름'을 인정하지 못하기 때문에 무역분쟁이 일어나고 경제전쟁이 일어난다. 기독교 문명과 이슬람 문명이 서로의 '다름'을 인정하지 못하기 때문에 급기야는 9·11 세계무역센터 테러가 일어나기까지 했다.

사무엘 헌팅턴은 저서 『문명의 충돌』에서 기독문명의 '오만함'과 이슬람 문명의 '편협함'에서 오는 충돌을 예고한 바 있다. 공산주의의 몰락으로 자유민주주의 이념이 지구적 차원에서 승리를 거두었으므로 서구의 이념이 보편타당하다는 견해가 확산되면서 각 국가 간의 갈등이 더욱 증폭되고 있다. 미국은 비서구인들이 민주주의, 시장경제, 제한된 정부, 인권, 개인주의, 법치주의 같은 서구의 가치에 동조해야 한다고 주장하며 그렇지 못한 것은 모두 '틀리다'고 몰아붙이고 있다. 여기에 다른 문명권에서는 그것이 '다른 것'뿐이지 왜 '틀린 것'이냐고 반발한다.

인류 역사의 흐름을 보면 지난날 '상극(相克)의 시대'에는 '다른 것'은 곧 '틀린 것'으로 통했다. 그래서 끝없이 싸우고 짓밟고 투쟁했다. 내 편이 아니면 적이라는 흑백논리가 통했고, 이런 가운데 획일주의, 권위주의, 형식주의, 군사문화, 싹쓸이 문화가 나왔다. 그러나 이제 21세기 지식정보화사회는 바로 '상생(相生)의 시대'이다. 나도 살고 너도 사는 Win-Win의 시대이다. 만 명이 한 사람을 먹여 살리던 시대에서 이제는 한 사람이 만 명을 먹여 살리는 시대가 온 것이다. 이러한 상생의 시대에는 서로의 '다름'을 인정하는 것에서부터 시작해야 한다. 그 '다름'에서 새로운 창조가 나오고 혁신이 나오며 자율(自律)이 생기는 것이다. 민족과 민족, 국가와 국가 간에 서로의 '다름'을 이해하고 인정해야 세계질서가 생기고 평화가 생기는 것이다.

종교와 종교 간에도 서로의 '다름'을 인정하는 데서 궁극적으로는 지고지선(至高至善)의 진리에 다다를 수 있는 것이다. 그런데 사람들은 대부분 자기가 가지고 있는 사고(思考)의 한계 속에서 생각하고 행동하는 경향이 있다. 내가 이러이러하니까 상대방도 이러이러하겠지 하는 내 위주의 사고가 참으로 많다.

"두 손을 활짝 들고 양 손가락을 서로 사이사이에 끼워보십시오." 나는 강의할 때마다 교육생들에게 이렇게 말하고 확인해본다. 나 자신은 오른손 엄지손가락이 위로 올라간다. 이 세상 모든 사람이 모두 나와 같이 오른손 엄지손가락이 위로 올라가는 줄로만 알았다. 그런데 실제로는 거의 반반이다. 왼손 엄지가 위로 올라가는 경우도 50%나 된다. 참으로 놀라운 사실이다. '내가 이러하니 남도 이러하겠지'라는 발상의 한계, 그 '다르다'는 것을 인정할 때 우리는 개혁도, 변화도, 구습타파도, 혁신도 이룰 수 있다는 것을 가르쳐주는 좋은 교훈이 아닌가 생각한다.

우리말에 "역지사지(易地思之)"라는 말이 있다. 상대방의 입장에 서서 생각해보는 것이다. 영어의 'understand'라는 말은 상대방을 이해하려면 상대방 아래에(under) 서보라(stand)는 뜻이다. 이 모두가 '다름'을 인정하는 데서부터 이해가 시작된다는 뜻일 것이다.

우리가 서로 이 '다름'을 인정하게 되면 오해나 편견도 줄게 되고 갈등도 줄어들며 미움도 원망도 훨씬 줄어든다. 상대방을 이해하는 마음, 아량도 넓어지고 용서하는 마음도 저절로 생기게 된다.

'맞다-틀리다'는 어찌 보면 대자연(大自然)의 법칙에 따라 신이 하는 일이라고 생각하면 훨씬 수양하기가 수월해진다. 성훈에 "내 착함도 자연이 알아주고, 내 원한도 자연이 풀어주며 만사이치는 사필귀정"이라 하였다. 우리는 맞다, 틀리다, 사시비시(似是非是)를 따지기 전에 서로 '다르다'는 것을 먼저 인정하는 수양 자세가 필요하지 않나 생각된다.

나와 부모의 '다름'을 아는 데서 참된 효(孝)가 나오고 나와 자식의 '다름'을 아는 데서 참된 사랑이 나오며, 나와 아내(또는 남편)의 '다름'을 이해하는 데서 참된 부화부순(夫和婦順)이 나온다. 나와 사해형제(四海兄弟)의 '다름'을 아는 데서 진정한 화이부동(和而不同), 화목동락(和睦同樂)의 세계로 가는 것이 아닐까?

7. 황희 정승의 화목지행(和睦之行)

• • •

황희는 우리 역사상 가장 현명한 재상 중 한 사람이다. 그는 세종 8년 (1426년), 64세에 우의정에 제수된 이래 세종 31년(1449년), 87세까지 무려 23년 동안을 정승의 자리에 있었다. 성군(聖君) 세종이 남긴 공적의 대부분은 현신(賢臣) 황희와 함께한 것이라 해도 과언이 아니다. 그에 대해 실록은 이렇게 평가하고 있다.

"황희는 관후하고 침중해 재상의 식견과 도량이 있었으며, 풍후한 자질이 크고 훌륭하며 크게 총명했다. 집을 다스림에 검소하고 기쁨과 노여움을 안색에 나타내지 않았으며, 일을 의논할 땐 공명정대하여 원칙을 살리기에 힘썼다."

황희는 평소 거처가 단박하고 성품이 유순하고 너그러웠던 모양이다. 어린아이들이 울부짖고 떼를 쓰거나 말을 함부로 해도 좀체 꾸짖는 법이 없었다고 한다. 심지어 수염을 뽑고 뺨을 때리는 노비의 자식들에게도 화를 내거나 제지하지 않았다. 언젠가 부하 관리들과 함께 집에서 일을 의논하며 붓을 풀어 글을 쓰려 하는데, 여종의 아이가 종이 위에 오줌을 싸도 전혀 노여워하는 낯빛을 보이지 않았고, 그저 손으로 오줌을 훔칠 뿐이었다. 어느 해는 마당에 심은 복숭아가 제법 먹음직스럽게 익었는데, 동네 아이들이 무더기로 몰려와 마구잡이로 따고 있었다. 그러자 황희는 창을 슬쩍 열고 나직한 소리로 이렇게 말했다. "다 따먹지는 말

거라. 나도 맛 좀 봐야지."

하루는 계집종들이 서로 다투어 한동안 떠들썩하다가 한 계집종이 공에게 찾아와 하소연했다. "아무개 종년이 이러저러한 잘못을 범했으니, 몹시 간악합니다." 공이 "네 말이 옳다."고 대답하고 책만 보고 있었다. 조금 뒤에 상대방 계집종이 또 와서 똑같은 하소연을 했다. 공이 또 "네 말이 옳다."고 대답했을 뿐 돌아보지도 않았다. 마침 공의 조카가 옆에 있다가 말하기를 "아무개는 이러하고 아무개는 저러하니, 이러한 년은 옳고 저러한 년은 그른데도 둘 다 옳다고만 하니, 숙부님의 분명치 못함이 너무하군요." 했으나, 공은 또 "네 말도 옳다."고 하고는 글만 계속 읽을 뿐이었다.

한번은 성균관 유생들이 모여 앉아 황희를 욕하며 흉을 보고 있는데 당사자인 황희가 그 옆을 지나며 듣게 되었다. 그러자 황희도 끼어들어 맞장구를 치며 그들을 거들었다.

유생들이 처음엔 그를 못 알아보았는데 그가 떠난 후 한 사람이 그가 황희인 것을 알게 되어 모두 깜짝 놀랐다고 한다.

인터넷이 발달하고 사이버상의 블로그가 활성화되면서 요즈음처럼 시시비비를 따지고 근거 없는 소문에 온 나라가 우왕좌왕하는 때가 일찍이 없었다. 광우병 파동이 그렇고 촛불 집회가 그렇고 또 무슨무슨 사건이니 뭐니 하여 온 나라를 광풍으로 몰고 간 사건들 이면에는 무책임하고 근거 없는 비방과 나는 옳고 상대방은 틀렸다는 자기 주장만이 난무하고 있다.

'옳다, 그르다'를 떠나서 상대방이 나와 '다르다'는 것을 먼저 인정하는 자세가 아쉽다. 정치인은 여와 야가 서로 다름을, 기업에서는 노와 사가 서로 다름을, 한 가정에서는 부모와 자식이 서로 다르고, 남편과 아내가 서로 다름을 인정해야만 화목이 이루어지는 것이 아닐까? 『논어』에

"군자는 남과 화목[和]하지만 같지[同] 아니하고, 소인은 같으면서도 화목하지 못한다[군자화이부동(君子和而不同) 소인동이불화(小人同而不和)]"고 했으며 "군자는 두루 조화를 이루나 힘으로 파당을 형성하지 않고, 소인은 여러 사람의 힘으로 파당을 하지만 두루 조화를 이루지 못한다[군자주이불비(君子周而不比) 소인비이불주(小人比以不周)]"라고 했다.

사실 유무, 진실 여부를 가리기도 전에 내 마음에 안 들면 무조건 모든 것을 세 규합과 힘으로 밀어붙이려는 요즈음 사람들이 다시 한 번 새겨볼 말이다.

황희 정승이 평소에는 그렇게 너그러웠으나 누구에게나 다 그런 것은 아니었다. 특히 당시 뛰어난 관리로 명망이 높았던 김종서에게는 지나치리만큼 박정하게 굴었다. 황희가 정승(국무총리)이고, 김종서가 공조판서(장관)로 있을 때의 일이다. 김종서의 잘못이 있으면 그것이 아무리 작은 것이라도 그냥 지나치는 법이 없었다. 심하게 꾸짖는가 하면, 심지어 김종서 대신 그의 노비에게 매질을 하거나 시종을 가두기도 했다. 그쯤되자 정승 맹사성이 황희에게 타이르는 투로 물었다. "김종서는 당대에 뛰어난 신하인데, 대감은 어찌 그렇게 심하게 그의 허물을 잡는거요?" 그러자 황희는 웃으며 대답했다. "내가 종서를 아껴서 그런 것입니다. 인물을 만들려는 게지요. 종서는 성품이 곧고 기운이 좋아 일처리를 지나치게 빠르게 하는 경향이 있습니다. 종서가 뒷날 우리 자리를 잇게 될 것인데, 만사를 신중히 하지 않으면 국가 대사를 망칠 우려가 있지 않겠습니까? 그래서 미리 그의 기운을 꺾고 경계해 스스로 뜻을 가다듬고 무게를 유지하여 혹시 무슨 일을 당하더라도 가벼이 처신하지 않도록 하려는 겁니다. 결코 그를 곤란하게 하려는 게 아니외다." 맹사성이 그 말을 듣고 감복했다. 훗날 황희가 영의정 자리를 내놓고 물러가기를 청할 때 김종서를 추천해 자기 자리를 대신하게 했으니, 김종서를 아낀다는 그의 말이 사실로 증명된 셈이다.

성훈에 "그 사람을 잘 알지 못하면서 마음속으로 원망하지 말 것이며, 다른 사람을 질책할 때는 양심에 부끄러움이 없어야 한다[인부지물위심원(人不知勿爲心怨) 질타양심불위치(叱他良心不爲恥)]"고 했다.

화목을 지켜나가는데 있어 우선 공(公)과 사(私)를 구분하는 지혜를 갖추어야 하겠다. 사회생활을 하다 보면 공적으로 서로 입장이 다를 수 있다. 그러나 그것은 어디까지나 공(公)적인 것, 다른 의견을 가진 그 사람(私)마저 미워하고 원망하지 말자는 것이다. 오히려 그를 더 사랑하는 마음을 갖고 자성반성으로 돌려보자. "반성합니다! 미안합니다! 용서하세요! 사랑합니다! 감사합니다!" 이렇게 나 자신에게 말하다 보면 의외로 상대방이 마음을 돌리는 경우가 많이 있다. 이것이 바로 자성반성의 이치가 아니겠는가!

또 상대방의 말에도 어느 면에서 일리가 있게 마련이다. 황희 정승의 인간을 사랑하는 큰 그릇 됨됨이와 화이부동(和而不同)의 화목지행을 수양의 본보기로 삼고 우선 '황희 화법'부터 실천해 보자.

8. 노인과 여인

. . .

중미 카리브 해상에 있는 나라 푸에르토리코의 국립미술관에는 죄수의 몸으로 아랫도리만 수의를 걸친 노인이 젊은 여자의 젖꼭지를 빠는 「노인과 여인」이라는 그림 한 폭이 걸려 있다. 방문객들은 늙은 노인과 젊은 여자의 부자유스러운 애정행각을 그린 이 작품에 불쾌한 감정을 표출한다. 이런 해괴망측한 그림이 어떻게 국립미술관의 벽면을 장식할 수 있단 말인가. 그것도 미술관의 입구에! 작가는 도대체 어떤 의도로 이 불륜의 현장을 형상화하고 있는 것일까? 그러나 이 그림 속에는 감동의 스토리가 담겨져 있다.

수의를 입은 노인은 젊은 여인의 아버지다. 커다란 젖가슴을 고스란히 드러내놓고 있는 여인은 노인의 딸이다. 이 노인은 푸에르토리코의 자유와 독립을 위해 싸운 투사였다. 독재정권은 노인을 체포해 감옥에 넣고 '음식물 투입 금지'라는 가장 잔인한 형벌을 내렸다.

노인은 감옥에서 서서히 굶어 죽어갔다. 딸은 해산한 지 며칠 지나서 무거운 몸으로 감옥을 찾았다. 아버지의 임종을 보기 위해서였다. 뼈만 앙상하게 남은 아버지를 바라보는 딸의 모습을 상상해보라. 마지막 숨을 헐떡이는 아버지 앞에서 무엇이 부끄러운가. 여인은 아버지를 위해 젖가슴을 풀었다. 그리고 붉은 젖을 아버지의 입에 물렸다.

「노인과 여인」은 부녀간의 사랑과 헌신 그리고 애국심이 담긴 숭고한 작품이다. 푸에르토리코인들은 이 그림을 민족혼이 담긴 '최고의 예술품'으로 자랑하고 있다. 동일한 그림을 놓고 사람들은 '포르노'라고 비

하도 하고 '성화'라고 격찬도 한다. 그런데 그림 속에 담긴 진실을 알고 나면 눈물을 글썽이며 명화를 감상한다.

우리는 가끔 본질, 진실을 파악하지도 않고 자기 마음대로 상상하고 지레 짐작하고 남을 비난하고 원망하는 경우가 허다하다. 보라는 달은 보지 않고 손가락만 쳐다보는 경우도 많다.

본질을 알면 시각이 달라진다. 교만과 아집 그리고 편견을 버려야만 세상이 보인다. 성훈에 "바로 듣고 보고 말하라" 했다. "바로 알고 말을 해야지 바로 보지 않고 알지 못한 말은 하지 말라"고 일러주었다. 바로 안다는 것, 바로 본다는 것, 그것은 사물의 겉에 나타난 형상만이 아닌 그 속에 담긴 본질, 진실을 파악하는 것이다.

육안(肉眼)은 사물의 표면만을 보지만 혜안(慧眼)은 철학적으로 본다. 법안(法眼)은 마음을 밝혀 영심을 찾아서 본다. 뉴턴은 나무에서 떨어지는 사과를 보고 만유인력의 법칙을 발견했다. 갈릴레이는 교황청으로부터 이단이라는 소리를 들으면서까지 "그래도 지구는 돈다"는 지동설을 굳게 믿고 주장했다. 모두가 겉에 나타난 현상만 보지 않고 그 속에 들어 있는 본질을 꿰뚫어본 혜안이다. 우리의 일상생활에서도 얼마나 많은 오해와 편견과 타성, 자기 고집으로 남의 일에 이러쿵저러쿵하는 일이 많은가! 참으로 우리가 하는 언어 행동이 신지신중(信知愼重)해야 한다는 교훈을 주는 그림이다.

9. 새는 한쪽 날개만으로 날지 못한다

• • •

　요즈음 우리 사회에 자주 거론되는 화두는 아마 진보와 보수 논쟁인 듯 싶다. 진보를 표방하는 사람들은 자기들이 선(善)이고 보수는 악(惡)이라 한다. 보수를 내세우는 사람들의 주장도 또한 같은 논조이다. 그런데 국민의 한 사람으로서 볼 때 무엇이 진보이고 무엇이 보수인지 알 수가 없다. 진보와 보수라는 이분법적 잣대에다 선과 악을 들이대는 논리 자체가 바로 구시대적 발상이 아닐까? 우리는 과거 상극의 시대, 흑백논리에 빠지는 경우가 허다하다. 흑이 아니면 백, 내 편이 아니면 적이라는 이분법적 사고방식이다. 여기서 편 가르기가 나오고 왕따현상이 나오는 것이다.

　세계적으로 성공한 기업들의 공통적인 특성을 연구하여 발표한 짐 콜린스(Jim Collins)의 베스트셀러 『성공한 기업의 8가지 습관(Built to Last)』에는 이 점이 잘 지적되어 있다. 'A 아니면(or) B'라는 흑백논리 사고방식에서 벗어나 'A 그리고(and) B'라는 두 개 다(Both all) 사고방식을 갖는 기업만이 크게 성공했다는 분석 결과이다.

　위대한 기업, 성공하는 기업들은 '개혁 아니면(or) 보수'라는 이분법적 사고방식에서 '개혁 그리고(and) 보수'를 동시에 취하는 지혜를 터득했다. '신중한 전략 아니면(or) 과감한 전략' 둘 중의 하나가 아닌 두 개 모두를, '장기적인 투자 아니면(or) 단기적 수익' 둘 중의 하나가 아닌 두 개 모두를 추구한 것이다. 다시 말해서 비전을 가진 회사는 음(陰) 아니면 양(陽) 둘 중의 하나 또는 두개를 적당히 섞은 회색이 아니라 음과 양이 뚜렷이 구분되어 공존하는 길을 택한 것이다.

그것은 마치 하늘과 땅, 해와 달이 각각 다른 역할을 하면서 음양조화를 이루는 대자연의 법칙과도 같은 이치가 아닐까? 한자의 '사람 인(人)' 자가 두 개의 날개 모양으로 되어 있음은 한쪽만으로는 완전함을 이루지 못한다는 뜻이 담겨 있는 게 아닐까?

새는 한쪽 날개만으로 날지 못한다. 한쪽 날개로 날아가기를 시도해 봐도 다람쥐 쳇바퀴 돌 듯 한쪽으로만 뱅뱅뱅 돌다가 말 것이다. 앞으로 전진하지 못함은 자명한 이치이다. 우리가 사는 세상사 이치도 마찬가지이다.

나라를 운영함에 있어서 절대권력은 절대 부패한다. 여당이라는 한쪽 날개와 함께 건전한 야당이라는 또 다른 날개가 기능할 때 그 나라는 번창한다. 개혁이라는 한쪽 날개와 함께 보수라는 또 다른 날개를 인정할 때 상생상화(相生相和)의 길이 열리지 않을까?

가정에서도 남편과 아내는 각각의 한쪽 날개다. 남편으로서 아내로서 날개 역할을 제대로 다할 때 "부화부순(夫和婦順) 만복자생(萬福滋生)"한다고 밝혀주었다. 우리는 이를 본받아 국가, 사회, 가정을 운영함에 있어서 나의 다른 '한쪽 날개'가 누구인지를 인식하고 그 날개와 상생상화하는 정신을 가져야겠다.

10. 상생(相生) 젓가락, 인(仁)

• • •

　해외출장을 다녀와서 오랜만에 인천공항에 도착해 느끼는 첫 소감은 한 마디로 '시끌벅적'이다. 라디오와 텔레비전, 신문 등은 온통 정치인들의 이전투구, 비리폭로전, 사건사고, 불법 파업과 공권력 투입 등으로 범벅이다. 정말 우리는 하루도 편할 날 없이 '냄비 끓는 소리'를 들어가며 살아가고 있다. 도덕성이 붕괴되어 나오는 '소리공해'들이다.

　그래서 성훈에 "말이 아니면 듣지를 말고[비언불청(非言不聽)], 길이 아니면 가지를 마라[비도불거(非道不去)]"라 한것 같다. 이것은 현대인들의 가치관 상실에서 오는 방향성 없는 좌우충돌의 삶의 행태이기도 하다. 그 해답은 어디에 있는가? 우리는 그것을 인의예지(仁義禮智)에서 찾고 있다.

　한자어 '어질 인(仁)'자를 풀어보면 사람인(人)변에 두이(二)가 들어가 있다. '두 사람' 사이에 지켜야 할 도리가 바로 '어진 것'이라는 뜻이 숨어 있다. 성훈의 가르침에 두 사람 사이에 지켜야 할 도리를 새로운 삼강오륜으로 잘 표현하고 있다. 부모와 자식 간에 지켜야 할 도리가 바로 삼강(三綱-父母子)이다. 부모는 자식을 사랑하고[부모자자(父母子慈)] 자식은 부모에게 효도하는 것이 하늘이 정한 이치[자효천정(子孝天定)]라 했다. 윗사람과 아랫사람(君臣), 스승과 제자(師弟), 남편과 아내(夫婦), 어른과 아이(長幼), 친구와 친구(朋友)사이―이 다섯 종류의 '두 사람' 간에 지켜야 할 도리가 바로 오륜이다.

　• 윗사람과 아랫사람에게는 의(義)가 있으니[君臣有義]

윗사람이 은혜로써 대하고 아랫사람이 충성을 다하면[君恩臣忠]

나라를 바로세울 수 있다[可以正國].

－정치인이나 기업인 직장인들이 새겨들어야 할 말씀이다.

• 스승과 제자 사이에는 도(道)가 있으니[師弟有道]

스승은 덕으로 가르치고 제자는 신중히 받들면[師德弟愼]

바른 도(道)를 지혜로써 깨달을 수 있다[正道智覺].

－교육계에 종사하는 분들과 학생들이 새겨들어야 할 덕목이다.

• 남편과 아내 사이에는 밝음이 있으니[夫婦有明]

지아비는 화목으로, 지어미는 순종으로 따르면[夫和婦順]

만복이 저절로 불어 생한다[萬福慈生].

－우리 가정생활의 기틀이 되는 말씀이다.

• 어른과 아이 사이에는 순서가 있으니[長幼有序]

어른은 부드러움으로, 아이는 공경하는 마음을 가지면[長柔幼恭]

가이 질서를 지킬 수 있다[可以秩序].

－우리 사회인 모두가 지켜야 할 예의이다.

• 친구와 친구 사이에는 믿음이 있으니[朋友有信]

친구를 사랑하고 친구를 믿음으로써[朋愛友信]

공을 세우고 입신을 할 수 있다[立功立身].

어질 인(仁)의 두이(二)는 바로 젓가락에 비유할 수도 있다. 젓가락은 어느 한 쪽만으로는 그 기능을 다하지 못한다. 두 개가 서로 상생(相生)할 때만이 그 기능을 발휘할 수 있다.

부모와 자식이라는 두 젓가락은 사랑과 효도로써 상생하고, 윗사람과 아랫사람(군신, 상하, 노사……)이라는 두 젓가락은 은혜와 충성으로써 상생한다. 스승과 제자라는 두 젓가락은 덕(德)과 신(愼)으로써 상생하고, 남편과 아내라는 두 젓가락은 화목과 순종으로써 상생하며, 어른과 아이라는 두 젓가락은 부드러움과 공경함으로써, 친구와 친구라는 두 젓가락은 사랑과 믿음으로써 상생한다.

과거 서구문명의 특성을 '포크'에 비유한다면, 21세기 동양문명시대의 가치관은 바로 이 '젓가락'에 비유될 수도 있다. 포크는 찔러서 먹지만 젓가락은 상생, 화합, 협력을 통해 집어먹는다. 아침 점심 저녁식사 때면 이 젓가락의 의미를 음미하면서 그날그날 처신의 교훈을 되새겨봐야겠다.

물과 같은 마음으로

11. 메아리

— 여곡응향(如谷應響)

· · ·

지혜로운 왕이 신하들을 불러 모아 "백성을 가르칠 인생의 방법을 쓰라"고 명하였다.

신하들은 온갖 지혜를 모아 열두 권의 책을 만들어 보고를 하였다. 왕은 보고를 받고 근심스러운 표정으로 말하였다.

"이 책은 바쁜 사람은 읽기가 너무 힘들다. 한 권으로 줄여보아라."

다시 신하들이 한 권으로 줄여서 왕께 가져갔다. 왕은 그 책을 보고서는 "참으로 잘 만들었구나. 그런데 글 모르는 문맹자는 읽을 수가 없겠구나. 들으면 바로 알 수 있는 단 한 줄로 줄여보아라"라고 명하였다. 신하들이 오랜 연구 끝에 나온 한 줄은

··············
··············

....

"세상에 공짜는 없다"였다는 이야기가 있다.

세상만사는 가고(去), 오는(來) 거래이다. 물이 수증기 되어 하늘로 올라갔다가 다시 비가 되어 땅으로 돌아오듯이 인간의 영혼도 왔다가 가고, 갔다가 오는 거래(去來)이다. 이 세상에 거래 아닌 것이 없으니 '도(道)는 거래'라고도 말한다. 그런데 공짜 거래는 없다.

물건을 샀으면 그 대가로 값을 치르는 것이 거래요, 노동을 하였으면 그 대가로 임금을 받는 것이 거래요, 은혜를 입었으면 갚는 것이 거래이다. 산속에 들어가 골짜기를 향해 소리를 질러본다. "너 이놈!" 하면 저쪽에서도 "너 이놈!" 하고 대답한다. "사랑해!" 하면 저쪽에서도 "사랑해!" 하고 대답한다. 아무 소리 안 하면 저쪽 역시 아무 소리 안 한다.

미국에서 가장 위대한 대통령, 세상에서 가장 완전하게 인간을 다스렸다고 칭송받는 에이브러햄 링컨은 젊었을 때 남을 비판하기를 매우 좋아했다고 한다. 한번은 허영심 많고 싸우기 좋아하는 제임스 쉴즈를 저널지를 통해 인신공격했다. 이 글을 보고 화가 머리끝까지 치민 쉴즈는 링컨에게 달려가 결투를 신청했다. 링컨은 결투를 하고 싶지 않았으나 피할 수가 없었다. 그와 쉴즈는 미시시피 강의 강변 모래사장에서 만나 목숨을 건 결투를 하게 되었다. 마침 입회인들이 중재에 나서서 결투는 피를 보기 직전에 중지되었으나 이 사건은 링컨의 생애에 있어서 가장 몸서리쳐지는 끔찍한 사건이었다. 그 사건을 계기로 링컨은 두 번 다시 남을 모욕하거나 비웃지 않았으며 어떠한 일이 있어도 남을 비난하는 일을 거의 하지 않았다고 한다. 비난이란 '메아리' '집비둘기'와 같아서 언제나 자기에게 돌아온다는 것을 깨달았기 때문이다.

세상이 혼탁하다 보니 우리 주변에는 참으로 많은 소리들이 메아리처럼 들려오고 있다. 더욱이 사이버상에서는 젊은이들의 무차별 폭언과 인신공격이 난무하다. 그들이 이 메아리의 원리를 안다면 과연 그렇게 할 수 있을까?

나에게 부딪쳐 오는 모든 것이 따지고 보면 모두 내가 짓고 내가 받는 과보의 이치라는 것을 자연은 들려주고 있다. 다른 사람이 나를 욕하고 미워하면 그것은 내가 다른 사람을 미워하고 욕했기 때문이며, 다른 사람이 나를 사랑하고 존경하면 그것은 내가 다른 사람을 사랑하고 존경했기 때문이다. 그래서 결(結)을 맺지 말라고 하였다. 가고 옴에 피할 수가 없다[去來難避]고 하였다.

> 인생은 메아리이다.
> "상대성 원리가 없지 아니하다. 착하게 행하면 착함이 오고, 명기(明氣)
> 악하게 행하면 악함이 오고, 초기(焦氣)
> 적선지가(積善之家)에는 필유여경(必有餘慶)이요
> 적악지가(積惡之家)에는 필유여앙(必有餘殃)이라"(『도덕경』)
> 이것이 바로 도덕원리이다.

"흔히 운이 좋다" "복을 타고 났다"는 말을 하지만 그 운이나 복도 공짜는 아니리라.

운과 복은 어떻게 다를까? 복(福)은 전생 차생(此生)에 자신이 쌓아놓은 선행과 공덕의 결과물이라고 한다. 착한 일을 많이 하고 남을 위해 많은 것을 베풀어 자신의 인생 은행계좌에 저축을 많이 해둔 것이다. 그것을 찾아먹는 것을 "복(福)을 타고 났다"고 말한다.

반면 운(運)은 때때로 그야말로 우연히 올 수도 있다. 투기를 해서 성공을 했다는 경우가 그런 경우이다. 운(運)이라는 말이 '돌다, 돌리다' 라는 뜻이 들어있듯이 운(運)은 은행에서 돈을 돌려받은(대출받은) 마이너스 통장과 같은 것이라고 할 수 있다. 어떤 사람이 '운(運)이 좋아 대박을 터뜨렸다'고 한다면 그것은 자기 노력 없이 '공짜로' 얻은 것이니 그것은 무형 가운데 빚이 되고 만다. 그래서 복권에 당첨된 대부분의 사람들이 결과적으로 불행해지는 이유가 바로 여기에 있다 할 것이다. 큰 운(運)을 받고 그것을 유지하려면 반드시 좋은 일을 하여 일부를 되돌려주어야 하는 것이다.

> 복(福)이 먼저 주고(give) & 나중에 받는(take) 것이라면
> 운(運)은 먼저 받고(take) & 나중에 주어야 하는(give) 것이라고나 할까?
> give and take 법칙이 분명한 것이 바로 운(運)이다.

> 세상에 공짜는 없다. 남의 것 먹고 빚지고 잘 살 수는 없다.
> 인생은 메아리이다. 주고받는, 가고 오는 메아리!

> "여곡응향(如谷應響) - 골짜기에서 메아리 치듯이,
> 여형수영(如形隨影) - 형태 따라 그림자 지듯이"(『도덕경』).

12. 팔할자족(八割自足)

. . .

성훈에 "족함을 알아야 낙천지[지족이낙천지(知足而樂天地)]"라 했다. 족함을 아는것(知足)! 어느 정도에 만족하는 것이 족함을 아는 것일까? 100%를 채우려 하는 것은 족함을 아는 것이 아닐 것이고 90%, 80%, 70%⋯⋯. 100% 아래에서 만족하는 것이 족함을 안다 할 것이다. 세상의 부(富)와 권력(權力)과 명예라는 것이 커지면 커질수록 더 커져가려는 속성이 있다. 그런데 이 마력에 이끌려 100%, 150%, 200% 더 가지려고 욕심을 부릴 때 결국에 가서 파국을 맞는 것이 세상사 이치이다.

한국의 대표적인 부자들은 과연 어떻게 하여 파국을 맞지 않고 그 부와 명예를 지탱시켜 왔는지, 어느 선에서 자족했는지 그들의 가훈(家訓)이나 상도(商道)를 통해 알아 보자.

경주의 최부잣집은 부자면서도 존경을 받은 집안으로 조선 팔도에 알려져 있다. 12대 300여 년(1600~1900) 동안 계속해서 만석꾼을 지낸 집안이다. 요즘으로 말하면 재벌급의 부자이다. 예부터 권불십년(權不十年)이요, 부자 3대(代) 가지 않는다 했는데, 어떻게 관리를 했길래 자그마치 300년 동안이나 만석꾼 소리를 들을 수 있었을까.

최부잣집의 철학 가운데 "만 석 이상의 재산은 사회에 환원한다"는 가훈이 있다. 돈이라는 것은 가속성을 지니고 있어서 어느 시점을 지나면 돈이 돈을 벌게 된다. 멈추기가 더욱 어렵다. 그러나 최씨들은 만 석에서 과감하게 브레이크를 밟았다. 그 이상은 내 돈이 아니라고 판단했기 때문이다.

사회에 환원하는 방식은 소작료 할인이었다. 다른 부잣집들이 소작료를 수확량의 70% 정도 받았다면, 최 부자는 40% 선에서 멈췄다. 사람들은 사촌이 논을 사면 배 아팠지만 최 부자가 논을 사면 박수를 쳤다. 최 부자가 논을 사면 나도 먹고 살 수 있다고 생각했기 때문이다. "과객을 후하게 대접하라"는 가훈도 있다. 최부잣집에서 1년에 소비하는 쌀의 양은 대략 3,000석이었다고 한다. 그 가운데 1,000석은 식구와 일꾼들의 양식으로 썼다. 그 다음 1,000석은 과객들의 식사 대접에 사용했다. 최부잣집 사랑채는 100명을 동시에 수용할 수 있는 규모였다. "주변 100리 안에 굶어 죽는 사람이 없게 하라"는 가훈도 있다. 주변이 굶어죽는데 나 혼자 만석꾼으로 잘 먹고 잘 사는 것은 부자 양반의 도리가 아니라고 생각했다. 1년 동안 사용하는 3,000석 가운데 나머지 1,000석은 여기에 들어갔다.

최부잣집의 철학 가운데 특이한 것은 "벼슬은 진사 이상 하지 말라"이다. 최부잣집은 9대 진사를 지냈다. 진사는 초시 합격자의 신분이다. 이를테면 양반 신분증의 획득인 셈이다. 그 이상의 벼슬은 하지 않는다는 것이 이 집안의 철칙이었다. 동서를 막론하고 돈 있으면 권력도 잡고 싶은 것이 인지상정이다. 그러나 이 집안은 돈만 잡고 권력은 포기했다.

최씨 가문의 며느리들은 시집 온 후 3년간 무명옷을 입어야 한다는 원칙도 있었다. 조선시대 창고의 열쇠는 남자가 아니라 안방마님이 가지고 있었다. 그런 만큼 실제 집안 살림을 담당하는 여자들의 절약 정신이 중요했다. 보릿고개 때는 집안 식구들도 쌀밥을 먹지 못하게 했고, 은수저를 사용하지 못하게 했다. 이러한 내용으로 보아 최부잣집은 대략 70~80%선에서 자족했지 않았을까 짐작해본다.

조선시대 최고의 거상(巨商)으로 임상옥(1779~1855)을 꼽는다. 최인호의 소설 『상도(商道)』에 그의 생애와 철학이 잘 소개돼 있다. 그는 "재물은 평등하기가 물과 같고[재상평여수(財上平如水)], 사람은 바르기가 저울과 같다[인중직사형(人中直似衡)]"는 명언을 남겼다. 재물이든 사람이든 넘치거나 한편으로 치우쳐서는 안 된다는 뜻일 것이다.

『상도』에는 계영배(戒盈盃)라는 술잔 이야기가 나온다. 이 술잔은 7부까지만 채워야지 그 이상을 부으면 이미 부은 술마저 없어져 버리는 신비한 잔이다. 넘치는 것을 경계하는 철학이 들어 있는데, 임상옥은 이 계명을 지켜 큰 부자가 되었다. "적당히 채워라. 어떤 그릇에 물을 채우려 할 때 지나치게 채우고자 하면 곧 넘치고 말 것이다. 불행은 스스로 만족함을 모르는 데서 비롯된다." 계영배를 설명하는 대목이다. 여기서 미루어 짐작건대, 임상옥의 자족은 70%가 기준이었던 게 아닌가 생각된다.

오늘날 우리나라에서 가장 돈을 많이 버는 기업은 삼성이다. 그러면 삼성은 어느 선에서 자족을 하며 어느만큼 비우고 있을까? 삼성이 최부잣집이나 임상옥처럼 특정 개인의 기업이 아니며 수십만 명의 주주들로 구성된 기업집단이기 때문에 이익을 많이 내어 국가에 세금을 많이 내고 주주들에게 많은 이익을 배당해주는 것이 마땅히 해야 할 책무이다. 그렇더라도 삼성은 결코 자신만의 이익을 추구하지 않는다.

삼성은 기업이윤의 사회 환원 차원에서 5년 연속 매년 이웃돕기 성금으로 100억 원을 기탁하고 전국의 모든 소년소녀 가장을 돕기 위해 103억 원을 추가로 투자해 왔다. 삼성이 2003년 투자한 사회공헌 비용은 무려 3,554억 원에 이른다. 매년 1억짜리 아파트 3,550여 개를 내놓는 셈이다. 사회복지(970억), 문화예술(1,010억), 학술교육(1,387억), 체육진흥(155억), 환경보전(23억), 국제교류(9억) 등 사회 구석구석에 보이지는 않지만 많은 공헌을 하고 있다. 아마 전 세계적으로 이익대비, 이처럼 많은 사회공헌 비용을 투자하는 기업도 찾아보기 힘들 것이다. 여기에는 이건희 회장의 투철한 '나눔 경영철학'이 밑바탕에 깔려 있다.

세상 사람들은 "최 부자나 임상옥이나 이건희 회장은 원래 돈이 많아서 나누는 것이지 없는 사람이 뭐 나눌 것이 있겠는가?" 이렇게 말할지도 모른다. 옛말에 "999석 가진 자가 1000석을 채우기 위해 1석 가진 자의 것을 빼앗아 간다"는 말이 있다. 그런데 그들은 1,000을 채우기 전에 800에 만족하고 200을 비웠기 때문에 큰 부자가 된 게 아닐까?

8할자족! 우선 이것을 지족(知足)의 가이드라인으로 삼고 실천해보는 것이 어떨까? 돈이든 권력이든 명예든 80%에 스스로 만족한다는 것! 20%의 욕망을 억제한다는 것! 이것이 결코 쉬운 일이 아닐 것이다. 대부분 사람들은 오히려 '8할부터가 진짜 시작!'이라며 이를 악물고 더 채우려 하다가 자신을 망치고 다른 사람에게까지 폐해를 준다.

우리의 일상생활에서 먹는 것도 먹고 싶은 것의 8할만큼만, 말하는 것도 말하고 싶은 것의 8할만큼만, 돈이나 지위나 권력도 8할선에서 자족한다면 그 인생은 분명 성공한 인생이 될 것이다. 채우기 위한 노력보다 2할을 비우는 용기와 절제력이 나를 살리고 사회를 살리는 지혜가 아닐까? 엄밀히 말하면 그 2할은 베풀어준 은혜에 대한 보은이며, 무형 속의 확실한 저축이며, 공덕인 것을.

13. 울지 않는 새는

－불의(不義)에 대처하는 도가(道家), 유가(儒家), 법가(法家)의 차이점

. . .'

"상대방의 행동이 옳지 않다고 생각될 때 나는 어떻게 행동해야 하는 가?" "잘못이나 불의(不義)를 보고 그냥 넘어갈 것인가? 아니면 싸워서 라도 바로잡을 것인가!" 현실적으로 매일 매일 부딪치는 문제이다. 이 문제에 대한 해법은 무엇일까?

우선 아랫사람 입장에서 윗사람의 잘못에 대해 어떻게 해야 하는지 알아보자. 자식이 부모의 잘못에 대해, 부하가 상사의 잘못에 대해, 제자 가 스승의 잘못에 대해 어떻게 할 것인가? 전국(戰國)시대 말 진, 한나라 시대에 편찬된 것으로 추정되는 『예기(禮記)』 「단궁편」에 보면 이렇게 기 술되어 있다.

• 부모에게는 인(仁)이 있으니 숨기되(隱) 면전에서 무례히 범(犯)해서는 안 되고[親者는 仁之所在라 故로 有隱而無犯하고]

• 임금에게는 의(義)가 있으니 면전에서 무례히 범(犯)해 허물을 숨겨(隱) 서는 안 되며[君者는 義之所在라 故로 有犯而無隱 하고]

• 스승에게는 도(道)가 있으니 무례히 범할 것도 없고 허물을 숨길 것도 없다[師者는 道之所在라 故로 無犯無隱也이니라].

－주자(朱子)가 말했다. 여기서 은(隱)은 간언(諫言)을 말하는 것이다. 다시 풀어서 음미해 보면

• 부자 간에는 은혜를 주로 하니 무례히 범(犯)하게 되면 책선(責善)을 해 은혜를 상하게 된다. 때문에 조심스럽게 간하고(機諫) 면전에서 범하면 안 된다.

• 군신(상사와 부하) 간에는 의(義)를 주로 하니, 허물을 숨기면 두려워하고 아부를 하게 되어서 의를 해치게 된다. 때문에 임금(상사)의 악을 바로잡고 속이지 말아야 하며 면전에서 바른 말로 간하는 것이다.

• 스승과 제자의 관계는 은혜와 의(義)의 사이에 있는 것이다. 스승에게는 도(道)가 있으니 간해도 거절당하지 않으니 무례히 범할 일이 없다. 스승이 허물이 있으면 마땅히 의문을 가져야 하니 반드시 그 허물을 숨길 일도 없다.

다음으로 군주(상사)의 입장에서 백성(부하)이, 부모 입장에서 자식이, 스승 입장에서 제자가 잘못을 범할 때에는 어떻게 해야 하는가? 이에 대한 구체적인 기술은 별로 없다. 법가(法家)와 유가(儒家) 그리고 도가(道家)의 사상을 바탕으로 알아보자.

첫째, 법가(法家-韓非子)에서는 법에 따라 엄중히 문책할 것이다. 법가는 법률, 형벌을 정치의 근본 수단으로 삼고, 왕도(王道)보다는 패도(覇道)를 지향한다. "백성은 위세(威勢)에 굴복하는 것이지 인의(仁義)에 감동하는 경우는 적다", "백성은 원래 사랑에는 교만하고 위엄(威嚴)에는 복종한다", "엄한 가문에 사나운 노예가 없으나 자애로운 부모 밑에 패륜아가 있으며, 위세(威勢)는 난폭함을 막을 수 있으나 덕(德)으로써 혼란을 막을 수 없다." 이상과 같이 '법(法), 술(術), 세(勢)의 정치관'과 '이해타산적(利害打算的) 인간관'을 가진 법가에서는 잘못이 있으면 가차 없이 준엄한 법으로 다스릴 것이다.

둘째, 유가(儒家-孔子)에서는 사랑으로써 교화(敎化)하고 잘못을 고치도록 교육(敎育)할 것이다. "공자는 그 중심사상으로 인(仁)을 창도해 너와 나 사이에 흐르는 '사랑'을 강조했고 사회규범인 예(禮)를 일으켜 사회질서를 바로잡아야 한다고 생각했다. 정치를 맡은 자는 덕(德)을 베풀고 믿음(信)을 지켜야 한다는 덕치주의(德治主義) 정치사상을 주장했다. 또한 각계 각층의 사회 구성원 모두 각자에게 부여된 이름(名)과 분수를 지켜야 안정과 평화, 화합 그리고 발전을 기약할 수 있다는 정명사상(正名思想)을 강조했다. 그리고 인간은 누구나 교육(敎育)을 받아야 평등을 누릴 수 있고 정의(正義)를 분별할 수 있으며, 새로운 역사 창조에 동참할 수 있다는 견지에서 교육(敎育)의 중요성을 역설했다(윤무학, 『중국유학사상』에서). 인류 최초의 교육사상가인 공자는 잘못에 대해 그냥 넘어가지 않고 반드시 지적하고 고치도록 할 것이다.

셋째, 도가(道家-莊子)에서는 잘못에 대해 이러쿵저러쿵 간여하지 않을 것이다. 도가(道家)의 윤리학은 유가의 덕치(德治)와 인정(仁政) 등 인위적 정치를 부정했다. "큰 도(道)가 사라지니 인의(仁義)가 나오고 지혜가 생겨 큰 인위[大僞]가 있게 되었다. 가까운 친척이 서로 화목하지 않으니 효도니 사랑이니 하는 말이 생기고, 국가가 혼란스럽게 되자 충신이 나오게 되었다"고 주장한다. 이와 같이 '모든 것에 집착하지 말라'는 무위(無爲)정치와 절대자유에 노니는 소요유(逍遙遊), 현실 속에서 부조리를 초월하고자 하는 처중(處中)의 처세술, 사물 사이에 대소(大小), 미추(美醜), 선악(善惡), 시비(是非)의 구별이 없는 상대주의적 세계관이 도가의 기본 사상이다.

한편 16세기 일본의 춘추전국시대 세 사람의 영웅 이야기에서 이 문제의 해법을 찾아보자.

첫번째, 오다 노부나가는 불같은 성격으로 불의(不義)를 보면 당장 무력으로 처단해 버리고 말 것이다. 두번째, 도요토미 히데요시는 모략형이다. 그는 꾀가 많고 수단 방법을 가리지 않고 일을 성사(成事)시키는 지모 있는 장수로서, 이런 경우 어떻게든 상대방을 설득시키려 할 것이다. 세번째, 도쿠가와 이에야스는 인내형이다. 그는 참고 기다리며 결코 서두르지 않는다. 그가 불의를 보면 상대방이 스스로 반성할 때까지 기다릴 것이다.

첫번째 오다 노부나가는 "울지 않는 새는 목을 비틀어 버리는" 용장형(勇將型)이다. 앞서 언급한 법가(法家)와 비슷하다. 잘못이 있으면 거침없이 바로잡는다. 축구 선수가 반칙을 하면 심판이 옐로 카드나 레드 카드로 벌을 주듯이 엄격하고 즉시적이다. 공중질서를 어기면 바로 지적하고 법을 어기면 아무리 가까운 이웃이라도 당국에 고발하는 서양 사람들을 보면 바로 이런 유에 가깝다는 생각이 든다. 엄한 아버지, 엄격한 상사의 모습이 바로 이런 형이다.

그런데 조직에서 이러한 카리스마형 리더십은 반작용, 부작용, 역작용 또한 크다. 오다 노부나가의 경우 전란의 시대에 막강한 힘과 카리스마 리더십을 바탕으로 낡은 관습을 타파하고 새 인물을 등용하는 등 과감한 혁신정책을 실시하여 천하통일의 기반을 구축했다. 그러나 결국에는 부하인 아케치 미쓰히데[明智光秀]의 모반습격을 받고 생을 마감했다. 이와 같이 모든 것을 힘으로 밀어붙이다 보면 과격함 뒤에 반드시 후유증을 불러오게 마련이다.

두번째 도요토미 히데요시는 "울지 않는 새를 울게 만드는" 지장형(智將型)이다. 마치 선생님이 학생을 타이르고, 교육시키고, 설득시키듯, 상대방이 바뀌도록 온갖 노력을 다하는 것이다. 히데요시가 수단, 방법 가리지 않는 모략형이라면, 앞서 언급한 유가(儒家)의 공자는 사랑으로 선도하는 군자형(君子型)이다. 그런데 우리 일상사에서 상대방의 잘못(不義)을 고치게 하는 것이 어디 쉬운 일인가! 토론도 하고 교육도 시키고 감화를 주어 상대방이 스스로 반성(反省)하고 고친다면 그보다 더 좋은 것이 어디 있겠는가!

사람들은 성인이 되면 그다지 변하지 않는다. 모든 것이 다 자기 이익과 결부되어 있기 때문이다. 특히 지적한 사람도 성인군자가 아닌 불완전한 인간인데 상대방에게 고치라고 한다면 얼마나 따르겠는가? 오히려 "자기도 고치지 못한 주제에!" 하며 반발심만 불러일으킬 수 있다. 평생을 잔소리해도 변한 게 별로 없다는 부부의 모습을 보면 알 것이다.

세번째 도쿠가와 이에야스는 "울지 않는 새는 울 때까지 기다리는" 덕장형(德將型)이다. 앞서 언급한 도가(道家)사상과 비슷하다. 그는 잘못(不義)을 보고 상대방이 스스로 반성하고 고칠 때까지 기다릴 것이다. 일면 불의를 보고도 못 본 척하는 듯해 비겁하다는 생각이 든다. 그러나 잘못을 보고 못 본 척하는 것이 아니라 용서하고 포용하며 감화하는 것이다.

사람들은 남이 이래라 저래라 해서 변하는 것이 아니고 스스로 자성 반성을 통해서만이 변하게 되어 있다. 공덕이 있어야 변할 수 있는 것이다. 스스로 알을 깨고 나오려면 일정한 부화의 기간이 필요하듯이 사람이 변화하는 데는 시간이 필요하다. 그래서 현명한 사람은 참고 기다려 주는 것이다. 또 어찌 아는가! 내가 상대방을 오해할 수 있고 상대방이 옳고 내 생각이 틀릴 수 있는 것을!

위의 세 가지 형태 중 어느 방법이 가장 적절한 것인가는 상대방이 그것을 받아들일 수 있느냐 없느냐에 달려 있다. 또한 리더십 스타일에 따라 적재적소(適材適所) 인사의 묘가 여기에 있다 할 것이다. 사람에 따라, 사안(事案)의 대소(大小)완급에 따라, 처한 상황에 따라 달라질 것이다. 그리고 그보다 더 중요한 것은 남을 질책하는 내가 양심에 부끄러움이 없어야 한다는 것이다.

14. 불감위선(不敢爲先)

· · ·

어느 철학자가 인간이 행복하기 위한 조건으로 다음과 같이 다섯 가지를 들었다.

- 먹고 입고 살기에 조금은 부족한 듯한 재산
- 모든 사람이 칭찬하기엔 약간 부족한 외모
- 자신이 생각하는 것보다 절반 밖에는 인정받지 못하는 명예
- 남과 겨루었을 때 한 사람에게는 이기고, 두 사람에게는 질 정도의 체력
- 연설했을 때 듣는 사람의 절반 정도만 박수를 보내는 말솜씨

이 다섯 가지의 공통점은 바로 '부족함'에 있다. 옛날 주(周)의 제후국인 노(魯)나라 환공은 의기(欹器)라는 그릇을 늘 가까이 두고 자신을 경계했다고 한다. 공자께서도 이 그릇을 의자[座] 오른쪽[右]에 두고 반성의 자료로 삼았다[銘] 하여 '좌우명(座右銘)'의 유래가 된 그릇이다.

이 그릇은 텅 비면 기울어지고 가득 채우면 엎어지고 중간 정도 채우면 반듯해진다. 공자께서 이 의기가 의미하는 것을 다음과 같이 풀었다.

"총명하고 예지가 뛰어나도 스스로 어리석다 여기며 살아가고[聰明睿智 守之以愚]

공적이 온 세상을 다 덮어도 사양으로써 이를 지키고[功被天下 守之以讓]

용맹함이 세상을 뒤흔들어도 항상 겁을 내며 조심하고[勇力振世 守之以怯]

부유함이 천하에 가득해도 겸손으로써 이를 지켜라[富有四海 守之以謙]"

(『孔子家語』 중에서)

이 의기는 한마디로 가득 채우지 말고 반쯤 비워두라는 메시지를 보내고 있다. 성공적인 직장인의 조건도 위와 다를 바 없다는 생각을 해본다. 재산이 많아서, 외모가 출중해서, 학식이 높아서, 힘이 세서, 말을 잘해서, 이러한 조건들을 가득 채웠다고 성공하는 것은 결코 아니라는 것이다. 가득 차면 자만해지고 자만하면 게을러지고 부패해진다. 비운다는 것은 바로 부족함을 아는 것이요, 부족함을 아는 것은 겸손해질 수 있다는 것이다.

나 역시 한때 혈기방자(?)해 자신감 넘치게 아는 체, 있는 체, 잘난 체한 적이 많았다. 돌이켜 반성해보면 얼마나 내가 못났는가를 스스로 드러내는 것이다. 철이 들어간다는 것은 자신이 얼마나 부족한가를 깨달아 가는 과정이라 여겨진다. 성훈에 "아는 것은 겸손함만 못하고[지불여겸(知不如謙)] 겸손한 것은 사랑함만 못하다[겸불여자(謙不如慈)]"고 했다. 세상에 내가 아는 게 많다고 큰소리치는 것만큼 어리석은 것은 없다.

또 성훈에 첫 번째가 '사랑'이요[一日 慈] 두 번째가 '겸손'이며[二日 謙] 세 번째가 감히 나를 앞세우지 않는다는 뜻의 '불감위선'[三日 不敢爲先]이라 했다. 인격의 최고 경지는 바로 인간을 사랑하는 것, 겸손 그리고 불감위선이라 여겨진다. 불감위선이 되어야 겸손의 단계에 이르고, 겸손해야 사랑할 수 있다. 이 불감위선을 제대로 실천해 왔는지 반성해본다. 언제나 1등! 1등만이 최선이고, 가득! 가득한 것이 최고이며, 남과 경쟁해 이기기 위해서는 무엇이든 먼저! 빨리! 높이! 도전하라고 강조해왔다.

그러나 이것은 반쪽만의 것이었다. 겸손 없는 자부심은 자만이 된다.

겸손 없는 용기는 무모함이 된다. 겸손 없는 지식은 아집이 된다. 겸손 없는 비즈니스는 고객을 무시하게 된다. 겸손 없는 승리는 오만이 되고 만다. 겸손이라는 '비움'이 있어야 새로운 것을 담을 수 있는데 자만, 무모, 아집, 무시, 오만으로 가득 차 있는 그릇에는 아무것도 더 담을 수가 없다. 진정한 도전과 경쟁의 원천은 바로 '겸손'에 있다는 것을 가르쳐 줘야 한다. 일류를 지키기 위해서, 일류에서 초일류로 가기 위해서는 '겸손'이 있어야 한다.

우리는 물을 통해 겸손의 미덕을 배울 수가 있다. 물은 언제나 낮은 곳으로, 낮은 곳으로 나아간다. 장애물이 있으면 돌아가고 빈곳은 채워가고 아래로, 아래로 내려간다. "뜻 쓰기를 물과 같이 하면[용의여유수(用意如流水)] 말없는 가운데 공덕이 있다[무언유공덕(無言有功德)]"했는데 물과 같은 마음! 이것이 바로 사랑이요, 겸손이며, 불감위선이 아닐까?

15. 땅속에 있는 산(地中有山)

• • •

그랜드 캐년은 대자연의 오묘한 조화를 한눈에 보여주는 곳이다. 대평원을 한참 달리다 마지막 끝자락에서 펼쳐지는 발 아래의 대장관! 1600m 땅밑에 강이 있고 산이 있고 평야가 있다. 주역에서 말하는 겸(謙)괘가 바로 이 형상이리라. 지중유산(地中有山)―땅속에 산이 있다!

동양 지혜의 보고인 『주역』은 64가지 인생길을 가르쳐주고 있는데, 그중에서 15번째 겸(謙)괘를 최상으로 꼽는다. 겸손하라는 것이다.

"천도(天道)는 오만한 자를 일그러뜨리고 겸손한 자를 도와주며, 지도(地道)는 오만한 자를 변모시키고 겸손한 자에게로 흘러가며, 귀신은 오만한 자에게 해를 주고 겸손한 자에게 복을 주며, 인도(人道)는 오만한 자를 싫어하고 겸손한 자를 좋아한다. 겸손한 자는 높아지면 빛이 나고 낮아지더라도 그를 넘어갈 수 없다"(『주역』).

겸손한 사람은 천도(天道)와 지도(地道) 그리고 인도(人道)와 귀신이 모두 도와주기 때문에 높이 추앙을 받아 빛나게 된다는 것이다. 사람들은 그랜드 캐년 평지 위에 서서 보면 땅 밑에 있는 산들이 발 아래 있으니 보잘것없어 보일지 모르나 사실은 태산(1,524m)보다 더 높고 큰 산이다. 다만 자신을 낮추고 있을 뿐이다. 이것이 바로 겸손이다.

성훈에 "지혜로움과 어짊과 용맹함이 겸손과 함께하면 그 길에 큰 영광이 있다[지인용겸(智仁勇謙) 기도대광(其道大光)]"고 했다. 세상은 난세요, 상황은 위태롭다. 어떻게 해야 하는가? 지중유산(地中有山)의 옛 지혜를 오늘에 되새겨 본다.

가족의 화목

16. 그물이 삼천 코라도 벼리가 으뜸

• • •

벼리(綱)는 벼릿줄이라고도 하는데, 그물의 위쪽 코를 꿰어 오므렸다 폈다 하는 줄을 말한다. "그물이 삼천 코라도 벼리가 으뜸"이라는 속담이 있다. 천하를 다스리고 나라를 다스리고 회사를 다스리는 리더십의 벼릿줄은 과연 무엇일까?

오늘날 수십, 수백 가지 리더십 이론이 나와 있지만, 2500여 년 전에 나온 『대학(大學)』에 아주 명쾌히 제시되어 있다. "옛날에 밝았던 덕(德)을 천하에 밝히고자 하는 자는 먼저 그 나라를 다스리고[치국(治國)], 그 나라를 다스리고자 하는 자는 먼저 그 집을 가지런하게 하며[제가(齊家)], 그 집을 가지런하게 하는 자는 먼저 그 몸을 닦고[수신(修身)]……"천하를 다스리는 리더십의 원리도 결국 내 가정을 다스리는 원리와 같다는 뜻이다.

가정에서 부모와 자식과의 관계는 대개 사회에서 상사와 부하와의 관계로 나타난다. 부모님께 효도하는 사람이 직장에서도 상사에게 충성하고, 부모님께 불효하는 자가 직장에서 상사에게 불충(不忠)함은 자명한 이치다. 자식이 부모를 섬기듯 윗사람을 대하고 부모가 자식을 사랑하듯 부하를 사랑해보라! 어찌 아껴주지 않을 상사가 있으며, 어찌 따르지 않는 부하가 있을까. 부부관계와 형제관계는 동료관계로 나타난다. 부부, 형제 간에 화목하는 사람이 동료 간에도 화목하며 팀워크를 잘 이루고, 집안에서 화목하지 못한 사람이 직장에서도 불화를 일으키는 것이 또한 자명하다. 집안에서 새는 바가지 집 밖에서도 새게 마련이다.

가정은 소우주(小宇宙)다. 천지(天地)를 구성하는 삼재(三才)가 바로 하늘(天)과 땅(地)과 사람(人)이요, 가정에서 아버지는 하늘(天)과 같고 어머니는 땅(地)과 같으며, 아버지와 어머니 사이에 태어난 자식이 바로 만물의 영장인 사람(人)이다. 그래서 성훈에 "아버지 공경하기를 하늘과 같

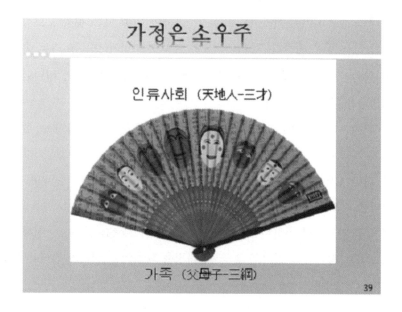

이 하고[부경여천(父敬如天)], 어머니 공경하기를 땅과 같이 하며[모경여지(母敬如地)], 자식이 부모에게 효도하는 것은 하늘이 정한 이치[자효천정(子孝天定)]"라고 했다. 바로 부모자(父·母·子)가 세 가지 벼릿줄, 즉 삼강(三綱 : 벼릿줄 綱)인 것이다. 마치 접었다 폈다 하는 손부채의 윗부분이 우리의 활동무대인 오대양 육대주라면, 아랫부분은 부모자 즉 삼강에 비유할 수도 있다.

성훈에 "세상에 어천만사(於千萬事)가 이치(理致)밖에 없나니 사람이면 사람의 근본(根本)을 찾아서 행하라" 했고 "사람의 근본인 삼강오륜(三綱五倫)을 벼릿줄로 삼으라⋯⋯" 했으니, 이 세 벼릿줄에 세상을 살아가는 모든 지혜와 천하를 다스리는 모든 도가 들어 있다 해도 과언이 아니다. 그러한즉, 우리 가정이 얼마나 소중한 것인가!

17. 사랑 1-10-100(Now, Here!)

• • •

이 지구상에는 대략 65억 명의 사람이 살아가고 있다. 이 많은 사람 중 나의 삶과 관련된 사람은 과연 얼마나 될까? 몇만 명? 몇천 명? 몇백 명? 아니면 몇십 명? 사람에 따라 다르긴 하겠지만, 나의 행복과 불행에 직접 영향을 주는 사람은 기껏해야 100명 단위가 아닐까 싶다. 65억 명 중 오직 하나뿐인 내가 있고(1단위), 나와 가장 가까이 있는 가족, 친지들(10단위), 학교 친구와 선후배, 스승과 제자, 직장의 상사와 부하 동료들, 사회에서 만나 각별한 정을 나누며 사는 사람들(100단위)―이 사람들이 바로 나의 행복과 불행을 함께하는 사람들이 아닐까?

사람들은 마치 영원토록 죽지 않을 것처럼 살다가 하루도 못 살아본 존재처럼 무의미하게 죽어간다. 이 세상 65억 명이라는 많고 많은 사람과 함께 살면서도, 단 한 사람도 제대로 사랑해보지 못하고 죽어간 인생은 또 얼마나 많은가!

호스피스 운동의 선구자이며 정신의학자인 엘리자베스 퀴블러로스(Elisabeth Kubler Ross)는 죽음 직전의 사람 수백 명을 인터뷰해 그들이 말하는 '인생에서 꼭 배워야 할 것들'을 받아 적어 『인생수업』이라는 책을 펴냈다. 많은 사람이 죽음 직전에 가장 많이 후회하며 남긴 말은 무엇인가? 그것은 바로 지금(Now), 여기에(Here!) 가까이 있는 사람을 사랑하라는 것이었다. 지금 바로 곁에 있는 사물에 만족하고 감사하라는 것. 그것도 '상대방을 있는 그대로!'

사랑과 감사는 '있는 그대로' 받아들이는 데서 출발한다. 상대방이 바꿰기를 바라고 완벽해지기를 기대하며 그때 가서 그를 사랑한다고 하면 우리는 평생 아무도 사랑할 수 없을 것이다. 왜냐하면 인간은 어차피 불완전한 존재이고, 또 그렇게 쉽게 바뀌지 않기 때문이다.

우선 내가 나를 사랑하자(1).

모든 것은 나의 마음먹기에 달려 있다. 긍정적인 사람에게는 긍정의 인생이 열리고, 부정적인 사람에게는 부정의 인생이 열린다. 내가 나를 사랑하지 않고 어찌 남을 사랑할 수 있겠는가! 나에게 부딪쳐 오는 모든 것을 긍정하고 감사하자. 남을 미워하고 원망하며 남의 탓으로 돌리는 부정적인 마음을 자성반성(自性反省)을 통해 몰아내자. "나는 만물의 도적이요, 만물은 나의 도적이다"(『도덕경』). 내가 나를 알고, 내가 나를 살리고, 내가 나를 이기고, 내가 나를 사랑하는 것이 행복의 첫걸음이 아닐까?

다음으로 나의 가족을 사랑하자(10).

이 세상에 아무리 위대하고 훌륭한 사람이 많아도 나를 낳아주고 길러준 부모님만큼 존경할 만한 사람이 또 어디 있겠는가! 이 세상에 수많은 선남선녀가 있어도 오직 부부로서 사랑할 사람은 내 아내, 내 남편뿐이다. 내 아들딸을 사랑하듯 남의 아들딸을 사랑하자. 내 형제를 사랑하듯 사해(四海)동포를 사랑하자. 가정은 나의 영원한 안식처이다. 행복은 멀리 있는 것이 아니다. 복을 받기를 원한다면 부모님을 바로 부처님이라 여기고 섬기라 했다. 부부 간에 부화부순하면 만복이 불어 생한다고 했다[부화부순(夫和婦順) 만복자생(萬福滋生)]. "속세 가정사리(家庭事理)를 가정사리(家庭邪利) 말고 가정사리(家庭邪離)하라"했으니! 내 가정을 잘 다스리는 것이 행복의 두 번째 걸음이 아닐까?

세 번째, 사회에서 만난 수많은 사람 중 나의 인생에 영향을 미쳤거나 미치고 있는 사람 100명의 이름을 적어 보자(100).

초중고 대학의 친한 친구나 선후배, 배움을 준 스승, 직장에서 나에게 영향을 준 직속 상사나 동료, 부하 직원들, 사회생활을 하면서 만나 두터운 정을 나누며 살아가고 있는 사람들이 100여 명은 넘지 않을 것이다. 바로 그 사람! 그들 한 사람 한 사람을 진실로 소중히 여기고 감사히 여기자. 예부터 멀리 있는 친척보다 가까이 있는 이웃이 더 소중하다 하여 '이웃사촌'이라는 말도 있지 않은가!

사랑 1-10-100!(Now, Here!) 이것이 바로 수심(1), 제가(10), 치국평천하(100)의 도가 아닐까?

존 불룸버그는 이렇게 충고했다. "다시 한 번 주위를 둘러보라. 지금 이 순간, 무엇이 보이고 무엇이 들리는가? 지금 이 순간, 당신의 삶에 충실하라. 모든 것을 기꺼이 누려라. 과거를 후회하지 말고 내일을 두려워마라. 오늘을 만끽하라. 카르페 디엠!(Carpe Diem, 지금 이 순간에 충실하라

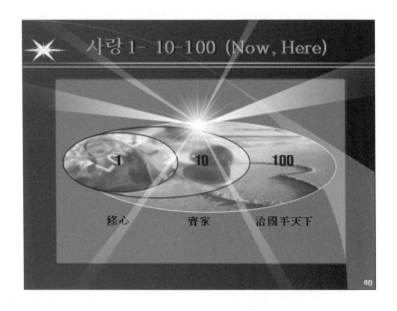

는 라틴어)."

톨스토이도 말했다. "가장 중요한 때는 현재이다. 왜냐하면 사람이 자기 자신을 통제할 수 있는 것이 현재이기 때문이다. 가장 중요한 사람은 현재 당신이 무슨 이유에서든지 관계하고 있는 바로 그 사람이다. 가장 중요한 일은 현재 무슨 이유로든지 관계하고 있는 그 사람들을 모두 사랑하는 일이다. 왜냐하면 사람은 오직 사랑하기 위해서만 이 세상에 태어났기 때문이다."

18. 사모곡

• • •

아버님 영면하신 지 24일.

이제는 홀로 되신 어머님께 지극 정성 효도하리라 다짐했는데 이토록 홀연히 떠나 버리시니 참으로 가눌 수 없는 슬픔이었습니다. 봄이 오면 벚꽃놀이도 함께 가고, 가을에는 금강산도 가자고 엊그제 약속했는데, 이제 언제 어떻게 그 약속을 지킬 수 있을까요? 창 밖의 벚꽃은 만발하고 새소리 물소리 아름답기 그지없건만, 이승과 저승의 차이가 그처럼 순간이며 그렇게도 먼 길인가를 가슴 에이게 느껴봅니다.

마지막 어머님 보내드리던 날, 봄비는 하염없이 내리고 어머님 영정에 빗물이 떨어지니 어머님께서 눈물을 흘리시는 것 같아, 자식들도 울고 온 동네 사람들이 모두 엉엉 울어버렸습니다. 부모님 살아 생전 효도하라는 말씀 귀가 따갑도록 듣고 또 들었건만, 이제사 뒤늦게 그것을 깨닫게 되니 땅을 치고 통곡한들 또 무슨 소용이 있겠습니까?

"어머님, 야속합니다. 어머님. 야속합니다. 어찌 우리 자식들 효도 제대로 못 받으시고 그리도 홀연히 가버리시나이까." 이렇게 부르짖어 보지만, 이 또한 부질없는 원망심이요, 불효의 마음일 따름입니다. 귀로에 반성과 결심을 새롭게 하면서, 이제는 유지(遺志)를 받들어 행필종선(行必從善)하고 화목동락(和睦同樂)하고 활인포덕(活人布德)에 매진할 것을 다짐했습니다.

어머니께서는 50여 년 세월을 포목상을 하면서 우리를 키우셨습니다. 6·25전쟁 때 개성서 피난 나오면서 빈손으로 다시 일군 우리 가계는 그야말로 어머님의 피와 땀과 눈물이 아로새겨진 것이었습니다. 머리에는 바위덩어리 같은 한 보따리 짐을 이었어도, 등에서는 철모르는 이 자식이 늘 칭얼거렸습니다. 그 자식이 이제 반백의 나이가 되어 살 만큼 되었는데도 돌아가시는 그날까지 일손을 놓지 않으셨습니다.

장롱 속 깊숙한 곳에서 나온 50여 년의 기록들—자식들 어렸을 적 받은 성적통지서, 상장, 졸업장, 일기장, 편지들과 수십 권의 노트 속에 기록된 용돈 지출 명세서—하루도 빠짐없이 한푼도 빠짐없이 누가 언제 무슨 명목으로 얼마 가져갔는지 모두가 기록되어 있었습니다. 그 참된 교육의 기록들을 보면서, 오늘의 우리가 이렇게 자랄 때까지 그 깊숙한 곳에 어머님의 숨결이 있었음을 이제야 깨닫게 되었습니다.

어머님께서는 40여 년이라는 세월 동안 성덕의 줄을 놓지 않으셨습니다. 저희 3형제는 매일 새벽이면 어머님의 청심주 소리를 들으며 잠에서 깨었습니다. 어머님의 청심주 소리는 우리 집안의 기상을 알리는 기상나팔 소리였습니다. 때로는 아련한 꿈속의 아름다운 천사의 음악소리로 들렸고 때로는 단잠을 설치게 한다고 푸념도 많이 했습니다. 그 새벽의 청심주 독송은 돌아가시는 날까지 계속되었습니다. 지금 생각해보면, 우리 집안의 기강줄을 바로잡고 돌려주시는 기운을 연해 받으시려는 그 지극정성이 모두 다 이 자식들을 위함이었습니다.

참으로 어른의 자리가 너무도 큽니다. 진자리 마른자리 가려가며 고이고이 길러주신 그 은혜 어떻게 갚겠습니까? 태산같이 높고 하해같이 깊으신 부모님의 산은해덕(山恩海德)을 어찌하면 갚을 수 있겠습니까?

성훈에 "어질고도 선(善)한 마음 하루바삐 속히 찾아 부모님 은혜 갚아보자" 하셨습니다. 착함을 찾는 것이 바로 부모님 은혜를 갚는 길이라고 가르쳐주셨습니다. "부모님 나를 낳아 길러주시고[父母生我育] 정도는 나를 덕화의 길로 밝혀주신다[正道明我德]" 하였으니, 부모님께 하는 효는 소효(小孝)요, 덕화의 길 따름은 대효(大孝)라 한 가르침이라 믿으며 새로운 희망과 용기를 얻습니다. 이제 오로지 일편단심 가르침을 받드는 것이 바로 부모님 은혜를 갚는 길이요, 못다한 효를 다함이라 여겨집니다.

> 훨훨, 훨훨, 질라래비 훨훨……
> 이제는 이승의 미련 다 버리시고 훌훌 떠나소서.
> 저희 불효도 다 용서하시고 아버님 곁으로 편히 가소서.
> 세월이 가면 이 비통한 슬픔도 잊혀지겠지요.

그 슬픔 언젠가는 잊혀진다 할지라도 어머님의 그 정신만은 결코 잊지 않겠습니다. 당신께서 40여 년 지극 정성으로 외우신 새벽의 청심주소리는 이 자식을 통해 이어가게 하겠나이다.

| 자기성찰 체크리스트 – 부모님에 대하여 |

우리가 태어나면서부터 속하는 사회가 가정이기 때문에, 가정은 우리의 사회생활에서 가장 기초가 되는 사회입니다. 나를 낳아주고, 키워주고, 교육시켜주신 어버이에 대해 내가 어떻게 하고 있는가를 반성하는 것은 나의 인간관계와 사회생활의 근원을 파헤쳐 보는 기회가 될 것입니다.

1. 항상 부모님의 은혜에 감사드리는 마음을 잊지 않고 살고 있다.
2. 부모님을 존경하고 자랑스럽게 여기고 있다(부모님을 무시하는 언행을 하지 않는다).
3. 부모님의 교훈을 명심하여 실천하고 있다.
4. 자식이면 누구나 부모님을 봉양할 책임이 있다고 생각한다.
5. 형제간에 우애를 두텁게 해 부모님을 즐겁게 해드린다.

6. 매월 용돈을 드린다.

7. 여가 선용·취미 활동 등을 할 수 있도록 해드린다.

8. 가정 대소사를 부모님께 미리 말씀드려서 결정한다.

9. 대화를 자주 해서 소외감을 느끼지 않도록 해드린다.

10. 부모님 의견에 무리가 있을 때는 잘 간언드려 처리한다.

11. 부모님의 근심 걱정을 살펴서 해결해드린다.

12. 평소에 부모님 건강 상태를 세심히 체크한다.

13. 편찮으실 때 정성껏 간호하고 위로해드린다.

14. 아침저녁으로 문안 인사를 드린다.

15. 모시고 있지 않으면 서신·전화로 자주 문안 인사를 드린다.

16. 출타 시 행선지를 알려드리고, 돌아와서는 인사를 드린다.

17. 피서철 등에 부모님을 모시고 여행을 간다.

18. 아이들을 부모님께 오래 맡겨 두지 않는다.

19. 부모님 앞에서는 항상 안색을 밝게 하고 있다.

20. 부모님 지시가 마음에 안 들더라도 면전에서 화내지 않는다.

21. 부모님이 좋아하시는 음식을 배려해 식단을 짠다.

22. 좋은 음식은 부모님께 먼저 드린다.

23. 아이들 물건을 살 때는 부모님께 드릴 물건도 함께 사온다.

24. 부모님 앞에서 부부 간의 지나친 애정 표시나 귓속말을 하지 않는다.

25. 부모님 앞에서 부부싸움을 하지 않는다.

26. 부모님 앞에서 자식을 호되게 꾸짖지 않는다.

27. 찾아오신 부모님의 친구분을 잘 모신다.

28. 선조들의 행장(行狀)이나 가문의 전통과 내력을 잘 알고 있다.

29. 일가친척의 대소사에 부모님과 함께 참석한다.

30. 제사 때는 꼭 참석해 은혜를 상기하며 감사드린다.

19. 새 출발하는 신랑 신부에게

. . .

오늘 이 좋은 날에 백년가약을 맺게 된 신랑 ○○○군과 신부 ○○○양 그리고 양가 부모님들께 진심으로 축하의 말씀을 드립니다. (중략)

저는 인생에 있어서 크게 두 가지 만남이 있다고 생각합니다. 첫 번째 만남은 부모와 자식 간의 만남입니다. 이것은 하늘이 정해준 만남입니다. 그래서 "부모자자(父母慈子) 자효천정(子孝天定)"이라, 부모가 자식을 사랑하고, 자식이 부모님께 효도하는 것은 하늘이 정한 이치라고 했습니다. 옛말에 "그물이 삼천 코라도 벼리가 으뜸"이라는 말이 있습니다. 그물이 삼천 개의 코로 엮여 있어도 그 그물들을 잡아당기는 것은 바로 벼리[綱]입니다. 이와 같은 이치로 인간만사 행, 불행을 잡아당기는 세 개의 벼리가 삼강인데, 그 삼강이 바로 부모자(父母子)입니다. 그래서 '부경여천(父敬如天)' 아버지 공경하기를 하늘과 같이 하고, '모경여지(母敬如地)' 어머니 공경하기를 땅과 같이 하며, '자효천정(子孝天定)' 자식이 부모님께 효도하는 것은 하늘이 정한 이치라 했습니다. 하늘이 정한 이치이기 때문에 이것을 지켜야 복을 받을 수 있습니다.

두 번째 만남은 부부 간의 만남입니다. 이 세상에 65억 명의 인구가 살고 있는데 이렇게 딱 두 사람이 만났으니 그 인연이 1/65억이나 되는 어마어마한 인연이 아니고 무엇이겠습니까? 65억 명이라는 많고 많은 사람이 살아도 나의 행복과 관계되는 이는 딱 한 명! 바로 부부 간의 화목입니다. 그래서 "부화부순(夫和婦順) 만복자생(萬福滋生)"이라 했습니다. 부부가 서로 화목하고 순종하면 만복이 불어 생겨난다는 말씀입니다.

그러면 부화부순을 하려면 어떻게 해야 하느냐? 이 점에 관해 몇 가지 조언을 드리고자 합니다. 제가 신랑 신부에게 둘이 어떻게 만났으며 어디가 그렇게 좋아서 결혼까지 하게 되었느냐고 물어보았을 때, 신랑이 말하기를 지인의 소개로 만났는데 신부의 넉넉한 심성에 밝고 활달한 모습이 그렇게 아름답고 편안할 수가 없어 한눈에 반했다고 했습니다. 신부는 신랑이 항상 긍정적이며 착하고 변함없이 사랑해주는 따뜻한 마음씨에 믿음이 가 마음을 주게 되었다고 했습니다. 이 얼마나 아름다운 두 젊음의 만남입니까?

저는 이제 부부가 된 두 분께 이렇게 말해주고 싶습니다. "한눈에 반했으면 계속 한눈으로만 봐라!" 다시 말해 서로 상대방의 장점만 보라는 것이지요. 부부는 하나＋하나＝둘이 아니고 0.5＋0.5＝하나가 되는 것입니다. 불완전한 나 0.5가 불완전한 상대방 0.5를 만나 서로가 부족한 것을 채워주는 것이 바로 부부가 아닌가 생각 합니다. 그래서 상대방 0.5를 완전한 1로 기대해서는 안 됩니다.

우리나라 태극기를 보면 부부 간의 도가 잘 표현되어 있습니다. 태극기 가운데 원이 있고 중간에 S자로 빨강과 파랑이 반, 반으로 나뉘어 있습니다. 이것은 무엇을 의미하겠습니까? 이 세상 모든 만물은 이와 같이 음과 양이 조화를 이루어 무궁한 창조와 변화를 이룬다는 것입니다. 『시경』에 이르기를, 군자의 도는 그 실마리가 부부 사이에서 만들어지고, 그 지극함에 이르러 하늘과 땅에 나타난다고 했습니다. 하늘과 땅이 서로 음양조화를 이루어 만물을 낳고 길러주고, 한 집안에서는 남편과 아내가 음양조화를 이루어 자손을 낳고 번성시키며 행복한 가정을 이루는 것입니다. 이것은 정치, 경제, 사회, 문화, 학문, 예술, 종교 등 모든 분야에 적용되는 이치입니다.

그런데 왜 가운데에 한 일(一)자로 반듯하게 '대립'시키지 않고 S자로

'대칭'시켜놓았을까요? 그것은 서로 팽팽히 맞서지 말고 주고(give)받으라(take)는 메시지입니다. 서로 다른 상대방을 배려하고 소통하면서 화목하고 융합하라는 뜻입니다. 사랑은 서로 주고받는 것이며 반드시 먼저 주고(give), 나중에 받는 것(take)입니다.

그래서 부부는 서로가 다른 것(different)을 틀렸다(wrong)고 해서는 안 됩니다. 부부가 함께 살다보면 성격적으로 참 많이 달라 이것 때문에 시비와 갈등이 생길 수도 있습니다. 자동차에 비유하면 한쪽이 '액셀러레이터'라면 다른 한쪽은 '브레이크'입니다. 그러나 브레이크 없는 자동차를 상상해 보세요. 반드시 사고를 내게 되어 있습니다. 그래서 서로 다른 사람이 만나야 그 가정이 흥하게 되어 있습니다.

자! 여기서 부부의 소통(疏通)을 위해 신랑에게 부탁하겠습니다. 부인이 무슨 이야기를 하면 "그래요? 그렇지요!"라고 맞장구를 쳐가며 끝까지 들어주시기 바랍니다. 남자들은 무슨 일이 생기면 혼자 '동굴' 속으로 들어가 생각에 잠기지만, 여자들은 무슨 일이 생기면 '우물가'로 갑니다. 누군가에게 이야기를 해야 스트레스가 해소되기 때문이지요. 그런데 대부분의 남성들은 부인이 무슨 이야기를 하면 "그래, 결론이 뭐야? 빨리 빨리 이야기해!!!"라고 서두릅니다. 그러나 답답해도 참고 끝까지 들어주세요. 들어주기만 하면 문제는 자동으로 해결 됩니다!

이번에는 신부에게 부탁하겠습니다. 예부터 "사위지기자사(士爲知己者死) 여위열기자용(女爲說己者容)"이라는 말이 있습니다. "남자는 자기를 알아주는 사람을 위해 목숨을 바치고, 여자는 자기를 기쁘게 해주는 사람을 위해 화장을 한다"라는 뜻입니다. 남자는 자기를 신뢰해주고, 인정해주고, 격려해줄 때 동기부여가 됩니다. "잘했어요, 최고예요. 훌륭해요." 이런 말을 듣고 싶어 합니다. 반면 이 세상 남편들이 가장 싫어하는 것이 바로 '아내의 가르침'입니다. 그래서 여자는 남자를 가르치려고 하지 말아야 합니다. 그가 청하지 않는 한 어떤 경우에도 충고나 비판은 금물입니다. 가르치려고 하면 할수록 더 멀리 도망가는 것이 남자의 속성이기 때문입니다.

그리고 마지막으로 한 가지 더 부탁을 하겠습니다. 두 분은 오늘이 있기까지 낳아주고 길러주신 부모님의 하해와 같은 은혜는 물론 주변 모든 분들의 은혜를 잊지 말기 바라며 항상 은혜에 보답하는 마음으로 살아가시기 바랍니다. 세상의 모든 불행은 나만을 위한 이기심(利己心), 즉 바라는 마음에서 오고, 세상의 모든 행복은 다른 사람을 위해 베푸는 마음, 즉 이타자의선행심(利他自義善行心)에서 옵니다. 바라는 마음은 덕 보려는 마음이요, 이기심입니다. 부부 간에도 바라는 마음이 많으면 많을수록 본인은 물론 상대방도 힘들게 한다는 것을 명심하시기 바랍니다. 감사합니다. (주례사 중에서)

| 자기성찰 체크리스트 – 배우자에 대하여 |

배우자는 나와 가장 가까운 무촌(無寸)의 인생 동반자입니다. 가장 가까이 있으면서도 가장 소홀히 하기 쉬운 나의 반려자. "부화부순(夫和婦順)이라야 만복자생(萬福滋生)"이라는 말씀처럼 원만한 부부관계는 가정의 화목과 사회생활 안정의 맑은 샘터입니다.

1. 매일 아침 · 저녁 출 · 퇴근 시 웃음으로 인사를 나눈다.
2. 매일 대화의 시간을 갖고 있다
3. 존댓말을 쓰고 있다.
4. 상대방에 대해 하루 한 번 이상 관심(칭찬)을 표명한다.
5. 집안 대소사(大小事)를 의논해 결정한다.

6. 공동의 믿음과 가치관을 가지고 있다.

7. 공동의 취미활동이나 운동을 하고 있다.

8. 애경사에 함께 참석한다.

9. 집안일은 나누어서 서로 돕는다.

10. 상대방의 잘못을 감싸주고 나의 부족함으로 돌린다.

11. 질병 등 어려운 일에 처했을 때 헌신적으로 봉사한다.

12. 음식을 정성껏 마련하고(婦) 맛있게 먹는다(夫).

13. 결혼기념일 · 생일 등 기념이 되는 날에는 자그마한 선물을 교환한다.

14. 부모 · 형제 · 친척에 대해서 험담하지 않는다.

15. 남의 부인, 남의 남편과 비교하는 언사를 삼간다.

16. 돈 관리가 투명하다.

17. 집안일을 기록으로 남겨두고 있다.

18. 10년 후의 생활 설계를 해놓고 대비해 오고 있다.

19. 부부싸움을 하지 않는다.

20. 나의 부인(남편)은 단점보다 장점이 더 많은 사람이라고 생각한다.

| 자기성찰 체크리스트 – 자녀에 대하여 |

자녀는 어버이의 거울입니다. 좋은 부모가 좋은 자녀를 만듭니다. 우리는 자녀의 잘못을 탓하기 전에 먼저 부모로서 역할을 다했는지 살펴볼 필요가 있습니다. 특히 '인간미 · 도덕성 · 예의범절 · 에티켓'은 어려서 거의 형성된다고 볼 때, 나는 과연 몇 점짜리 부모인지 체크해 봅시다.

1. 부부 싸움을 하지 않는다.

2. 불평·불만을 하지 않는다.

3. '돈' '돈' 하지 않는다.

4. 가난을 한탄하지 않는다.

5. 사치·낭비를 하지 않는다.

6. 술 마시고 주정을 부리지 않는다.

7. 외도·탈선을 하지 않는다.

8. 가출·별거를 하지 않는다.

9. 잡기(雜技)에 몰입하지 않는다.

10. 스포츠·오락물에 흥분하지 않는다.

11. 화내고 고함치지 않는다.

12. 자녀를 때리지 않는다.

13. 폭언이나 극단적인 말을 하지 않는다.

14. 거짓말을 하지 않는다.

15. 협박이나 회유를 하지 않는다.

16. 강압적으로 지시하지 않는다.

17. 학교성적으로 야단치지 않는다.

18. 자녀를 편애·차별하지 않는다.

19. 부모 생각만을 고집하지 않는다.

20. 붙잡아 일으켜주되 스스로 하게 한다.

21. 부모에게 효성을 다한다.

22. 가정의 화목을 이룬다.

23. 예의범절을 실천한다.

24. 무엇이든 상의할 수 있는 상대가 된다.

25. 아낌없이 칭찬한다.

26. 진지한 토론을 한다.

27. 일찍 귀가해 시간을 함께 한다.

28. 대화 소재를 재치있게 발굴한다.

29. 성교육은 한발 앞서 시킨다.

30. 하루를 반성하는 버릇을 기른다.

화목동락,
다 함께 잘 사는 행복의 길

20. 손에 손 잡고

• • •

새 아침이 밝아 왔다. 한없이 밝고 한없이 둥근 저 태양! 매일 뜨는 태양이지만 또 새로운 기운으로 새 희망을 기원해본다. 일찍이 스승께서는 이렇게 노래했다.

새 아침

"명광(明光)이 조요(照耀)하다. 일기가 화창하네.

바람도 구름도 다 사라졌나니 내 마음에 수심(愁心)도 사라졌구나.

웃어라, 웃어라 행복의 기쁨에 너도 나도 화목으로 신기도운(新氣道運) 밝은 아래 춤추며 노래하자.

기쁨의 이 아침 언제나, 언제나 변함없이 즐기자. 무량청정정방심(無量淸

静正方心)."

　요즈음 인사말에 '하꾸나 마따따!'라는 말이 유행이다. 영화 「라이온킹」에 나오는 노랫말인데, 아프리카 말로 '걱정하지 마, 모든 것이 다 잘될 거야!'라는 뜻이라고 한다. 올해는 정말 우리 모두 근심 걱정 떨쳐 버리고 모든 것이 다 잘 되는 '하꾸나 마따따'의 한 해가 되었으면 좋겠다.

　인간의 행, 불행 그리고 잘 되고 못 되고는 대부분 내적으로 '자신의 건강(신체적, 정신적, 영적 건강)'과 함께 외적으로 '사람과 사람과의 관계(사회적 건강)'에 의해 결정된다. 나와 부모 그리고 부부, 형제자매, 친구, 스승과 제자, 상사와 부하, 선배와 후배 그리고 이웃 사람들이 바로 삼강오륜에 나오는 인간관계이다. 그들과의 관계가 나의 행, 불행을 대부분 결정짓는다고 보아도 과언은 아닐 것이다. 그래서 성훈에 "삼강오륜이 바로 복덕이다[삼강오륜시복덕(三綱五倫是福德)]"라고 밝혀주지 않았는가!

　그 동안의 수양생활을 반성해보면, 나는 과연 복과 덕을 사람들 속에서 찾으려고 노력했던가? 그 사람들 속으로 들어가 함께 하기보다는 사람을 회피하고 다른 사람의 일을 외면하면서 나 혼자만의 수양을 위주로 해왔지 않은가 반성해본다. 새해에는 사람들 속으로 들어가 사람들과 함께 나누는 수양이 되어야겠다고 다짐해본다. 나홀로 수양은 소극적 행복이요, 더불어 하는 수양은 적극적 행복이 되리라.

　성훈에 "생포장 둘러놓고 화목석 베푸니 지상도 낙천이네 억조야 화목하자"라고 했다. 나부터 자성반성을 통해 화목하고 내 가족과 화목하고 내 이웃 형제와 화목하면 그것이 바로 억조가 화목해지는 길이 아닐까?

　손에 손 잡고 「강강술래」를 불러보자. 내가 누군가의 손을 잡아주면 그는 나와 하나가 된다. 그가 또 누군가의 손을 잡아주면 손잡은 우리 모두는 화목으로 하나가 된다. "손에 손 잡고 벽을 넘어서, 우리 사는 세상 더욱 살기 좋도록. 손에 손 잡고 벽을 넘어서, 서로 서로 사랑하는 한마음 되자."

이 노래는 1988년 서울올림픽 공식 주제가이다. 당시 미국과 유럽을 비롯해 전 세계인에게 깊은 감명을 주고 그들로부터 많은 사랑을 받은 노래이다. 지금까지도 동양인이 부른 앨범 중 가장 최고의 기록을 보유하고 있다. 왜일까? 인류는 지금 더 이상 싸우지 않는 세상, 서로 돕고 서로 사랑하며 평화롭게 살아가는 그런 세상을 갈망하고 있기 때문일 것이다.

내가 다른 사람의 손을 잡아준다는 것은 "반가워! 사랑해! 고마워!"의 뜻을 몸으로 전해주는 것이다. "미안해! 힘내! 잘할 수 있어!" 이런 격려의 마음이 따뜻한 체온과 함께 상대방과 교감하는 것이다.

강강술래는 원형으로 늘어서서 빙글빙글 돌면서 뛰노는 놀이이다. 손을 잡으면 그 순간부터 나는 외로운 혼자만의 내가 아니다. 손에 손 잡고 돌다보면 모두가 각자 원의 중심에 서 있다. 원자(圓慈)의 품속에서 하나가 된다.

지금 우리가 만든 원의 둘레는 비록 크지 않지만 언젠가는 이 지구를 둘러싸고도 남으리니, 나부터 '자성반성'하고 나부터 '화목도덕'으로 손을 잡으리라! 지금, 여기, 바로 그 사람!

21. 전통음악과 한국인의 혼

• • •

'얼쑤!' 가락 하나에 어깨춤이 나오고 가슴이 열린다. '둥둥!' 북소리, 장구소리에 너와 나의 벽이 허물어진다. 움츠리고 있던 소아(小我)의 껍질을 벗어던지고 마음이 하나가 된다. 고통도 서러움도 원(怨)도 한(恨)도 바람에 날려보낸 듯, 물에 씻어버린 듯 풀리며 서서히 신명이 나기 시작한다.

소리꾼이 판소리 「심청가」 중에서 한 대목을 목이 찢어져라 불러댄다. 하나밖에 없는 딸 심청이가 선인(船人)들에게 팔려 간 것을 안 심봉사가 울부짖은 대목에서 소리꾼은 청중의 애간장을 녹인다. 그런데 이렇게 애절한 대목을 풀어내고 있는데도 고수(鼓手)는 북을 두드리며 '조오타!' 하면서 무릎을 친다. 슬픔을 슬픔으로만 두지 않고 흥으로 승화시키는 우리 민족의 슬기가 여기에 있다.

우리 민족은 노래하고 춤추기를 좋아하는 민족이다. 노래하면서 일을 해왔고, 또 일하면서 노래를 즐겨 불렀다. 언제, 어디서나 누구든지 생활 속에서 느끼는 애환과 감정을 소리와 가락으로 자유롭게 표현해 왔기 때문에 민요에는 작가가 따로 없다. 대부분 서민 사이에서 자생적으로 생성되어, 대중과 호흡을 같이 하는 민족예술로서 소탈하고 자유분방하다.

고정된 표현의 형식도 없다. 음악을 엮어가는 원동력은 다름 아닌 흥과 신명이다. 흥과 신명이 일렁이는 곳에 일정한 틀이 있을 수 없다. 죄었다 풀었다 하는 감정의 텐션과 빠른 템포로 몰아붙이는 클라이맥스가 민속악의 절정이다. 그래서 우리 민속악에는 눈물이 있고 웃음이 있다.

기지와 해학이 넘치고 뜨거운 열정이 있으며 황홀이 있다. 고달픈 세사에 시달린 백성들은 이 변화무쌍한 감성의 파노라마 속에 묻혀서 잠시 자기를 잊고 몰아(沒我)의 경지, 무아(無我)의 경지, 접신탈아(接神脫我)의 경지에 다다른다. 나와 남, 나와 선조, 나와 후손, 나와 하늘, 나와 땅이 모두 나와 같은 한 몸이 된다. 자타일여(自他一如), 생사일여(生死一如)의 한마당에서 우리 민족의 강인한 협동심과 단결력이 생겨난다.

민속음악이 세속의 있는 그대로를 거침없이 표현하는 원색의 향연이라면, 정악에는 지상에서 하늘을 바라보는 신비함과 심오함이 있다. 거문고와 가야금, 대금 등에서 퍼져 나오는 가락과 장단은 신비로운 우주의 질서와 조화를 느끼게 한다. 감정을 절제한 완만한 템포, 정중동(靜中動)의 율동감, 그 유장한 선율미는 '천상의 소리', '영혼의 소리'라는 찬사를 받고도 남음이 있다. 세월이라는 시간성에 사계가 변해가고 만물이 생성 소멸해가듯, 길고 조용한 호흡으로 물레처럼 뽑아내는 그윽한 가락 속에서 내가 빠져들고 우주가 녹아난다.

서양 악기의 대부분이 쇠붙이인데 비해, 국악 악기의 대부분은 자연물 그대로인 식물질이다.

그만큼 온정과 평화, 서정과 감성의 질감이 풍부하다. 오늘날 서양 대중음악이 지나치게 선정적이고 감각적인 면에 치우쳐 엔터테인먼트의 대상으로만 여겨지고 있으나, 참다운 음악이란 미적(美的) 요소에 선적(善的) 요소가 병존해야 본래의 아름다움을 발할 수가 있다. 옛 우리 선비들은 그러한 음악을 인간 수양의 한 방법으로 중요시했다.

신라의 화랑도 교육에는 세 가지 심신 수련법이 있었다. 첫째 도와 의로써 이성을 도야하는 것은 지적(知的) 수양이고[相磨以道義], 둘째 시가와 음악을 즐기는 것은 정적(情的) 수양이며[相悅以歌樂], 셋째 명산대천을 두루 찾아 심신을 단련하는 것은 신체적 수양이다[遊娛以山水].

오늘날 우리의 정신 수양에 있어서도 이러한 조화를 통해 새롭게 정진(精進)해 나가야겠다. 민속놀이 한마당이 바로 그런 것이다. 남녀노소를 불문하고 모든 수련형제들이 한데 모여 가슴을 훨훨 열어젖히고 '얼쑤!', '둥둥!' 한바탕 어울려 보자.

22. 의(義)와 리(利)

• • •

직장생활이나 사회생활을 바르게 잘 하는 길은 무엇인가? 그것은 바로 공(公)과 사(私)를 잘 구분해 처신하는 것일 것이다. 공을 앞세우면 공덕(公德)이 되지만 사를 앞세우면 사리사욕(私利邪慾)이 된다. 공을 앞세우는 사람은 의(義)를 추구하는 사람이요, 사를 앞세우는 사람은 이(利)를 취하려는 사람이 많다. 의(義)를 따르는 것은 도심(道心)이요, 이(利)를 좇는 것은 인심(人心)이다.

"인심(人心)은 위태롭고 도심(道心)은 미묘하니 정밀하게 살피고 한결같이 지켜야 진실로 중도(中道)를 잡을 것이다." 이 말은 이미 4,300여 년 전 요순(堯舜)이 후인들에게 마음을 수양하고 다스리는 방법으로 전한 말이다. 인간심으로 사리를 취하면 위태로워 마치 날이 선 칼날과 같고 사나운 말과 같아서 쉽게 제어할 수 없음을 경계한 것이다.

성훈에 "정의를 행하면 흥하고 사(邪=부정)리를 행하면 망하나니 사리허욕(邪利虛慾) 다 버리고 정의정행(正義正行) 하여보세"라고 했다. 나에게 부딪쳐오는 모든 문제를 처리함에 있어 공과 사를 분명히 하고 의를 취하고 사리를 버리는 것이 바로 성공의 지름길인 것이다.

의(義)와 리(利), 이것은 한 개인의 영원한 숙제요, 나아가 가정, 회사, 국가, 인류사회의 숙제이기도 하다. 의를 취할 것인가? 이를 취할 것인가? 옳으면서도 이로운 것이라면 더없이 좋겠지만, 의를 취하자니 이를 저버릴 수 있고 이를 취하자니 의를 저버릴 수 있다.

맹자가 위나라 양혜왕을 만났다. 양혜왕이 말하기를 "선생께서 천리를 멀다 하지 않고 오셨으니 장차 무엇을 가지고 우리나라를 이롭게 할 수 있겠습니까?"라고 물었다. 이에 맹자가 답하기를 "왕은 하필 이로운 것을 말씀하십니까? 인의(仁義)가 있을 뿐입니다. 왕께서 '무엇을 가지고 우리나라를 이롭게 할까?' 하시면 대부들은 '무엇을 가지고 우리집을 이롭게 할까?' 하며, 선비나 서인들은 '무엇을 가지고 내 몸을 이롭게 할까?' 하여 윗사람과 아랫사람이 서로 이익을 다투면 나라가 위태로울 것입니다. (중략) 진실로 의로움을 뒤로 하고 이로움을 앞세우면 빼앗지 않으면 만족하지 못합니다. 왕께서는 인의를 말씀하셔야 할 뿐입니다. 하필 이로움을 말씀하십니까?"라고 했다.

그로부터 2,300여 년이 흘렀다. 인류는 끊임없이 의(義)보다는 이(利)를 더 취했고, 그래서 수많은 전쟁과 다툼과 갈등과 반목으로 점철되어 왔다. 오늘날 인의(仁義)를 말하는 지도자는 찾아보기 어렵고 모두가 제2, 제3 의 양혜왕이 되어 이(利)를 말하니 세상이 더욱 혼란스러워지고 있는 것이다.

이(利)를 우선으로 하는 가치관은 오늘날 물질의 풍요와 생활의 편리를 가져오긴 했지만, 공해문제, 물질적 풍요에서 오는 퇴폐풍조, 인간소외, 생명경시 등 부정적인 측면이 크게 대두되고 있다. 개인 이기주의, 집단 이기주의, 도덕불감증은 급기야 미증유의 금융위기와 세계적인 경기침체를 맞게 되었다. 많은 사람이 오늘날의 이 천민자본주의가 더 이상 인류를 구제할 수 없다고 생각하고 있다. 새로운 윤리 도덕적 기초 위에 다양성과 신뢰를 바탕으로 인류 전체가 공존 공영하기 위해서는 새로운 창조적 자본주의(빌 게이츠)나 가치자본주의(Moss Kanter)로 가야 한다고 주장한다.

『주역』에서는 만물만상의 변화 이치를 '원형이정(元亨利貞)'이라고 했다. 원(元)은 봄에 만물의 삶이 시작되듯 새롭게 시작하는 것이고, 형(亨)은 여름에 만물이 무성해지듯이 크게 번성하는 것이며, 이(利)는 가을에 만물이 결실을 보듯 마무리하는 것이며, 정(貞)은 겨울에 만물이 정지해 새로운 봄을 기다리듯 참고 기다리며 분별하는 것을 말한다. 만상만물이 이 법칙에 의해 운행되고 있는 것이다. 『주역』 이후 3천여 년이 지나 '원형이정(元亨利貞)'은 '원형의정(元亨義貞)'으로 바뀐다. 『자성반성 성덕명심도덕경』에 "원형의정(元亨義貞) 천도지법(天道之法)"이라 해 이로울 이(利)를 옳을 의(義)로 바꾸어놓은 것이다. 앞으로 새 시대에는 '이(利)'가 아닌 '의(義)'를 앞세워 행해야만 된다는 아주 특별한 의미가 담겨 있는 것이 아닐까? '의(義)'를 행하면 '이(利)'는 자연히 따른다는 의미도 함께 들어 있는 것이다.

성훈에 "인류사회에서는 도덕문명을 진보시켜야 물질문화가 발달되고 풍부할 것이며, 물질문화를 앞세우면 도덕문화가 퇴보되니 민중 수준이 뒤떨어져 어찌 물질에 구속이 없으리요. 우리는 그러므로 도덕문명 지각으로써 내 할 일 내가 하면 빈곤할 자 없을 것이며, 화목도의로써 다 잘 살 수 있으니 도덕문화를 진행합시다"라고 했다.

이제는 나라도, 회사도, 학교도, 가정도 모두 다 도덕문화를 앞세워야만 잘 살 수 있는 새로운 도덕사회가 온 것이다. 특히 이익을 내는 것을 업으로 하는 기업에서도 이(利)보다는 의(義)를 앞세우는 기업문화가 기업을 영속적으로 발전시키는 원동력이라는 사실을 모든 경영자는 명심해야 할 것이다.

23. 자원봉사

• • •

"내가 살아가면서 진실로 바라는 것은 무엇인가?" 많은 사람이 이 질문에 대해 진지하게 생각해볼 겨를이 없는 것 같다. 남들이 돈이 있어야 행복하다고 하니까 돈을 좇아가고, 권력이 있어야 성공한다고 하니까 권력을 좇는다. 애정이 곧 삶의 보람이라고 하니 또 애정을 좇는다.

그러나 과연 그러한가. 그것은 채워도 채워도 채워지지 않는 것이며, 오히려 불행의 씨앗이 되기도 한다. 삶의 진정한 보람은 채우기보다는 오히려 나눔에 있는 것이 아닐까. 10만 원을 버는 기쁨도 크겠지만 1만 원을 베푸는 기쁨은 훨씬 더 크다(나에게 1만 원은 별것 아니지만, 베풂을 받는 어려운 입장에서 보면 100만 원 이상의 가치가 있으니 그 기쁨은 100배가 된다).

그런데 우리는 어떻게 살아왔는가? 생존경쟁에서 이기기 위하여 남들이 걸을 때 나는 뛰어야 한다는 강박관념, 남들이 하나를 벌면 나는 둘을 모아야 한다는 생각으로 그저 앞만 보고 열심히 열심히 살아간다. 왜, 무엇 때문에 열심인가를 생각하지도 않는다. 뒤도 돌아보지 않고 옆도 보지 않는, 오로지 앞만 보고 가는 사람이다.

그러나 이제 국민소득 1만 달러 시대에 접어들면서 사회 일각에서는 우리 주위를 돌아보자는 운동이 일고 있다. 이른바 자원봉사 운동이다. 결식 노인에게 점심을 대접해드리고, 무의탁 노인에게 말동무가 되어드리고, 앞 못 보는 장님에게 책을 읽어주며, 지체 부자유자에게 휠체어를 밀어주고, 뇌성마비 어린아이들과 함께 놀아주고, 부모 없는 소년소녀가장들에게 사랑과 용기를 북돋아주는 자원봉사 활동. 대형 사고가 일어날 때마다 수많은 자원봉사자가 뜨거운 인간애를 보여주었다. 그들은 돈이 많은 사람들도 아니고, 권력 있는 사람들도 아니다. 그저 평범한 우리 주변의 보통사람들이다.

우리는 자원 봉사를 통해 삶의 진정한 의미를 깨닫게 된다. 우리 주변에 이렇게 어려운 이웃이 많은가에 새삼 놀라워한다. '임종의 집'에서 죽음을 기다리는 무의탁 노인들을 목욕시켜드리면서 나는 부모님께 얼마나 불효했던가를 온몸으로 깨닫게 된다. 1년 내내 서지도 못한 채 천장만 멀뚱멀뚱 쳐다보며 살아가는 뇌성마비 아이들을 보면서 사지가 멀쩡한 내 자식이 너무나 고맙게만 느껴진다. 눈을 가리고 30분만 장님 아닌 장님이 되어 보면 두 눈을 가진 것이 얼마나 감사한 일인가를 새삼 느끼게 된다. 그런데 우리는 그 감사함을 모르고, 사소한 것에 불평불만이나 하면서 늘 부족함만 탓하고, 남만 원망하며 살고 있는 것이 아닐까! 나는 과연 지금까지 살아오면서 남을 위해 무슨 봉사를 했는가 스스로 자문해볼 때 부끄러움을 느낀다.

우리나라에서는 예부터 아름다운 상부상조 활동을 해왔다. 마을 안에 중병자나 불구자, 과부, 초상집이 있으면 공동으로 그 집농사를 지어주는 공굴(共屈), 흉사가 있을 때 무보수로 봉사해주는 향도, 그 외에도 계, 향약, 품앗이 등 마을 공동체를 일구어가는 아름다운 습속이 많았다. 그러나 현대에 이르러 급속한 도시화, 산업화로 과거의 공동체 전통이 대부분 사라지고, 어느새 살벌한 이기주의 사회로 흘러버렸다.

통계(1990년대 초)를 보면, 우리나라에서는 인구 100명당 한 사람이 자원봉사 활동에 참여한다. 미국이 4명 중 1명, 프랑스가 5명 중 1명이 참여한 것에 비하면 우리가 얼마나 황폐한 공동체 삶을 살아가고 있는지 알 수가 있다.

자원봉사는 바로 공덕(功德)을 쌓는 길이다. 사해형제를 사랑하라는 말씀을 실천에 옮기는 것이다. 이타자의선행심(利他自義善行心)이요, 나아가 자신의 보람과 행복을 찾는 길이기도 하다. 우리는 대개 경제적으로나 시간적으로 여유가 있을 때 봉사를 하겠다고 생각하지만, 그러다 보면 아무것도 하지 못한다.

나부터 작은 것, 쉬운 것부터 하나라도 실천에 옮길 때, 5천만 명이면 당장 5천만 명의 봉사가 이루어진다.

24. 등산길, 둘레길

• • •

요즈음 둘레길이 많은 이들로부터 애용되고 있다. 제주도의 올레길, 지리산 둘레길, 북한산 둘레길 등 둘레길은 남녀노소 누구든지 언제 어디서나 걸을 수 있는 길이다. 천천히 여기저기 구경하면서 때로는 혼자서 때로는 사랑하는 사람들과 함께 걷는 길이다. 길가에 피어 있는 야생화를 보면서 새소리도 듣고 다람쥐와도 함께 노닐며 꼬불꼬불한 오솔길을 걷노라면 자연과 나는 하나가 된다. 가다가 힘들면 시원한 계곡물에 발을 담그기도 하고, 아담한 정자의 쉼터에서 몸을 뉘여 휴식을 취하기도 한다. 풀냄새 맡으며 숲이 전하는 내밀한 소리를 들으면서 바람 따라, 구름 따라 내 마음의 수심을 날려 보내고 한 걸음 한 걸음, 천천히 걷다 보면 몸은 가뿐해지고 마음은 한껏 새로운 희망과 기쁨으로 충만 된다.

등산길이 저 높은 정상을 향하여 집념과 투지로 도전하는 길이라면, 둘레길은 적당히 높고 낮아 꼭 억지로 끝까지 가지 않아도 되는 자유인의 길이다. 등산길이 더 높이, 더 빨리, 오로지 앞만 보고 가는 길이라면, 둘레길은 천천히 자신의 내면의 길을 더듬어 가며 마치 순례자처럼 걸어가는 길이다.

인생에도 두 가지 길이 있다. 등산길과 둘레길! 등산길이 위아래를 오르내리는 수직의 길이라면, 둘레길은 좌우를 아우르는 수평의 길이리라. 내가 살아온 인생길은 무슨 길이었을까? 치열한 경쟁사회에서 살아남기 위해, 더 높은 자리를 오르기 위해, 더 많은 것을 얻기 위해, 더 빨리 가기 위해, 오로지 전진! 또 전진! 나의 36년 직장생활은 이렇게 앞만 보고 달려온 등산길이었다. 피와 땀과 눈물은 그것을 얻기 위한 밑거름이요, 도전과 성취와 정복감은 그것을 얻은 나의 영광스러운 전리품이었다. 그러면 나는 과연 행복한 삶을 살았다고 자부할 수 있는가?

직장생활을 마감하는 날, 제2의 인생을 출발하는 나에게 선배가 일러준 말이 있다. "하산(下山)을 축하하네! 이제 진정한 인간세상에서 수많은 사람과 행복을 만나볼 수 있을 거야!"

산 위에 높이 오르면 오를수록, 지위가 높아지면 높아질수록 사람은 고독해질 수밖에 없다. 오르고 또 오를 때마다 순간적인 성취감은 있어도 그것이 바로 행복은 아니었다. 한 단계 오른 기쁨 뒤에는 두 단계 올라야 하는 또 다른 고통이 기다리고, 하나를 얻은 만족감 뒤에는 두 개를 더 갖고자 하는 욕망이 꿈틀거리고 있었다. 그런데도 오르고 또 오르려고만 한다. 오르지 않으면 낙오라고 생각하니까. 이것이 과연 행복일까? 그것은 단지 순간순간 성취에서 오는 일시적인 '행복감'일 뿐 '행복' 그 자체는 아니었다. 높은 자리에 오르면 오를수록 선을 행하기보다는 오히려 악을 짓는 경우가 많은 고역의 자리일 뿐이었다.

산을 내려온 나는 이제 자유인이 되어 둘레길을 걷는다. 길에서 만나는 수많은 사람, 그들과 나는 이제 '경쟁 관계'가 아닌 '동반자 관계'이다. 상명하복의 권위나 억압도 없고 그 어떤 책임도 의무도 없다. 그저 모두가 따뜻한 이웃이요, 아름다운 사람들일 뿐이다.

경쟁의 논리는 언제나 더 많은 것을 요구했다. 가장 좋게! 가장 싸게! 가장 빠르게! 그러면 행복의 논리도 이러한 것인가?

많은 것은 좋은 것이고 적은 것은 좋지 않은 것이라는 편견, 큰 것은 훌륭한 것이고 작은 것은 보잘것없는 것이라는 고정관념, 높은 것은 고귀하고 낮은 것은 저속한 것이라는 선입관, 빠른 것은 강한 것이고 느린 것은 약한 것이라는 편벽된 지식! 이 케케묵은 낡은 사고방식의 껍질을 깨고 나오지 않으면 나는 결코 행복해질 수 없으리라!

행복지수를 올리는 데는 두 가지 방법이 있다. 하나는 갖고자 하는 것을 늘려가는 '분자 늘리기' 방법이요, 다른 하나는 갖고자 하는 욕망을 줄여가는 '분모 줄이기' 방법이다. '분자 늘리기'는 '더 많이 더 높이 더 빨리'의 경쟁 논리이다. 그러나 그 욕망의 끝은 한이 없다. 90을 가진 사람이 90%의 행복감을 갖기보다는 못다 가진 10을 더 얻지 못해 노심초사 근심걱정 불평불만이다. 차라리 기대치인 분모 100을 90으로 줄이면 90/90=100% 행복이요, 30으로 줄이면 90/30=300% 행복이 오는 것을! '분모 줄이기'는 욕심을 내려놓는 것, 족함을 아는 것[知足], 이웃과 함께 나누는 것이다.

이제는 오로지 착하게, 착하게! 착한 것이 경쟁력인 세상이 되었다. 이로울 이(利)를 찾기 전에 의로울 의(義)를 먼저 구해야 성공하는 세상! 이러한 세상에서 행복지수는 이(利)로움을 더해가는 '분자 늘리기'보다 의(義)로움을 앞세우는 '분모 줄이기'에 있지 않겠는가? 등산길이 '분자 늘리기'의 수직사회 발상이라면, 둘레길은 '분모 줄이기'의 새로운 수평사회 발상이 아니겠는가?

오늘도 나는 둘레길을 걷는다. 사랑하는 가족들, 친구들과 함께 걷는다. 화목동락(和睦同樂)의 둘레길을! 더 낮은 곳에서 더 많은 이웃들과 함께 걷는다. 상쾌한 마음에 흥이 나면 노래하고 춤도 추어보자. 둘레둘레 술래술래 덩실덩실. 하산의 즐거움이 바로 이런 것이 아닐까? 나는 이제 산 꼭대기에 우뚝 선 외로운 영웅(英雄)이 되기보다는 산 아래 인간세상, 그 둘레길 중심에서 더불어 즐기며 살아가는 선부(善夫)가 되리라!

25. 성공의 행복길

• • •

성공이란 무엇인가? 행복은 어디서 오는 것인가? 이런 근원적인 질문을 자신에게 해본다.

올해 들어 사회 각 분야에서 최고로 성공했다는 분들이 스스로 목숨을 끊는 충격적인 사건이 계속 일어나고 있다. 권력의 최고 정점에 있었던 전직 대통령이 그랬고, 돈의 최고 정점인 어느 재벌 총수가 그랬고, 인기의 최고 정점에 있던 톱 탤런트가 그랬다. 이런 일련의 사건을 보면서 행복이나 성공이라는 것이 분명코 권력이나 돈이나 인기에 있는 것만은 아닌 듯하다. 주변에 돈도 꽤 있고, 높은 직위에 올랐고, 또 명예도 있다고 생각되는 분들에게 "당신은 행복합니까?"라고 물으면 선뜻 "예, 저는 정말 행복합니다"라고 대답하는 분은 별로 없다. 대부분의 사람은 행복을 위한 필요충분조건을 모두 갖추고 있음에도 불구하고, 이루어 놓은 90에 감사하고 만족하기보다는 못다 이룬 10에 더 마음 아파하고 노심초사하면서 살아가는 것이 아닐까?

미국의 위대한 시인이자 사상가로 추앙받는 에머슨(1803~1882)은 성공에 대하여 다음과 같이 정의하고 있다.

"자주 웃는 것, 지혜로운 사람들에게 존경받고, 아이들에게 호감을 얻는 것. 정직한 비평가들로부터 인정받고, 거짓 친구들의 배신을 참고 견디는 것, 아름다움을 분별할 줄 아는 것, 다른 사람의 장점을 발견하는 것, 건강한 아이를 키우거나 작은 텃밭을 일구거나 사회 환경을 개선하거나 조금이라도 나아진 세상을 만들고 떠나는 것, 그대가 있었기에 한 생명이라도 좀 더 편안하게 숨을 쉬었다는 사실을 아는 것, 이런 것이 성공이다!"

오늘날 물질만능주의가 낳은 격심한 경쟁사회의 성공 논리는 이제 더이상 우리의 행복 기준이 될 수 없다. 돈이나 권력이나 명예라는 것이 필요한 것이기는 하지만 성공의 채점표는 아니다. 경쟁의 열매, 즉 경제성장이나 부(富)가 반드시 행복을 가져다주지는 않는다는 것을 사람들은 점점 깨닫기 시작했다.

그렇다면 진정한 성공, 진정한 행복은 어디에 있는 것일까? 삶의 즐거움은 대부분 타인과의 관계에서 이루어진다. 어떻게 하면 지혜롭게 조화를 이루며 잘 살 수 있는가에 성공과 행복에 대한 해답이 있다. 그런의미에서 나는 요즈음 그 화두를 성덕의 가르침 '활인(活人)' 정신에서 찾고 있다.

활인(活人)은 "사람을 살리는 것! 남을 이롭게 하는 것. 그러면서 나는 착함을 행하는 것[利他自義 善行心]. 여기에 진정한 행복이 있고 성공이 있는 게 아닐까? 활인이라고 하면 성직자, 교직자의 길에 나서 사람을 살리는 것을 말하나 우리가 평범한 일상생활에서도 이 활인정신을 실천할 수 있다고 본다.

"사람을 감화시켜 올바른 길로 인도하는 것도 활인이요, 도덕적으로 훌륭한 인재를 키우는 것도 활인이요, 어려운 사람을 도와주는 것도 활인이요, 인의예지로 상사를 잘 받드는 것도, 부하를 잘 이끄는 것도 활인이다. 사람을 대할 때 밝고 편안한 모습으로 대하고, 사랑의 말, 친절한 말, 부드러운 말, 위로의 말, 용기를 주는 말로 상대방에게 힘을 불어넣어 주는 것, 몸으로 도덕정신을 실천하며 봉사하는 것, 자신을 낮추고 상대방을 높이며 양보하는 것, 이런 것도 모두 활인정신을 일상생활에서 실천하는 것이다. 정치인은 정치인으로서의 활인이 있고, 기업가는 기업가로서의 활인이 있고, 학자는 학자로서의 활인이 있다. 모두가 제자리에서 도덕정신을 바탕으로 사람을 살리는 것, 인류사회에 무언가 보탬이 되는 것, 바로 홍익인간(弘益人間)의 정신이 활인이다."

성훈에 "교화중생 활인하는 것이 인류의 도리로다"고 했다. 언제, 어디서, 누구를 만나든 성스러운 덕화의 길을 본받아 그 사람을 사랑하고 살리는 활인정신으로 대중과 교화 화친한다면 그것이 바로 진정한 의미의 성공이요 행복이리라! 다른 사람의 앞길을 착함으로 인도하면, 나의 행복은 자연히 생긴다 했다[타지전정위선도(他之前程爲善導) 아지행복자연생(我之幸福自然生)].

세상의 모든 행복은 남을 위한 활인에서 오고, 세상의 모든 불행은 나만을 위한 이기심에서 온다고 해도 과언이 아니다. 남을 이롭게 하고 활인하기 위해서는, 먼저 내 안의 이기심을 버리고 내가 나를 살리는 자성반성의 공부가 선행되어야 할 것이다. 내가 나를 살리는 것이 한 가정을 살리는 것이요, 가정을 살리는 것이 국가를 살리는 것이라 하지 않았던가! "오직 성공의 행복 길은 이 길뿐이니 믿고 행합시다."

인류사회의 새로운 도덕, 성덕도

26. 옛 선현들의 마음공부(수양론 1)

• • •

인류 역사에 가장 이상적인 국가사회를 일컬어 대동사회(大同社會)라한다. 공자께서 그렇게도 오매불망 잊지 못하고 그리워하며, 퇴계 이황선생께서 『성학십도(聖學十圖)』를 짓고, 율곡 이이 선생께서 『성학집요(聖學輯要)』를 지어 임금께 바쳐 이루고 건설하려 했던 이상적 국가사회! 그러한 대동사회를 이룩한 요임금, 순임금이 후대 왕들에게 전수하는 16자의 '마음을 다스리는 심법'이 있다.

"인심유위人心惟危[인심은 위태롭고]

도심유미道心惟微[도심은 미묘하니]

유정유일惟精惟一[정하게 살피고 한결같이 지켜야]

윤집궐중允執闕中[진실로 중도를 잡을 수 있다]"(『서경』)

이 말은 만세 성학의 연원으로써 많은 선유들이 이를 지키려 4천여 년 동안 노력해 왔다. 인간의 욕망은 인심(人心)이요, 인의예지의 이치는 본성에서 근원하니, 이른바 도심(道心)이다. 인심이 발함은 날이 선 칼날과 같고 사나운 말과 같아서 쉽게 제어할 수가 없다. 그래서 항상 위태롭다 해 위(危)라고 했다. 도심이 발함은 불이 처음 타오르는 것과 같고 샘물이 처음 나오는 것과 같아서 쉽게 확충할 수가 없다. 그러므로 미미하다는 뜻으로 미(微)라고 한 것이다. 따라서 평소 씩씩하고 공경스러움으로 한 생각이 일어나는 바를 살펴서 그것이 인간의 욕망심에서 발한 것임을 알았으면 힘을 써서 이를 다스려 불어나고 자라나지 못하게 하고, 인의예지의 도심에서 발한 것임을 알았으면 한마음으로 잡아 지켜서 변하거나 옮겨가지 않게 해야 하니, 이와 같이 하면 의리가 보존되고 물욕이 물러나 가는 곳마다 하는 것마다 중도(中道)가 아님이 없을 것이라 했다. 이른바 도심(道心)은 의리를 깨친 마음으로 천리를 보존하는 공부이며, 인심(人心)은 욕망을 깨친 마음으로 인욕을 막는 공부이다.

성리학자들이 생각하는 마음공부의 요령은 '경(敬)' 하나에서 떠나지 못했다. 대개 마음[心]은 몸의 주재(主宰)요, 경(敬)은 마음을 주재(主宰)하는 것이라고 여겼다. 경(敬)을 위주로 하는 주경(主敬) 공부는 구체적인 사유를 초월해 극도로 생각과 정서를 평온하게 할 것이 요구된다. 이것은 사려가 있는 듯한 상태이나 결코 생각이나 사려가 있는 것은 아니며, 내심에 주의력을 집중해 마음을 각성시키면서 일종의 평안한 상태에 이르게 하는 것이다. 이러한 상태에서는 감정이나 욕망 같은 일체의 심리적 움직임이 모두 배제된다. 이학가(理學家)들은 이 수양이 인간의 정신경지를 제고할 뿐 아니라 궁리치지를 준비하게 되는 인식 주체의 충분조건이라고 생각했다.

주자는 경(敬)을 학문의 시작이요, 끝이라고 여겼다. 그는 독서하는 한 쪽 방을 경재(敬齋)라 부르고 경재잠(敬齋箴)이라는 글을 써붙여두고 스스로를 경계했다고 하는데, 그 내용을 살펴보면 다음과 같다.

① 의관을 바르게 하고 시선을 존엄하게 하며, 마음을 가라앉혀 상제(上帝)를 마주 모신 듯 하라[靜 - 고요히 있을 때].

② 걸음걸이는 무겁게 하고 손은 공손하게 하며, 땅을 골라 밟는 것이 개미 둑 사이로 말을 달리듯 하라[動 - 움직일 때].

③ 문을 나가면 손님을 대하듯 하고, 일을 처리할 때는 제사를 모시듯 하며, 조심조심 두려워해 감히 잠시도 안이하게 하지 말라[表 - 겉의 바름].

④ 입을 지키기를 병마개 막듯 하고, 잡생각 막기를 성문 지키듯 하며, 성실하고 공경하여 감히 잠시도 경솔하게 하지 말라[裏 - 속의 바름].

⑤ 마음을 동쪽으로 갔다 서쪽으로 갔다 하지 말며, 남쪽으로 갔다 북쪽으로 갔다 하지 말고, 일을 만나 마음을 보존해 다른 데로 가지 말라[無適 - 마음을 바로잡아 일에 통달].

⑥ 두 가지 일이라고 마음을 둘로 나누지 말고, 세 가지 일이라고 마음을 세 갈래로 나누지 말며, 마음을 전일하게 해 만 가지 변화를 살펴라[主一 - 일에 집중하되 마음에 근본할 것].

⑦ 이것에 종사함을 경(敬)을 지킨다고 하니 움직일 때나 고요히 있을 때나 어기지 말고, 밖이나 안이나 번갈아 바르게 하라.

⑧ 잠시라도 틈이 나면 만 가지 사욕이 일어나, 불길 없이도 뜨거워지고 얼음 없이도 차가워진다.

⑨ 털끝만큼이라도 틀림이 있으면 하늘과 땅이 바뀌게 되니, 삼강이 침몰하고 구법(九法)도 썩어버린다.

⑩ 오호! 아이들이여! 생각하고 조심하라! 먹글로 써서 경계를 삼아 감히

영대(靈臺)에 고하노라.

위와 같은 경(敬) 공부를 일상생활에서 지키기 위해 만든 것이 「숙흥야
매잠(夙興夜寐箴)」이다. 남송의 진백(陳伯)이 짓고 퇴계 선생이 『성학십도』
에서 다음과 같이 소개한 바 있다.

① 닭이 울 때 깨어나면 생각이 차츰 달리기 시작하니, 어찌 그 사이에 마
음을 고요히 해 정돈하지 않을 수 있겠는가. 혹 지나간 허물을 살피고 혹 새
로 얻은 것의 실마리를 찾으면, 순서와 조리를 묵묵한 가운데 또렷하게 알게
될 것이다[일찍 잠을 깸].

② 근본[마음]이 이미 확립되거든 이른 새벽에 일어나 세수하고 머리 빗
고 의관을 차리고 단정히 앉아 몸을 단속해라. 이 마음을 끌어모으면 떠오르
는 태양처럼 환하고, 몸을 엄숙하게 정돈해 가지런하게 하면 마음이 텅 비고
밝고 고요해 전일하게 될 것이다[일찍 일어남].

③ 이에 책을 펴고 성현을 마주 대하면, 공자께서 자리에 계시고 안자, 증
자가 앞뒤로 서 있게 된다. 성인이신 선생의 말씀을 친절히 경청하고, 제자
들의 묻고 따지는 말을 반복하여 참고해 바로잡아라[독서].

④ 일이 생겨 그것에 응하면 행위에서 징험할 수 있으니, 밝은 하늘의 명
이 환하게 빛나거든 항상 잘 살펴야 한다. 일에 응접함이 끝나면 조금 전 그
대로 마음을 고요하게 해 정신을 모으고 생각을 쉬게 하라[일에 응함].

⑤ 움직임과 고요함이 순환할 때 마음만이 이를 살펴 고요할 때 보존하고,
움직일 때 살피어 두 갈래 세 갈래 나누지 말라. 독서하다가 쉬는 여가에 틈
내어 노닐며, 정신을 편안하게 피어오르게 하고 성정을 휴양할지어다[낮에
부지런히 노력].

⑥ 해가 저물어 고달프게 되면 흐린 기운이 이기기 쉬우니, 재계하고 장중

하게 가다듬어 정명(精明)한 정신을 북돋을지어다. 밤이 깊어 잠잘 때에는 손발을 가지런히 거두어 생각을 일으키지 말고 심신(心神)을 잠들게 하라[저녁에 두려워하며 조심함].

⑦ 밤기운으로 기를지어다. 정(貞) 다음에는 원(元)으로 돌아가니 언제나 이렇게 하기를 생각해 밤낮으로 부지런히 노력할지어다(참고 : 元은 오전, 貞은 자정 이후).

퇴계 선생은 『성학십도』에서 이렇게 덧붙였다.

"대저 도(道)는 일상생활을 하는 사이에 유행해 어디를 가더라도 없는 곳이 없습니다. 그러므로 이(理)가 없는 곳이 없으니 어느 곳에선들 공부를 그만둘 수 있겠습니까? 또 잠깐 사이도 정지하지 않으므로 순식간도 이(理)가 없는 때가 없으니 어느 때인들 공부하지 않을 수 있겠습니까? 그러므로 자사 선생이 가로대 '도는 잠시도 떠날 수 없다. 떠날 수 있으면 도가 아니다. 그러므로 군자는 보지 못하는 본성을 삼가고[계신戒愼] 듣지 못하는 본성을 두려워한다[공구恐懼]'라고 했고, 또 이르기를 '은미한 기미에서 보다 더 잘 드러남이 없다. 그러므로 군자는 자기 혼자만이 아는 마음의 기미를 삼간다[신독愼獨]'라고 했습니다. 이것은 한 번 움직이고 한 번 고요할 때나, 어느 곳 어느 때나 존양(存養)하고 성찰(省察)해 번갈아 공부하는 방법입니다."

위와 같은 수양 방법이 대체로 우리 선비들의 마음공부 방법이며 선비가 되는 길이기도 했다.

퇴계 선생과 함께 경상도 학맥의 두 봉우리를 이룬 남명 조식 선생은 평생을 철저하게 절제된 생활로 일관한 분이다. 목숨을 버릴지언정 불의와 타협하지 않는 꿋꿋한 선비정신의 상징이었다. 그는 매일 밤 손바닥에 물대접을 올려놓고 물이 흔들리지 않게 마음을 집중하는 공부를 했다고 한다. 또한 올라오는 인간심의 욕망을 베어낸다는 의미에서 날카로운 비수를 몸에 지니고 다녔다고 한다. 그런 그가 74세를 일기로 별세할 때 제자들에게 마지막 남긴 말이 이러하다.

"내가 평생 공부한 것이 '심중무일물(心中無一物)'의 경지에 도달해 보고자 한 것인데 거기에 도달하지 못하고 죽게 되어 그것이 한이다!"

우리 선조들이 존천리(存天理) 거인욕(去人欲)이니, 계신공구(戒慎恐懼)니 거경궁리(居敬窮理)니 성(誠)공부니 하는 여러 방법의 공부를 논하고 또 그러한 공부법을 통해 인심(人心)을 버리고 도심(道心)을 찾으려 노력했지만 실제 그 경지에 도달해본 사람은 얼마나 될까? 더구나 학자가 아닌 일반 백성들이야 더 말할 것도 없을 것이다. 그만큼 마음공부가 쉽지 않은 것이다.

오늘날 물질문명이 고도로 발달해 달나라도 가고 우주여행도 가능할 만큼 발전했는데 정신문화는 2,500년 전이나 3,000년 전이나 별반 다르지 않다고 본다.

"인류 문화사에 보면 대성인(大聖人) 또는 대철인(大哲人)으로 일컫는 이들 가운데 여럿이 기원전 5세기를 전후해서 몇 세기 사이에 집중적으로 등장했던 것을 볼 수 있다. 흔히 공자(기원전 551년 출생), 석가모니(기원전 560), 노자(기원전 604), 소크라테스(기원전 470) 등을 그 대표적인 예로 꼽는다. 예수도 시기가 좀 늦기는 하지만 같은 반열에 넣을 수 있다. 이들은 지역이 서로 다르면서도 흥미롭게도 비슷한 시기에 출현했다. 칼 야스퍼스(Karl Jaspers)는 그것을 '축의 시대(achsenzeit)'라고 불렀다. 인류 문화에 중대한

축이 된 시대라는 것이다. 적어도 인류의 정신문화에서는 그 이후 그만큼 혁명적인 변화가 없었으며, 우리는 아직도 그들이 천명한 사상의 틀 속에, 적어도 그 영향 속에서 살고 있다. 종교에 관한 한 고전종교의 등장 이후 근본적인 패러다임 변화가 아직 없었고 있을 기미가 보이지 않는다"(윤원철, 『고전종교의 특징』).

과연 그러한가? 『주역』에 이르기를 오래 가면 궁하고[久則窮] 궁하면 변하고[窮則變] 변하면 통하고[變則通] 통하면 오래 간다[通則久]고 했다. 모든 것이 극에 다다르면 반전되게 되어 있다[極則反]. 지난 2,500여 년 동안 유(儒), 불(佛), 선(仙)이 제각각이었다. 이제 21세기 융합의 시대에 종교 또한 융합되어 하나로 다시 돌아가지 않겠는가! 원래 출발점이 하나였으므로.

27. 인류사회의 새로운 도덕, 성덕도(수양론 2)

• • •

성덕도 본원(www.seongdeokdo.org)

성덕도(聖德道)는 1952년(壬辰年) 월근(月根) 김옥재(金沃載) 선생(1909~1960)과 법해(法海) 도학수(都鶴姝) 선생(1905~1984)이 창도했다.

사람의 근본인 삼강오륜(三綱五倫)을 벼릿줄로 삼고, 마음을 닦아 악함을 버리고, 선심으로써 대중과 교화화친하는 정신을 기본으로 하고 있다. 자성반성으로 인간 악성을 고쳐 해탈할 수 있는 법을 대각하고, 이를 가르쳐 광제창생하고자 길을 연 대도(大道)이다. 그 길을 밝혀놓은 것이 『자성반성 성덕명심도덕경(自性反省 聖德明心道德經)』이다(줄여서 『도덕경(道

德經)」이라 한다). 『도덕경』은 심물문리(心物文理) 진리철(眞理哲)로써 두 분
이 공부를 통해 대자연의 진리를 대각하고 인류가 반드시 행해야 할 도
덕과 대도심법에 의해 인간고애에서 해탈할 수 있는 수련법을 설파한 법
문집이다. 총 88면으로 구성되어 있으며, 누구든지 쉽게 읽을 수 있다.

자성반성(自性反省), 미신타파(迷信打破), 문맹퇴치(文盲退治), 도덕정신
(道德精神)을 실천 지표로 삼고 있다. 청심주(淸心呪)인 무량청정정방심(無
量淸靜正方心)을 독송해 내 마음속의 밝은 영심을 찾아 자아 완성에 정진
하며, 교화중생활인(敎化衆生活人)함으로써 상생상화(相生相和)의 도덕사
회 건설을 목적으로 한다. 성덕도 공부의 특징을 몇 가지 소개하면 다음
과 같다.

1) 유불선 삼합법(儒佛仙 三合法)

지금까지 유(儒)는 인간 자체, 유형적 존재로서 마땅히 지켜야 할 삼강
오륜, 인의예지 등 현실 문제를 중심으로 강조했고, 불(佛)은 현실을 초탈
한 인간의 심령을 중심으로 한 해탈에 중점을 둔 공부였다. 선(仙)은 인위
를 제거하는 자연주의 철학에 중점을 두어왔다고 할 수 있다. 그러나 성
덕도에서는 이 세 가지가 각각 분리된 별개가 아닌 하나로 융합된다.

성(聖)의 원리는 유(儒)요, 유의 정신은 유형적 존재인 인간으로서의 도
리, 곧 삼강오륜, 인의예지 실천을 중심한다.

덕(德)의 원리는 불(佛)이요, 불의 정신은 인간의 무형인 심령을 맑혀
자성자불(自性自佛)을 찾음에 있다.

도(道)의 이치는 선(仙)이요, 선의 의미는 미신을 타파하고 회개하여 선
화개악(善化改惡)하는 정도(正道)이며, 나아가 교화 중생 활인을 중심한다.

이와 같이 유불선의 실천을 삼교 교합법으로 가르치며, 그 실천적인

수련 방법의 하나가 자성반성이다.

성(聖) - 유(儒) 자체(自體) 삼강오륜(三綱五倫)

덕(德) - 불(佛) 심령(心靈) 자성자불(自性自佛)

도(道) - 선(仙) 선도(善道) 선화개악(善化改惡) (『도덕경』)

2) 심회개법(心悔改法)

마음을 뉘우치고 고치는 법이다. 8가지 착한 마음을 찾고, 8가지 악한 마음을 버리는 것이다.

팔선생지근(八善生之根)

- 효심(孝心) · 충심(忠心) · 덕심(德心) · 자심(慈心) · 화심(和心) · 묵심(默心) · 신심(信心) · 정심(正心) 낙중즉정각즉극락(樂中卽正覺卽極樂)

팔선 이치법은 인생의 원의(元義) 순천지행(順天地行) 함이요

팔악사지근(八惡死之根)

- 독심(毒心) · 색심(色心) · 탐심(貪心) · 투심(妒心) · 기심(欺心) · 사심(邪心) · 진심(嗔心) · 아심(我心) 수중즉진애즉지옥(愁中卽塵埃卽地獄)

팔악 이치는 인생의 근본 자체를 등지고 역천지행(逆天地行)하는 것 (도덕경)

3) 삼재(三才) - 삼강오륜(三綱五倫)

천지자연에는 삼재가 있으니, 그것은 하늘과 땅 그리고 만물의 영장인 사람이요, 여기에 삼재지도(三才之道)가 있다. 인간이 살아가는 데는

세 가지 벼리가 있으니 부모자(父母子)요, 여기에 삼강지법(三綱之法)이 있다. 따라서 아버지 공경하기를 하늘과 같이 하고, 어머니 공경하기를 땅과 같이 하며, 자식이 효도를 하는 것은 하늘이 정한 길이다.

> 삼재(三才) - 천지인(天地人) - 삼재지도(三才之道)
> 삼강(三綱) - 부모자(父母子) - 삼강지법(三綱之法)
> 부경여천(父敬如天) 모경여지(母敬如地) 자효천정(子孝天定) (『도덕경』)

오륜(五倫) - 인간이 살아가는 데 있어 실천해야 할 다섯가지 윤리가 오륜이다.

> 군신유의(君臣有義) 군은신충(君恩臣忠) 가이정국(可以正國)
> 사제유도(師弟有道) 사덕제신(師德弟愼) 정도지각(正道智覺)
> 부부유명(夫婦有明) 부화부순(夫和婦順) 만복자생(萬福滋生)
> 장유유서(長幼有序) 장유유공(長柔幼恭) 가이질서(可以秩序)
> 붕우유신(朋友有信) 붕애우신(朋愛友信) 입공입신(立功立身) (『도덕경』)

4) 자성신앙(自性信仰) - 자성반성 공부

믿음을 초월적 존재인 타력에 의지하는 데 두는 것이 아니라, 본디 자기에게 내재한 순수 자연의 정수인 천성 선령을 찾아 살려 나가는 데 둔다. 천성 선령은 '한량없이 맑고 고요하고 바르고 둥근 마음'이다. 내 마음 속에 내재되어 있는 부처이다. 인간 악성을 반성 청심해 이 천성 선령을 찾는 것이 수양을 하는 것이며, 이 수양을 통해 스스로 사는 자력갱생의 법이 있으니 이것을 자성신앙(自性信仰)이라 부른다.

성스러운 덕화의 길을 본받아 천부의 본성인 자성자불(自性自佛)을 찾아 인륜지도리인 삼강오륜과 인의예지 도덕을 실천하면 그 가운데 인생 행복이 있으니 어디에 빌 곳도 없고 물을 곳도 없다. 팔선을 행하면 천당극락이요, 팔악을 행하면 지옥이니, 만사 이치가 사람의 지각 중심에 다 있는 것이다. 그러므로 일석건건 정신 수양으로 천부의 본성인 영심을 찾아 고애상신된 몸이 해탈되고 자아 완성의 길로 정진해 내가 나를 찾는 것이 자성신앙이요, 도덕신앙이다.

도덕신앙자성신(道德信仰自性信)
자성신앙도덕신(自性信仰道德信) (『도덕경』 법문)

5) 청심주 공부

청심주(淸心呪)는 "무량청정정방심(無量淸靜正方心)" 일곱 글자인데 '한량없이 맑고 고요하고 바르고 둥근 마음'인 인간의 천성적인 본성을 의미한다. 이 본성을 회복하고자 수련을 하고, 수련 과정에서 청심주를 독송하며 자신의 마음을 맑힌다. 청심주에는 오묘한 기운이 있어 청심주를 독송하면 마음이 안정되고 무아의 경지에 다다를 수 있으며 도기를 이어받을 수 있다. 이 오묘한 기운을 연해 받아 티끌(병고)이 탈갑이 된다. 과거의 수양방법이 혼자서 고요한 가운데 경(敬)의 경지를 찾는 것이라면 청심주 공부는 혼자 또는 여럿이 크게 소리 내어 독송함으로써 한량없이 맑고 고요하고 바르고 둥근 마음을 찾는 공부법이다.

6) 원자사상과 만화귀일(萬和歸一) 정신

천지지간에 사람은 가장 귀한 존재이다. 그 귀하다고 하는 것은 사람에게 도덕이 있기 때문이다. 성덕도의 원자사상은 '한품에 만물을 품어 고이고이 길러주시는' 대자연의 원리를 인류에게 베풀어 구제해주는, 어버이와 같은 이타자의(利他自義)의 큰 사랑이다. 이 사랑은 크고(大), 넓고(廣), 깊고(深), 둥근(圓) 대원(大圓) 대자(大慈)한 기운으로써 만인간이 자성반성하여 믿고 따르는 자를 한품에 품어서 해원 해탈 탈갑시키는 덕이다. 자성반성을 통해 나 혼자만 잘 살려는 이기심을 버리고, 인류가 다 같이 행복하게 사는 자유 평화의 도덕사회를 건설하고자 함이 원자사상이다.

"착할 선자(善字) 마음 되고 옳을 의자(義字) 행하여서 동기일심(同氣一心) 되고 보면 만화(萬和)가 귀일(歸一)이니 태평성대 아니리요"라고 밝혔다. 만유(萬有)가 상생 상화의 근본으로 귀일하고 인류가 사해형제로서 한마음으로 하나가 되면 도덕사회를 이루게 된다. 인류 사회는 구시대의 악습인 상극(相克)을 극복하고 서로 돕고 서로 살리는 상생(相生)의 도덕정신으로 화목한 평화 세계를 이루게 된다.

7) 새로운 상생의 패러다임

인간은 만물의 영장이므로 본디 자기에게 내재된 천성선령, 자성존불을 찾으면 여기가 곧 천당극락이 되고, 팔악을 행하면 여기가 곧 지옥이 된다. 하늘 아래 하늘, 땅 위의 땅의 법이 여기에서 진행되고 있으니, 이 것을 이중천지입법(二重天地立法)이라고 부른다.

이 법에는 과거 무음양일편로(無陰陽一片路)에서 음양 상생을 통해 무궁한 조화를 이룰 수 있는 심수묘법이 있다. 그래서 "그릇된 마음을 고쳐서 착하게 행하면 험식도 먹지 않게 되고 고생도 없어지고 품부한 생활을 풍족할 수 있노라" 했다.

구사일생(九死一生)에서 구생일사(九生一死)로, 곤궁팔(困窮八)이 사라진 영달팔(榮達八)로, 호사다마(好事多魔)에서 호사제마(好事除魔)로, 남존여비에서 남녀평등으로, 너 죽고 내가 살자는 골육상쟁이 아닌, 나도 살고 너도 사는 화목상생으로 운도가 바뀌는 것이다.

이러한 도덕공부는 산 속에 들어가 하는 나홀로 수양이 아니라 일상생활 속에서 대중과 교화 화친하는 것이며, 명복과 재수 소망을 허공에 비는 미신을 버리고 삼강오륜법을 실천하는 자력갱생의 실천도덕이다. 죽어서 천당이 아닌 살아서 오늘 반성 내일 행복을 찾는 수양이다. 악은 스스로 자멸하고 선이 결실을 거두며, 정의를 행하면 흥하고 사리를 행하면 망하는 사필귀정의 세상, 군자는 득지수복(得之壽福)하고 소인도 수심군자(修心君子)가 될 수 있는 길을 열어준 것이다.

청심주인 "무량청정정방심"을 부르면 누구나 한량없이 맑고 고요하고 바르고 둥근 무아의 경지에 이르도록 하는 공부! 막막한 어두움을 총칼로 쳐낼 수 없으나 성냥알 한 개만 그리면 어두움을 능히 물리칠 수 있는 묘법, 누구든지 자성반성을 하면 삼계의 고애를 해탈시켜주는 공부법이다.

마치 옛날의 수양법이 무거운 짐을 지고 멀고도 먼 길을 걸어가는 원시적 수양법이라면 『자성반성 성덕명심도덕경』의 수양법은 비행기를 타고 먼 나라도 순식간에 날아가는 것만큼 발전된 새로운 수양법이라 할 수 있다.

"멀다니 가까와 어렵다니 쉬운 무량청정정방심(無量淸靜正方心)"(『도덕경』).

28. 공부론

· · ·

사람은 누구나 평생 공부를 하면서 산다. 태어나서 말을 익히고 걸음마를 배우는 것도 공부요, 학교에서 학문을 닦고, 직장에서 기술을 연마하는 것도 공부이다. 요즈음 평생학습이라 하여 배움에는 끝이 없고, 배움을 중단하면 바로 시대에 뒤떨어지고 만다.

공자는 『논어』 첫마디에서 "배우고 제때에 그것을 익히니, 또한 기쁘지 아니한가!(學而時習之 不亦說乎)"라고 하여 배움을 최고의 즐거움으로 삼았다. 하비 울먼은 "스무 살에 중단하든, 일흔 살에 중단하든 배움을 중단하는 사람은 노인이 된다. 배움을 계속하는 사람은 젊은이로 남을 뿐아니라 신체적 능력에 관계없이 더욱 가치 있는 사람이 된다."고 했다.

그러면 공부란 무엇인가? 공부는 어떻게 하는 것인가? 공부에는 두가지가 있다고 본다.

첫 번째는 지식을 쌓아가는 '격물치지(格物致知)'의 공부법이다. 격물치지는 『대학(大學)』의 8조목—격물(格物), 치지(致知), 성의(誠意), 정심(正心), 수신(修身), 제가(齊家), 치국(治國), 평천하(平天下)—중 처음 두 조목을 가리킨다. 주자는 격물의 격(格)자를 이른다[至]는 뜻으로 해석해 "모든 사물에 이르러 이치를 끝까지 파고 들어가면 앎에 이른다[致知]"고 주장했다. 만물은 모두 한 그루의 나무나 한 포기의 풀에 이르기까지 각각 이(理)를 갖추고 있다. 그 이를 하나하나 속속들이 깊이 연구[窮究]해 나가면 어느 때엔가 환하게 터져 하나로 관통[豁然貫通]하여 만물의 겉과 속, 세

밀함[精]과 거침[粗]을 명확히 알 수 있다고 한다. 요즈음 학문하는 사람들, 특히 과학자들이 여러 가지 사물을 관찰하고, 객관적으로 분석해 어떤 특징이나 원리를 찾아내는 과정이 바로 이 격물치지의 공부법이다.

두 번째는 마음을 수양해 나가는 도덕공부법이다. 왕양명은 주자의 가르침대로 공부를 하면서 대나무를 칠일 밤낮 쳐다보고 관찰해도 '격물치지'에 이르지 못하다가 어느 날 홀연히 크게 깨우치게 되는데, 그것이 바로 "마음이 바로 이(理)"라는 심즉리(心卽理)설이다. 양명은 몸을 주재하는 것이 마음(心)이므로 내가 주체가 되어 내 마음을 관찰하고 공부를 해야 한다고 주장한다.

"사람은 천지의 마음이고[人者天地之心], 마음은 만물의 주재이다[心者萬物之主]. 마음이 곧 이(理)이다. 천하에 또 어디 마음 밖의 일이 있으며, 마음 밖의 이(理)가 있더냐. 부모를 섬기는데 있어 부모에게서 효의 도리를 찾는단 말인가. 임금을 섬기는데 있어 임금에게서 충의 도리를 찾는단 말인가. ……여기 죽은 사람을 보아라. 그의 이런 정령이 흩어져버렸다. 그의 천지만물은 어디에 있단 말인가?"(『전습록(傳習錄)』)

왕양명에게서 모든 답은 내 안에 있다. 따라서 나 이외의 사물에서 이(理)를 찾는 것이 아니라 내 안의 양지(良知)를 찾으라고 한다. 양지는 "천리의 환하고 밝으며 영묘하게 알아차리는 힘"이다. 그러므로 양지가 바로 천리이다. 양지는 시비와 선악을 가리는데 배우지 않고도 선천적으로 알고, 헤아려 보지 않고도 초월적으로 알 수 있는 변별능력을 갖추고 있다.

첫 번째 공부가 수많은 사물의 객관적 이치를 찾아가는 더하기(+) 공부라면, 두 번째 공부는 주관적인 내 마음 속 양지를 찾기 위해 인간 욕심을 버리는 빼기(-) 공부라고 할 수 있다. 더하기(+) 공부는 '밖을 향하는' '머리로 하는' '비판적 사고'의 공부다. 학자들이 수많은 책을 읽고 수많은 실험을 해 과학기술의 발전과 함께 물질세계의 커다란 진보를 이루게 한 것이 바로 이 더하기(+) 공부이다. 빼기(-) 공부는 '내 마음을 향해' '가슴으로 하는' '긍정적 사고'의 공부이다. 내 마음속의 영심, 즉 내적 영혼을 가장 소중히 여기고 인생과 행복의 참 의미를 깨닫고 팔악의 인간심을 버리고 팔선의 착한 마음을 찾아가는 공부이다.

노자는 이르기를 "학문은 매일 매일 더해가는 것이요[爲學日益], 도는 매일 매일 버리는 것[爲道日損]"이라고 했다. 도가에서 추구하는 무(無), 불가에서 찾고자 하는 공(空), 유가에서의 중(中)이 모두 버리는 공부의 최고 경지이다.

톨스토이는 이렇게 말했다.

"우리는 산의 높이, 건물의 넓이, 별의 크기, 바다의 깊이를 측정한다. 그리고 그 거대함에 감탄한다. 하지만 우리의 영혼과 비교한다면 모두 하잘 것 없다. 우리는 많은 것을 알고 매 순간 많은 일을 하고 있지만 가장 중요한 것을 빠뜨리고 있다. 정작 가장 중요한 우리 자신을 알지 못하는 것이다. 세상에서 가장 강한 것은 보이지도 않고 들리지도 않고 만져지지도 않는다. 우리의 영혼이 바로 그런 것이다. 이 영혼을 살찌우는 일만큼 중요한 일은 없다. 눈에 보이는 것만 알려고 한다면 모든 것이 다 부질없어질 것이다"(톨스토이 『잠언집』).

그럼에도 불구하고 세상 사람들은 '분자 늘리기(+) 공부'만을 공부로 여기고 '분모 줄이기(-) 공부'는 공부로 생각하지 않는다. 오늘날 학교에서 가르치는 대부분의 교육은 바로 분자 늘리기(+) 공부이다. 사람의 마음을 다스리고 우리의 영혼을 살찌우는 진짜 공부는 가르치지 않고 있다.

"20세기를 주도한 유물주의 세계관은 '세상을 어떻게 고칠 것인가'[治시만 이야기했지 '나를 어떻게 다스리고 고칠 것인가'[修리는 아예 공부의 범주에 넣지도 않았다. 이것이 20세기 교육의 비극이다." 교육학자들이 바라본 지난 세기의 교육에 대한 반성점이다.

톨스토이는 또 이렇게 주장했다.

행복하지 못하다면 두 가지 변화를 꾀할 수 있다. 하나는 삶의 조건을 높이는 것이고(필자의 '분자 늘리기'), 다른 하나는 내적 영혼의 상태를 높이는 것이다(필자의 '분모 줄이기'). 첫 번째는 늘 가능한 것이 아니지만 두 번째는 늘 가능하다.

학문을 발전시키는 사람이 반드시 도덕까지 발전시키는 것은 아니다. 학문은 물질세계에 대한 연구에서 진정 위대한 진보를 이루었다. 하지만 내적 영혼의 세계를 연구하는 차원에서 보자면, 학문은 불필요할 뿐 아니라 오히려 우리를 종종 잘못된 길로 인도하기도 한다"(톨스토이 『잠언집』).

뛰어난 학자였던 맹사성이 선사를 찾아갔던 이야기를 다시 음미해보자. 초라한 오두막집에서 학자를 맞은 선사가 차를 대접하는데, 찻잔이 넘치도록 계속 차를 따랐다. 학자인 맹사성이 깜짝놀라며 "선사님, 지금 찻잔이 넘칩니다!"라고 말하자 선사가 이렇게 대답했다.

"지금 학자님 머릿속이 이렇게 가득 차 있어 더 이상 들어갈 공간이 없습니다."

이것이 바로 더하기 공부와 빼기 공부의 차이점을 잘 설명해주고 있는 예화이다.

교육도 받지 못하고 단순한 사람들이 인생의 참 의미를 자신도 모르게 쉽게 깨닫는 것은 바로 '분모 줄이기' 공부를 제대로 한 때문이요, 학식 있는 사람들이 그것을 깨닫지 못한 것은 그들이 너무 많이 배운 탓에 '분자 늘리기' 공부에만 급급한 나머지 '분모 줄이기' 공부를 못했기 때문이리라!

　오늘날 『자성반성 성덕명심도덕경』에서 밝혀주신 자성반성 공부는 "한량없이 맑고 고요하고 바르고 둥근 마음[無量淸靜正方心]"을 찾아가는 최고, 최선의 도덕공부이다. 인간악성(人間惡性)을 반성청심(反省淸心)하여 내 안의 천성선령(天性善靈)을 찾아가는 공부, 인간심을 버리고 도심(道心)을 찾아가는 공부, 덕화도기(德化道氣)를 체득하여 누구나 행복을 찾을 수 있는 공부가 분모 줄이기 공부이다.

29. 번영처에서의 수양

• • •

수양은 어떻게 하는 것이 참다운 수양인가? 옛날에는 산속에 들어가 속세와 인연을 끊고 오로지 자신을 연마하는 데 정진하여 도(道)를 통했다. 지금도 번잡한 곳을 피하고 조용한 곳에 들어가 자신을 견성(見性)하는 것만을 수양이라고 생각하는 사람들이 많다. 치열한 생존경쟁의 현대사회에서 생업을 갖고 있는 많은 사람이 과연 자신의 수양만을 위하여 산속에 들어갈 수 있겠는가. 그것은 수양이라기보다는 몸을 쉬고 마음을 편하게 하고자 하는 휴양(休養)에 더 가까운 것일 것이다.

설사 조용한 산속에서 세속을 멀리하고 마음을 가라앉혀 수양했다고 치자. 산 아래로 내려와 당장 속세의 사람들과 부딪쳐서 못난 성질이 올라온다면, 그것은 마치 그릇 속의 더러운 찌꺼기를 잠시 밑에다 가라앉혀놓은 상태일 뿐, 흔들면 다시 구정물이 되고 마는 것과 다를 바 없을 것이다.

진정한 수양은 몸이 어디에 가 있느냐가 중요한 것이 아니고 마음이 어디에 있느냐가 더 중요하다. 삶의 현장에서 부딪쳐서 상대방이 아무리 나를 애먹여도 미운 마음이 안 올라오고, 원망하는 마음, 심술, 짜증이 올라오지 않는다면 그것이 바로 참다운 수양의 모습일 것이다.

그래서 『도덕경』에 이르길 "정도는 원형의정 천법인 고로 개심 수련 (改心修鍊)하여 자성자각(自性自覺)하는 법은 번영처(繁榮處)에서 수련하되 호사제마(好事除魔)니 망념과 마장을 쳐내고 자아심이 속세를 떠나 청정정심(淸靜正心)이 되면 각해일륜(覺海日輪), 즉 심통(心通)이니라" 했다.

번영처에서 수련하라는 말씀, 몸은 속세에 있어도 마음은 속탈지심(俗脫之心)이 되라는 말씀을 받들어 공부해볼 때, 지금 나를 괴롭히고 있는 것이 바로 나의 수양 교재요, 지금 나를 애먹이고 있는 사람이 있다면 그가 바로 나의 선생이 아니겠는가 생각한다.

그 선생은 멀리 있지 않다. 애먹이는 자식, 애먹이는 남편이나 아내, 애먹이는 형제자매, 애먹이는 친구나 직장 상사, 동료나 거래선 등 모두 나와 가장 가까이 있는 사람들이다. 이 지구상의 65억 명 사람 중에 그야말로 특별한 인연으로 65억분의 1로 만난 사람들이다. 흔히 자식이 원수, 남편이 원수라는 말을 하는 사람이 있다. 이 말을 자식이 선생, 남편이 선생이라는 말로 바꾸어 보는 것이 어떨까?

번영처에서의 수양의 첫 번째 덕목은 부모님에 대한 효(孝)이다. 부모님을 공경하고 효도하는 것이 수양의 첫걸음이요, 효는 만선(萬善)의 첫 번째 덕이다. "생명 없는 돌상에 빌어서 복 달라 하지 말고, 살아 있는 부처, 부모님을 공경하라. 그러면 자연히 복은 온다"는 말을 우리는 깊이 새겨보아야 하겠다.

세상에 부모 없는 자식은 없다. 나를 낳아 주고 길러주신 부모님의 은혜는 참으로 태산보다 더 높고 바다보다 더 깊다. 그래서 자식이 부모님께 효도하는 것은 하늘이 정한 이치(子孝天定)라 하지 않았던가.

번영처에서의 수양은 바로 삼강오륜법의 실천에 있다. 부모님께 효도하고 나라에 충성하고 스승을 삼가 받들며, 부화부순하고 어른을 공경하고 친구 간에 신의를 지키는 것이다. 철저히 실천을 통해 자각하는 수양, 생활 속의 수도과정이다. 나 혼자만의 유아독존격 수양이 아닌 상생상화(相生相和)의 화목 도덕 수련이다.

또 번영처에서의 수양은 바로 자성반성의 공부이다. 상대방을 원망하기보다 나부터 반성하고 내가 먼저 풀어가는 공부이다. 진정한 마음으로 부모님께 불효한 것, 남을 원망하고 미워한 것, 착하지 못한 심언행(心言行)을 하나하나 반성해냄으로써 자성존불(自性存佛)을 찾는 살아 있는 공부이다. 두 손바닥, 두 발 그리고 이마가 땅에 닿도록 수백 번 절하며 엎드려 비는 고통의 구도(求道) 길이 아니다.

오로지 일상 속에서 내 앞에 닥치는 시련을 강인한 정신력으로 맞서서 망념과 마장을 쳐내고, 자아심이 속세를 떠나 청정정심을 찾는 과정이다.

30. 인생행도(人生行道)

• • •

　"어느 분야에서 세계적 수준에 도달하려면 얼마나 많은 노력을 기울여야 할까? 신경과학자인 다니엘 레비틴(Daniel Levitin)의 연구결과에 의하면, 대략 1만 시간의 연습이 필요하다고 한다. 세계적 수준의 작곡가, 운동선수, 소설가, 피아니스트, 체스선수, 그 밖에 어떤 분야에서든 세계 일류가 되기 위해서는 예외 없이 이 정도의 연습이 필요하다는 것이다.

　1만 시간은 대략 하루 세 시간, 일주일에 스무 시간씩 10년간 연습한 것과 같다. 하루 한 시간이면 30년이 필요한 시간이다. 어느 분야에서든 이보다 적은 시간을 연습해 세계 수준의 전문가가 탄생한 경우는 발견하지 못했다. 음악계의 최고 신동이라 불리는 모차르트도 1만 시간의 훈련을 통해 독창적인 작품을 썼다. 1만 시간은 위대함을 낳는 '매직 넘버'이다"[말콤 글래드웰(Malcolm Gladwell) 저 『아웃라이어』 중에서].

　"우리 역사에서 볼 때 세계적으로 내놓을 수 있는 가장 훌륭한 리더십을 갖췄던 지도자는 단연 세종대왕이라 할 수 있다. 미국, 프랑스, 독일, 스페인 등에도 유명한 지도자들이 있었지만 그 사람들을 전부 합쳐도 세종대왕과 비교될 수 없을 만큼 세종은 훌륭한 지도자라 할 수 있다. 세종대왕이 22세에 임금이 되었을 때 신하들이 황희, 맹사성, 박은, 변계량, 조말생, 김종서, 정인지 등 50~60대 아버지뻘 되는 사람들이었다. 이 신하들을 스물두 살된 임금이 어떻게 다스릴 수 있었을까? 그 비결은 세종의 '식견'과 '표준' 그리고 엄격함과 관대함의 조화였다. 무엇이 22세의 세종에게 그런 식견과 표준을 마련해 주었겠는가? 바로 엄청난 독서량에서 나왔다. 세종대왕은 자기가 읽는 책을 가죽끈으로 묶었는데 그 가죽끈이 닳아서 끊어질 때까지 읽었다고 한다. 같은 책을 몇 번이나 읽으면 가죽끈이 끊어지겠는가? 1만 번이라는 게 여러 기록에 나온다. 보통 같은 책을 천 번은 읽어야 그 책대로 행하게 된다고 한다. 그런데 세종은 '사서오경' 아홉 권을 1만 번 이상 읽은 것이다.

조선시대 말기의 대석학으로 위정척사론을 주창한 화서 이항로 선생의 문집에 이런 구절이 나온다. '내가 중용을 외우기를 1만 번까지 하였는데, 욀 때마다 뜻이 달랐다. 살아서 한 번 더 외우면 무엇을 깨닫게 될지 심히 걱정스러운 바가 있다'(신봉승 『세종리더십』 중에서).

그러면 마음을 닦는 수양은 어느 정도 하면 최고 경지인 '십승지지(十勝之地)'에 다다를 수 있을까? 수양이란 내 마음속의 팔악의 그릇된 마음을 버리고, 팔선의 착한 마음을 찾는 것이다. "오늘 반성 내일 극락"이라 했으니 자성반성만 바로 하면 바로 그 자리가 천당이라는 말씀이다. 그런데 이 마음 그릇이 도대체 얼마나 큰 것이며 얼마나 더럽혀 있는지, 보이지도 않고 만져지지도 않으니 좀처럼 가늠하기가 어렵다. 어떤 심리학자는 사람이 하루에 무려 5만 가지 염(생각)을 한다고 말한다. 오만 잡생각! 그것은 바로 부정적인 생각들이다. 하루에 5만 가지, 1년 365일, 30년이면 5억 5천만 가지나 된다. 60년이면 11억 가지! 온갖 불평, 불만, 근심, 걱정, 시기, 질투, 욕망, 심술 등 팔악의 염이 이렇게 가득 차 있으니 인생을 고해라 하지 않을까?

성훈에 "티끌 있는 그릇에는 하늘의 보배를 담을 수 없고, 속된 창자에는 선단을 넣을 수 없다[진기난장천보(塵器難藏天寶) 속장불입선단(俗腸不入仙丹)]"고 했다. 오로지 자성반성을 통해 닦고 또 닦아 내 마음의 그릇을 깨끗이 하는 것이 바로 수양이다. 하루라도 집안을 청소하지 않으면 먼지가 끼듯, 우리 마음도 매일매일 일석건건(日夕乾乾) 청소를 해야 한다.

수양 과정에서도 '1만 시간의 법칙'이 적용되는 것은 아닐까? 『도덕경』을 1만 번 이상 읽고, 청심주를 1만 시간 이상 불러 깨달음을 얻으리라는 각오로 지극 정성 수양을 해나간다면 언젠가는 십승지지를 찾을 날이 오지 않겠는가! "부지런히 닦는 것이 뜻을 이루는 보배[근수지성지보(勤修志成之寶)]"라 했으니 나의 인생행도에 다음의 네 가지 목표를 세우고 정진해 보고자 한다.

1) 독만권서(讀萬卷書) – 『도덕경』을 만 번 이상 읽는다

『자성반성 성덕명심도덕경』은 하늘의 말씀을 성인의 입을 빌려 하신 것이다. 만 인류가 행복을 찾아가도록 길을 열어주신 말씀들이다. 88면에 대자연의 법(天道之法)과 인간이 살아가면서 지켜야 할 삼강오륜, 인의예지의 인성지강(人性之綱)을 소소역력히 밝혀주셨다. 아침에 일어나면 맨 먼저 『도덕경』을 크게, 낭랑하게, 내 귀로 내 소리를 들으면서, 독송하며 하루를 시작하자. 매일매일 한 번씩, 1년 365번, 30년이면 1만 번에 이르리라!

2) 청만시심(淸萬時心) – 청심주를 만 시간 이상 부른다

교화원은 창생의 훈련도장이니 교화원 공부에 빠지지 않도록 노력할 것이며, 교화원 공부에 참석치 못하면 청심주라도 꼭 1시간 이상 부르도록 노력하자. "청심주독송 악사기소멸(淸心呪讀誦 惡邪氣消滅)이라 했다. 오만가지 그릇된 마음을 청소하려면 청심주를 불러야만 한다. 자세를 바르게 하고, 마음을 모아 청심주를 부르게 되면 온갖 염이 물러가게 되고 "한량없이 맑고 고요하고 바르고 둥근 마음"이 된다. "마음속에 속세의 괴로움과 티끌을 멀리하면, 만가지 때때로 올라오는 염이 안정심이 된다[심중속세원고진(心中俗世遠苦塵) 일만시념안정심(一萬時念安定心)]"고 했다. 무량청정정방심(無量淸靜正方心)! 매일매일 부르고 또 부르자.

3) 행만리도(行萬里道) – 만리의 길을 걷는다. 만리의 도를 실천한다

건강에는 신체적 건강, 정신적 건강, 영적 건강, 사회적 건강이 있다. 우리는 수양을 통해 이 모든 것을 얻을 수 있다. 그런데 특히 신체적 건강을 위해서는 운동을 해야 하는데, 걷기만큼 좋은 운동은 없다. 매일매일 자연 속을 걷다 보면 육체적으로 좋을 뿐만 아니라 마음도 한결 가벼워진다. 하루 1리(4km), 1년이면 365리(1460km), 30년이면 대략 1만 리(40,000km), 서울에서 부산을 걸어서 100번 왔다 가는 거리이다. 걷는다는 것은 살아 움직인다는 뜻이다. 걷는 것은 사색이요, 명상이며, 생활 속의 실천적 수양방법이다. "보보행행수심덕(步步行行修心德)!" 걸음걸음 행동행동이 바로 마음 닦는 덕이다.

4) 활만세인(活萬世人) – 만세상 사람을 살리는 활인정신으로 대한다

수양의 궁극적인 목표는 무엇인가? 내적으로는 십승지지를 찾는 것이요, 외적으로는 교화중생 활인하는 것이다. 활인정신(活人精神)! 사람을 살리는 것! 내가 나를 살리고, 내 가족, 내 이웃, 내 나라, 나아가 인류사회를 살리는 정신, 그것이 바로 활인정신이리라. 성훈에 "교화중생 활인하는 것이 인륜의 도리로다" 했다. 언제 어디서 누구를 만나든 성스러운

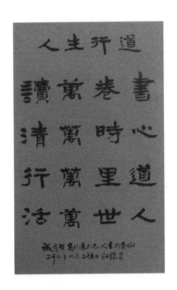

덕화의 길을 본받아 그 사람을 사랑하고 살리는 활인정신으로 대하자.

내가 나를 살리고 남을 살리는 '활인정신'은 나도 살고 너도 사는 '상생(相生)'이요, 나와 네가 한 마음이 되는 '화목(和睦)'이다. "도덕이 화목이요, 화목이 도덕이다[도덕지화목(道德之和睦) 화목지도덕(和睦之道德)]." 활인정신으로 나 자신이 화목하고, 가족이 화목하고, 국가사회, 사해형제 모두가 화목하자. "생포장(生布場) 둘러놓고 화목석(和睦席) 베푸니 지상도(地上道) 낙천(樂天)이네. 억조(億兆)야 화목하자."

천지는 말이 없어도 대은덕으로 살려 주시니 그 은혜에 보답하는 삶이 되도록 노력하자. 도덕정신을 바탕으로, 상생의 무궁한 조화(造化)를 이루고, 교화중생 활인하는 심부름꾼이 되자.

31. 걷기예찬

• • •

걷기는 내 인생의 일부분이다. 보광동, 이촌동에 살 때는 매일 아침 한강변을 걸었고, 둔촌동에 살 때는 일자산을 걸었으며, 수서에 살 때는 대모산을, 도곡동에 살 때는 양재천을, 그리고 지금 수지 동천동에서는 매일 광교산에 오른다.

서울에서는 아무래도 대모산을 걸었던 추억이 가장 인상에 남는다. 소나무, 잣나무, 신갈나무, 때죽나무, 산빛나무, 밤나무, 은사시나무, 단풍나무, 상수리나무……. 거기에 더해 5월의 대모산은 아카시아 향기로 온 산을 흠뻑 취하게 한다.

꼬불꼬불 산책길에는 비비추, 바위취, 관중, 산마늘, 은방울꽃 등 야생화의 풀향기가 코끝을 스쳐 지나간다. 깊은 산속 옹달샘에는 싱그러운 생명수가 철철 넘치고 한 바가지 흠뻑 들이켜고 나면 건너편에서 다람쥐 한 마리가 물끄러미 쳐다보며 아침인사를 건네는 듯한다. 뻐꾸기는 어디선가 이른 아침부터 뻐꾹 뻐꾹 울어대고 고독한 아침 나그네는 침묵으로써 자연의 내밀한 소리에 귀 기울이며, 한 걸음 한 걸음, 천천히 천천히 발길을 옮겨간다. 이 순간을 음미하면서 세상의 소란과 일상의 근심걱정에서 잠시 벗어나 잊혀진 감각의 생명력을 되찾고 삶의 힘을 축적한다. 문득 문득 순간적으로 떠오르는 법문의 말씀을 되새기면서 나의 반성은 발걸음 한걸음 한걸음과 함께 얽힌 실타래를 풀어가듯 줄줄이 이어진다. 우울했던 내 마음속 어두운 그림자는 어느덧 물러나고 그 자리엔 새 희망과 기쁨이 충만되는 것을 느낀다. 걷는다는 것은 참으로 훌륭한 수양의 한 방법이다.

다비드 르 브르통(David Le Breton)은 저서 『걷기예찬』에서 다음과 같이 걷기를 찬미했다.

"걷는다는 것은 자신을 세계로 열어놓는 것이며, 발로 다리로, 몸으로 걸으면서 인간은 자신의 실존에 대한 행복한 감정을 되찾는다. 걷기의 미학은 또한 느림의 미학이기도 하다. 자동차나 비행기를 타고 갈 때에는 분초를 다투며 움직이지만, 한가롭게 걸어갈 때에는 시간의 강박관념에서 벗어날 수 있다. 그래서 걷는 사람은 시간의 부자이다. 걷기는 또한 생각하는 데 더없이 좋은 순간이다. 소크라테스와 그의 학파는 늘 산책하면서 강의를 하고 대화도 나누고 사색을 펼쳤기 때문에 소요학파(逍遙學派)라는 이름을 얻기도 했다. 루소는 『고백론』에서 '나는 걸을 때만 명상에 잠길 수 있다. 나의 마음은 언제나 나의 다리와 함께 작동한다'고 말했다. 키에르케고르는 '나는 걸으면서 나의 가장 풍요로운 생각들을 얻게 되었다. 걸으면서 쫓아버릴 수 없을 만큼 무거운 생각은 하나도 없다'고 했다. 걷기는 삶의 불안과 고뇌를 치료하는 약이 되기도 한다. 걷기라는 육체적 시련은 정신적 시련의 해독제가 되기도 한다. 그래서 걷기예찬은 삶의 예찬이요, 생명의 예찬인 동시에 깊은 인식의 예찬이기도 하다."

오늘날 대부분의 도시 사람들은 출근시간에 늦지 않기 위해, 누군가를 만나기 위해, 버스와 택시를 잡기 위해, 어서 집으로 돌아가기 위해 급하게 급하게 움직인다. 매일 매일 무슨 전쟁을 치르듯 바쁘고 쫓기는 생활을 한다. 그들은 도대체 무엇 때문에 저렇게도 급히 살아가는가? 마치 인생의 최종 목적지인 죽음을 향해 아무 의식 없이 달려가는 사람처럼 보여지기도 한다. 하기야 이러한 한국사회의 활력이 서구 산업사회가 겪었던 300년을, 일본이 명치유신 이후 겪었던 100년을, 우리는 불과 30년 만에 따라잡은 것인지도 모른다. 그러나 그 압축성장의 반작용, 부작용, 역작용 또한 적지 않다. 스피드가 경쟁력인 사회에서 우리는 역설적으로 '느리게 사는 법'을 터득하지 않으면 안 된다. 그 구체적이고도 현실적인 방법이 바로 '느리게 걷는 법'이 아닐까 싶다.

대성 월근(月根)선생님께서 어느 날 제자들과 함께 산에 오르실 때 다음과 같은 법문을 읊으셨다고 한다. "登登上上何處登(등등상상하처등), 步步行行修心德(보보행행수심덕) 오르고 오르고, 위로 위로, 어느 곳에 오르는가, 걸음 걸음, 행동 행동이 바로 마음을 닦는 덕"이라는 가르침이다.

비록 새가 울고 숲이 우거진 자연의 숲속을 거닐지 못하더라도 언제 어디서나 발걸음 하나 하나마다 마음을 모으고 걷는 것이 바로 생활 속의 실천 수양방법이 아닌가 생각한다.

32. 내가 찾은 큰바위 얼굴

• • •

어렸을 적 읽은 한 편의 글이 평생 가슴속에 남고 또 인생의 나침판이 되어주기도 한다. 나다니엘 호손(1804~1864)의 단편소설 「큰바위 얼굴」이 나에게는 그런 작품이다. 소설의 내용을 간추리면 다음과 같다

깊은 산골짜기에 아담하고 예쁜 집이 있었다. 한 어머니와 어린 아들은 그들의 작은 집 앞에 앉아서 해가 지는 것을 바라보고 있었다. 저 멀리에 큰바위 얼굴이 보였다. 아주 위엄 있는 얼굴이었다. 그것은 힘, 고귀함, 풍요, 그리고 교육의 상징이기도 했다.

어머니는 어린 아들에게 그 고장의 전설을 들려주었다.

"아주 오래 전 이야기란다. 사람들은 언젠가 아이 하나가 태어날 거라고 믿었지. 그 아이는 대단한 운명을 타고날 것이며, 최고로 영리하고, 최고로 부유하고, 최고로 고귀한 사람들 중 하나가 될 거라는구나. 그는 또한 큰 바위 얼굴을 닮을 거라는 거야. 많은 사람들이 그 아이가 태어나길 기다리고 있어. 그런데 그 일은 아직까지 일어나지 않았단다."

어니스트는 빠르게 성장했다. 그는 무수한 날을 밭에서 일하며 보냈다. 어니스트는 하루 종일 열심히 일하고 나면 으레 큰바위 얼굴을 보러 갔다. 그는 몇 시간 동안 말없이 앉아서 큰바위 얼굴을 지켜보기만 했다. 그는 앉아서 미움, 고통, 질투 그리고 인생의 다른 많은 것에 대해 생각했다. 하지만 그가 생각한 가장 중요한 것은 사랑이었다.

드디어 큰바위 얼굴을 닮은 사람이 그 마을에 온다는 소문이 돌았다.

도회지에 나가 큰 부자가 되어 고향으로 돌아온다는 것이었다. 그러나 그의 외모는 큰바위 얼굴처럼 보일지 모르지만, 그의 마음은 전혀 닮지 않았다. 어느 날 또 큰바위 얼굴을 닮은 장군이 온다는 소문이 들렸다. 그러나 올드 블러드앤선더 장군 역시 큰바위 얼굴이 아니었다. 어니스트는 이젠 중년의 남자가 되었다. 정치가인 올드 스토니 피즈라는 사람이 찾아 왔다. 그는 뛰어난 달변가였다. 그가 논쟁을 벌이면 언제나 이겼다. 하지만 뭔가가 부족했다.

큰바위 얼굴이 있는 골짜기 출신의 한 시인이 있었다. 그는 자주 그 고요한 장소의 아름다움과 평화 그리고 소박함을 그의 시에 담았다. 그 시인이 어니스트가 오랫동안 해오던 강연장소를 찾아 왔다. 그 앞에 사람들이 몇 명 모여 있었다. 이제 저녁 빛 속에서, 태양의 마지막 광선이 큰바위 얼굴을 비추었다. 큰바위 얼굴도 흰머리가 난 것처럼 보였다. 아주 멋진 광경이었다. 바로 그 순간, 시인은 두 팔을 들어올리며 외쳤다. "여러분! 큰바위 얼굴을 보세요! 그리고 어니스트를 보세요! 그가 큰바위 얼굴을 닮았어요!"

나이가 들어서 다시 읽어도 역시 감동적인 작품이다. 위대한 인간의 가치는 돈이나 권력, 명예 등의 세속적인 것에 있는 것이 아니라 끊임없는 자기성찰을 통해 인간 본연의 나를 찾는 데 있다는 것을 보여준다.

어린 시절 내가 자란 마을은 골짜기로 성(城)을 이룬다는 곳(谷城郡), 오동나무골(梧谷面)이었다. 마을 앞 남쪽에는 평바위골이 있었고 그 앞으로 '남천'이라는 작지 않은 개울이 있었다. 마을 동쪽엔 지리산 기슭을 끼고 흐르는 섬진강물이 늘 평화롭게 흘렀고 그 맞은편엔 형제봉(兄弟峰)이라는 마치 형제처럼 우뚝 서 있는 두 개의 봉우리산이 있었다.

소년 시절 나는 늘 궁금한 게 있으면 어머니께 물었고 그때마다 어머니는 자상하게 답해주었다. 어머니는 읍내에 있는 성덕도 교화원에 다니셨는데 때때로 어린 내 손을 이끌고 함께 공부 자리에 참석하셨다. 지금 생각해보면 어머니는 나를 도덕에 인도하는 선각자이셨고 어린 마음에도 어머니와 주고받는 수양문답은 언제나 마음을 평안과 감사함으로 가득 차게 해주었다.

이제 어머니는 평바위골, 형제봉이 바라보이는 그곳에 잠들어 계시고, 소년은 이순(耳順)의 나이를 넘겼다. 어머니가 인도해주시고 소년이 평생을 추구하며 살아온 큰바위 얼굴! 어머니의 바톤을 이어받은 나의 아내도 수련형제로서, 교화사로서 창생의 훈련도장에 함께 나가고 있다. 아들, 며느리, 딸, 사위, 손자들 모두 손에 손잡고 함께 공부하니 이보다 더 큰 은혜가 어디 있겠는가! 큰바위 얼굴은 우리 부부, 우리 가족 모두의 희망봉이다. 그 위대한 얼굴이 바로 도덕을 이 땅에 펼치신 두 분 스승님이시다.

성훈에 "성인을 위한 도리는 착함을 본받아 서로 사는 것"이라고 했다 [위성지도리 효선지상생(爲聖之道理 傚善之相生)].

착함을 본받는다는 것은 무엇인가? 바로 내 안의 영심을 찾는 것이요, 물과 같은 마음을 찾는 것이리라! 물은 사랑이고 겸손이고 긍정이다.

지나간 모든 것에 감사하고 다가올 모든 것을 긍정하자.

좋은 일이 있으면 좋은 대로 감사하고, 나쁜 일이 생기면 나쁜 대로 반성하자. 사람은 아프면서 성장한다. 감사히 받아들이고 자성반성 열심히 하면 자연으로 풀어주는 오묘한 이치가 있다. 모르는 것이 있으면 물어서 가자. 묻는 것이 아는 것이요, 아는 것이 묻는 것이다. 도덕의 법은 자연(自然)의 법이다. 스스로 자(自), 그러할 연(然)! 이 자연의 법은 그 누구도 거스를 수 없다. 자연의 법 앞에 순명하고 자연의 법을 경외하며 자연대로 살아가자. 만사대자연(萬事大自然) 무량대도생(無量大道生)이다.

도덕에서는 나에게 '성수지(誠秀智)'라는 법명을 내려주었다. 성(誠)은, 진실무망함이요, 정성을 다함이요, 쉼 없이 실천하라는 뜻이 담겨 있다. 진실하게 정성을 다하여 쉼 없이 실천하는 그것이 바로 물과 같은 마음을 찾는 길이리라!

물은 사랑이라네.
세상 온갖 더러움 다 씻어내고
생명 속에 들어가 그 생명 살려내니
만물을 소생시켜주는 생기(生氣) 명기(明氣)라네.

물은 겸손이라네.
나를 앞세우지도, 남을 이기려고도 하지 않고
오로지 아래로 아래로 낮추고 낮추어서
만물을 품어내는 원자(圓慈)의 바다를 이루네.

물은 긍정이라네.
모자란 곳은 채워가고 장애물은 돌아가고
둥근 그릇에 넣으면 둥근 모양, 네모난 그릇에 담으면 네모난 모양
불평불만 없이 모든 것을 다 받아들이네.

성인이 말씀하셨네.
일왈 자(慈)요, 이왈 겸(謙)이요, 삼왈 불감위선(不敢爲先)이라.
물과 같이 마음을 가진다면 나의 뜻을 이루느니라.
참물도(道) 팔선(八善)의 덕이 물과 함께 하네.

33. 상생(相生)

−50 대 50과 100 대 0

• • •

『성덕명심도덕경』에 "성덕도 신심(信心) 본위(本位)는 화목도덕(和睦道
德)"이라 하셨다. 그리고 '도덕의 이치는 화목심을 행하는 것이 생을 구
하는 것'(『도덕경』─'상생의 믿음')이라고 밝혀주셨다. '바르게 행하는 법도
는 서로 화목하게 지내고 서로 살리는 것이다[正行之法道 相和之相生]''도
덕이 상생이요 상생이 도덕이다[道德之相生 相生之道德].' 이와 같이 성덕
의 가르치심은, 온 인류가 동기 일심이 되어 한마음으로 만화귀일(萬和歸
一)이 되고 화목 화평을 이루는 원자 사상(圓慈思想)을 수양의 본위로 삼
고 있다.

그런데 화목을 하려면 어떻게 해야 하는가? '화친 화목은 도의로써
서로 살리는 데 있다[和親和睦 道義相生]'라고 밝혀주셨다. 나도 살고 너도
살고, 나도 살리고 너도 살리는 상생(相生)이 바로 화목의 필요충분조건
이다. 법문에 상생상화(相生相和)라는 새로운 말씀이 있지만, 흔히 공존공
영(共存共榮)이라는 말을 많이 썼다. 공존공영이란 함께 살고 함께 번영한
다는 뜻일 것이다. 50 대 50, 60 대 40, 70 대 30 등등으로.

그러면 상생상화(相生相和)도 이렇게 하면 되는 것일까? 서로 살리고
서로 화목해지기 위해서는 50 대 50으로 나누면 되는 것일까? 50 대 50
으로 나눈다는 것은 이미 이기심을 바탕으로 하는 계산법이다. 혹 내가
49를 갖고 상대방은 51을 갖는 것은 아닐까 하는 불신이 깔려 있을 수
있다. 이러한 이기심과 불신이 깔려 있는 한 진정한 상생상화(相生相和)는
있을 수 없다. 상생이 되려면 이기심과 불신을 버리고 100% 상대방에게

주는 것이다. 50 대 50이 아닌 100 대 0이 되어야 한다.

정부에서 국민을 위해 의욕적인 개혁안을 내놓았다고 치자. 야당에서는 그 안 중에서 이것은 안 되고, 저것은 되고, 이것은 이렇게 고치고, 저것은 저렇게 고치라고 한다. 그러다 보면 본래의 입법 취지와는 다르게, 그야말로 죽도 아니고 밥도 아닌 이상한 법안이 되고 만다. 이것은 상생이 아니다. 야당은 100% 여당 안을 밀어주고, 다음에 다른 분야에서 여당으로부터 100% 양보를 받아야 여당도 살고 야당도 살고, 궁극적으로 국민이 모두 사는 상생의 길이 되는 것이 아닐는지?

지혜의 왕 솔로몬의 재판 이야기를 음미해보자.

두 여인이 한 아이를 두고 서로가 자기 아이라고 친권을 주장한다. 두 아이 중 한 명의 아이는 이미 죽은 상태다. 서로가 살아 있는 아이가 자기 아이라고 주장하는데, 그것을 뒷받침해줄 증인이나 증거도 없다. 이 사건을 어떻게 처리할까? 모두가 숨을 죽이고 판결을 기다리고 있는 가운데, 솔로몬은 판결을 내린다.

"칼로 아이를 공평하게 나누어 두 어머니에게 주어라!"

그러자 진짜 어머니는 깜짝 놀라서 아이의 목숨을 살리기 위해 자기의 아이가 아니라고 100% 양보한다. 한 생명이 걸려 있는데, 누가 옳고 누가 그르며 누가 이기고 누가 지는 게 무엇이 중요하겠는가. 결과적으로 지혜의 왕 솔로몬은 진짜 어머니를 가려낸다.

또 성웅 이순신 장군의 일화를 보자.

이순신 장군은 백전백승의 불패 신화를 남겼음에도 한 번도 자신의 공을 내세운 적이 없었다. 1598년 7월, 임진왜란 때 조선과 명나라의 연합작전이 있었는데, 우리 군이 혁혁한 전공을 세웠으나 명나라 군사는 아무런 공도 세우지 못했다. 그러자 명나라 장수 진린은 크게 노해 명나라 부하의 목을 베려고 했다. 그러자 이순신 장군은 "대인(진린 장군)이와서 아군을 이끌고 있으니 아군의 승첩은 명나라 장수의 승첩입니다. 머리를 모두 드릴 터이니 대인께서는 속히 황조에 아뢰십시오. 이 큰 공을 황조에 고하면 어찌 아름다운 일이 아니겠습니까?" 했다. 진린은 크게 기뻐하며 이순신 장군의 대인다운 풍도(風度)에 감격해 조명 양군 간에 화합이 이루어지고, 더욱더 많은 지원을 받았다고 한다. 이순신 장군은 자신을 낮추고 공을 상대방에게 100% 돌려줌으로써 더 큰 것을 얻어낸 것이다.

최근 인터넷에 올라온 우화 한 편을 옮겨본다.

천국과 지옥에는 모두 먹을 음식이 풍부하게 있었다. 그런데 그곳에서는 음식을 떠먹는 수저가 사람의 팔 길이보다 더 길었다고 한다. 지옥에서는 서로 자기만 떠먹으려고 하다가 아무도 그 음식을 떠먹지 못하는데, 천당에서는 서로서로가 자기 수저로 상대방 입에 음식을 떠먹여 주어 모두가 맛있게 먹더라는 이야기다. 상생의 100 대 0 법칙이 바로 이와 같지 않을까!

널뛰기하는 것을 보면 우리는 상생의 원리를 깨달을 수가 있다. 널뛰기는 나를 낮춤으로써 상대방을 높이는 것이요, 상대방이 또 낮아짐으로써 내가 높아지는 게임이다. 만약 양쪽 모두 자기를 낮추지 않는다면, 널판은 50% 정도인 가운데 지렛대 높이 수준에서 평평히 맞서며 수평을 유지할 수밖에 없다. 반드시 내가 낮춤으로써 상대방을 높이고, 나도 더불어 높아지는 것이 널뛰기 원리이다. 사랑(慈), 겸양(謙), 불감위선(不敢爲先)―. 이것이 바로 상생의 지렛대다.

성덕의 가르치심에서는 인간과 인간과의 관계 중 다섯 가지를 꼽아 오륜의 가르치심을 주셨다. 윗사람과 아랫사람의 상생 널뛰기는 윗사람이 은혜를 베풀고, 아랫사람이 충성으로 받드는 데 있다[君恩臣忠]. 스승과 제자의 상생 널뛰기는 스승이 덕을 베풀고, 제자가 신중히 따름에 있다[師德弟愼]. 부부 사이에는 부화부순(夫和婦順)을 하는 것이요, 어른과 아이 사이에는 장유유공(長柔幼恭)이 있고, 친구와 친구 사이에는 붕애우신(朋愛友信)이 있다.

그동안 상생을 수없이 배우고 실천한다고 했지만 나의 이기심과 신심 부족으로 50 대 50만을 최선으로 여겨온 지난날의 수양을 반성해본다. '이타자의선행심(利他自義善行心)'으로 100 대 0의 '선행상생덕(善行相生德)'을 실천하기 위해서는 다음과 같이 심언행(心言行)을 실천하도록 노력해야겠다.

나에게 부딪쳐 오는 모든 것이 100% 나의 책임이라는 것을 인식하고, 나의 잘못은 물론 상대방의 잘못이라 여겨지는 데서도 100% 내가 먼저 반성하자. 절대로 남을 원망하지 말자. 남을 비난하지 말고, 부정 사언(不正邪言)은 말하지도, 듣고 취부하지도, 남에게 전하지도 말자. 내가 바라는 바를 상대방에게 먼저 베풀자. 아니, '베푼다'는 생각도 버리고, '빚을 갚는다'고 생각하고 흔쾌히 100을 주자! 나부터, 작은 것부터, 쉬운 것부터……

34. 성공과 도덕

. . .

사람들은 누구나 성공을 바란다. "어떻게 하면 성공을 할 수 있을까요?" 많은 학생들이 하는 질문이다. 성훈에 '도덕지성공(道德之成功) 성공지도덕(成功之道德)'이라고 했다. 도덕이 성공이요, 성공이 도덕이라는 말씀으로 배워본다. 또 '도덕지인연(道德之因緣) 자연지성공(自然之成功)'이라는 말씀도 있다. 성공을 하려면 반드시 도덕이 있어야 한다는 뜻이 모두 포함되어 있다. 그러면 세계 최고의 대학에서는 성공을 위해 어떻게 하라고 가르치고 있는지 잠시 살펴보자. 하버드 대학교 도서관에는 학생들의 성공을 위한 30훈이 걸려 있다. 그 중 몇 개만 옮겨보면 다음과 같다.

- 지금 잠을 자면 꿈을 꾸지만 지금 공부하면 꿈을 이룬다.
- 내가 헛되이 보낸 오늘은 어제 죽은 이가 갈망하던 내일이다.
- 늦었다고 생각했을 때가 가장 빠른 때이다.
- 오늘 할 일을 내일로 미루지 마라.
- 공부할 때의 고통은 잠깐이지만 못 배운 고통은 평생이다.
- 공부는 시간이 부족한 것이 아니라 노력이 부족한 것이다.
- 행복은 성적순이 아닐지 몰라도 성공은 성적순이다.
- 공부가 인생의 전부는 아니다. 그러나 인생의 전부도 아닌 공부 하나도 정복하지 못한다면 과연 무슨 일을 할 수 있겠는가.
- 피할 수 없는 고통이라면 즐겨라.

- 남보다 더 일찍 더 부지런히 노력해야 성공을 맛볼 수 있다.
- 성공은 아무나 하는 것이 아니다. 철저한 자기 관리와 노력에서 비롯된다.
- 개같이 공부해서 정승같이 놀자.
- 최고를 추구하라. 최대한 노력하라.
- 고통이 없으면 얻는 것도 없다.
- 노력의 대가는 이유 없이 사라지지 않는다.

또 다른 연구 결과에 의하면 어느 분야에서 세계적 수준에 도달하려면 대략 1만 시간의 연습이 필요하다고 한다. 세계적 수준의 작곡가, 운동선수, 소설가, 피아니스트, 체스 선수, 그 밖에 어떤 분야에서든 세계 일류가 되기 위해서는 예외 없이 이 정도의 연습이 필요하다는 것이다. 1만 시간은 하루 세 시간씩 10년간 연습한 것과 같다. 하루 한 시간이면 30년이 필요한 시간이다(말콤 글래드웰[Malcolm Gladwell]의 『아웃라이어』 중).

이상의 사례에서 보듯 성공하기 위해서는 높은 목표를 세워놓고 열심히, 포기하지 않고 노력하는 것, 이것이 바로 성공의 왕도라고 가르친다. 그런데 왜 도덕에 대한 언급은 없을까? 부정한 방법으로 해도 노력만 하면 성공하는 것일까? 여기까지의 성공학은 반쪽만의 가르침일 뿐이다.

성공(成功)이란 글자 그대로 공(功)을 이루는 것이다. 추구하는 높은 목적을 달성하는 것이다. 입공입신(立功立身), 세상에 자신의 이름을 날리고 공을 남기는 것이다. 궁극적으로 인류사회에 기여를 하는 것이다. 그런데 그 공을 이루는 것이 사람만의 노력으로 되는 것일까? 예를 들어 한 농부가 백 가마의 벼를 수확했다고 치자. 그러면 그 백 가마의 수확이 모두 농부가 한 것일까? 씨를 뿌리고 잡초를 뽑아주고 거름을 주고 병충해를 막아주고 수확을 한 것은 분명 농부가 했다. 그러나 씨앗을 발아시켜

주고 뿌리를 내리고 줄기를 자라게 하고, 열매를 맺게 한 것은 누구인가? 바로 천지자연에서 하신 것이다. 하늘에서 햇볕을 내리고 비를 뿌리고 땅에서 영양분을 공급해 자라게 하는 것은 절대로 농부가 할 수 있는 일이 아니다. 백 가마 수확의 대부분은 천지자연에서 도와주신 것이다. 이러한 일이 어찌 농사짓는 일에만 해당되겠는가!

우리가 기업을 경영하거나 조직을 운영하거나 할 때 혼자 힘으로는 결코 큰일을 이룰 수 없다. 예컨대 만 명의 조직을 이끌어 만(萬)의 성과를 낸 지도자라면 그 사람이 한 일은 얼마나 될까? 만분의 1이다. 그리고 그 사람을 도운 가족 10, 일에 직접적인 영향을 주고받는 사람 100, 그리고 나머지 9,900여는 천지자연에서 해주신 것이라 할 수 있다. 더 나아가 오천만 명의 국민을 다스리는 것도 대통령 한 사람, 그 가족 10여 명, 측근 참모와 라인에 있는 사람 100여 명이다. 5천만의 민심(民心)이 천심(天心)이 되어 움직이게 하는 것은 오로지 천지자연의 도움이 없으면 불가능하다. 내가 도덕정신을 바탕으로 1만 시간의 노력을 하면 자연에서는 1만 배, 아니 그 이상의 결실을 주신다고 볼 수 있다.

성훈에 '천지무언(天地無言) 대은덕생(大恩德生)'이라고 밝혀주셨다. 천지는 말씀이 없어도 대 은덕으로 살려주신다는 가르치심이다. 이처럼 천지자연의 대은덕이 있어서 이루어졌는데도 모두가 자기 힘만으로 공을 이루었다는 아상자존이 얼마나 오만한 것인가! '일을 도모하는 것은 사람의 마음에 있고[謀事在人心] 일을 이루는 것은 천지에 있다[成事在天地]' 했다. 그러면 천지에서는 어떤 일을 이루어주시는가? '바르지 못한 일은 허실이요 정의로운 일이라야 성공[不正之事虛實 正義之事成功]'이라는 성훈의 말씀에 그 답이 있다. "정의를 행하면 흥하고 사리를 행하면 망하나니 사리허욕 다 버리고 정의정행 하여보세"(『도덕경』 59면)라고 하신 것이다.

"명복을 허공에 찾지 말고 삼강오륜법을 행할 것(『도덕경』 15면)." "미신에 이끌려 허갑이 놀음에 명복과 재수소망을 발원예배하는 것은 우리 민중의 수치로다"(『도덕경』 24면). "닦은 공을 늬게 주나 자연으로 되는 일을 어느 누가 알 것이요. 공덕(公德)으로 될 것이니 군말 말고 믿고만 닦는다면 깨달으면 알 것이요 알고 보니 행복이네"(『도덕경』 35면). 이와 같이 모든 것은 공덕(公德)으로 된다고 밝혀주신 것이다. 자연으로 된다 하여 아무것도 하지 않고 되어지기를 바라는 것이나, 천지자연에서 이루어주신다 하여 빌고 기도하여 되는 것이 아님을 밝혀주신 것이다.

그러면 성공의 최종 기준은 어디에 둘까? 나는 그 기준으로 이 사회를 이롭게 하는 홍익인간의 삶을 살았는가, 해가 되는 삶을 살았는가에 두고 싶다. 많은 돈을 벌고, 높은 직위에 오르고, 명예를 얻었으면 그만큼 은혜를 많이 입었으니 이 사회에 더 많은 기여를 해야 한다. 그 돈과 권력과 명예가 개인의 사리사욕에 이용되고 이 사회에 도움이 되지 못하고 해가 되었다면 그것은 남의 것 먹고 빚지는 삶이 되고 만다. 다른 사람을 살리는 활인(活人)정신을 실천하는 삶, (유형적으로는) '빈손으로 왔다가 빈손으로 가지만[空手來空手去]' (무형 가운데) '공을 받아와서 공을 닦고 행하는 것[功受來功修行]' "천지명을 받들어 부모님께 효행하고 국가에 충성하고 사해동포 사랑하는 것" 그것이 진정한 성공의 삶이리라. 내가 행복하고, 남도 행복하게 해주지 못한 성공은 진정한 성공이라 말할 수 없다. 그리고 성공과 행복의 마지막 성적표는 무병한 건강체를 보전하는 것이다. 하늘은 스스로 닦는 자를 돕는다. "믿고 행한다면 못 이루는 것이 없을 것이니…… 오직 성공의 행복길은 이 길뿐"(『도덕경』 62면)이다. 수인사대천명(修人事待天命)하는 자세로 살려주시는 이 대덕의 은혜에 '만분의 일'이라도 보은할 수 있는 은공지자(恩功知者)가 되자! 한없이 감사하고 한없이 겸손하자. '만사대자연(萬事大自然) 무량대도생(無量大道生)'이다.

35. 행복은 선택이다

― 선자수야(善者誰也) 악자수야(惡者誰也)

• • •

공부를 하러 교화원으로 자동차를 몰고 갈 때 일어난 일이다.

대로변에서 골목길로 들어서는데 웬 승용차 한 대가 주인도 없이 길 입구를 가로막고 서 있는 게 아닌가! 한참을 기다리는데 승용차 주인이 은행에서 돈을 찾아 나온다. 많은 차들이 밀려서 기다렸는데도 미안하다는 소리 한마디 안 하고 그냥 가는 것이다. 10여 미터를 들어서니 이번엔 포터 차량 한 대가 또 길을 막고 서 있었다. 겨우겨우 차 주인을 찾아 50여 미터를 더 가니 오토바이가 또 길을 방해하고 있는 게 아닌가! 아침부터 시비를 걸 수는 없어 참고 교화원엘 당도했다. 그날 공부의 법문은 '선자수야(善者誰也) 악자수야(惡者誰也)'였다.

―착한 자는 누구이며 악한 자는 누구인가?

위 경우 길을 방해한 차량의 주인은 악한 자이고 그 방해를 받은 나는 착한 자인가? 일반적으로 보면 그럴 수도 있다. 그러나 이 성훈의 가르치심은 그런 뜻이 아닐 것이다. 길을 방해한 차량의 주인이 착한 자인지 악한 자인지는 자연이 알아서 판단할 일이다. 그 일을 당한 내가 화를 내고 시비를 걸고 짜증을 냈다면 악한 것이고, 선의이해로서 참고 마음에 아무것도 올리지 않았다면 선한 것이다. 여기서 선한 자도 나를 두고 하신 말씀이요, 악한 자도 나를 두고 하신 말씀이리라. 선악의 구별은 나와 다른 사람과의 시비판단이 아닌 나 자신 안에서의 판단을 의미하는 것이다. 그래서 이 앞의 법문이 '나는 누구인데 어찌 두 마음인가?[我也誰

也 何以二心]'라고 했다.

불과 100미터도 안 되는 골목길에서 세 번이나 나를 방해한 장애물을 만났는데 하물며 이 멀고도 긴 세상살이의 길목에서 나는 또 얼마나 많은 곤란과 장애를 만나며 살고 있는가! 그때마다 성질 올리고 시비 걸고 다툼하고 미워하고 원망하며 살아간다면 그 인생이 얼마나 불행한 것인가를 반성해본다. 하루에도 오만가지 떠오르는 생각들 중, 생기 명기의 밝은 마음, 긍정적인 마음이 올라오면 그것은 도심이요, 심술 짜증 불평 불만 근심걱정 등 부정적인 마음이 올라오면 그것은 인간심이다. 도심을 선택하면 행복이요, 인간심을 선택하면 불행이다. 그래서 '행복은 선택'이라고 말한다. "착함을 행하면 착함이 오고 명기, 악함을 행하면 악함이 오고 초기, 적선지가에는 필유여경이요, 적악지가에는 필유여앙이라." 어느 쪽을 선택하느냐에 따라 행과 불행으로 달라지는 것이다.

다리 한 쪽이 불편한 절름발이가 살았다. 본인은 전혀 자기가 불행한 사람이라고 생각한 적이 없었다. 그런데 그를 지켜본 사람이 "저 사람은 참 불행한 사람이군!" 이렇게 조롱해 말한다면 어느 쪽이 행복하고 어느 쪽이 불행한 사람인가? 절름발이가 더 행복한 사람이 되고 그를 조롱한 사람이 오히려 불행한 사람이 된다.

우리는 경쟁 속에서 살아간다. 경쟁에서 이긴 자는 선이고, 진 자는 악인가? 이겨도 떳떳이 이기지 못하면 악이요 불행이 될 수 있고, 져도 최선을 다했다면 선이요 행복이 된다.

사람들은 유형적으로 많이 가질수록 행복해질 것이라 믿는다. 그러나 마음 가운데 무형적으로 더 이상 필요한 것이 없는 사람이 진정 행복한 사람이다. 그래서 바라는 바가 많으면 많을수록 행복과는 멀어진다. 바라는 바가 많다는 것은 노력 없이 공짜로 얻겠다거나, 지나치게 이기적인 경우가 많다. 공짜 심리와 이기심, 이것이 바로 '불행의 선택'이다.

사람은 누구나 시련과 역경을 만난다. 행복과 불행은 어떤 역경과 시련을 만났느냐에 따라 결정되는 것이 아니고 그 역경과 시련에 어떻게 대처하느냐에 따라 결정되는 것이 아닐까? 똑같은 물이라도 젖소가 먹으면 우유가 되고, 독사가 먹으면 독이 되는 이치와 같이.

불행을 선택한 사람은 문제의 원인과 해결책을 외부에서 찾는다. 누구누구 때문에 내가 이렇게 됐다고 남의 책임으로 돌린다. 행복을 선택한 사람은 문제의 원인과 해결책을 내 안에서 찾는다. '나 때문에'로 돌리고 자성반성을 한다. 행복은 '지금, 여기, 내 안에' 있는데 "믿지 못하는 마음으로 행하지 않으니 지척이 천리다[不信不行 咫尺千里]."

행복을 찾기 위해 가장 주의해야 할 것은 바로 부정사언에 대한 대처가 아닌가 생각해본다. 성훈에 "덕스러운 말은 맑은 기운으로 살리고[德言淸氣生], 악한 말은 그 자체가 티끌[惡言自體塵]"이라 했다. 그래서 "바르지 아니한 사사스러운 말은 들었어도 버리고 마음속에 간직하지도 말라[不正邪言 棄聽不持]"했다. 부정사언이 내 입에서 나오지 못하도록 입단속 마음단속을 철저히 해야 하겠다. 설사 억울하게 내가 부정사언에 휩쓸렸다 해도 옮기거나 마음속에 쌓아두지 말아야 하겠다.

자동차를 운전하다 보면 기어에 1단, 2단, 3단 등으로 있듯이 인생행도에 있어서도 단계가 있다고 본다. 첫 번째 마음(心)의 선택, 두 번째는 말(言)의 선택, 세 번째는 행동(行)의 선택이다.

첫 번째 마음의 선택은 나도 모르게, 무의식적으로 올라오는 경우가 많다. 화를 내는 사람이 "나 이제 화를 내야지!" 하고 화를 내는가? 전광석화처럼, 천분의 일 초도 안 되는 짧은 순간에 나의 의식과는 관계없이 화를 '자동선택'하고 만다. 이럴 때는 빨리 자성반성으로 돌려 악심 독심 등 부정적인 것들을 털어내 버리는 것이 자성반성공부이다.

두 번째 말의 선택은 내가 의지를 가지고 할 수 있다. 화를 참고, 부정적인 말을 하지 않는 것이다. '악성 사언을 견청하여 심전에 취부하지 말고' 내 입에서 부정사언이 나왔으면 빨리 취소반성하는 것이다.

세 번째 행동의 선택 역시 나의 의지로 할 수 있다. 참고, 참고 또 참으며 바르지 못한 행동을 하지 않는 것이다.

그렇게 하려면 일상생활 속에서 한시도 방심하지 말고 내가 나를 보아야 한다. 자동차가 속력을 내고 달릴 때 전방을 주시하지 않고 곁눈을 팔면 사고를 내듯이 내 마음도 늘 모으고 모아 내 귀로 내 말 듣고, 내 눈으로 나를 보면서 그때그때 올라오는 내 마음, 내 말, 내 행동을 바른 쪽으로 선택해 나가는 것이 수양의 과정이리라. 자동차가 잘못된 방향으로 가면 운전대를 돌리듯이 마음을 돌리고, 위급하면 브레이크를 밟듯이 참을 인(忍)이라는 브레이크를 작동시키는 것이다.

그날 아침 골목길에서 내가 마음속에 화가 올라온 것은 1차 선택에서 '불행을 선택'한 것이요, 참음의 브레이크를 밟아 화를 말로 표현하지 않고, 행동으로 옮기지 않은 것은 그나마 다행이지 않았던가! 참을 것도 없는 단계에 이르는 것이 수양의 최고 경지라고 한다. 그렇게 되려면 평소에 도덕에 근본을 두고 행동을 바르게 하고, 언어를 바르게 하는 훈련을 쌓아가면, 마음이 바르게 되고 선의이해가 되어 자동으로 화가 안 올라오는 것이요, 화가 설사 마음속에 올라와도 말에서 참고, 행동에서 참을 수 있는 힘이 생기는 것이다. 그래서 성훈의 가르치심에 '부지런히 닦는 것이 뜻을 이루는 보배'라 밝혀주셨다. '정성(誠心)'과 '믿음(信心)'이 바로 '정심(正心)'을 찾는 길이라고 밝혀주셨다. 지성으로 도덕을 받들고 믿음을 굳건히 해나가는 것이 바로 미리미리 '행복을 선택'해 저축해 두는 길이리라!

36. 나는 누구인가?

─아야수야(我也誰也)

・ ・ ・

"나는 누구인가(我也誰也)?" 성훈의 말씀이다.

도(道)란 무엇인가?(노자), 인(仁)이란 무엇인가?(공자), 인연(因緣)이란 무엇인가?(석가), 신(神)이란 무엇인가?(예수) 이 모든 질문은 성인들께서 대자연의 진리와 인생의 최고 가치를 찾는 데 끊임없이 던졌던 화두였다. 언뜻 보면 다른 질문 같지만 궁극적으로는 같은 질문이 아닌가 생각된다. "무형즉유형(無形則有形) 유형즉무형(有形則無形)"이라, 나와 세계(우주), 나와 신 사이에는 사실상 경계가 없기 때문이다. "너 자신을 알라"는 말이 있듯이 내가 나를 아는 것, 나의 존재 원리를 아는 것이야말로 모든 종교와 철학의 핵심이요. 나의 생명력의 원천을 아는 것이요 다른 사람 더 나아가 인류사회를 알게 되는 길이다.

그렇다면 나는 과연 누구인가?

나는 육체와 정신으로 구성되어 있다. 나의 육체는 부모님으로부터 받았다. 부모님이 만드셨으니 나의 것이라고 말할 수 없다. 후생유전학자들의 연구 결과에 의하면 우리 몸은 50조 개의 살아 있는 세포의 집합체라고 한다. 지구에 살고 있는 사람들의 8천 배에 달하는 어마어마한 숫자이다. 여기에는 조상들로부터 받은 유전자 정보가 들어 있다. 나의 아버지와 어머니의 유전자 정보, 그 위로 할아버지와 할머니, 외할아버지와 외할머니의 유전자 정보, 그 위로 몇천, 몇만 할아버지 할머니의 정보가 진화해 지금 내 몸에 함께 있는 것이다. 성훈에 "태초(太初)에 상제(上帝) 조(造) 일남(一男) 일녀(一女)하사─" 하시었으니 그 태초가 몇만 년,

몇억 년 전인지는 모르나 분명 나의 몸 속에는 그 조상들의 유전자가 최신 버전으로 실존해 있음이 분명하리라! 그러니 '나'라는 생명체는 얼마나 존귀한 것인가! 나는 이 유전자 정보를 총칭해 '무량(無量)'이라고 이름 붙이고 싶다. 이 무량의 몸 주인은 가까이는 내 부모님이요 멀리는 천지부모님이리라!

나의 육체를 지배하는 마음세계는 또 어떠한가?

심리학자들의 연구결과를 보면 우리의 마음은 의식의 세계, 잠재의식의 세계, 초의식의 세계로 구성되어 있다고 한다. 의식의 세계는 사고하는 '현재'의 마음이다. 잠재의식의 세계는 의식 뒤에 숨어 있는 '과거'의 마음이다. 우리 인생의 경험을 녹음해 저장하고 재생하는 곳이다. '빙산의 일각'이라는 말도 있듯이 우리 의식은 수면 위에 떠 있는 1~5% 정도이고, 잠재의식은 바다 속에 잠겨 보이지 않는 95~99%와 같다고 한다. 이러한 잠재의식의 힘은 의식보다 100만 배 이상의 강력한 힘을 가지고 있다고 한다. 내가 나의 그릇된 성질을 아무리 의식적으로 고치려고 해도 잘 고쳐지지 않고 무의식적으로 튀어나오는 것은 바로 이 100만 배의 힘을 가진 잠재의식 때문이리라. 그러면 나의 잠재의식 규모는 얼마나 될까?

편의상 '현재'를 '1초'라고 가정하자. 64년을 살아온 나의 잠재의식 세계는 무려 3천 3백만 초가 된다. 이 속에는 태어나서부터 느꼈던 온갖 희로애락(喜怒哀樂)과 팔선의 좋은 마음도 있고, 독심(毒心) 색심(色心) 탐심(貪心) 투심(妬心) 기심(欺心) 사심(邪心) 진심(嗔心) 아심(我心) 등 팔악(八惡)의 인간심도 차곡차곡 쌓여 있을 것이다. 어디 그뿐이겠는가! 나는 전생에 몇 번을 이 세상에 왔다 갔는지 모른다. 이 모든 것들이 첩첩이 쌓인 집합체가 바로 지금의 나라면 이 잠재의식도 '무량'이라고 이름 붙이고 싶다.

학자들에 따라서는 잠재의식의 더 깊은 곳에 초의식이 있다고 한다. 전지전능한 힘을 가진 내면의 신이다. '천성선령(天性善靈)'이요 '본연지성(本然之性)'이다. 심지(心地)밭의 극락존불(極樂存佛)이요 한량없이 맑고 고요하고 바르고 둥근 마음이다. 잠재의식이 강력한 힘으로 인간의 심언행(心言行)에 명령을 한다면 의식은 현재의 상태에서 의지력을 가지고 선택하고 결정을 내린다. 초의식은 영감을 주지만 명령하지는 않는다. 착한 마음으로 부지런히 찾아가야 만날 수 있는 영역이라고나 할까?

천지신명께서 인간을 창조하실 때 그 생김새는 신명의 모습을 닮게 하시고, 그 마음 또한 신명의 마음을 담아 이 세상에 내놓으셨으니, 내 안에 이미 무량한 하느님이 존재하고 계신다. 그렇다면 이 마음의 주인 역시 천지부모님이 아니고 무엇이겠는가! 나는 나이면서 내가 아니다! "천지님의 명을 받아 인간으로 출생할 제 아버님의 뼈를 타고 어머님의 살을 받아 우리 몸이 생겼으니"(『도덕경』, 부모은혜) 나는 이 몸의 관리인일 뿐이다. 그래서 성훈의 말씀, 십계지(十戒知)의 첫 번째가 천지님의 명을 순종할 줄 아는 것이요, 두 번째가 부모님께 효를 아는 것이라 밝혀주셨다. 내 영의 주인은 천지부모님이요, 내 육을 주신 분은 나의 부모님이기 때문이리라. 나는 관리인으로서 오로지 천지님의 명을 순종하여-다시 말해 대성인께서 밝혀주신 용사대법(用使大法)에 순명하여-그 뜻에 따라 내 몸과 마음을 잘 관리해야 한다. 그런데 돌이켜보면 내 몸, 내 마음 모두 내가 주인이라고 여기고 아무렇게나 마구 써버린 것들이 얼마나 많았던가! 모두가 다 내 아상 때문이다. 성훈에 "선주인은 나를 살리고(善主人余生), 악주인은 나를 죽인다(惡主人余死)" 하셨다. 내 안의 이 선주인을 몰라보니 악주인이 주인 행세를 하지 않았던가!

나는 육체적으로 '무량'이고 정신적으로 '무량'이다! 나의 과거가 모두 지금 나의 육체와 정신세계에 내재되어 있고, 나의 미래도 지금 여기

내게 와 있다. 그러한즉 시간적으로도 무량의 삶을 살고 있다. 공간적으로도 이 세상 사람 모두가 나와 똑같이 무량이다. 성훈에 "사해동포(四海同胞)를 사랑하라" 하셨는데 사해동포라는 말의 뜻 속에는 모두가 한 태 속에서 나왔다는 의미가 들어 있다. 너와 내가 둘이 아니고 하나요 내가 가지고 있는 것을 너도 가지고 있고, 네가 가지고 있는 것을 나 또한 가지고 있다. 그러므로 나쁜 것은 자성반성을 통해 버리고 옳은 정심 찾는 것이 모두가 화목상생할 수 있는 길이다. 한자어 사람 인(人)자가 두 사람이 서로 의지하며 하나로 서 있듯이 '나'의 존재 이유는 바로 '너'에 있고 너의 존재 이유는 곧 나에 있다! 인간은 결코 혼자 살 수 없고, 혼자 이룰 수 없다. 나는 너를 위해 살고 너는 나를 위해 사는 것이다.

성훈에 "첩첩이 쌓인 티끌은 맑고 어진 물이 아니면 씻을 수 없고 막막한 어두움을 총칼로써 쳐낼 수 없으나 성냥 알 한 개만 그리면 어두움을 능히 다 물리칠 수 있노라" 하셨으니 이 무량한 내 몸 속의 나쁜 기운들을 청소할 수 있는 묘법은 오로지 무량청정정방심(無量淸靜正方心)뿐이라 하시었다. 이 청심주로 전생, 차생(此生), 내생 삼계(三界) 고애(苦埃)를 해원 해탈 탈갑시켜 행복으로 인도해주시는 것이다. 대성(大聖)께서 억조 창생들을 위해 대덕(大德)으로 대도(大道)의 길을 열어놓으셨으니 그 은혜가 얼마나 크고 위대한가! 『도덕경』 한자법문 첫 번째가 "나는 누구인가(我也誰也)?"로 질문하셨고, 마지막 법문이 "무량청정정방심(無量淸靜正方心)"으로 답하셨다. 나의 본성은 한량없이 맑고 고요하고 바르고 둥근 마음(無量淸靜正方心)임을 밝혀주심이 아닌가!

37. 허공살림

- 허갑이 놀음

• • •

글을 마감하면서 자신을 되돌아본다. 나의 삶은 얼마나 알차고 보람 있는 삶이었는가, 아니면 허공살림을 산 것은 아닌가? 돌이켜보면 허공 살림, 허갑이 놀음을 많이 했다는 것을 반성하게 된다. 허공(虛空)살림이란 무엇인가? 텅 빈, 실속 없이 사는 삶을 말한다. 허갑(虛甲)이 놀음이란 빈 껍데기, 우상, 가면놀음을 의미할 것이다.

소설가 최인호 선생은 「낯익은 타인의 도시」에서 이렇게 고백했다.

"나는 암에게 고마움을 느낀다. 암은 지금껏 내가 알고 있던 모든 지식과, 내가 보는 모든 사물과, 내가 듣는 모든 소리와, 내가 느끼는 모든 감각과, 내가 지금까지 믿어왔던 하느님과, 진리라고 생각해왔던 모든 학문이 실은 거짓이며, 겉으로 꾸미는 의상이며, 우상이며, 성 바오로의 말처럼 사라져가는 환상이며, 존재하지도 않는 헛꽃임을 깨우쳐 주었다."

거짓, 우상, 환상, 헛꽃…… 등등 참된 눈으로 바라보면 우리네 삶이라는 것이 바로 이런 '가면무도회'가 아니던가! 암암(暗暗)한 세상, 가면의 무대에서 경쟁하며 고뇌하고 괴로워하며 살아온 결과가 바로 '암'이라는 자연의 심판이었고, 그나마 최인호 선생은 그 암을 통해 진리를 깨우쳤으리라.

성훈에 "생은 사는 것이냐 참답게 사는 것이 사는 것이다"라고 했다. 살기는 사는데 참답게 사는 것이 사는 것이지 참답지 않은 삶은 허공살림이요 허갑이 놀음이라는 말씀과도 같다. 이 가르침을 받들어 참답지 않은 삶이 무엇인지 반성해본다.

부정(不正)한 것, 즉 바르지 못한 것은 허공살림이다. 정의보다는 개인의 사사로운 이익을 먼저 생각하는 것, 바르지 않은 방법으로 사리를 취하는 것, 남을 속이는 것, 다른 사람에게 해를 끼치는 것, 공과 사를 구분하지 못하는 것, 정도를 벗어나는 것, 양심에 가책을 느끼는 언행 등등. 팔악(八惡)의 인간심이 모두 여기에 해당될 것이다. 그래서 성훈에 "허공살림 그만 살고 내 살림 살아보자. 내 일을 하지 않고 남의 것 먹고 빚지고 못산다 말고 내 일을 내가 하면 잘 살 수 있노라…… 정의를 행하면 흥하고 사리(邪利)를 행하면 망하나니 사리허욕(邪利虛慾) 다 버리고 정의정행(正義正行) 하여보세"(『도덕경』 59면)라고 했다.

부정적(否定的)인 것이 허공살림이다. 근심걱정, 불안초조, 불평불만, 심술짜증, 시기질투, 원망, 자포자기, 비애, 분개, 열등감, 패배의식, 교만함 등등. 이 모든 것들이 인간심(人間心)에서 올라오는 부정적인 것들이다. 생활에서 활력을 빼앗아가는 저주파 에너지이다. 마음의 과소비이다. 행복의 근원은 결코 바깥세상에 있는 것이 아니요, 바로 내 안에 있는데 남의 탓하고 남 원망하고 근심 걱정하는 것이 허공살림이 아니고 무엇이겠는가! 내가 이런 부정적인 것들을 생산해내는 것도 허공살림이요, 남이 나에게 이런 부정적인 것을 보낼 때 거기에 속아 내 마음을 빼앗기는 것도 허공살림이다. 모든 것을 받아들이고, 놓아버리자! 부정도 받아들여 긍정으로 응대할 수 있는 것이 화목이요 물과 같은 마음이리라.

미신에 이끌려 우상(偶像)을 위하고 허공에 명복(命福)과 소원성취를 비는 것, 사도비결을 맹신해 요행을 바라는 것이 허갑이 놀음이다. 하늘은 스스로 돕는 자를, 스스로 닦는 자를 돕는다. 어천만사(於千萬事)가 이치밖에 없는데 어디다 빌고 기구한다 하여 무슨 일이 이루어지겠는가!

성훈에 "사도비결(邪道秘訣) 믿다가서 내 손발을 내가 묶어 진퇴양난이라 누구보고 원망하리요. 밝은 곳을 행하려니 눈을 떠야 찾아오지 이제야 생각하니 모든 일이 허사로다. 믿지 못할 사도비결 다시금 믿다가는 속수무책(束手無策)되나니 이제야 알았으니 정정심(正正心) 다시 찾아 정의로만 행하면은 살 길도 이 길이요 행복길도 이 길이니……"(『도덕경』49면)라고 밝혀주셨다.

남들이 잘못 정해놓은 시선, 틀, 규정, 규칙, 관습에 억매여 사는 것. 반대로 자기만의 이상자존, 고정관념, 아집과 편견에 억매여 사는 것이 허공살림이다. 남들에게 과시하기 위해 억지로 하는 일. 남의 눈을 의식한 체면치레와 허례허식, 사치와 낭비, 잡동사니를 못 버리고 쌓아두는 것. 오로지 돈과 권력과 명예만을 좇아가는 삶. 자신만이 옳다는 편견과 아집의 껍데기에 갇혀서 정작 자신을 보지 못하는 것. 아는 체, 있는 체, 잘난 체, 착한 체 하는 체병. 내 자랑 남 비난, 이 모든 것이 허공살림이다.

인간의 오관(五官), 즉 눈, 귀, 코, 혀, 피부를 통해 쾌락을 추구하는 것 또한 허공살림이다. 인간의 몸은 그 주인이 따로 있다. 바로 마음이다. 진리는 눈으로 보는 것이 아니라 마음으로 보아야 보이고, 귀가 아닌 마음으로 들어야 들린다. 아무리 눈을 즐겁게, 귀를 즐겁게, 코, 혀, 피부를 즐겁게 해도 그 만족에는 끝이 없다. 행복은 바로 몸이 아닌 마음속에 있기 때문이다.

희망도 인생의 목표도 없이 현실에 안주하고 허송세월만 보내는 것이 허공살림이다. 세상은 넓고 할 일은 많다. 그러나 시간은 유한하다. 인생에 가장 소중한 일이라 여겨지는 일, 그 한 가지 일을 위해 다른 99가지를 버려야 한다. 쓸데없는 것에 너무 많은 시간과 노력을 허비하지 말아야 한다. 단순하게 살아야 한다. 오늘 할 일을 내일로 미루는 것, '오늘

반성 내일극락'인데 '내일반성 모레극락'으로 미루기만 한 수양, 말로만 하고 실천하지 못하는 수양, 이런 것들이 모두 허공살림이 아니고 무엇이겠는가!

나에게 부딪쳐오는 모든 것이 자연(自然) 아닌 것이 없다. 스스로 자(自), 그러할 연(然). 내가 스스로 끌어당겼거나 내가 풀어야 할 숙제라고 생각하고 물과 같은 마음으로 감사히 받아들이자. 그리고 바르지 못한 것은 즉시즉시 자성반성으로 놓아버리자! 존 블름버그의 충고를 다시 음미해보자. "지금 이 순간, 당신의 삶에 충실하라. 모든 것을 기꺼이 누려라. 과거를 후회하지 말고 내일을 두려워 마라. 오늘을 만끽하라. 카르페 디엠(Carpe Diem)!"

건강을 잃으면 모든 것을 잃는 것이다. 허공살림의 최종적 판정은 건강 여하로 나타난다. 몸이 아프다는 것은 괴로운 티끌 즉 스트레스가 쌓여 심신(心神)이 상처받았다는 징표다. 도덕에서는 그것을 고애상신(苦埃傷神)이라고 말한다. 몸의 주인인 심신(心神)이 착함으로 화하면 육신은 그 착함을 따른다[心神善化 肉身從善]. 그런데 육신에 병이 생겼다는 것은 심신(心神)이 착함의 기능을 잃었기 때문이다. 아픔은 자연(自然)에서 주는 경고(警告)요, 반성해 탈갑(脫甲) 하라고 주어진 기회이기도 하다. 최인호 선생이 암을 통해 얻은 깨우침을 우리에게 선물로 남기고 떠났으니, 우리는 건강할 때 그것을 깨달아야 하지 않겠는가!

거짓, 우상, 환상, 헛꽃, 허공살림, 허갑이 놀음. 이것에서 벗어나는 길은 오로지 자성반성을 통해 내 안의 영심(靈心)을 찾는 것, 내 인생 계좌에 공덕을 많이 쌓아가는 것이리라. 내가 찾아야 할 모든 답은 모두 내 안에 있다! 이 세상에 태어나서 내 안의 답이 있는 곳, 곧 심령을 밝히는 것보다 더 중요한 것은 없다. 건강도 행복도 성공도 모두가 다 여기에 있으니까. 영원한 삶도 다 여기에 있는 것이 아닐까?

성공시대, 행복시대

사람들은 궁극적으로 성공과 행복을 추구하며 살아간다. 성공과 행복은 같은 것일까, 다른 것일까? 사전에서 찾아보면 성공이란 뜻하는 바 목적을 이루는 것. 성취, 달성, 입신, 출세를 의미한다. 한자에 담겨진 뜻 그대로 공(功)을 이루는 것(成)이다. 자기 분야에서 열심히 노력하여 최고의 경지에 오른다는 뜻이다. 운동선수가 열심히 훈련을 하여 올림픽에 나가 금메달을 딴다든가, 학자, 예술가, 장인 등이 전문 분야에서 최고의 명성을 얻는다든가, 높은 직위에 올랐다든가, 돈을 많이 모았다든가, 치열한 경쟁사회에서 승리하여 입신출세한 사람들을 세속적으로 성공한 사람들이라고 부른다.

그러면 행복은 무슨 뜻이 있는가? 행복이란 복된 좋은 운수(運數), 생활(生活)의 만족(滿足)과 삶의 보람을 느끼는 흐뭇한 상태(狀態)를 의미한다. 만족, 보람 등 주로 자기의 마음속에서 비롯되는 것이다.

성공이 외적으로 유형적으로 나타나는 결과라면, 행복은 내적으로 무형적으로 발현되는 것이다. 성공이 다른 사람과의 경쟁에서 얻어지는 전리품이라면 행복은 나 자신 속에 원래 있었던 천성 선령을 찾는 것이다. 성공이 다른 사람과 싸워서 이기는 것이라면 행복은 나 자신과의 싸움에서 이기는 것이다. 성공을 위해서는 '노력'을 해야 하고, 행복을 위해서는 '수양'을 해야 한다. 신경과학자인 다니엘 레비틴(Daniel Levitin)의 연구결과에 의하면 어느 분야에서 세계적 수준의 성공을 이루려면 대략 1만 시간의 연습이 필요하다고 한다. 하루 세 시간씩 10년간 연습한 것과 같다. 하루 한 시간씩이면 30년이 필요한 시간이다. 1만 시간은 최고의 성공을 낳는 '매직 넘버'라고 한다. 그렇다면 우리는 행복찾기를 위한 수양에도 이만한 시간을 투입해야 하는 것 아닌가?

사람들은 성공을 하면 행복해질 것이라 믿는다. 과연 그러할까?

성공과 행복의 관계를 다음 4가지 유형으로 분류하여 생각해본다.

A타입: 사회적으로도 성공을 했고, 개인적으로도 행복한 사람이다. 최고와 최선을 모두 갖춘 사람! 우리 모두가 추구하는 이상적 모델이다. 우리나라 역사상 가장 위대한 성군 세종, 세계 최고의 부자이면서 세계에서 가장 사회 공헌을 많이 하는 미국의 빌 게이츠, 한국의 경주 최부자, 거상 임상옥 등이 이런 부류에 들어가지 않을까? 자기의 위치에서 널리 이웃과 인류사회에 많은 기여를 한 사람, 비록 최고의 자리에 오르지는 못했어도 나름대로 성공을 하고 사회에 이로운 일을 많이 한 사람, 도덕적으로는 수양을 많이 하여 높은 깨달음을 얻고 교화중생활인(活人)을 많이 한 사람, 나는 이런 유형을 '홍익인간형(弘益人間型)'이라고 부르고 싶다.

B타입: 사회적으로 성공은 못했더라도, 개인적으로 행복한 사람이다. 어린아이나 촌로들을 보면 알 수 있다. 그들은 돈도 권력도 명예도 가지지는 못했지만 행복해 보인다. 돈이나 권력이나 명예가 행복의 필요조건은 될지 몰라도 충분조건은 되지 못한다. 그래서 예부터 뜻있는 선비

들은 벼슬을 마다하고 낙향하여 자연과 더불어 은둔생활을 즐겼다. 한마디로 '안민낙도형(安民樂道型)'이다. 스스로 욕심을 버리고 족함을 앎으로써 행복을 찾은 사람들이다. 출세는 안 했어도 우리 사회 구석구석 보이지 않는 곳에서 남을 위해 봉사하고 헌신하는 분들도 여기에 속하리라.

C타입: 사회적으로 성공은 하였지만 개인적으로 행복치 못한 사람이다. 치열한 경쟁사회에서 살아남기 위하여 열심히 일하고 더 많은 돈, 더 높은 권력, 더 좋은 명성을 얻기 위해 모든 것을 희생해도 좋다고 생각하는 사람. 그러나 그 이기주의는 개인을 불행케 하고, 인류사회에 해악을 끼치는 경우가 많다. '입신출세형(立身出世型)'이다. 우리 시대의 많은 성공시대의 주인공들이 바로 이 타입이다. 아름답지 못한 뒷모습을 남기고 떠나간 정치인, 경제인, 연예인 등등 우리 사회의 일그러진 모습을 이런 부류의 사람들에게서 본다. 세속적 성공은 하였지만 결과적으로 성공하지 못한 사람들이다.

D타입: 사회적으로 성공도 못했고, 개인적으로도 행복하지 못한 사람이다. 노력도 하지 않고 요행을 바라는 사람, 거짓과 부정한 방법으로 남의 재물을 탐하는 사람, 모든 것에 부정적이고 사회에 해악을 끼치는 사람, 남에게 바라는 마음, 공짜심리는 가득 차 있는데, 남을 위해 한 것은 별로 없는 사람, '불평불만형(不平不滿型)'이다.

우리는 여기서 세속적 성공이 꼭 행복은 아니라는 것을 알 수 있다. 성공이 행복으로 이어지기 위해서는 성공한 만큼 남을 위해 공덕을 쌓아야 한다는 것도 깨달을 수 있다. 물질만능주의 가치관은 우리 사회에 성공은 하였으나 행복하지 못한 C타입의 사람들을 양산하였다.

최근 인터넷에 돌고 있는 '우리 시대의 역설' 이라는 글을 다시 음미해 보자.

"오늘날 우리는 더 편리하게 살고 있지만 시간은 더 없다. 더 많은 학위를 가졌지만 몰상식한 일들은 더 많이 일어난다. 전문가들은 많아졌지만 문제는 더 생기며, 약은 많아졌지만 건강함은 더 적어졌다. 재산은 불려 나가지만, 가치는 줄어든다. 말은 많이 하지만 사랑은 적게 하고 때때로 거짓말도 잘한다. 넓은 도로를 가졌지만 편협한 시각도 가졌고, 매일 바쁘게 길을 가고 있지만, 그 길에서 만난 이웃과의 진정한 소통은 어렵다. 키는 크지만 그 릇이 작은 인격을 가진 사람이 많다. 맞벌이를 하지만 이혼은 더 많아졌고, 근사한 집은 많지만 결손가정이 더 많아졌다."

우리나라는 지난 50여 년 동안에 한강의 기적을 이루었다. 참혹한 전쟁의 잿더미 위에, 국민소득 2만 불이 넘는 세계에서 가장 잘사는 나라 중의 하나가 되었다. 그럼에도 불구하고 행복지수는 세계 102위에 불과하다. 국민소득 2천 9백 불의 '바누아트' 라는 남태평양의 자그마한 섬나라가 행복지수 1위인데, 우리는 무엇 때문에 그들보다 더 불행하다고 느끼는 것일까?

행복지수를 산출하는 데는 국내총생산(GDP)과 주거환경, 일자리, 실업률, 교육, 환경, 건강, 치안, 일과 삶의 균형, 삶의 만족도 등 여러 가지 요인들이 있겠지만 정말 중요한 것은 국민들의 의식구조가 아닌가 생각해본다. 물질만능주의 사고방식은 모든 가치판단을 물질에 두었다. 여기서 오는 상대적 박탈감, 도덕 상실, 도덕 불감증이 우리를 불행하게 만드는 것이다.

우리는 지난 반세기 동안 '성공시대'를 열었다. 새 정부는 이제 '행복시대'를 열겠다고 한다. 지극히 당연하면서도 올바른 방향이라고 생각한다. 그러나 정부가 국민 개개인의 행복을 다 충족시켜줄 수는 없다. 가난은 나랏님도 해결해줄 수 없듯, 행복 또한 나랏님이 해결해주는 것은 아니다. 국가에서는 국민이 행복해질 수 있도록 여건을 조성하고 인프라를 구축하며 무엇보다도 국민행복을 저해하는 부정적 요소를 제거해주는 역할을 할 뿐이다. 행복은 각자 개인의 '선택'이다. 우리가 모두 행복해지려면 C타입 '입신출세형'에서 A타입 '홍익인간형'으로 가야 한다. 홍익인간형은 각자의 자리에서 열심히 일하여 크든 작든 나름대로의 성공을 이루되 이기심을 버리고 이타자의선행심(利他自義善行心)을 실천하는 것이다. 소아의 껍질을 깨고 대아의 세계로 나오는 것이다. 수단방법 가리지 않고 결과만을 중시하는 것에서 과정을 올바르게 하는 것이다. 세상의 모든 불행은 나만을 위하는 이기심에서 오고, 세상의 모든 행복은 남을 위한 이타심에서 온다. 이기입지소인심(利己立志小人心)을 버리고, 도덕입지대의심(道德立志大義心)을 찾아야 한다. 분자만을 늘리려는 탐욕을 버리고 분모를 줄이는 '지족이낙천지(知足而樂天地)'를 알아야 한다. 팔할자족! 80%에서 만족하고 20%는 남을 이롭게 하는 것이 성공과 행복의 지름길이 아닐까?

궁극적으로 건강을 잃으면 성공도 행복도 모두 잃는다. 육체적, 정신적, 영적, 사회적으로 건강하게 사는 것, 도덕에 바탕을 둔 삶이 성공의 행복길이리라!

성훈에 '바르지 못한 것은 허실(虛實)이요 정의로운 일이라야 성공한다' 하였고[부정지사허실(不正之事虛實) 정의지사성공(正義之事成功)] '도덕의 인연으로 자연히 성공한다' 하였으니[도덕지인연(道德之因緣) 자연지

성공(自然之成功)] 진정한 성공은 바로 도덕정신에 바탕을 둔 것이라 할 수 있겠다. 그래서 "떳떳한 참된 행복의 길―오직 성공의 행복 길은 이 길뿐이오니 믿고 행하라"(『도덕경』) 밝혀주시지 않았던가!

　행복은 '지금, 여기, 내 안에' 있다. 빌 곳도 없고 물을 곳도 없다! 오늘 반성 내일 행복, 나도 찾고 너도 찾자! 찾으면 있고 안 찾으면 없다! 우리 모두의 성공과 행복을 기원하면서…….

삼성 신경영 전도사,
행복 찾기 멘토가 되다

초판 1쇄 발행 2012년 11월 23일
재판 1쇄 발행 2013년 4월 19일
재판 5쇄 발행 2016년 4월 22일

지은이 고인수
펴낸이 정규상
펴낸곳 성균관대학교 출판부
출판부장 안대회
편 집 신철호 현상철 구남희 홍민정 정한나
마케팅 박인붕 박정수
관 리 오시택 김지현

등 록 1975년 5월 21일 제1975-9호
주 소 110-745 서울특별시 종로구 성균관로 25-2
전 화 760-1252
팩 스 762-7452
홈페이지 press.skku.edu

ISBN 978-89-7986-967-5   03810

잘못된 책은 구입한 곳에서 교환해드립니다.